# Prolog

Flavio lag mit einem breiten Lächeln im Gesicht auf seinem Liegestuhl am Pool und genoss sein Leben in vollen Zügen. Von seiner Villa hier oben am Berg hatte man einen traumhaft schönen Blick auf das im Sonnenlicht glitzernde Meer und den imposanten Ätna. Flavio war froh, sich gleich sesshaft gemacht zu haben, anstatt zuvor die Welt zu bereisen, wie er es ursprünglich geplant hatte. Er musste keine fremden Länder sehen. Denn er lebte hier im Paradies. Er konnte sich nicht vorstellen, dass es irgendwo auf der Erde schöner sein könnte als hier. Außerdem liebte er sein Heimatland Italien und das Dolce Vita, das niemand so gut kannte wie die Südländer selbst. Flavio nippte an seinem Aperol Spritz und bewunderte dabei Antonias Kurven, die sie auf dem Liegestuhl neben ihm einladend zur Schau stellte. Er streichelte ihren nackten Hintern und überlegte sich, wie er sie als nächstes ficken könnte. Er hatte noch nie so viel Sex wie in den letzten Wochen. Seit er reich war. Geld machte unglaublich attraktiv. Die schönsten Frauen umwarben ihn und alle wollten von ihm gefickt werden. Er könnte sich von Antonia wieder auf dem Liegestuhl reiten lassen. Das hatte sie gestern äußerst befriedigend erledigt. Er gab ihr einen Klaps auf den Po.

„Na los, mein Schatz, besorg es mir." Die nackte Schönheit richtete sich sofort auf und setzte sich dann zu Flavio. Natürlich hoffte sie, er würde sie behalten und nicht durch eine andere Frau ersetzen. Das hatten bisher alle gehofft. Schließlich lebten sie hier beim ihm im Luxus. Wortlos zog sie Flavios Hose ein Stück runter und begann, seinen Schwanz mit dem Mund zu bearbeiten. Flavio stöhnte und schloss die Augen. Okay, das war auch nicht schlecht. Im Gegenteil. Das war sogar ausgesprochen gut. Sofort war er hart und packte Antonias Kopf, um den Rhythmus vorzugeben. Oh ja. Er hatte alles richtig gemacht. Von wegen brotlose Kunst. Dank seines künstlerischen Talents hatte er mit seinen 28 Jahren schon ausgesorgt und konnte sich den angenehmen Seiten des Lebens widmen. Oh Gott, ja. Antonia hatte ebenfalls ein ausgezeichnetes Talent. Ein Talent zum Blasen. Holy Shit! Wer rief ihn denn jetzt auf seinem Handy an? Er würde es ignorieren. Dafür war das hier zu geil und der Anrufer würde gleich wieder auflegen. Er bewegte Antonias Kopf schneller. Aber das verdammte Handy wollte nicht aufhören zu klingeln.

„Fuck!", rief Flavio. „Fuck, fuck, fuck!" Er schob Antonia von sich und nahm das Telefon. Es war Lennox. Augenblicklich wich ihm jegliche Farbe aus dem Gesicht.

Lennox war vor einigen Wochen untergetaucht, nachdem er ausgestiegen war. Er hatte ihm gesagt, er würde sich bei ihm nur melden, wenn Lebensgefahr für ihn bestand. Er würde versuchen, ihn rechtzeitig zu warnen. Lennox war sein Deckname. Auch sein Leben war in Gefahr. Und nun rief er an.

„Ja?", sagte Flavio mit zittriger Stimme.

„Du musst so schnell wie möglich verschwinden", hörte er Lennox sagen. Vor Schock sackten seine Beine unter ihm weg. Eine Sekunde später wurde auf ihn geschossen. Irgendwo in der Ferne schrie Antonia, und er sah das warme Blut vor sich auf dem Boden, das aus seinem Körper zu kommen schien. Dann verlor er das Bewusstsein.

# Kapitel 1

„Verdammter Mist!", fluchte ich. Wieso musste das ausgerechnet heute passieren? Entnervt zog ich meine Handtasche über die Schulter, obwohl ich wusste, dass sie in weniger als einer Minute wieder nach unten rutschen würde. Ich brauchte doch das Geld. Womit sollte ich jetzt nur die Miete für meine Studentenbude bezahlen? Abgesehen davon, dass ich etwas essen musste. Aber das war dem Mistkerl scheißegal. In meiner Verzweiflung hatte ich ihm sogar angeboten, für einen geringeren Stundenlohn als bisher in der Boutique zu jobben. Er aber hatte mich nur hochnäsig angesehen und geantwortet, er brauche keine studentische billige Aushilfskraft, sondern wolle „richtiges Personal". Er sei jetzt der neue Geschäftsinhaber und um erfolgreich am Markt zu bleiben, müsse er sich exklusiv aufstellen. Exklusiv! Pah! Eins war sicher. Er war ein exklusiver Arsch! Ich zerrte wieder meine Handtasche nach oben und wischte mir ein paar Tränen aus den Augen, die sich vor Wut darin angesammelt hatten. Wieso aber ausgerechnet heute? Andererseits... morgen wäre es ja genauso schlimm. Es war egal, wann es passierte. Es war immer Scheiße. Woher bekam ich jetzt aber so schnell einen neuen Job? Ich musste doch auf das Staatsexamen lernen. Wie sollte ich daneben die Zeit finden, Bewerbungen schreiben? Und zu Vorstellungsgesprächen gehen? Umhüllt von einer riesigen misslaunigen Gewitterwolke stapfte ich durch die Innenstadt und nahm um mich herum nichts mehr wahr. Nicht einmal die warme Frühlingssonne.

„Autsch! So passen Sie doch auf, wohin Sie gehen!", pflaumte mich eine ältere Dame an, gegen die ich gelaufen war.

„Passen *Sie* doch auf!", pampte ich zurück.

„Unverschämt!", echauffierte sich die Frau. „Blöde Kuh", murmelte ich vor mich hin, so dass es niemand außer mir hören konnte. Denn ich wollte nicht riskieren, wegen Beleidigung angezeigt zu werden. Als angehende Staatsanwältin sollte ich mir lieber keine Anzeige einhandeln. Ich drehte mich noch einmal um und sah der Frau nach. In ihrem Schickimicki-Ledermantel und ihrem eckigen länglichen Kopf hatte sie tatsächlich eine gewisse Ähnlichkeit mit einer Kuh. Ich holte tief Luft und setzte meinen Weg fort. In einem Jahr schrieb ich das erste juristische Staatsexamen. Da wurde es von mir erwartet, mich selbst an die Gesetze zu halten und mit gutem Beispiel voranzugehen. Wie sollte ich sonst später jemanden vor Gericht wegen Beleidigung anklagen? Ich zerrte erneut meine Handtasche nach oben. Oder wegen Mordes.... Gott, ich könnte diesen arroganten Mistkerl eigenhändig erwürgen! Ich musste das Studienjahr zum Lernen nutzen. Aber ohne Job keine Wohnung und ohne Wohnung kein Examen... Fuck! Was war das nur für ein beschissener Tag? Konnte der Arsch nicht ein Jahr mit seiner Exklusiv-Boutique warten? Nur ein Jahr? Tja, das Leben war eben nicht gerecht. Da halfen auch keine Gesetze. Das war Schicksal. Ich blies mir eine Haarsträhne aus dem Gesicht. Nicht einmal meine Haare wollten heute sitzen. Stattdessen schienen sie wild auf meinem Kopf herumzutanzen. Zudem war der Haargummi zu locker. Ich zerrte an ihm, und in dem Moment zerriss er. Verdammt! Als wäre mein Tag nicht schon schrecklich genug. Ich hasste offene Haare. Und ich hasste diesen Exklusivarsch. Und... ich zog meine Handtasche ein weiteres Mal nach oben... ich hasste diese Handtasche. Billige Aushilfskraft. Pah!

„Mensch, Mia, das tut mir echt leid. Und deine Eltern kannst du nicht um finanzielle Unterstützung bitten?" Noemi nippte an ihrem Kaffee und sah mich über den Tassenrand hinweg an. Ich schüttelte den Kopf. Meine blonden Haare, die normalerweise mit einem Haargummi zusammen gehalten in weichen Wellen bis zur Taille gingen, waren mittlerweile so zerzaust, weil ich ständig mit der Hand durch sie fuhr. Inzwischen hatten sie mehr Ähnlichkeit mit einem Besen als mit einer Frisur. Ich saß mit meiner Studienfreundin Noemi in der Uni-Mensa und überlegte mit ihr zusammen, wie ich schnell an einen neuen Job kommen und mich trotzdem auf das Examen konzentrieren konnte.

„Sie leben bereits seit drei Jahren in Scheidung und verballern ihr ganzes Geld für Anwalts- und Gerichtskosten. Da will ich nicht auch noch mitmischen." Noemi nickte verständnisvoll. Obwohl sie ihre langen haselnussbraunen Haare immer offen trug, sah sie trotzdem stets wie frisch frisiert aus. Wieso verstrubbelten sie bei ihr nie? Ich seufzte. Ja, das Leben war eben nicht gerecht, dachte ich erneut. Insbesondere nicht, wenn es um die Haare einer Frau ging.

„Ja, das kann ich nachvollziehen", gab Noemi von sich.

„Es ist schon schlimm genug, mitansehen zu müssen, wie zwei Menschen, die sich doch einmal geliebt haben, nichts anderes mehr im Sinn haben, als sich gegenseitig zu vernichten." Ich sah durch das Fenster, wo eine Krähe im Mülleimer nach Nahrung suchte und mit einer Pommes im Schnabel auf eine Bank flog. Sie machte einen äußerst zufriedenen Eindruck auf mich. Ich könnte ja demnächst wie sie im Müll nach Essen suchen und auf einer Parkbank schlafen. Diogenes war sogar in einer Tonne glücklich gewesen. Warum sollte mir das nicht gelingen? Wer brauchte schon ein Staatsexamen zum Glücklichsein?

„Hm, Liebe kann offensichtlich ganz schnell zu Hass werden. Liebe und Hass. Glück und Trauer. Sie liegen ganz nah beieinander", philosophierte Noemi und steckte sich einen Keks in den Mund. Sie schob mir die

Packung rüber und ich nahm ebenfalls ein rundes Schokoplätzchen aus der Schachtel. Ja, so war das. Und mit Job und ohne Job passierte ebenso schnell. Von einer Sekunde auf die andere war ich arbeitslos. Noemi kaute nachdenklich und nahm einen Schluck von ihrem Kaffee. „Bist du eigentlich ihr einziges Kind? Du hast nie etwas von Geschwistern erzählt."

„Ich habe auch keine Geschwister. Ich bin Einzelkind."

„Hm, also gibt es auch keinen älteren Bruder oder so, der dir vorübergehend unter die Arme greifen könnte", stellte Noemi fest. „Einen Onkel? Eine Tante?" Sie sah mich hoffnungsvoll an. Doch ich schüttelte den Kopf. Ja, meine Verwandtschaft war nicht groß. Jedenfalls hier in Deutschland nicht. Angeblich gab es noch eine Großcousine oder so. Und eine vor fünfzig Jahren mit ihren Kindern nach Kanada ausgewanderte Großtante, zu der meine Familie aber nie Kontakt hatte. Vermutlich gab es auf der anderen Seite des Atlantiks mehr Verwandte von mir als hier in Deutschland.

„Ich muss mir mein eigenes Geld verdienen. Das ist einfach so. Die Frage ist nur, mit welchem Job? Er muss mir genügend Zeit zum Lernen lassen und dennoch genug einbringen, damit ich meine Miete bezahlen kann", überlegte ich laut und kaute nachdenklich auf meiner Unterlippe.

„Weißt du, solange ich noch zur Schule gegangen war, war alles in Ordnung gewesen. Meine Eltern waren glücklich verheiratet, sie hatten sich um mich gekümmert, und ich hatte nichts anderes zu tun, als auf die blöden Klassenarbeiten zu lernen. Ärger gab es höchstens, wenn ich mein Zimmer mal wieder nicht aufgeräumt hatte. Ansonsten hatten meine Eltern alles für mich getan. Ich musste nicht einkaufen gehen, nicht kochen, nicht sauber machen und kein Geld verdienen..." Ich seufzte. Damals war die Welt in Ordnung. Ich hatte im Paradies gelebt und es nicht bemerkt. Noemi sah mich stirnrunzelnd an.

„Willst du mir etwa sagen, dass du früher einmal unordentlich warst?" Sie sah auf meine Kaffeetasse, die zentriert vor mir stand, mit dem Henkel mittig auf der rechten Seite. Und zwar exakt. Ich konnte es nicht leiden, wenn er schräg war. Genauso wenig mochte ich es, wenn mein Buch, Block oder Laptop nicht parallel zur Kante auf dem Schreibtisch lagen. Oder Gläser und Tassen nicht geordnet im Küchenschrank standen. Ich seufzte.

„Ja, ich war unglaublich unordentlich. Teilweise konnte man vor lauter Kleidern den Fußboden in meinem Zimmer nicht mehr sehen", gab ich zu. In dem Chaos war nie etwas zu finden. Trotzdem war ich damit zufrieden. Ich schüttelte den Kopf.

„Keine Ahnung, wie ich das ausgehalten habe." Noemi holte tief Luft.

„Und du bist die Mia, die ihre Bücher zu Hause auf dem Regal in einer Linie stehen hat? Sortiert nach Größe? Und die Schuhe im Schuhregal so akkurat aufgereiht hat, als hätte sie die Abstände mit einem Lineal gemessen? Und..."

„Und die Unordnung und Unpünktlichkeit hasst?",
ergänzte ich.

„Richtig." Noemi sah mich an. „Was war passiert?"

Ich zuckte die Schultern. „Nun, die Trennung meiner
Eltern war passiert. Ihre Streitereien. Auf einmal hatten
sie mich aus dem Blick verloren und waren nur noch
damit beschäftigt, sich gegenseitig das Leben zur Hölle
zu machen." Ich starrte vor mich hin und überlegte, wie
es dazu gekommen war. Aber ich hatte keine Ahnung.
Meine Eltern hatten mich von Anfang an aus allem raus
gehalten. Ich wusste daher bis heute nicht, wieso sie sich
getrennt hatten. Ich hob wieder den Blick und sah meine
Freundin an.

„Sie haben bei all ihren Auseinandersetzungen
vergessen, dass sie immer noch meine Eltern sind und ich
sie brauche." Noemi drückte kurz meine Hand und sah
mich mitfühlend an.

„Du hast deinem Leben Ordnung und Struktur
gegeben, als die Welt um dich herum im Chaos versank."
Chaos. Das war es. Chaos und Ordnung. Sie lagen
ebenso nah beieinander. Ich nickte langsam.

„Ja, du hast recht, Noemi. So ist es. Ich brauche diese
Ordnung, um mir zu beweisen, dass ich mein Leben im
Griff habe, weil ich auf mich allein gestellt bin. Das ist
hart. Wenn *ich* nicht funktioniere, funktioniert mein
Leben nicht."

„Also funktionierst du. Nach Plan." Noemi schenkte
mir ein warmes verständnisvolles Lächeln und sah dabei
wunderschön aus. In ihren brauen Augen funkelten

gelbe Punkte im Sonnenlicht, und ich konnte verstehen, weshalb alle Männer verrückt nach ihr waren. Und warum sie sich bisher nicht für einen entschieden hatte. Sie probierte sie munter aus, bis sie den Richtigen fand. Ich vermisste meinen Pferdeschwanz. Es machte mich wahnsinnig, wenn mir alle paar Sekunden Strähnen ins Gesicht. Mein Leben versank in einem Chaos!

„Ja, mein Leben funktioniert nur nach Plan. Ich muss morgens schon einen Plan haben, wie mein Tag ablaufen wird, sonst habe ich das Gefühl, nichts auf die Reihe zu bekommen. Und gerade jetzt habe ich keinen. So werde ich mein Examen nie schaffen." Ich verbarg mein Gesicht hinter den Händen und stützte die Ellenbogen auf den Tisch. „Und jetzt gerät mein Leben durcheinander. Ich habe meinen Job verloren, und mein ganzer Plan geht den Bach hinunter... Geld verdienen, Miete bezahlen, Lebenshaltungskosten decken und auf das Examen lernen...", stöhnte ich und versank langsam in meinem Stuhl. Die Stimmen in der Mensa herum hörten sich auf einmal so an, als wären sie weit entfernt. Gedämpft. Als säße ich mit Noemi unter einer Glasglocke. Ich atmete tief durch und setzte mich wieder aufrecht hin. Verzweifelt blickte ich meine Freundin an.

„Was hilft ein Plan, wenn es nicht nach Plan läuft?", wisperte ich.

Auf einmal sah mich Noemi mit zusammengekniffenen Augen an. Sie hatte plötzlich so einen eigenartigen Gesichtsausdruck, den ich nicht deuten konnte. Wieso starrte sie mich denn so an? Hatte

15

ich zu allem Unglück jetzt einen Riesenpickel auf der Nase bekommen oder war los?

„Du brauchst also einen Job, bei dem du für viel Geld wenig arbeiten musst", sagte sie und sah mich weiterhin so merkwürdig an. Verunsichert wischte ich mir mit der Hand über den Mund. Vielleicht klebte mir ja von den Schokokeksen Schokolade in den Mundwinkeln.

„Genau", stimmte ich ihr dann zu. Aber was sollte das denn für ein Job sein? Day-Trading mit überdimensional viel Glück? Jetzt, wo meine Pechsträhne begonnen hatte?

„Ja, ein Job, der mir genug Geld einbringt bei wenig Zeitaufwand. Kannst du das bitte der Wunschfee so ausrichten?" Ich hob die Tasse zum Mund und trank einen Schluck lauwarmen Kaffee. Na prima, das passte ja hervorragend zum heutigen Tag. Lauwarmer Kaffee zu lauwarmer Stimmung. Noemi presste ihre Lippen aufeinander.

„Keine Wunschfee... Aber... vielleicht so etwas Ähnliches", sagte sie geheimnisvoll und ihre goldenen Sprenkel in den Augen blitzten übermütig. „Mir kam da so eine Idee...", begann sie dann und sah sich um. Was war nur mit ihr los? Sie benahm sich ja so, als würde sie mich jeden Moment in ein seit vier Jahren gehütetes Geheimnis einweihen. In meinem Kopf wirbelten die Gedanken nur so umher. War Noemi in Wirklichkeit gar keine Studentin, sondern Geheimagentin und wollte mir einen Job in ihrer Organisation anbieten? Ich kippte den inzwischen kalten Kaffee mit einem Schluck hinunter und schüttelte mich kurz. Kalter Kaffee schmeckte wie abgestandenes Badewasser und passte zu meiner momentanen Stimmung.

„Was für eine Idee?", wollte ich von ihr wissen. Noemi nestelte in ihrer Tasche herum und zog eine Zeitschrift heraus. Ich sah meine Freundin fragend an.

„Ich soll Zeitungen austragen? Hast du eine Ahnung, wie schlecht das bezahlt ist und wie viel Zeit dabei drauf geht?" Irritiert schüttelte ich den Kopf. Das konnte sie doch jetzt nicht im Ernst meinen.

„Für wie blöd hältst du mich eigentlich?" Noemi verschränkte die Arme vor ihrer Brust und lehnte sich in ihrem Stuhl zurück. Sie sah mich an, als studiere sie mich. Als würde sie mich zum ersten Mal sehen. So langsam wurde sie mir unheimlich. Dann löste sie ihre Arme und beugte sich wieder zu mir über den Tisch.

„Hast du schon einmal etwas von Escort gehört?", flüsterte sie.

„Was?", rief ich etwas zu laut. Hatte ich mich soeben verhört oder hatte sie Escort gesagt? Ich beugte mich ebenfalls zu ihr und senkte die Stimme. „Hast du gerade Escort gesagt?" Noemi nickte und ich riss ungläubig die Augen auf. „Du meinst doch jetzt nicht etwa ernsthaft, dass ich..." War sie noch ganz bei Trost? Wollte sie, dass ich mich prostituierte? Sie musste übergeschnappt sein. Vor allem, weil sie wusste, dass ich mit Sex nichts anfangen konnte. Noemi schüttelte den Kopf.

„Nein! Nicht das, was du meinst! Du lieber Himmel! Oh Gott! Mia, das hast du jetzt nicht wirklich gedacht!"

Sie schaute sich erschrocken um. Aber niemand schien sich für uns zu interessieren. Gut so.

„Was meinst du dann mit...“ Meine Stimme war fast nur ein Hauch. „... Escort?“

„Hier!“ Sie tippte mit dem Finger auf die Zeitschrift. „Hier drin habe ich es gelesen. Mir fiel es soeben wieder ein.“ Sie beugte sich direkt an mein Ohr, so dass garantiert nur ich sie hören konnte. „Es gibt hier in Hamburg eine seriöse Escort-Agentur, bei der vor allem Geschäftsmänner aus aller Welt sich für gewisse Events Begleitdamen buchen können...“ Sie erhob ihren Zeigefinger, bevor ich protestieren konnte. „Und zwar OHNE SEX!“

Noemi lehnte sich wieder zurück und sah mich abwartend an. Mir entging nicht, wie ihre Augen triumphierend blitzten. Als hätte sie soeben mit ihrer Idee all meine Probleme gelöst. Erwartete sie, dass ich diesen abstrusen Vorschlag gut finden sollte? Ich zog die Augenbrauen misstrauisch nach oben. Noemi ließ sich durch meinen zweifelnden Blick nicht verunsichern und schob die Zeitschrift zu mir.

„Hier! Lies selbst!“, sagte sie. Ich hatte kein Bedürfnis, diesen Artikel zu lesen, da es mich nicht ansatzweise interessierte, dass sich reiche Männer Damen als Begleitung oder was auch immer buchten. Aber Noemi sah mich unbeirrt an, und mir war klar, sie würde nicht eher locker lassen, ehe ich mir das nicht genauer angesehen haben würde. Ich schaute mich unauffällig um, bevor ich in der Zeitschrift blätterte. Ich hatte keine

Lust, dass jemand etwas davon mitbekam, da ich unnötige Kommentare oder Fragen vermeiden wollte. Hier ging es ja ausschließlich um Noemis absurde Idee. Sonst nichts. Wenn aber nur einer hier von der Uni etwas davon aufschnappen sollte, wäre die Gerüchteküche schnell im Gange. Eine Uni war wie eine Kleinstadt. Hier blieb nichts lange geheim. Ich musste daran denken, wie vor einigen Monaten alle darüber sprachen, dass ein Chemieprofessor eine seiner Studentinnen geschwängert hatte. Ich hatte keine Ahnung, ob das stimmte. Aber so war das eben mit Gerüchten. Ich wollte mir nicht ausmalen, wie es wäre, wenn auf einmal das Gerücht die Runde machen würde, ich würde mein Geld mit Prostitution verdienen. Okay. Ich schlug die Seite auf und las:

*„Satisfaction – Ihre Zufriedenheit ist uns ein Anliegen.“*

Satisfaction, murmelte ich und überflog den Artikel.

*„Gebildete, attraktive Damen begleiten erfolgreiche Geschäftsmänner zu Theater- und Konzertaufführungen, Ausstellungen oder Essen und sorgen dafür, dass ihnen diese in angenehmer Erinnerung bleiben. Die Damen der Geschäftswelt werden hier ebenso fündig und können sich für einen Abend einen charmanten Mann als Begleiter mieten. Die Kunden wissen diesen exklusiven Service zu schätzen und lassen sich diesen daher gerne etwas kosten.*

*Die Escortdamen und -herren können hier pro Abend mehrere hundert Euro verdienen."*

Ich schlug die Zeitschrift wieder zu und sah nachdenklich zu Noemi auf. Okay, dass man als Escort gut bezahlt wurde, war mir bekannt. Aber das lag meiner Meinung daran, dass es sich hier um Edelprostituierte handelte und nicht um bloße Begleitungen zu harmlosen Veranstaltungen. Wie konnte es daher sein, dass die Kunden dieser Agentur für Dienste ohne Sex mehrere Hundert Euro pro Abend bezahlten? War das ein Schreibfehler? Oder... Ich rechnete nach. In der Modeboutique hatte ich fünfzehn Euro die Stunde bekommen. Für zehn Stunden Arbeit am Wochenende hatte ich dann hundertfünfig Euro verdient. Und... diese Agentur wollte mehrere Hundert Euro für nur einen Abend bezahlen? Sollte das ein Scherz sein? Der erste April war schon länger vorbei. Wann war der Artikel erschienen? Es war die Maiausgabe. Aber...

„Und? Was sagst du dazu?" Noemis Augen glänzten wie bei einem Kind an Weihnachten. Es fehlte nur, dass sie vor Aufregung auf und ab hüpfte und in die Hände klatschte.

Ich rümpfte die Nase. „Was ich davon halte?"

„Ja, das ist doch der ideale Job für dich. Du siehst super gut aus und mit deinen hellgrünen Augen und dem langen welligen blonden Haar bist du nicht nur hübsch, sondern hast etwas ganz Besonderes an dir. Und du hast eine beneidenswerte Figur. Ich würde dafür töten, wenn ich deine langen, schlanken Beine, deine schmale Taille und deine perfekten Titten dafür bekäme. Ach, und du bist gebildet! Du erfüllst also alle Voraussetzungen einer..." Sie beugte sich wieder zu mir und flüsterte, „kultivierten Escort-Dame!" Ich wusste nicht, was ich sagen sollte. Und das kam so gut wie nie vor.

„Danke", murmelte ich daher. Noemi grinste.

„Gerne. Aber was sagst du nun zu dem Job?" Ich wickelte eine Haarsträhne um meinen Finger, was mich daran erinnerte, dass ich im Moment mehr Ähnlichkeit mit einer Medusa als mit einer Escortdame hatte. Das klang zu unglaublich. Im Artikel stand etwas von einem Stundenlohn von 300 Euro. Für ein Date. Als wäre eine Wunschfee aufgetaucht und hätte mir angeboten, all meine Probleme lösen. Ich könnte die Miete bezahlen, mir etwas zum Essen kaufen und hätte genügend Zeit, um auf das Examen zu lernen. Mehr, als mir geblieben wäre, wenn ich meinen Job in der Boutique behalten hätte. Nur... Ich kniff die Augen zusammen. Wo war der Haken?

„Und du meinst wirklich, dass die Agentur seriös ist und es sich nicht doch um eine verkappte Sex-Agentur handelt?" Schnell packte ich die Zeitschrift weg, als sich Tom unserem Tisch näherte.

„Also, die Zeitschrift ist auf jeden Fall seriös. Wieso sollte sie dann so einen Artikel bringen, wenn es gar nicht wahr ist?" Ich nickte. Ja, da war was dran. Tom steuerte auf unseren Tisch zu und blieb dann stehen.

„Hey, was geht so?", fragte er. Doch als wir beide schwiegen, sah er irritiert zwischen uns hin und her. „Störe ich etwa bei einem Frauengespräch?"

„So in etwa", antwortete Noemi und presste ihre Lippen zusammen. Tom war in unserem Semester und ganz okay, auch wenn er der Prototyp eines Jurastudenten war. Etwas spießig. Etwas schnöselig. Und etwas überheblich. Aber eben von allem nur etwas.

„Alles klar, habe verstanden. Dann trete ich mal den Rückzug an." Tom zuckte die Schultern, grinste schief und ging weiter. Ich sah ihm nach, wie er davon schlenderte. Cool. Lässig. Und er hatte einen fantastischen Hintern. Das musste man ihm lassen. Im zweiten Semester hatte ich mal etwas für zwei Monate mit ihm. Aber wir hatten dann beide schnell festgestellt, dass wir uns zwar gut verstanden, doch im Bett leider nicht zusammenpassten. Wobei ich mich immer wieder fragte, ob es nicht an mir lag. Sex machte mir keinen Spaß. Wenn man den Geschichten der anderen Glauben schenken wollte, wie toll Sex sein musste, dann traf dies nicht auf mich zu. Berauschend? Euphorisierend? Fantastisch? Bei mir war das nicht so. Am liebsten machte ich es mir daher selbst. Und das reichte mir. Ich wusste, wie es sich am besten anfühlte und wie ich am besten kam. Wozu brauchte ich da einen Mann?

„Weißt du was? Wenn du es genau wissen willst, gehst du da hin und schaust dir das Ganze an", riss mich Noemi aus meinen Gedanken. Sie nahm sich einen Schokokeks und biss ab. Ich runzelte die Stirn. „Also...

du meinst wirklich, dass ich mich bei der Agentur vorstellen soll?" Noemi nickte heftig.

„Ja, klar, auf jeden Fall. Die nehmen dich doch mit Handkuss!" Sie strahlte mich an.

„Du bist das perfekte Barbiegirl! Wenn ich so eine Modelfigur wie du hätte und deine wunderschönen hellgrünen Augen, wäre ich dort schon längst unter Vertrag. Das kannst du mir glauben!" Sie schob sich den restlichen Keks in den Mund und kaute abwartend.

„Jetzt übertreibst du aber. Außerdem bin ich doch keine dämliche Barbie!" Ich konnte mir ein Grinsen nicht verkneifen.

„Entschuldige, Mia, nein. Du bist natürlich eine gebildete Barbie", lachte Noemi und ich stimmte in das Lachen mit ein. Mit einem Mal sah ich wieder ein wenig Hoffnung für meine Zukunft. Einen kleinen blassrosa Schimmer am Horizont. Dann würde ja doch etwas aus meinem Examen werden. Ich hoffte inbrünstig, dass es sich dabei um eine seriöse Agentur handelte. Ich holte tief Luft.

„Also gut, dann werde ich dort anrufen und einen Termin für ein Vorstellungsgespräch vereinbaren", sagte ich zuversichtlich. Ich schlug noch einmal kurz die Zeitschrift auf und fotografierte die Überschrift des Artikels. Zu Hause würde ich dann die Kontaktdaten googeln. Noemi sah mich erwartungsvoll an.

„Was ist? Du meinst... ich soll jetzt gleich anrufen?" Noemi nickte.

„Aber..." Ich wollte doch erst zu Hause noch ein wenig üben. Wie ich auftreten könnte. Was ich sagen sollte und was besser nicht. Außerdem waren hier zu viele Menschen. Und auf zwei oder drei Stunden kam es ja nicht an. Noemi setzte einen strengen Blick auf, der so viel bedeutete wie: keine Widerrede.

„Nichts aber. Du machst das jetzt gleich, bevor du es dir noch einmal anders überlegst." Sie nahm ihr Handy, tippte etwas ein und hielt mir kurz darauf ein paar Zahlen vor die Nase. „Et voilà! Hier! Tipp die Nummer in dein Telefon und geh dann nach draußen, wo du ungestört telefonieren kannst."

Ich gehorchte Noemi widerspruchslos. Sie hatte ja recht. Wer konnte schon wissen, ob ich mich in wenigen Stunden auch noch trauen würde, dort anzurufen? Dann ging ich nach draußen an die frische Luft, wo ich mir in der warmen Frühlingssonne einen ruhigen Platz abseits der Studenten zum Telefonieren suchte. Ich drückte auf die Wahltaste und wartete mit klopfendem Herzen ab. Ich würde es genau fünf Mal klingeln lassen. Dann würde ich auflegen. Oder sechs Mal. Nein. Sieben. Die Zahl sieben war eine Glückszahl. Und wenn bis zum siebten Klingeln niemand...

„Satisfaction – Ihre Zufriedenheit ist uns ein Anliegen. Was kann ich für sie tun?", meldete sich eine freundliche Damenstimme schon nach dem zweiten Mal. Mein Herz schlug auf einmal bis zum Hals. Was sollte ich jetzt sagen? Hallo, ich wollte fragen, ob Ihre Agentur seriös ist? Oder: Geht es bei Ihnen auch nur um

Sex? Mist, wieso fiel mir nicht ein, was ich mir vor ein paar Minuten im Kopf zurecht gelegt hatte?

„Äh ja, hier ist Mia, Mia Mai." Ja, so hieß ich tatsächlich. Ich hoffte inständig, dass die Dame nicht nachfragen würde, ob das mein echter Name war. Denn so reagierten die meisten, wenn ich mich mit meinem vollständigen Namen vorstellte. Aber sie fragte nicht weiter nach. Gut. Ich holte einmal tief Luft. Jetzt sollte ich etwas sagen, bevor das Schweigen zu peinlich wurde.

„Ähm, ich habe in einer Zeitschrift von Ihrer Agentur gelesen und würde mich gerne bei Ihnen persönlich vorstellen." Ich konnte mein Herz bis in den Hals hinauf klopfen hören. Mia, das war kein Staatsexamen, sondern ein einfacher Anruf. Warum also diese Aufregung?

„Guten Tag, Frau Mai. Schön, dass Sie auf uns aufmerksam wurden. Nun, der übliche Weg ist, dass Sie uns zunächst eine Bewerbung mit einem Foto und Ihrem bisherigen Lebenslauf schicken", erklärte die Dame, und ich spürte, dass ich vergessen hatte zu atmen. Ich japste nach Luft und hoffte inständig, dass sie meine Nervosität nicht bemerkte.

„Ach so, ja, es ist nur so...". Ich biss auf meine Unterlippe. „Also, ich brauche dringend einen neuen Job... und... wäre es ausnahmsweise nicht möglich, dass ich mich bei Ihnen gleich persönlich vorstelle? Ich bin Jurastudentin..." Ich hörte, wie die Dame etwas tippte.

„Nun, Frau Mia Mai, ich schätze Ihre Offenheit. Wir nehmen gerne Studentinnen unter Vertrag, weil sie gebildet sind, und Sie haben eine sehr angenehme

Stimme. Wenn Ihr Aussehen noch passen sollte... Kommen Sie doch einfach morgen um zehn Uhr zu uns. Dann können wir uns gleich einen persönlichen Eindruck von Ihnen machen. Ihr Name hat mich auf jeden Fall schon einmal neugierig gemacht." Hatte sie morgen gesagt?

„Oh, äh... vielen Dank. Ja, sehr gerne. Ich werde morgen pünktlich um zehn Uhr bei Ihnen sein." Die Dame gab mir die Adresse durch und wünschte mir einen schönen Tag. Ich drückte auf den roten Hörer und atmete einmal tief durch. Okay, das ging ja einfacher, als ich dachte. Dennoch raste mein Puls immer noch, als hätte ich einen Einhundert-Meter-Sprint hingelegt. Hatte ich tatsächlich morgen schon ein Vorstellungsgespräch? Das war... gut... oder? Aber... wie sollte ich mich denn in so kurzer Zeit darauf vorbereiten?

„Und?", fragte mich Noemi aufgeregt, als ich zu ihr zurück an den Tisch kam und mich setzte.

„Du wirst es nicht glauben, aber ich soll morgen um zehn zur Agentur kommen, um mich vorzustellen", antwortete ich und konnte es ja selbst kaum glauben.

„Morgen... morgen schon? Aber... wollen die denn keine förmliche Bewerbung von dir?" Noemi blinzelte und legte ihre Stirn in Falten.

„Ich habe ihr gesagt, dass ich dringend einen neuen Job brauche und..." Ich zuckte mit den Schultern.

„Und was?"

„Mein Name hat sie neugierig gemacht.."Noemi

lachte.

„Weißt du, wie oft du dich schon bei mir über deinen Namen beschwert hast und ich dir immer wieder gesagt habe, dass ich gerne tauschen würde?" Ich nickte und musste dann ebenfalls lachen.

„Mia Mai", sagte Noemi kopfschüttelnd. „Eins ist jetzt schon klar. Du wirst sie umhauen."

# Kapitel 2

Okay. Hier musste es sein. Neugierig betrachtete ich die verglaste Fassade des mehrstöckigen Bürogebäudes in der Hafencity, in der sich die Kräne und Schiffe spiegelten. Cool. Eine exklusive Agentur musste natürlich auch exklusive Büroräume haben. Es war jetzt kurz vor zehn. Noch einmal tief Luft holen. Dann öffnete ich die Eingangstür und ging direkt zum Fahrstuhl.

„Sum, es, est, sumus, estis, sunt...", murmelte ich vor mich hin, während ich auf den Lift wartete. Latein beruhigte mich immer. Es hatte etwas Strukturiertes und ließ keine wirren Gedanken zu. Ich hatte Latein in der Schule stets gemocht und war auch heute noch froh, diese tote Sprache gewählt zu haben. Eine tote Sprache konnte sich nicht mehr verändern. Sie gab Stabilität und keine ungewollten Überraschungen. Perfekt. Latein hatte mein Gehirn funktionsfähiger gemacht. Es hatte eine Ordnung geschaffen, die es mir ermöglichte, alles andere leichter und schneller darin zu finden. Aber vor allem hatte die tote Sprache eine meditative Wirkung auf mich. „Sum, es, est..." Ich spürte, wie mein Pulsschlag ruhiger wurde. Pling. Der Fahrstuhl war da. Ein älterer Herr stieg aus und nickte mir kurz zu. Dann betrat ich den Lift und drückte auf die Acht. Tief ein- und ausatmen. Gleich würde ich da sein. Hoffentlich würde alles gut gehen. Aber... was, wenn ich gar nicht den Vorstellungen der Agentur entsprach? Wenn sie mich... zu profan fanden? Zu brav? Zu langweilig? Zu was auch immer? In dem Moment legte der Lift einen Stopp ein und ein Mann trat ein. Ich schluckte. Wow! Er sah aus wie aus einem Magazin *Sexiest Men alive*.

„Guten Morgen", grüßte er mit einer tiefen Stimme und drückte dann auf die Sieben. Sieben. Die magische Zahl. Ob das ein gutes Zeichen war? Was sich wohl auf der siebten Etage befand? Der siebte Himmel? Eine Modelagentur? Vom Aussehen her würde er dort perfekt hineinpassen. Obwohl... wie alt mochte er sein? Mitte dreißig? Da hatte man doch schon einen richtigen Beruf, bei dem es nicht nur auf das Aussehen ankam, oder?

„Guten Morgen", grüßte ich zurück und biss auf meine Unterlippe. Er sah mich durchdringend an. Oh Gott! Hatte ich ihn angestarrt? Wie peinlich. Dann sah ich ein leichtes Zucken um seinen Mundwinkel. Verlegen blickte ich auf den Boden, als gäbe es dort etwas Interessantes zu entdecken.

„Sum, es, est, sumus, estis, sunt...", murmelte ich wieder vor mich hin. Da hielt der Fahrstuhl erneut, und der Mann stieg aus. Dabei drehte er sich mit einem charmanten Lächeln noch einmal zu mir um und sagte:

„Und ich dachte immer, Lateinlehrer wären alt, grau und verstaubt."

„Ich..." Doch da schlossen sich die Türen schon wieder, und ich blieb zurück in einem Raum aus Stahlwänden voll knisternder Erotik. Ich bin doch gar keine Lateinlehrerin, hatte ich noch sagen wollen, aber da war der Fahrstuhl bereits im achten Stock angekommen. Verdammt. Ich musste mich jetzt auf mein Vorstellungsgespräch fokussieren. Schnell warf ich noch einen kurzen Blick auf die Namen neben den Etagenzahlen. Siebter Stock. Kieninger und Partner. Rechtsanwälte. Aha. Mister sexiest man alive war also Rechtsanwalt. Das hätte ich auch an seinem Anzug und seiner Aktentasche erkennen können. Kein Model lief so herum. Oh Gott... Er war nicht nur verdammt heiß, sondern hatte zudem diese sexy Stimme, die jedes Organ in mir zum Vibrieren bracht ... Okay, tief durchatmen, Mia. Es ging jetzt nicht um diesen Mann, sondern darum, dass ich die Agentur von mir überzeugte. Gespannt und mit rasendem Puls trat ich aus dem Fahrstuhl und lief direkt auf einen weißen Empfangstresen zu, hinter dem eine etwa vierzigjährige Dame in einer weißen Bluse saß. Auf dem Tresen standen weiße Tulpen und das einzig Bunte hier war ein überdimensional großes Ölgemälde an der rechten Wandseite, auf dem auf einer weißen Leinwand rote, grüne, blaue und gelbe Männchen zu sehen waren. Eigenartig. Was manche Leute unter Kunst verstanden. Vermutlich hatten die Kunstwerke eine Stange Geld

30

gekostet, denn hier sah alles teuer aus. Die Dame lächelte mich an.

„Frau Mai?", fragte sie mich und ich nickte überrascht. Das nannte ich mal eine gute Organisation und die Agentur war mir sofort sympathisch.

„Ich bin Frau Engelhardt. Die persönliche Sekretärin von Herrn Hansen. Dem Inhaber von *Satisfaction*." Sie reichte mir die Hand und drückte sie. Dabei sah sie mich aufmerksam an. „Schön wie der Mai", sagte sie erfreut. „Da habe ich mich in Ihrer Stimme nicht getäuscht."

„Meine Stimme?", fragte ich verwirrt und ließ ihre Hand los.

„Ihre Stimme klingt so wunderschön. Daher hatte ich gehofft, dass Sie genauso schön sind. Und ich hatte recht. Sie sind es." Sie strahlte mich an.

„Vielen Dank", sagte ich lächelnd und fühlte mich gleich schon wohler.

„Kommen Sie. Ich bringe sie zu Herrn Hansen. Er wartet schon auf Sie."

„Danke", sagte ich und folgte Frau Engelhardt einen weißen Gang entlang. An den Wänden hingen Fotografien in schwarz-weiß von bekannten Plätzen in Hamburg. Der Jungfernstieg. Die Außenalster. Der Containerhafen. Der Elbtunnel. Die Aufnahmen waren faszinierend. Sie gefielen mir. Auch wenn ein bisschen Farbe im Flur ganz gut gewesen wäre. Vielleicht etwas Expressionistisches. Oder Pop Art?

„Hier sind wir", sagte Frau Engelhardt. Sie klopfte an und öffnete die Tür, ohne auf eine Antwort zu warten.

„Herr Hansen, ich bringe ich Ihnen Frau Mai." Sie ging zur Seite, um mich hineinzulassen. Ich trat ein paar Schritte vor und Frau Engelhardt schloss die Tür hinter mir. Wow! Auch wenn ich es schon vermutet hatte. Der Blick auf den Containerhafen war umwerfend.

„Guten Tag, Frau Mai. Kommen Sie doch näher und setzen sich", bat mich Herrn Hansen und zeigte auf einen weißen Sessel vor seinem weißen Schreibtisch.

„Der Ausblick ist phänomenal", sagte ich, als ich Platz nahm. Herr Hansen lächelte mich an.

„Ja, da haben Sie Recht. Ich freue mich daher auch jeden Tag darauf, in mein Büro zu gehen. Möchten Sie einen Kaffee?"

„Oh, ja, sehr gerne." Ich sah mich um. Hier hingen keinerlei Bilder an den Wänden, stellte ich fest. Das war tatsächlich auch nicht nötig, da das Panorama ein sich stets wandelndes Kunstwerk war. Jeden Tag, jede Stunde, jede Minute und sogar jede Sekunde veränderte es sich. Alles andere wäre daneben verblasst.

„Schwarz? Milchkaffee? Cappuccino?"

„Cappuccino wäre toll", antwortete ich. Herr Hansen war etwa fünfzig und hatte ein dunkelblaues Poloshirt zu einer hellbraunen Hose an, und ich fragte mich, weshalb er nicht weiße Klamotten trug. Er drückte auf einen Knopf und orderte einen Cappuccino. Dann lächelte er mich erneut an und lehnte sich entspannt in seinem Sessel zurück.

„Nun, Frau Mai, dann erzählen Sie doch mal etwas über sich. Gutes Aussehen allein reicht nämlich nicht, um unseren Ansprüchen gerecht zu werden." Ich schluckte. Das durfte ich jetzt nicht vermasseln. Ich bemühte mich, meine Stimme ruhig klingen zu lassen.

„Also... ich studiere im sechsten Semester Jura und möchte in einem Jahr mein erstes Staatsexamen schreiben", berichtete und hoffte, dass mir Herr Hansen meine Nervosität nicht anmerkte. Schließlich hatte ich mich noch nie als Escortdame beworben. Plötzlich wurde mir heiß. Was, wenn es sich hier doch um ein übliches Escortunternehmen handelte, bei dem es im Endeffekt immer um Sex ging? Ich merkte, wie meine Wangen rot wurden und war froh, als in dem Moment Frau Engelhardt mit einem Cappuccino das Zimmer betrat.

„Sie studieren also Jura. Da müssen Sie sehr viel lernen und Zeit zum Geldverdienen bleibt da nicht wirklich, richtig?"

„Richtig", sagte ich. „Daher dachte ich, dass der Job als Escortdame ideal für mich wäre. Ich kann gut kommunizieren und verfüge über eine ausgezeichnete Allgemeinbildung. Außerdem interessiere ich mich für Kunst. In meiner Freizeit gehe ich gerne ins Kunstmuseum. Ich liebe den *Wanderer über dem Nebelmeer*. Das Bild versetzt den Betrachter in einen meditativen Zustand und regt zum Nachdenken an. Das finde ich sehr schön. Gerade in unserer heutigen hektischen Zeit, in der immer mehr digitalisiert wird und alles immer noch schneller gehen muss, ist es wichtig, auch einmal zur Ruhe kommen zu können und sich

Gedanken über sich und die Welt zu machen. Ich hatte mich gestern Abend im Internet darüber informiert, was man von Escortdamen erwartete. Bildung war für eine Escortdame - neben gutem Aussehen - eine Grundvoraussetzung. Sich über Gesetze zu unterhalten, war bei Weitem nicht so spannend wie über Kunst zu reden. Kunst war für mich das Eintauchen in andere Welten, um Abstand vom Alltag zu bekommen.

„Außerdem war ich ein Jahr auf einem Schüleraustausch in Frankreich und spreche daher fließend französisch. Ich lese sehr viel, weshalb ich mich auch in der Literatur sehr gut auskenne, und ich war viele Jahre im *Angels-Chor*.“

„Im *Angels-Chor*. Ich bin beeindruckt. Ich weiß, dass es nicht leicht ist, darin aufgenommen zu werden. Aber mit Ihrer zauberhaften Stimme dürfte es kein Problem gewesen zu sein.“ Er lächelte. „Und wie sieht es mit Sport bei Ihnen aus?“

„Ich gehe regelmäßig joggen und mache täglich Workouts. Ich kann zudem reiten und habe viele Jahre getanzt. Ballett, Modern Dance und auch Standardtänze.“

„Ja, das klingt doch alles sehr vielversprechend.“ Herr Hansen nickte erfreut. „Wir haben sehr ausgewählte Kunden, das heißt Kunden, die sehr viel Geld verdienen und daher keine Zeit haben, sich um eine Begleitung zum Abendessen oder Konzert zu kümmern. Außerdem sind sie sehr anspruchsvoll, also, wählerisch. Irgendeine Dame von der Bar würde ihren Vorstellungen nicht entsprechen. Daher ist es uns als Agentur wichtig, dass jede Escortdame genauso exklusiv ist, dass sie diesen Vorstellungen gerecht wird." Ich hörte aufmerksam zu und nippte an meinen Cappuccino.

„Optisch passen Sie schon einmal sehr gut zu uns. Sie haben übrigens außergewöhnlich schöne grüne Augen."

„Danke."

„Und da Sie Jura studieren, sich für Kunst interessieren und ein Jahr in Frankreich gelebt haben, gehe ich davon aus, dass Sie in der Lage sind, interessante Gespräche zu führen. Mit bereits vier Aufträgen im Monat kämen Sie im Schnitt auf zweitausend Euro und könnten sich daher problemlos auf Ihr Examen vorbereiten." Ich bemühte mich, ruhig zu bleiben. Zweitausend Euro im Monat? So viel hatte ich noch nie verdient.

„Interessanter Gesprächsstoff geht mir nie aus", bestätigte ich und wunderte mich selbst darüber, wie gelassen meine Stimme klang. Herr Hansen blickte mich zufrieden an.

„Nun, dann würde ich vorschlagen, dass wir mit einem einfachen Auftrag beginnen, und wenn Sie diesen gut meistern und auch Spaß dabei haben, schließen wir einen Vertrag. Sind Sie damit einverstanden?" Mein Herz schlug laut gegen meine Brust.

„Ja, auf jeden Fall", antwortete ich etwas zu schnell. Aber meine nächste Miete würde bald fällig werden, und essen musste ich auch. Daher hatte ich keine Zeit, mich wählerisch zu geben. Aber... eine Sache konnte ich nicht ungeklärt lassen, weil sie mir im Unterbewusstsein Bauchschmerzen bereitete.

„Und... nur damit ich noch einmal sicher bin... Sex gehört nicht dazu, richtig?"

„Richtig", antwortete Herr Hansen. „Das unterscheidet uns von den anderen Agenturen. Sex bekommt man an jeder Ecke zu jedem Preis. Ein Mann mit Geld ist für viele Frauen attraktiv. Das reicht häufig schon aus, um eine Frau ins Bett zu bekommen." Herr Hansen machte eine Pause. „Eine gut aussehende, gebildete und unterhaltsame Begleitung, die sich nicht prostituiert, ist jedoch unser Markenzeichen. Mit ihr kann sich jeder sehen lassen. Sie ist nicht billig. Eine Dame aber, die mit verschiedenen Männern für Geld ins Bett geht, ist billig und man sieht es ihr auch an. Die Prostitution hinterlässt Spuren. Im Gesicht. Im Verhalten. Prostitution hat nichts mit Exklusivität zu tun. Sie ist das Gegenteil. Wir wollen aber Exklusivität. Besondere Frauen, die nicht jeder haben kann, die den Kunden aber für einen Abend lang begleiten und ihn dadurch zu etwas Besonderem macht."

„Okay", sagte ich beruhigt. „Aber... was wäre, wenn ein Kunde mich doch einmal bedrängen sollte?"

„Zunächst versichere ich Ihnen, dass wir unsere Kunden sehr sorgfältig auswählen und so gut checken lassen, wie es möglich ist. Wir verlangen vor der Aufnahme in unsere Kundenkartei von jedem die Vorlage eines erweiterten Führungszeugnisses. Sollte es doch einmal zu einer bedrängenden Situation kommen, so müssten Sie nur einen Notfallknopf drücken. Wir kennen Ihren jeweiligen Standort und in kürzester Zeit wäre ein Sicherheitsmann von uns bei Ihnen. Sie müssen sich also keine Sorgen um Ihre Sicherheit machen." Ich nickte.

„Gut." Herr Hansen klappte seinen Laptop auf.

„Dann schauen wir doch mal nach einem ersten Auftrag für Sie, einverstanden?"

„Einverstanden."

„Also, morgen Abend sucht ein vierzigjähriger Geschäftsmann aus München eine Begleitung zum Theaterbesuch und anschließendem Essen. Sie bekommen 600 Euro für den Abend. Maximal fünf Stunden. Hätten Sie Zeit?" 600 Euro für fünf Stunden? Nur mit allergrößter Mühe schaffte ich es, Herrn Hansen nicht mit offenem Mund anzustarren. Wie lange musste ich bisher immer arbeiten, um so viel Geld zu verdienen? Möglicherweise träumte ich ja. So wie ich immer wieder mal träumte, überall Geld zu finden. Ich hob es auf und füllte einen großen Sack damit, und dann wachte ich auf, und das ganze Geld war weg. Vielleicht würde ich ja jeden Moment aufwachen und feststellen, dass ich niemals an einem Abend für Essen und Theater 600 Euro verdienen würde?

„Äh, ja, morgen Abend. Das geht. Sehr gerne." Offensichtlich hatte sich meine Stimme bestens im Griff, wofür ich ihr dankbar war.

„Sehr gut. Wir werden dann gleich noch ein paar Fotos von Ihnen machen und für Sie eine Online-Kartei anlegen. Sie bekommen später noch Ihre Zugangsdaten und zum Schutz Ihrer Identität einen anderen Namen. Sie werden in Zukunft über dieses Portal die genauen Informationen zu den einzelnen Aufträgen bekommen. Bis morgen früh haben Sie dann die Details für morgen Abend." Das klang alles durchdacht und organisiert. Ich nickte.

„Prima, vielen Dank Herr Hansen."

„Wir werden Ihnen auch noch das Gerät für Notfälle mitgeben. Aber ich kann Sie beruhigen. Davon musste bisher noch nie eine Mitarbeiterin Gebrauch machen."

„Das ist perfekt", stellte ich lächelnd fest.

„Ja, *Satisfaction* - Ihre Zufriedenheit ist uns ein Anliegen", erwiderte Herr Hansen. Dann stand er auf und begleitete mich zur Tür.

„Auf eine angenehme Zusammenarbeit, Frau Mai", sagte er und gab mir zum Abschied die Hand.

Ich taumelte zum Lift. Oder ich hatte das Gefühl zu taumeln. Okay. Noch war ich nicht aufgewacht. Auch nicht als sich der Fahrstuhl mit einem Pling ankündigte. Ich fuhr nach unten und wartete darauf, dass jeden Moment mein Wecker klingeln würde. Aber er klingelte nicht. Vielleicht hörte ich ihn nur nicht. Ich verließ wie in Watte gehüllt das Gebäude, als der fucking gut aussehende Anwalt aus der siebten Etage mit seiner Aktentasche in ein Auto stieg. Er nickte mir kurz zu und fuhr los. Zu einem Gerichtstermin? Ich überlegte. Okay. In meinem Traum hätte mich der Anwalt angesprochen, und mein Gehirn hätte eine heiße Sexszene daraus gebastelt. Ich hätte in kürzester Zeit mehrere Orgasmen und würde friedlich weiterschlummern. Wie es in Träumen eben so war.

*„Ein Traum ist's, aber ach ein Traum nur…"*, fiel mir ein Zitat aus Goethes Faust ein. Ja, unvergleichlichen Sex hatte ich nur nachts, wenn ich tief und fest alleine in meinem Bett schlief. Ich sah dem Auto hinterher, das hinter einer Kurve verschwand. Ich träumte also nicht. Warum hatte mir der Anwalt zugenickt? Nur, weil wir uns kurz im Fahrstuhl begegnet waren? Oh Shit! Mir schwante etwas… Ob er davon ausging, dass ich eine Escortdame war? Die Anwaltskanzlei befand sich nur eine Etage tiefer und… klar, er musste gesehen haben, dass ich in die achte wollte. Ich biss mir auf die Unterlippe. Mist. Jetzt glaubte er womöglich, ich sei eine Edelprostituierte. Aber warum machte ich mir darüber Gedanken? Ich kannte diesen Mann gar nicht. Und ich würde ihn nie wieder sehen. Klingelte da nicht mein Wecker? Ich griff in die Jackentasche und zog es heraus. Wieso läutete es, obwohl ich nicht im Bett lag? Fuck! Die Arbeitsgemeinschaft Zivilrecht begann gleich. Ich musste mich beeilen. Schnell schickte ich Noemi einen Daumen nach oben und sputete mich dann zu meinem Fahrrad. Wenn ich kräftig in die Pedalen trat, würde ich es sogar schaffen, pünktlich zu sein.

„Du rufst mich heute Nachmittag an und erzählst mir alles im Detail, versprochen?", bat mich Noemi, als wir

39

nach dem Ende der Übungsstunde den Raum verließen. „Ich muss jetzt nur gleich los, damit ich pünktlich zu meinem Zahnarzttermin komme." Sie verzog das Gesicht und ich litt automatisch mit ihr. Zahnarzttermine standen ganz oben auf meiner Davor-hab-ich-einen-Horror-Liste. Wahrscheinlich lag das daran, dass ich keine Spritzen mochte. Erst recht nicht in meinem Mund. Oder es lag an dem schrecklichen Geräusch, den die Bohrer erzeugten? Ich zuckte zusammen, als ich an dieses schrille Pfeifgeräusch dachte. Ich winkte Noemi zu, die schon die Treppe hinunter hüpfte. Wieso hüpfte sie auf dem Weg zum Zahnarzt?

„Ja, mach ich. Versprochen", rief ich ihr hinterher und schüttelte den Kopf. Puh. Ich musste dringend Bereicherungsrecht wiederholen. Die Übungsfälle heute hatten es in sich gehabt. Aber jetzt brauchte ich erst einmal eine Pause. Und etwas zum Essen und Trinken. Ich holte mir in der Cafeteria eine Butterbrezel und eine Cola light und setzte mich an einen freien Tisch in die Ecke. Ich sehnte mich nach ein wenig Ruhe.

„Hey, Mia", hörte ich eine Stimme, nachdem ich von meiner Brezel abgebissen hatte. Benni. Verdammt. Was suchte er jetzt hier?

„Kann ich mich zu dir setzen?" Ohne eine Antwort abzuwarten, schnappte er sich einen Stuhl und nahm darauf Platz.

„Äh... klar, setz dich doch", antwortete ich, obwohl mir nicht nach Smalltalk war. Ich kannte Benni schon

40

seit dem ersten Semester. Er studierte Germanistik, und man konnte sich mit ihm äußerst anregend über Gott und die Welt unterhalten. Aber im Moment hatte ich anderes im Kopf. Ich nippte an meiner Cola und sah ihn mit einem gezwungenen Lächeln an. Wir verstanden uns gut, aber das war schon alles. Benni hatte leider überhaupt nicht meinen Humor. Und... ich vermutete bereits seit längerem, dass er mehr von mir wollte als gelegentliche Unterhaltungen, weshalb ich ihm seit einiger Zeit aus dem Weg ging. Doch jetzt gab es kein Entrinnen.

„Geht's dir gut, Mia? Ich sehe dich ja kaum noch."

„Ja, danke, alles gut. Ich muss zur Zeit nur ziemlich viel lernen. Ich möchte nächstes Jahr mein erstes Staatsexamen schreiben." Benni nickte verständnisvoll und sah mich mitfühlend an. Oh nein, nicht dieser Blick. Ich konnte es nicht leiden, wenn mich ein Mann so ansah. Er war zu tief, zu intensiv und zu emotional.

„Ich vermisse unsere Gespräche", sagte er. Ich biss von meiner Butterbrezel ab und kaute nickend, um Zeit zu gewinnen. Das wurde mir jetzt eindeutig zu eindeutig. Aber ich wollte ihn nicht verletzten. Er war ja ein netter Kerl. Ich schluckte und trank von meiner Cola.

„Ich glaube, der coolste Teil meines Studiums ist nun vorüber. Jetzt wird es wirklich ernst."

Merkte er nicht, dass ich versuche, ihn zu friendzonen? Wieso sah er mich dann weiterhin so an?

„Wir können ja auch mal zusammen Sport machen. Oder abends etwas zusammen kochen", schlug er vor. Er

41

machte es mir nicht leicht. Oder sich. „Ich bin wirklich gut in Pizzabacken." „Klingt cool. Aber da wirst du wohl bis nach meinem Examen warten müssen." Ich lächelte ihn an und stand auf.

„War nett, dich gesehen zu haben, Benni. Aber ich muss jetzt noch dringend Bereicherungsrecht wiederholen. Das wurde mir heute in der AG mehr als bewusst." Ich zuckte entschuldigend mit den Schultern und Benni sah mich unglücklich an. Augenblicklich kam ich mir vor wie jemand, der seinen Hund aussetzte.

„Tut mir echt leid. Aber in meinem Leben ist gerade kein Platz für Freunde." Nicht einmal für einen unwiderstehlichen Anwalt... Woher kam jetzt dieser Gedanke?

„Schade, aber ja, dein Examen geht natürlich vor", sagte Benni mit verständnisvoller Miene.

Wieso wollten Männer immer mehr als Freundschaft? Ging es für sie nur um Sex? Wahrscheinlich waren sie im Grunde genommen immer noch Steinzeitmenschen. Sie wollten uns erlegen und nicht mit uns in der Höhle sozialisieren. Das war absolut frustrierend.

# Kapitel 3

Mein Escortname war *Nike*. Ich hatte mich in meinen Account eingeloggt und las die Details zum ersten Auftrag, während ich meinen morgendlichen Milchkaffee schlürfte. Herr Böhm, 40 Jahre alt, aus München, hatte geschäftlich in Hamburg zu tun und wollte heute Abend in Begleitung einer Dame Goethes Faust im Theater ansehen. Faust! Ich musste breit grinsen. Wie cool war das denn? Ich konnte es kaum fassen! Faust war mein absolutes Lieblingstheaterstück! Ich würde nicht nur ins Theater eingeladen werden, ich würde sogar Geld dafür bekommen! Es war fantastisch! Ich warf einen misstrauischen Blick zu meinem Handy und wartete darauf, ob nicht jetzt der Wecker klingeln und mich aus einem zu unrealistischen Traum herausreißen würde. Aber es blieb stumm. Ich lächelte zufrieden. Treffen um 19 Uhr vor dem Deutschen Schauspielhaus. Danach Abendessen im Sushi-Restaurant Alsterblick. Das klang nicht nach Arbeit, sondern nach Vergnügen. Ich sah aus dem Fenster und stellte fest, dass es begonnen hatte zu regnen.

Ideales Lernwetter. Ich tippte kurz eine Nachricht an Noemi, bevor ich das Handy ausschaltete.

*Cooler Auftrag. Theater – Faust !!!! - Und danach Sushi essen im Alsterblick. 600 Euro. Lerne jetzt. Rufe dich später mal an.*

Zufrieden trank ich meinen Milchkaffee aus, schlüpfte in einen gemütlichen Jogginganzug und setzte mich dann um Punkt acht an den Schreibtisch. *Carpe diem! Nutze den Tag!*


Es war kurz vor Mitternacht, als ich nach meinem ersten Auftrag müde mit dem Bus nach Hause fuhr und mich auf mein warmes kuscheliges Bett freute. Ich lächelte matt. Der Abend war perfekt verlaufen. So leicht hatte ich mir das nicht vorgestellt: eine beeindruckende Inszenierung von Faust, ein gutes Essen und eine angenehme Unterhaltung mit einem zuvorkommenden Mann. Ich schloss die Augen und lehnte meinen Kopf zurück. Das Schaukeln des Busses machte mich schläfrig, und ich war gerade am Eindösen, als mein Handy vibrierte. Noemi. Wir hatten es heute nicht geschafft, miteinander zu telefonieren, und mit Sicherheit platzte sie inzwischen vor Neugier. Ich konnte sie direkt vor mir sehen, wie ihre Augen funkelten und ihre Wangen leicht erhitzt waren.

„Mia? Und? Wie war es? Ich warte schon die ganze Zeit auf deinen Bericht. Kommst du noch zur Party bei Paul? Er feiert seinen Bachelor." Im Hintergrund hörte ich laute Musik und jede Menge Stimmen. Mühsam unterdrückte ich ein Gähnen. Mist. Ich hatte Pauls Party vergessen. Aber ich war nicht so die Partygängerin und bereute es daher ehrlicherweise nicht. Ich würde Paul morgen zum bestandenen Bachelor gratulieren. Da würde er sich auch noch freuen. Wahrscheinlich bemerkte er heute Abend nicht einmal, dass ich nicht da war. Es wurde wieder jede Menge Alkohol getrunken und am nächsten Morgen würden alle einen dicken Kopf haben. Da bevorzugte ich mein Bett und meinen klaren Verstand am morgigen Sonntag.

„Es war cool. Wirklich." Ich gähnte.

„Cool? Mehr hast du nicht zu erzählen?" Ich sah Noemis enttäuschtes Gesicht förmlich vor mir. Noemi hatte die „Gala" abonniert. Sie liebte Klatsch und Tratsch und gäbe es keine Yellow Press, so würde sie sie garantiert erfinden.

„Ich sitze im Moment im Bus. Ist also gerade nicht so gut", antwortete ich.

„Also, wie lange brauchst du, bis du bei Paul bist?"

„Äh, ich bin in zehn Minuten bei mir zu Hause und gehe dann sofort ins Bett. Wie du dir denken kannst, bin ich total müde. Du musst dich schon bis morgen gedulden." Ich gähnte erneut und rieb mit einer Hand über meine müden Augen.

„Was?" Ich hörte Noemis Entsetzen in der Stimme. „Nein, Mia, das kannst du mir nicht antun! Du musst unbedingt zur Party kommen. Du kannst doch jetzt nicht nach Hause gehen. Es ist Samstag! Du bist noch genau ein Jahr lang Studentin! Nach deinem

Staatsexamen ist Schluss damit. Du musst dein Leben jetzt noch genießen. Hörst du?" Sie hielt das Handy von ihrem Ohr weg und es ertönte laute Musik. „Hier geht es voll ab! Jetzt schieb deinen Hintern hierher!" Ich schloss die Augen. Oh nein! Keine Party! Ich wollte nach Hause. In mein Bett.

„Mia? Hörst du? Du wirst jede Menge Spaß haben." Ich seufzte.

*„Die Botschaft hör ich wohl, allein mir fehlt der Glaube."*

„Was?"

„Ein Zitat aus Faust." Ich sah förmlich vor mir, wie Noemi den Kopf schüttelte.

„Du bist schon komisch, weißt du das?" Ja, das wusste ich. Welche Studentin ging schon gerne abends ins Theater und danach zufrieden ins Bett und nicht auf eine Studentenparty?

„Ich weiß. Aber ich bin trotzdem müde. Wir waren in Faust. Und du weiß doch. Ich liebe Faust." Noemi lachte.

„Genau das meine ich, Mia und das macht dich auch so besonders. Du bist nicht wie alle anderen. Aber in einem Jahr machen wir unser Examen und dann war's das mit dem Studentenleben. Du wirst die Zeit nie wieder zurückstellen können. Komm, eine letzte Party vor dem Lernmarathon. Dann weißt du, dass du nichts ausgelassen hast. Carpe diem!" Ich lachte.

„Dann wohl doch eher carpe noctem. Also gut, ich werde noch kommen. Aber nicht allzu lange."

„Jipiihhh! Paauuul! Mia kommt doch noch!“, kreischte Noemi so laut ins Handy, dass mich der Mann schräg gegenüber von mir stirnrunzelnd ansah. Ich zuckte entschuldigend mit den Schultern und legte auf. Dann lehnte ich meinen Kopf gegen die kühle Fensterscheibe und sah in die dunkle Nacht hinaus.

„Nike? Das ist also sozusagen dein Künstlername? Ist ja cool.“ Noemi war schon etwas angetrunken und goss sich ein weiteres Glas Rotwein ein. Wir saßen in der Küche nebeneinander auf dem Boden und lehnten mit unseren Rücken gegen den Geschirrschrank. Ich wunderte mich, weshalb bisher kein Nachbar die Polizei gerufen hatte bei dem Lärm, der hier herrschte. Die Musik war echt gut und die meisten Gäste hatten das Wohnzimmer in eine Tanzfläche umfunktioniert. Ich trank einen Schluck von meiner Cola und grinste.

„Künstlername“, wiederholte ich und kicherte. „Wenn du es so willst, ja. Obwohl es ja wirklich keine Kunst ist, ins Theater zu gehen und Sushi zu essen.“ Zum Glück waren wir alleine in der Küche, so dass ich Noemi alles ungestört berichten konnte. Hin und wieder kam jemand herein, um etwas zum Trinken oder Essen zu holen, verschwand dann aber gleich wieder. Offensichtlich lag dies daran, dass wir jedes Mal augenblicklich verstummten, so dass jeder wusste, hier nicht als Co-Gesprächspartner erwünscht zu sein.

„Also, erzähl weiter.“

„Nun, wir haben uns vor dem Theater getroffen und sind dann direkt hineingegangen. Er war sehr höflich, hielt mir die Tür auf, nahm mir den Mantel ab, und wir unterhielten uns bei einem Glas Sekt über Theaterstücke, die wir schon gesehen hatten. Dann begann auch schon die Aufführung, und ich habe gar nichts von ihm mitbekommen. Das kannst du dir ja denken. Ich war so auf das Stück fixiert."

„Hm, klingt irgendwie langweilig." Ich lachte.

„Ja, Noemi, du hättest dich sehr wahrscheinlich zu Tode gelangweilt. Aber ich fand's toll. Danach sind wir Sushi essen gegangen und haben uns über das Stück und das Leben an sich unterhalten."

„Gott, wie gruselig. Das klingt ja wie die reinste Folter. Kein Wunder, dass der Typ keine Frau hat. Bevor er sie anfasst, ist sie vor Langeweile gestorben", gluckste Noemi.

„Noemi!" Ich schlug ihr sacht gegen den Oberarm, musste aber lachen.

„Sah er wenigstens gut aus?", wollte sie weiter wissen und hickste. „Ups! Entschuldige, ich glaube, ich habe etwas zu viel getrunken." Ich nahm ihr das Glas ab und stellte es kommentarlos zur Seite.

„ Na ja, nicht gut, er war aber auch nicht hässlich. Sehr gepflegt auf jeden Fall. Er trug einen sehr gut geschnittenen grauen Anzug. Ich hätte ihn ein wenig jünger geschätzt. Er war vierzig, sah aber eher wie Mitte dreißig aus."

„Vierzig, hicks, fast doppelt so alt wie du", stellte Noemi fest und grinste. „Ein Sugardaddy also." Sie kicherte.

„Noemi, du bist betrunken. Nein, kein Sugardaddy. Du weißt doch, kein Sex."

„Habe ich gerade Sex gehört?" ertönte da auf einmal eine Stimme. Erschrocken sah ich zur Küchentür, wo Leon am Türrahmen lümmelte. Er sah wie immer umwerfend aus mit seinen strubbeligen blonden Haaren und graublauen Augen. Und das wusste er genau. Und es gab kaum eine Frau, der er nicht das Herz gebrochen hatte. Aber Leon war eben kein Beziehungsmensch. Und daraus machte er kein Geheimnis. Nur, dass offensichtlich jede Frau, die sich mit ihm einließ, glaubte, dies ändern zu können. Dass sie diejenige war, die es schaffte, sein Herz zu erobern. Aber Leon war und blieb ein Fuckboy. Und er war stolz darauf. Da ich mir ohnehin nichts aus Sex machte, biss er sich an mir die Zähne aus. Was er nach wie vor als Herausforderung ansah. Ich hatte ihn vor zwei Jahren in einem Hamburger Club kennengelernt. Im *Grey*, um genau zu sein. Eines der wenigen Male, an denen ich ausgegangen war. Wenn Leon sich nicht an der Uni aufhielt und studierte, verbrachte er dort seine Zeit. Gefühlt lebte er in dem Club. Er verdiente ganz ordentlich damit, indem er im *Grey* Partys organisierte und managte. Das war ganz klar sein Ding. Denn es war gar nicht so einfach, eine Karte dafür zu bekommen. Da Leon irgendwas mit Management studierte, machte sich das auch gut für seinen Lebenslauf. Abgesehen davon, liebte er es, für das *Grey* zu arbeiten. Das war seine Welt. Wie lange stand er eigentlich schon da? Was hatte er alles von unserem Gespräch gehört?

„Ich sagte: *Kein* Sex. Tut mir leid, Leon", foppte ich ihn. Leon zog eine Augenbraue nach oben, kam in die Küche und ließ sich neben mir auf den Fußboden gleiten.

„Und du überlegst es dir auch nicht anders?", fragte er und grinste mich anzüglich an. Ich boxte ihn in die Seite.

„Hey, wir führen hier gerade ein Frauengespräch und hatten nicht vor, darin Männer zu involvieren."

„Aha." Leon schaute grinsend zur Seite. Noemi lag seitlich neben mir auf dem Küchenboden.

„Noemi?", fragte ich und legte meine Hand auf ihren Arm.

„Ich glaube, die ist hinüber", stellte Leon sachlich fest. Ich konnte es nicht fassen. Ihretwegen hatte ich mich aufgerafft und war zur Party gekommen und jetzt schlief sie. Hier an meiner Seite.

„Das gibt's doch nicht. Sie hat mich davon abgehalten, mich gleich ins Bett zu legen, obwohl ich todmüde war." Kaum hatte ich das gesagt, gähnte ich.

„Nicht dein Ernst jetzt, oder? Was seid ihr eigentlich für Schnarchzapfen?" Leon stand auf, zog seinen Pulli aus und schob ihn überraschend fürsorglich unter Noemis Kopf. Dann reichte er mir die Hand und half mir beim Aufstehen.

„So, auf einer Party wird nicht geschlafen. Wir beide gehen jetzt tanzen und werden jede Menge Spaß miteinander haben." Ich wollte widersprechen, doch Leon ließ meine Hand nicht los und zog ich hinter sich her ins Wohnzimmer. Plötzlich war ich hellwach, als ich hörte, dass *Feuerwerk* von *Wincent Weiß* gespielt wurde. Die Partygäste sangen lauthals *„Lass uns leben wie ein Feuerwerk"* und sprangen alle ausgelassen im Takt mit. Ich ließ mich von der fröhlichen Stimmung und der guten Musik mitreißen und tanzte zusammen mit Leon auf ein paar andere Songs, bis mir heiß wurde. Da ich von meinem Theaterbesuch nur ein kurzes schwarzes Kleid trug, konnte ich leider nichts ausziehen. Also wedelte ich nach einer Zeit lang mit der Hand vor meinem Gesicht, damit Leon mich verstand. Er nickte und wir gingen zur Küche zurück, wo wir ein Fenster öffneten und die frische kühle Nachtluft einatmeten. Noemi lag immer noch friedlich auf dem Boden auf Leons Pulli und schlief selig. Von wegen Partymaus. Ich grinste.

„Was willst du trinken?", fragte mich Leon, als er den Kühlschrank öffnete. „Cola?"

„Gibt's auch Cola light?", wollte ich wissen. Er nahm eine Dose aus dem Regal und hielt sie mir hin.

„Zero."

„Geht auch". Ich öffnete sie und trank ein paar Schlucke. Eisgekühlte Cola. Ich fühlte mich gleich wohler. Leon hatte sich ebenfalls eine Dose genommen und stieß mit mir an, als von nebenan Gegröle zu hören war.

„Nanu? Was geht denn da auf einmal ab?" Ich sah Leon fragend an und hielt mir die kalte Dose an die Stirn. Leon zuckte die Schultern.

„Keine Ahnung. Lass uns mal nachschauen!" Als wir zurück ins Wohnzimmer kamen, stand Paul in Unterhosen auf dem Sofa und prostete uns mit einem Bier zu.

„Was zum Teufel..." Waren wir hier auf einer Erstsemesterparty? Paul winkte uns mit glänzenden Augen zu.

„Hey, ihr müsst mitmachen. Wir wollen durch die ganze Wohnung eine Kleiderkette machen." Er nahm einen Schluck, dann fiel er vom Sofa. Seine Mitbewohnerin Jessy half ihm beim Aufstehen und platzierte ihn wieder auf dem Sessel. Ich drehte mich um und wollte gehen, als mich Leon festhielt.

„Das ist doch albern", sagte ich zu ihm. „Wie alt sind die? Ich glaube, ich gehe jetzt besser nach Hause. Ich muss morgen eh noch jede Menge lernen." Leon nickte.

„Gut, soll ich dich nach Hause bringen?" Plötzlich landete ein BH auf seinem Kopf.

„Gerne, aber nicht in dem Outfit", lachte ich. Leon warf den BH zurück und kassierte dafür Buhrufe.

„Hey, ihr Spielverderber, jetzt helft uns schon mit der Kleiderkette!", rief eine Rothaarige, die nur noch ein Höschen und ein Top trug. „Ihr traut euch nur nicht, richtig? Deswegen geht ihr jetzt!" Leon sah mich grinsend an. „Gib zu. Du hast noch nie in einem deinem Leben eine Kleiderkette gemacht. Auch nicht im ersten Semester." Ich zuckte mit den Achseln.

„Und wenn schon, das ist doch so was von kindisch." Mit einem Ruck wirbelte mich Leon herum und rief:

„Wir sind dabei!" Im nächsten Moment hatte er sein T-Shirt ausgezogen und warf es neben die Hose auf den Teppich, die das bisherige Kleiderkettenende war. Ich merkte, wie ich seine Bauchmuskeln anstarrte und musste zugeben, dass mir sein Sixpack gefiel. Ich wusste ja, dass er täglich trainierte und sein Aussehen nicht dem Zufall überließ. Leon bemerkte meinen Blick und grinste.

„Jetzt bist du dran." Er sah mich herausfordernd an. „Komm schon, in einem Jahr machst du dein Staatsexamen. Und dann wirst du nicht sagen können, dass du das Studentenleben genossen hast. Richtig?" Was für ein Studentenleben? Studieren und nebenher arbeiten? Für so einen Quatsch hatten nur diejenigen Zeit, die von ihren Eltern gesponsert wurden. Aber Leon hatte recht. Wenn nicht jetzt, wann dann? Wenigstens ein einziges Mal musste man so einen Blödsinn mitgemacht haben. Das gehörte in der Tat zum Leben eines Studenten dazu. Es war sozusagen Allgemeinbildung. Und morgen würde ich wieder zum üblichen Lernprogramm übergehen.

„Richtig", antwortete ich und drehte meinen Rücken zu Leon, damit er den Reißverschluss meines Kleides öffnen konnte. Zum Glück hatte ich schwarze

Spitzenunterwäsche an und nicht einen von meinen verwaschenen weißen Slips, von denen mehr als genug in meiner Schublade waren. Leon zog den Reißverschluss langsam nach unten und Paul pfiff laut auf seinen Fingern, während die anderen anfeuernd klatschten. Ich schlüpfte aus dem Stück Stoff und grinste dabei Leon an. Auch ihm schien zu gefallen, was er sah, denn seine Augen wurden dunkel. Ich warf das Kleid zu seinem T-Shirt, und er zog mich zu sich heran. Ich spürte seine harten Bauchmuskeln und seinen Atem an meinem Ohr. Aus der Musikbox ertönten Udo Lindenberg und Apache. *„Lass uns nochmal aufdreh'n."* Leon drehte sich mit mir im Takt der Musik, und ich ließ es zu. Wenn nicht heute, wann dann? Ich hatte nie das Studentenleben, von dem immer alle sprachen, als wäre es etwas Wertvolles. Als ginge es nicht ums Studieren, sondern um das Leben, bevor es einen vereinnahmte bis zur Rente. So trällerte ich lauthals mit den anderen: *„Lass uns nochmal aufdreh'n..."* und sprang und hüpfte und hob die Arme in die Luft. Wir waren ein grölender lauter Haufen und genossen genau für diesen Augenblick das Leben. Es war leicht und unbeschwert und zeitlos. Völlig außer Atem lehnte ich mich gegen Leons Brust, als *Love me like you do* gespielt wurde. Ich spürte seinen Herzschlag und fühlte unsere erhitzten Körper. Leon ließ seine Hände über meinen Rücken gleiten und ich erschauerte. Was taten wir hier? Wieso gefiel es mir? Leon begann, an meinem Hals zu knabbern, und ich verspürte auf einmal das Verlangen, ihn zu küssen. Als hätte er es bemerkt, nahm er meine Hand und zog mich hinter sich her. Weg von den anderen Gästen.

„Wo willst du hin?", fragte ich ihn. Leon war alles andere als verklemmt. Wir hätten auch auf der Tanzfläche knutschen können. Doch da schob er mich schon in ein Zimmer und drückte mich mit dem Rücken von Innen gegen die Tür. Es war dunkel, und ich konnte durch das schwache Licht, das von der Straße draußen hineinschien, nur Leons Silhouette sehen. „Hier sind wir ungestört", wisperte er an mein Ohr und begann, daran zu knabbern, während er meine Handgelenke umfasste und über meinem Kopf an die Tür presste. Ein wohliges Kribbeln lief durch meinen Körper, und ich stöhnte leise, als Leon mit seiner Zunge an meinem Hals spielte. Schließlich fand er meinen Mund und ließ sie hineingleiten. „Lass deine Arme dort, wo sie sind", befahl er und öffnete mit seinen Händen gekonnt meinen BH. Während er mit meiner Zunge spielte, massierte er meine Brustwarzen. Ich spürte ein lustvolles Ziehen im Unterleib, als Leon meine Nippel mit seinem Mund einsog und daran saugte. Gedämpfte Musik drang aus dem Wohnzimmer an mein Ohr, und ich schloss die Augen. Ich genoss den heißen Strom, der durch meinen Körper rieselte. Das Pochen zwischen meinen Beinen wurde stärker und je mehr Leon an meinen Brustwarzen saugte, desto erregter wurde ich. Dann umfasste er meine Taille und zog mich zum Bett. Die Dunkelheit, die uns umgab, steigerte meine Aufregung. Ich konnte irgendeine Frau sein. Nicht Mia, der Kopfmensch. Sondern eine Frau, die sich im Verborgenen einem Mann hingab und mit allen Sinnen dessen Berührungen genoss. Leon zog meinen Slip aus und spreizte meine Beine. Ich hörte, wie er ein Kondom auspackte und es sich überzog. Ich war so feucht, dass er mühelos tief in mich hineingleiten konnte. Es fühlte sich gut an. Dann stieß er ein paar Mal kräftig zu und ergoss sich in mir. Ich schluckte ernüchtert. War es das schon? Irritiert sah auf Leons Körper, der nun auf mir lag. Das Vorspiel war vielversprechender. In einem Roman wäre ich jetzt mit Leon zusammen gekommen. Aber gemeinsame Orgasmen gab es eben nur in Büchern oder Filmen. Oder in meinen Sexträumen. Ich schluckte. Das war frustrierend. Sex im realen Leben war nicht für mich gemacht. Wenn ich mich selbst befriedigte, hatte ich wenigstens einen Orgasmus. Zum Glück war es dunkel im Zimmer. So sah Leon nicht, dass mir das ganze jetzt doch peinlich war. Wir kannten uns schließlich schon seit zwei Jahren. Wir waren... nein, wir waren eben keine Freunde. Leon war ein Freund von Noemi, und ich kannte ihn über sie. War Benni ein Freund? Mit ihm hatte ich wenigstens schon stundenlange Gespräche über Gott und die Welt geführt, während sich meine Konversation mit Leon auf Geplänkel reduzierte. Und nun hatte ich mit Leon Sex. Freunde waren wir deswegen aber nicht. Was waren wir denn dann ab jetzt? Und wieso machte ich mir darüber Gedanken? Aus welchen Gründen musste Mia, der Kopfmensch, immer alles überdenken?

„Leon?", flüsterte ich. Er lag immer noch schwer atmend auf mir. „Ich glaube, ich bin jetzt wirklich müde und möchte nach Hause." Leon rollte sich von mir herunter und drückte mir einen Kuss auf den Mund.

„Okay. Soll ich dich nach Hause bringen? Ich bin mit dem Roller da." Ich überlegte. Es war mitten in der Nacht und nicht ungefährlich, als junge Frau um diese Uhrzeit alleine auf den Straßen unterwegs zu sein. Andererseits... war das jetzt nicht komisch? Doch da schnappte Leon schon meine Hand und zog mich hoch.

„Da gibt es nichts zu überlegen. Komm, wir suchen unsere Klamotten, ziehen uns an und dann fahre ich dich nach Hause." Er wirkte so unbefangen. Ganz anders als ich. Klar, er war es ja gewohnt, irgendwelche One-Night-Stands zu haben. Es war beruhigend, zu wissen, dass er dabei Gentleman blieb, was mir die Peinlichkeit wieder ein wenig nahm.

„Also gut", sagte ich und war insgeheim froh über das Angebot.

Kurz darauf saß ich schon hinter Leon auf dessen Roller und hatte meine Arme um seinen muskulösen Bauch gelegt. Die Nachtluft war kühl, und so drückte ich mich eng an seinen Rücken. Zufrieden schloss ich die Augen. Ja, wenigstens hatte ich heute Nacht einmal das Studentenleben genossen. Und das reichte mir. Mehr brauchte ich davon nicht.

# Kapitel 4

Die Mittagsglocken läuteten, und mein Kopf fühlte sich vom vielen Lernen schwer an. Ich schlüpfte in meine Clogs und schlurfte die Treppe hinunter zum Briefkasten. Es war zwar Sonntag, aber ich hatte gestern vergessen nachzusehen, ob etwas gekommen war. Vor drei Tagen hatte ich ein Buch mit Übungsfällen zum Strafrecht bestellt, auf das ich sehnsüchtig wartete. Noemi lachte mich immer aus, weil ich Strafrecht so liebte. „Zieht es dich zu Kriminellen hin?", foppte sie mich gerne. „Quatsch", konterte ich dann jedes Mal grinsend, „ich will sie einfach nur hinter Gitter bringen, sonst würde ich ja Strafverteidigerin werden und nicht Staatsanwältin". Bei Strafrecht ging es um Mord und Totschlag, schwere Körperverletzung und Betrug. Nicht der Stoff, aus dem die Träume waren. Aber Krimis. Und ich liebte Krimis. Ich liebte die Spannung, die Psyche der Täter und wie die Polizei versuchte, dem Täter auf die Schliche zu kommen. Ich liebte es, wenn ich vor Angst eine Gänsehaut bekam, obwohl ich wusste, dass mir nichts passieren konnte. Aber das Gehirn konnte

Vorstellung von Realität nicht unterscheiden. Das machte es so prickelnd. Angst zu haben, obwohl keine Gefahr bestand und am Ende aus allem heil herauszukommen. Wenn ich Strafrecht lernte, war es für mich immer so, als wäre ich Teil eines Krimis. Dadurch kam wenigstens ein bisschen Spannung in mein sonst eher langweiliges Leben. Ich öffnete den Briefkasten, zog einen Brief heraus und jede Menge Prospekte, obwohl darauf zu lesen war, dass ich keine Werbung wünschte. Ich stopfte die Unmengen an Papier direkt in den Müll. Sehr nachhaltig. Wirklich. Dachte auch nur einer dieser Werbefuzzis an die Umwelt? Das Buch mit den Übungsfällen war nicht gekommen. Schade. Während ich wieder nach oben schlappte, öffnete ich den Brief und las. Was? Ich sollte 500 Euro für die Heizung nachbezahlen? Das musste ein Scherz sein. Ich schloss die Tür hinter mir und schenkte mir am Küchentisch zum vierten Mal für den heutigen Tag einen Kaffee ein. 500 Euro? Wieso das denn? So viel hatte ich doch gar nicht geheizt.

„Wegen der hohen Energiekosten in diesem Winter, blablabla, müssen wir leider jetzt schon eine einmalige Abschlagzahlung vor Erstellung der Nebenkostenabrechnung verlangen ... blablabla...“ . Oh nein, auch das noch! Wo sollte ich denn das Geld hernehmen? Die 600 Euro, die ich gestern Abend verdient hatte, hatte ich schon für die Miete eingeplant. Klar, andere Studenten hatten von ihren Eltern oder Großeltern ein Sparkonto für das Studium bekommen.

Meine Eltern hatten nie ein solches Konto für mich angelegt, da ich ihr einziges Kind war und sie mein Studium aus ihren laufenden Einkommen hätten finanzieren können. Doch leider verschleuderten sie ihr ganzes Geld für ihren Rosenkrieg, und als es um meinen Unterhalt ging, geriet ich zwischen die Fronten. Daraufhin hatte ich beschlossen, wirtschaftlich von ihnen unabhängig zu sein und neben dem Studium zu arbeiten. Mist. Für mich waren 500 Euro eine Menge Geld. Und jetzt? Tolle Lernpause. Ich wollte doch nur ein wenig Kaffee trinken und nach der Post sehen, um meinem Kopf eine kleine Verschnaufpause zu gönnen. Der Schuss war nach hinten losgegangen. Verdammt. In meinem Gehirn ratterte es pausenlos auf der Suche nach einer Lösung. Gut. Sollte es mal suchen. Aber ich würde so lange nicht untätig herumsitzen. Ich loggte mich auf *Satisfaction* ein und stellte frustriert fest, dass keine neuen Aufträge in Sicht waren. Klar, das wäre auch zu simpel. Oh Mann, ich presste meine Hände an die Schläfen. Ich war ja erst gestern Abend mit einem Kunden im Theater. Und es hatte sich dabei um einen Probejob gehandelt. Woher sollte denn nach so kurzer Zeit ein neuer Auftrag kommen? Ich drückte meine Hände an die Schläfen. Gut. Vom Grübeln und Verzweifeln wurde es auch nicht besser. Ich musste als Erstes mit meinem Vermieter Kontakt aufnehmen und um Ratenzahlung bitten. Genau so würde ich es machen. Und jetzt musste ich dringend weiterlernen, wenn ich meinen Zeitplan einhalten wollte. Doch mein

61

Handy machte mir einen Strich durch die Rechnung. Oder vielmehr Noemi. Ich knirschte mit den Zähnen. Gestern nach dem Sex mit Leon war ich einfach so von der Party verschwunden und hatte gar nicht mehr nach ihr gesehen. Daher hatte ich jetzt ein ziemlich schlechtes Gewissen, weshalb ich sie nicht wegdrückte und dafür in Kauf nahm, dass ich so meinen Zeitplan nicht einhalten können würde.

„Noemi?"

„Aua, nicht so laut, Mia, sonst platzt mein Schädel", hörte ich Noemi stöhnen.

„Oh, tut mir leid", flüsterte ich, „du warst gestern einfach in der Küche eingeschlafen."

„Ja, echt blöd, dabei wolltest du mir doch noch von deinem gestrigen Theaterbesuch erzählen. Aber irgendwie ... ich war auf einmal so müde. Und dann war ja noch Leon gekommen und ... es tut mir echt leid, Mia, ich hatte dich ja extra noch gebeten, zur Party zu kommen und kaum warst du da, bin ich eingeschlafen. Bist du jetzt sauer?"

„Quatsch, natürlich bin ich nicht sauer. Ich hatte doch Gesellschaft von Leon." Ob ich es ihr sagen sollte? Sie würde es ja sowieso irgendwann erfahren. Spätestens von Leon. Aber dann würde heute nichts mehr aus dem Lernen werden. So viel war klar.

„Sag mal, hast du Lust, heute Abend zu mir zu kommen und wir kochen uns zusammen Spaghetti? Dann kann ich dir in aller Ruhe alles erzählen." Mit *alles* meinte ich auch die Sache mit Leon. Aber das würde Noemi erst später erfahren.

„Oh, du bist so ein Schatz, Mia, das ist eine prima Idee. Ich habe heute Abend in der Tat nichts vor. Und bis dahin geht es mir sicher wieder gut. Um 18 Uhr? Ich bringe grünen Salat mit, okay?"

„Ja, das passt. Länger werde ich auf keinen Fall lernen. Und trink viel Wasser, ja? Damit bis heute Abend deine Kopfschmerzen auch wirklich weg sind."

„Ja, Frau Doktor", kicherte Noemi. „Ich werde fit wie ein Turnschuh auf deiner Matte stehen."

„Prima, ich freu` ich mich schon", sagte ich und legte auf. Gut. Dann war das geklärt oder würde sich heute Abend zumindest klären, und ich konnte jetzt in Ruhe weiterlernen. Oder vielmehr versuchen, überhaupt irgendetwas in meinen müden Kopf zu bekommen. Ich sollte mehr Wasser trinken und nicht nur Kaffee. Daher nahm ich mir eine Flasche Mineralwasser mit aus der Küche und setzte mich wieder an meinen Schreibtisch. Okay, genug Sachenrecht für heute. Jetzt war Strafrecht dran.


„Und das hast du heute alles gelernt?" Noemi sah meine Aufschriebe durch, die ich angefertigt hatte. „Wow, wirklich beeindruckend, mit welcher Disziplin du das alles durchziehst. Ich konnte mich heute natürlich nicht aufraffen, überhaupt nur irgendetwas zu machen. Nicht einmal ein Workout, obwohl ich es mal wieder dringend nötig hätte, so oft, wie ich es in letzter Zeit einfach ausfallen ließ." Ich vermied es, Noemi anzusehen, wandte ihr den Rücken zu und ging in die Küche zurück, wo die Nudeln schon im heißen Wasser kochten.

„Komm, lass uns den Tisch decken. Ich habe einen Riesenhunger", versuchte ich abzulenken und öffnete den Geschirrschrank.

„Nein, oder?"

„Was?", fragte ich scheinbar unschuldig und drehte mich lächelnd zu ihr. Sie sah mich mit einer hochgezogenen Augenbraue an. „Lass mich raten. Du hast natürlich auch dein tägliches Workout durchgezogen, richtig?" Ich stellte zwei Pastateller auf den Tisch und zuckte die Schultern. „Ja, klar, das lasse ich nur ausfallen, wenn ich krank bin. Das gehört eben zum meinem Plan." Noemi lachte, während sie Besteck aus der Schublade holte.

„Aber *so* krank warst du noch nie, richtig?"

„Ich glaube, die Nudeln sind jetzt al dente", wechselte ich das Thema und angelte mit einer Gabel nach einer Spaghetti. „Und außerdem, wenn es dich beruhigt, so wirklich rein bekommen habe ich heute in meinen Kopf auch nichts. Auch wenn es so aussieht." Noemi blickte in den Topf mit dem sprudelnden Wasser.

„Wenn du eine Nudel hast, kannst du sie zum Test auch an die Decke werfen. Wenn sie kleben bleibt, sind die Spaghetti fertig", grinste sie und legte das Besteck neben die Teller auf den Tisch.

„Du nimmst mich jetzt auf den Arm, oder?" Endlich hatte ich eine Nudel erwischt und zog sie aus dem Wasser.

„Nein, im Ernst. Das funktioniert", behauptete Noemi. „Komm, mach doch mal. Das muss man einmal als Studentin gemacht haben. Das gehört zum Studentenleben dazu." Ich sah Noemi misstrauisch an.

„Was habt ihr alle nur gerade immer mit dem Studentenleben?"

„Wieso? Wer hat das noch gesagt?"

„Leon, als du geschlafen hast." Und daher hatte ich Sex mit ihm, fügte ich im Stillen hinzu. Aber das behielt ich mir für später auf. Sonst würden unsere Nudeln kalt werden. Und das wollte ich auf keinen Fall riskieren, da ich vor Hunger fast umkam.

„Aha, dann scheint ja was dran zu sein, dass du noch Nachholbedarf hast, bevor das Studentenleben vorbei ist. Und was soll schon passieren?" Ich schielte nach oben an die Decke und sah wieder auf die Nudel auf meiner Gabel. Dann zuckte ich die Schultern.

„Du hast recht. Was soll schon passieren?" Ich nahm die Nudel zwischen zwei Finger und schleuderte sie nach oben. Zack! Sie klebte an der Decke. Ich zog eine Schnute und wartete ab, während ich sie beobachtete. Doch es tat sich nichts. Sie blieb kleben.

„Und jetzt?", fragte ich.

„Nun, jetzt sind die Nudeln fertig", antwortete Noemi, schaltete den Herd aus und goss das Nudelwasser ab. Dann prustete sie los.

„Was?", fragte ich, musste aber mitlachen.

„Jetzt hast du die Aufnahmeprüfung zum Studentendasein bestanden. Zwar ein paar Semester später als üblich, aber egal." Sie schüttelte meine Hand und klopfte mir auf die Schulter. „Gratulation zur Nudeltestprobe. Sie haben die Prüfung erfolgreich bestanden."

„Das ist wirklich albern", stellte ich fest und sah nochmals an die Decke. „Und wann fällt die Nudel wieder runter?" Noemi zuckte die Schultern. „Keine Ahnung." Ich schüttelte den Kopf und schmunzelte. Ja, das war albern. Aber irgendwie machte es auch Spaß. Wann in meinem Leben war ich eigentlich so ernst geworden? Früher hatte ich doch auch viel Blödsinn gemacht. Richtig. Es hatte mit dem Rosenkrieg meiner Eltern begonnen. Aber darüber wollte ich jetzt nicht länger nachdenken. Wir legten uns die Nudeln auf den Teller, und ich wickelte gerade eine erste Portion auf meine Gabel, als mein Handy klingelte. Ich ignorierte es. Es war mein Abend mit Noemi, und nichts und niemand würde uns jetzt stören.

„Willst du nicht rangehen?", fragte sie mich.

„Nein, sonst werden unsere Nudeln kalt."

„Und wenn es wichtig ist?"

„Was soll schon sein?" Ich schob meine Gabel in den Mund und kaute genüsslich. Mein Handy hatte aufgehört zu klingeln.

„Na also", sagte ich zufrieden, doch dann ging es von vorne los.

„Klingt, als wollte dich jemand unbedingt sprechen. Komm, geh` schon ran. Nachher ist es wichtig, und du ärgerst dich später."

„Also gut", sagte ich und nahm den Anruf an, ohne zu schauen, wer anrief.

„Hallo?"

„Hallo Frau Mai." Shit! Es war Herr Hansen! Wieso rief er denn um diese Uhrzeit bei mir an? Und auch noch höchst persönlich? „Es tut mir sehr leid, dass ich Sie so kurzfristig am Abend kontaktiere. Aber wir haben einen kleinen Notfall."

„Eine unserer Damen ist soeben erkrankt, und sie hatte für den heutigen Abend den Auftrag, einen Kunsthändler zu einer Vernissage zu begleiten. Unser Kunde wollte eine Dame, die sich für Kunst interessiert und da fielen mir Sie ein. Sagen Sie, Frau Mai, könnten Sie in zwei Stunden bei der Galerie Brockmann in der Rothenbaumchaussee sein? Der Kunde bezahlt wirklich sehr gut. Sie bekommen für den Abend, also für ungefähr vier Stunden, achthundert Euro und müssen eigentlich nichts anderes machen, als sich Bilder anzusehen und sich über sie zu unterhalten. Das dürfte für Sie doch keine Kunst sein, oder?" Herr Hansen lachte über seinen eigenen Witz, während mir nur achthundert Euro durch den Kopf blubberten.

„Ähm, nun..." Achthundert Euro? Ich musste mich verhört haben. Für nur vier Stunden? Und ich durfte mich über Kunst unterhalten? Wenn das wahr wäre, dann würde sich mein Problem mit der hohen

Nebenkostennachzahlung schlagartig in Luft auflösen. Aber Noemi... Ich biss mir auf die Unterlippe. *Zwei Herzen schlagen ach in meiner Brust.* Da sollte doch noch einmal jemand sagen, Faust sei nicht mehr zeitgemäß. Ich konnte sie unter keinen Umständen hier sitzen lassen... andererseits brauchte ich dringend Geld...

„Frau Mai? Hätten Sie überhaupt so spontan Zeit? Sie wären einfach ideal!" Damit war die Entscheidung ja schon gefallen. Ich konnte unmöglich ablehnen, wenn ich in Zukunft noch weitere Aufträge bekommen wollte. Ich hatte keine Wahl. Außerdem brauchte ich das Geld.

„Ja, gut, ich kann in zwei Stunden da sein. Kein Problem."

„Oh, Sie sind ein Schatz. Ganz wunderbar, Frau Mai. Sie haben in den nächsten Sekunden die Details. Und vielen Dank. Ich weiß es sehr zu schätzen, dass Sie an einem Samstagabend so flexibel sind und einspringen." Ich legte auf und wagte es nicht, Noemi anzuschauen. Wir hatten uns so auf unseren gemeinsamen Mädelsabend gefreut, und ich wollte ihr doch noch so viel erzählen.

„Noemi, ich hoffe, du bist jetzt nicht sauer."

„Wo sollst du in zwei Stunden sein?" Ihre Augen blitzten gespannt.

„Ähm, in der Rothenbaumchaussee, Galerie Brockmann. Die Agentur hat mich gerade angerufen. Ich muss heute Abend für jemanden kurzfristig einspringen. Und ich konnte nicht ausschlagen. Sie bezahlen mir achthundert Euro dafür, und ich habe heute Mittag eine hohe Nebenkostenzahlung bekommen und mir schon den halben Tag über den Kopf darüber zerbrochen, wie ich die bezahlen soll. Ich musste den Job also annehmen, verstehst du? Dabei hätte ich den Abend lieber mit dir verbracht. Das kannst du mir glauben." Noemi riss ungläubig ihre Augen auf.

„Achthundert Euro? Wahnsinn! Was ist das für ein Kunde?"

„Ein Kunsthändler. Ich soll ihn zu einer Vernissage begleiten." Wahrscheinlich leuchteten meine Augen jetzt wie bei einem kleinen Kind an Weihnachten. Aber ich liebte nun einmal Vernissagen. Und dann würde ich auch noch jede Menge Geld dafür bekommen. Noemi grinste wissend.

„Natürlich bin ich nicht sauer, Mia! Du gehst da selbstverständlich hin! So einen Job darfst du dir auf gar keinen Fall entgehen lassen. Ich wäre jetzt sauer, wenn du ihn abgelehnt hättest. In zwei Stunden sagst du?"

„Moment." Ich sah auf mein Handy und überflog kurz die Daten. „Also, ich muss um 20 Uhr 30 in der Rothenbaumchaussee 10 sein. Ein Taxi holt mich um 20 Uhr 10 ab. Der Kunde heißt Jannis Wegner, und ich soll vor der weißen Statue links neben dem Eingang warten." Ich hielt kurz inne. „Ähm, den Namen hast du nicht gehört", sagte ich schnell und musste an meine vertragliche Verpflichtung denken, insbesondere die Namen meiner Kunden streng vertraulich zu behandeln.

„Schon vergessen", beruhigte mich Noemi und ich lächelte sie dankbar an. „Also, der..." Ich machte eine bewusste Pause, „Kunde... ist 33, und ich soll mich als seine Freundin ausgeben." Noemi runzelte die Stirn. „Okay, und was heißt das? Wird von dir erwartet, dass ihr Händchen haltet oder was?" Ich zuckte mit den Schultern und las weiter. „Wir sollen uns duzen. Mehr nicht." „Okay", stellte Noemi beruhigt fest. Offensichtlich hatte sie Angst, mich in etwas Unseriöses hineinmanövriert zu haben. „Gut." Ich überflog den Text weiter. „Ich soll etwas Weißes anziehen. Aber wieso das denn? Weiß trägt doch auf", beschwerte ich mich. Noemi kicherte. „Als ob du in irgendetwas dick aussehen würdest mit deiner Traumfigur." Sie stand auf und ihre Augen strahlten. „Komm, lass uns in deinem Kleiderschrank nachsehen, was du alles hast." Ich blickte erneut auf die Nudeln.

„Und unsere Spaghetti?", fragte ich betrübt.

„Auf der Vernissage gibt es nachher sicherlich leckere Snacks. Du wirst also nicht verhungern", tröstete mich Noemi. Tatsächlich war mein Hunger vor lauter Aufregung verflogen. „Aber ich kann dich doch jetzt nicht alleine essen lassen", protestierte ich.

„Mach dir um mich mal keine Gedanken. Ich werde mir die Nudeln nachher aufwärmen und mich mit ihnen gemütlich vor deinen Fernseher setzen", erklärte Noemi, während sie die Salatschüsselchen in den Kühlschrank stellte. „Aber zuerst müssen wir uns um dein Outfit kümmern. Komm, wir werden dich jetzt schick machen."

„Danke, Noemi", sagte ich und umarmte sie.

„Gerne. Schließlich habe ich dich ja an die Agentur vermittelt. Da muss ich dich doch supporten." Sie lachte. „Komm jetzt, wir haben noch eine knappe Stunde. Lass uns *Pretty Woman* spielen. Ich setze mich gemütlich auf's Bett, und du führst mir verschiedene Outfits vor."

„Du bist wirklich eine tolle Freundin, Noemi." Ich lächelte sie dankbar an.

„Dazu sind Freunde doch da. Und den Abend holen wir einfach irgendwann mal nach. Außerdem hast du morgen dann gleich noch mehr zu erzählen." Wenn sie wüsste, dass ich jetzt schon mehr zu erzählen hätte. Aber das behielt ich für mich. Noemi zwinkerte mir frech zu und spazierte ins Schlafzimmer. Oder besser gesagt: in meine Schlafkammer. Sie war gerade groß genug für ein kleines Bett und verfügte zum Glück über einen Einbauschrank, so dass der Raum optimal genutzt wurde. Noemi öffnete die Schranktüren und runzelte die Stirn.

„Hm, viel weiß ist da nicht drin", stellte sie ernüchtert fest. „Sag mal, kann es sein, dass du nicht einmal eine weiße Bluse hast?"

„Ich habe *gar* keine Blusen, weil ich nicht wüsste, wann ich auch noch bügeln sollte. Aber ich habe...", ich wühlte in einer Schrankschublade herum, „einen weißen Pulli, ein weißes Longshirt..."

„... und du hast eine kurze weiße Hose", fügte Noemi hinzu.

„Na ja, aber ich werde wohl kaum heute Abend eine kurze Hose anziehen können."

„Moment, ich habe da eine Idee", sagte Noemi und zog eine hautfarbene Nylonstrumpfhose aus meiner Sockenkiste. „Genau, das wird super an dir aussehen!" Sie sah mich mit leuchtenden Augen an.

„Hier, du ziehst diese Strumpfhose an, dann die weiße kurze Hose darüber und den Pulli. Dazu deine Perlenohrringe und deine Perlenkette. Und..." Sie nahm den Gummi aus meiner Mähne und hielt sie im Nacken hoch, „deine Haare stecken wir locker nach oben und lassen ein paar Strähnen heraushängen." Ich wollte widersprechen, als sie den Kopf schüttelte. „Vergiss es. Du kannst nicht mit einem Pferdeschwanz dort auftauchen." Sie strahlte mich an. „So, jetzt beginnt die Modenschau." Ich schaute Noemi misstrauisch an. „Und du glaubst, das sieht gut aus?"

„Ich *glaube* es nicht, ich *weiß* es", versicherte sie mir.

„Okay, wenn du meinst." Ich zog die Klamotten aus und Noemi grinste.

„Oder du gehst in deiner weißen Unterwäsche. Nur würde sich dann wahrscheinlich niemand mehr für die Kunstwerke interessieren."

„Hey, das ist eine seriöse Agentur. Wenn ich mich irgendeinem Kunden in Wäsche zeigen sollte, dann wäre das teurer als ein Kunstwerk. Das kannst du mir glauben." Noemi lachte.

„Bei deinen Modelmaßen könntest du mindestens so viel verlangen wie Leni Klum für ihre Wäschewerbung."

„Nur dass meine Mutter nicht Heidi Klum ist", lachte ich und zog mir die Kleider an, die Noemi herausgesucht hatte.

„Lass dich ansehen und dreh dich mal", forderte sie mich auf und begutachtete mich von allen Seiten. „Du siehst super aus. In dem Outfit werden deine Modelbeine betont", freute sie sich. „Wenn du jetzt noch weiße Stiefel hättest..."

„Vergiss es, so was habe ich nicht", unterbrach ich sie gleich. „Aber ich kann doch meine weißen Sneakers mit den hohen Sohlen anziehen", schlug ich vor und musterte mein Outfit im Schrankspiegel.

„Sehr individuell", stöhnte Noemi und zog eine Schnute.

*„Die Kunst ist die stärkste Form von Individualismus, welche die Welt kennt"*, sagte ich, um sie aufzumuntern.

„Wo hast du denn das jetzt her?"

„Oscar Wild." Noemi zog die Augenbrauen nach oben.

„Na, wenn das Oscar Wild so gesagt hat, dann spricht wirklich nichts dagegen, dass du weiße Sneakers auf einer Vernissage trägst", lachte sie. „So, jetzt mache ich dir noch die Haare. Komm, setz sich mal hier auf's Bett, und ich hole aus dem Bad ein paar Haarnadeln."

Kurz darauf hatte sie mir die Haare gekonnt hochgesteckt. Ein paar Haarsträhnen hingen locker heraus und zusammen mit meinen Perlenohrringen und der Perlenkette war ich äußerst zufrieden mit meinem Aussehen. Dann trug ich ein wenig Mascara und einen leicht rosa glitzernden Lipgloss auf und drehte mich zu Noemi um.

„Und? Gefalle ich dir so?" Noemi nickte vergnügt.

„Du siehst aus wie die Schneekönigin", stellte sie erfreut fest und sah mich bewundernd an. Dann verzog sich ihr Mund zu einem breiten Grinsen. „Daher ist es auch völlig okay, dass du Thermounterwäsche trägst." Wir prusteten gemeinsam los vor Lachen, bis uns die Bäuche weh taten und setzten uns dann erschöpft auf das Bett.

„Puh", stöhnte ich. „Wie viel Zeit habe ich eigentlich noch?" Noemi sah auf ihr Smartphone.

„Oh, du musst gleich los. Dein Taxi wird jeden Moment da sein."

„Ups", machte ich und umarmte Noemi. Wie schnell die Zeit vergangen war.

„Danke für deine Hilfe, Noemi."

„Das hat Spaß gemacht." Ich ließ meine Freundin wieder los, und sie klopfte mir auf den Rücken. „Also komm, auf geht's. Ich wünsche dir einen ganz tollen Abend. Du liebst doch Kunst." Ja. Ich liebte Kunst, und ich fühlte mich wieder einmal wie in einem Traum. Ich würde eine Vernissage besuchen und dafür Geld bekommen. Voller Vorfreude hüpfte ich die Treppe hinunter und stieg in das Taxi ein, das bereits auf mich wartete. Ich war schon länger nicht mehr auf einer Vernissage und konnte es kaum erwarten, mir die Bilder anzusehen. *Kunst wäscht den Staub des Alltags von der Seele*, hatte Picasso einmal gesagt. Und er hatte recht. In der Kunst konnte man in eine andere Welt abtauchen und die Realität für eine Zeit lang vergessen. Kunst war ein bisschen wie Tagträumen. Eine Dusche für die Seele.

# Kapitel 5

Eine kühle Brise wehte mir ins Gesicht, als ich aus dem
Taxi ausstieg. Es war inzwischen dunkel geworden und in
dem strahlend erleuchteten Gebäude vor mir tummelten
sich bereits zahlreiche Gäste – alle hell gekleidet. Es sah
seltsam aus. Wie auf einer Medizinerparty. Ich strich
meinen Pullover glatt und zupfte an meinen
Haarsträhnen. Gut. Dann mal los. Langsam schlenderte
ich zum Eingang und sah mich dabei immer wieder
möglichst unauffällig nach allen Seiten um. Doch es war
niemand hier draußen außer mir. Ich blieb vor der
weißen Statue stehen. Hm. War ich zu früh? Oder zu
spät? Ich warf einen kurzen Blick auf das Handy. Ah, ich
hatte noch etwas Zeit. Dann würde ich hier auf Herrn
Wegner warten. Von drinnen war leise Musik zu hören.
Ich folgte mit meinen Augen den Klängen und entdeckte
einen glänzend weißen Flügel, an dem jemand in einem
weißen Anzug saß und spielte. Es war eine besänftigende
harmonische Melodie und sie erinnerte mich an diese
Tiefenentspannungsmusik, wenn man irgendwo anrief
und in der Warteschleife hing. Ich wartete dann immer

gerne und genoss die beruhigende Wirkung der Musik. Daher konnte ich nicht verstehen, weshalb manche Firmen solch nervtötende Please-hold-the-line-Lieder hatten, dass man schon nach wenigen Sekunden entnervt wieder auflegte und dort nicht noch einmal anrufen wollte. Ich schloss die Augen und ließ mich von den Klängen der Klaviermusik einlullen. Es war herrlich entspanndend. Dann öffnete ich wieder die Augen. Was trugen die anderen Gäste denn so? Hoffentlich war ich nicht underdressed. Einige Damen hatten kurze Cocktailkleider, die meisten aber lange Hosen und dazu weiße Blusen. Dann entdeckte ich wei Besucherinnen in weißen Pullovern. Okay. Mein Outfit war in Ordnung. Ich wippte mit den Füßen auf und ab. Hm. Jetzt könnte mein Kunde langsam mal hier auftauchen, bevor es mir kalt wurde.

„Ich hoffe, ich habe Sie nicht zu lange warten lassen", hörte ich auf einmal jemanden hinter mir sagen, und ein Kribbeln durchfuhr meinen Körper. Ich kannte diese Stimme. Augenblicklich drehte ich mich um und...

„Sie?", rief ich erstaunt. Vor mir stand der Mann aus dem Fahrstuhl! Aber... was machte er denn hier? War er etwa... Jannis Wegner? Nein. Das konnte nicht sein. Mein Kunde war Kunsthändler. Der Mann aus dem Fahrstuhl sah noch besser aus, als ich ihn in Erinnerung hatte. Ungefähr ein Meter neunzig, durchtrainiert, dunkelblondes Haar und karamellbraune Augen. Er sah mich lächelnd an und wirkte ebenfalls etwas verwirrt.

„Die Lateinlehrerin", sagte er dann und reichte mir seine Hand. „Sehr erfreut. Jannis Wegner." Als sich unsere Hände berührten, durchfuhr mich ein heißer Strom. Was zum Teufel... Schnell zog ich die Hand zurück. Was war da soeben passiert?

„Nike", stellte ich mich vor und meine Stimme klang dünner, als mir recht war. „Ich... ich bin Jurastudentin, keine Lateinlehrerin." Herr Wegner hob fragend eine Augenbraue. Ich räusperte mich.

„Ich... ich liebe Latein. Es beruhigt mich", erklärte ich ihm. Wieso zuckte es jetzt um seine Mundwinkel? Grinste er etwa?

„Und... Sie sind Kunsthändler? Ich dachte, Sie seien Anwalt", versuchte ich, von mir abzulenken.

„Ja, ich bin Kunsthändler. Kein Anwalt. Aber ich hatte an dem Tag, als wir uns im Fahrstuhl gesehen hatten, einen Termin bei meinem Anwalt."

„Oh", sagte ich nur. Na klar, er hatte einen Termin bei seinem Anwalt. Darauf hätte ich selbst kommen können. Hoffentlich war ich nicht zu indiskret. Ich merkte, wie mir die Röte ins Gesicht stieg. Doch, genau das war ich. Indiskret. Verdammt. Das fing ja gut an. Herr Wegner musterte mich amüsiert.

„Nun, ich bin kein Anwalt und Sie sind keine Lateinlehrerin. Dann hätten wir das auch geklärt. Obwohl Sie wirklich eine heiße Lateinlehrerin wären." Und er ein heißer Anwalt. Er sah mich mit einem schiefen Lächeln an. „Und... Sie interessieren sich für Kunst? Ich frage nur, weil mich ursprünglich eine andere

Dame hätte begleiten sollen. Da die Änderung sehr kurzfristig war, hatte ich keine Zeit mehr, mir Ihr Profil anzusehen." Ich nickte.

„Sehr sogar." Mehr bekam ich nicht heraus. Die plötzliche Hitze stieg mir offensichtlich in den Kopf. Wieso hatte ich überhaupt einen Pullover angezogen? Ich hatte nur einen BH darunter und konnte ihn daher nicht ausziehen.

„Wunderbar. Dann haben wir ja etwas, was uns beiden Spaß macht. Mit Latein konnte ich mich leider nie anfreunden. Wir werden bestimmt einen aufregenden Abend miteinander haben." Ich schluckte. Einen aufregenden Abend? Er reichte mir seinen Arm, und ich hakte mich zögernd ein. Obwohl uns mindestens zwei Schichten Stoff voneinander trennten, brannte meine Haut unter seiner Berührung.

„Für den heutigen Abend sind wir nach Außen hin ein Paar", erklärte er, bevor wir hineingingen. Er warf mir einen kurzen Blick zu. „Ich bin also Jannis für dich und wir duzen uns, Nike." Wieso zum Teufel war ein Mann wie Jannis nicht bereits in festen Händen? Wieso buchte er für die Vernissage eine Freundin über *Satisfaction*? Und wieso klang es so unglaublich erotisch, wenn er meinen Namen aussprach?

„Hast du noch eine Frage?", wollte er wissen. Verdammt. Ich hatte Jannis angestarrt. Zu lange.

„Ähm..." Jannis schmunzelte. Dann beugte er sich zu meinem Ohr.

„Das ist ganz einfach. Ich bin ausschließlich geschäftlich hier. Und ein Mann in Begleitung einer Frau, die sich für Kunst interessiert und sich damit auch auskennt, lässt mich seriöser wirken und die Menschen vertrauen mir mehr." Oh Gott. Er hatte meine Gedanken gelesen. Wieso konnte er meine Gedanken lesen? Außerdem war er viel zu nah an meinem Ohr, und es fühlte sich zu alledem viel zu gut an.

„Ich..."

„Lass uns rein gehen", sagte er, und seine Augen funkelten so, als könnten sie mir gefährlich werden. „Wir wollen den Abend schließlich nicht mit Smalltalk hier draußen verbringen." Wir betraten das Gebäude und Jannis nickte im Vorbeigehen einem Mann zu, der sich angeregt mit zwei anderen Herren unterhielt. Es fühlte sich alles unwirklich an. Wie in einem Science-Fiction-Film. Das Licht wirkte surreal. Vermutlich sollte es eine künstliche Atmosphäre erzeugen, um die Kunst vom Alltag abzuheben. Hier in der Empfangshalle befanden sich keine Werke. Jannis blieb stehen und sah sich um.

„Und? Was sagst du? Was ist dein erster Eindruck, Nike?" Wollte er testen, ob ich wirklich etwas von Kunst verstand? Ich war schließlich nicht nur wegen meines Aussehens da. Kein Problem. Ich würde Jannis beweisen, dass ich mich mit Kunst auskannte. Ich ließ die Augen einmal quer durch den Vorraum wandern.

„Ich nehme an, die Gäste sollen hier im Empfangsbereich auf die Kunst in den dahinter liegenden Räumen eingestimmt werden. Das betont künstliche Licht, die leichten, etwas hypnotisierenden Klavierklänge. Nichts ist natürlich, sondern ausschließlich das Werk eines Menschen." Ich machte eine bewusste kurze Pause und fügte dann hinzu: „Kunst." Jannis nickte und sah mich beeindruckt an.

„Ich sehe schon, du siehst nicht nur bezaubernd aus, sondern verstehst wirklich etwas von der Kunst." Ich merkte, wie meine Wangen brannten und räusperte mich.

„Danke. Ja, Kunst ist eine Leidenschaft von mir." Jannis sah mich durchdringend an, und meine Knie wurden weich unter seinem Blick. Er senkte seine Stimme und beugte sich zu mir, so dass sein Atem mein Gesicht streifte.

„Dann teilen wir schon einmal *eine* Leidenschaft miteinander." Erneut überrollte eine Hitzewelle meinen Körper. Ich brauchte unbedingt etwas Kaltes zum Trinken. Jannis straffte wieder seinen Rücken und wieder umspielte ein leichtes Grinsen seine Mundwinkel. Wieso machte er das?

„Lass uns mit Sekt anstoßen, bevor wir uns die Ausstellung ansehen", schlug er vor und nahm sich zwei Gläser von einem Tablett, das ihm eine Dame darbot.

„Auf einen kunstvollen Abend voller Spaß und Leidenschaft", sagte er und sah mich amüsiert an. Dankbar nahm ich das kühle Getränk, obwohl es keine gute Idee war, Alkohol auf fast nüchternen Magen zu trinken. Ich dachte an Noemi, unsere Spaghetti und die

Nudel, die an der Decke klebte und musste grinsen. Jannis sah mich fragend an.

„Was amüsiert dich so?"

„Ich musste nur daran denken, dass..." Gerade noch rechtzeitig biss ich mir auf die Zunge. Gott. Was war nur mit meinem Gehirn los? Plapperte es neuerdings unüberlegt? Jannis machte mich eindeutig nervös. Und das war nicht gut. „Ähm, ach nichts...", sagte ich schnell. „Also, dann auf den heutigen Abend und erfolgreiche Geschäfte", versuchte ich, mich endlich seriös zu geben.

„Auf einen interessanten Abend", sagte Jannis und stieß mit mir an, „obwohl ich sehr gerne gewusst hätte, woran du eben gedacht hast, was dich zum Lächeln brachte." Sein Blick ruhte auf mir und meine Knie wurden weich. Vor Nervosität trank ich das Glas auf einmal aus. Jannis sah mich mit gerunzelter Stirn an. Mist. Er musste ja von mir denken, ich sei eine Alkoholikerin, die Sekt wie Wasser trank.

„Oh...", sagte ich nur. „Ich hoffe, mir wird jetzt nicht schwindelig." Jannis nahm mir das Glas aus der Hand, stellte es auf ein Tablett zurück und tauschte es gegen ein Glas Wasser aus.

„Hier, das ist besser gegen den Durst", sagte er und ich nickte dankbar. Ich musste heute Abend unbedingt bei einem klaren Verstand bleiben. Aber schaffte Jannis es aus mir unerfindlichen Gründen, mich zu verwirren. Allein seine Stimme und wie er mich ansah... Und wenn er mich berührte, begann ich innerlich zu brennen. Wie war das nur möglich?

„Ich möchte heute Abend deine Meinung zu den Kunstwerken hören, solange du noch nüchtern bist". Klar. Mist. Das hier war kein Date. Ich war zum Arbeiten hier. Der Sekt stieg mir schon jetzt in den Kopf. „Obwohl", Jannis beugte sich grinsend zu mir, „manchmal kann Alkohol auch eine positive Wirkung haben. Wusstest du, dass viele berühmte Künstler ein Alkoholproblem hatten, unter dem Alkoholeinfluss aber sehr kreativ waren?" Ich holte tief Luft, um mich zu sortieren. Echt jetzt? Er glaubte doch nicht ernsthaft, dass ich Alkoholikerin war.

„Ich... normalerweise trinke ich kaum Alkohol", rechtfertigte ich mich daher. „Also, ja, ich weiß... Vincent van Gogh zum Beispiel", sagte ich, während mein Gehirn im Hintergrund ars, artis, das lateinische Wort für Kunst, deklinierte. In meinem Kopf drehte sich alles. Mir war vielleicht aber gar nicht vom Sekt schwindelig, sondern von Jannis. Puh, warum nur hatte er so eine Wirkung auf mich? Was hatte er an sich? Jannis sah mich forschend an. Dann fuhr er fort.

„Richtig, Gauguin, Toulouse-Lautrec... sie alle waren dem Alkohol, vor allem Absinth, der Muse mit den grünen Augen, verfallen gewesen", führte er dann weiter aus und sah mir dabei tief in die Augen.

„Der Muse mit den grünen Augen?", wiederholte ich flüsternd. Jannis beugte sich zu mir und kam dabei meinem Ohr so nah, dass mich sein Atem kitzelte.

„So nannten sie damals Absinth. Ein grünes alkoholisches Getränk. Wobei sie deinen grünen Augen mit Sicherheit auch verfallen wären." Seine Stimme klang heiser, und ich schluckte, während sich an meinem ganzen Körper die Härchen aufstellten. Dann richtete sich Jannis wieder auf, und ich hatte das Gefühl, die Luft zwischen uns würde knistern. Einen Moment lang sahen wir uns schweigend an, bis Jannis sich mit einer Hand durch die Haare fuhr und tief durchatmete.

„Gut, dann... dann sehen wir uns mal die Ausstellung an." Ich nickte. Jannis legte seine Hand auf meinen Rücken und führte mich in den ersten Raum. Seine Berührung war sanft, kaum spürbar, dennoch reichte sie aus, um meinen Herzschlag zu beschleunigen. Ich versuchte erneut, mich mit ars, artis, arti... zu beruhigen, doch nur mit mäßigem Erfolg. Also konzentrierte ich mich auf die Kunstwerke. In dem Raum hingen vier große Gemälde. Ich hörte leise Klänge von Vivaldi. *Die vier Jahreszeiten.* Klar. An jeder Wand befand sich ein Bild. Es war immer dasselbe Motiv zu sehen. Ein großer Baum auf einer Wiese zu jeder Jahreszeit. Im Frühling bestand er nur aus weißen Blüten. Im Sommer hatte er grüne saftige Blätter. Im Herbst leuchtete das Laub in roten Tönen, und im Winter war der Baum kahl.

„Was sagst du dazu, Nike?", wollte Jannis von mir wissen, nachdem wir jedes Bild schweigend betrachtet hatten. Jetzt würde ich ihm beweisen, dass ich über einen klaren Verstand verfügt. Einen analytischen Verstand, der sich auch mit Kunst auskannte.

„Auf den ersten Blick sieht man die vier Jahreszeiten. Doch dahinter, auf einer zweiten Betrachtungsebene sozusagen, sieht man das Leben. Die Geburt und die Kindheit, das ist der Frühling, alles ist neu und frisch, zart und lebendig. Dann beginnt die Teenagerzeit, das junge Erwachsenenalter, der Sommer. Heiß und voller Energie, vor Kraft strotzend. Herbst. Man wird nun älter, etwas ruhiger, irgendwann kommt das erste graue Haar und die Arbeit wirft Früchte ab. Das Eigenheim, das eigene Auto..." Ich machte eine Pause und dachte nach. Ja, das Leben reduziert auf vier Abschnitte. So gesehen, war es nur eine Sekunde lang... „Tja, und dann der Winter. Das Alter. Man wird grau, unbeweglich. Hier, symbolisiert durch das Eis – starr..."

„Der Tod", ergänzte Jannis dicht an meinem Ohr und ein Schauer lief mir den Rücken hinunter.

„Herr Wegner", hörte ich auf einmal eine Stimme hinter mir. Ich drehte mich um und sah einen Herrn mittleren Alters in einem weißen Anzug und einem weißen Hut... Herbst, dachte ich und musste schmunzeln. Er kam auf uns zu und drückte Jannis die Hand.

„Schön, dass ich Sie heute Abend hier sehe", sagte er. „Und? Haben Sie schon eine Entdeckung gemacht?" Dann sah er zu mir. „Ah, wie ich sehe, eine besonders bezaubernde Entdeckung."

„Nike, darf ich dir vorstellen? Thomas Kern. Er ist ein Kunstmäzen. Und die bezaubernde junge Dame an meiner Seite ist meine Freundin Nike", fuhr er fort und legte einen Arm um mich. Sofort begann mein Körper zu vibrieren. Oh Gott. Hoffentlich merkte Jannis nichts. Ich lächelte Herrn Kern an und gab ihm die Hand.

„Es freut mich, Ihre Bekanntschaft zu machen, Herr Kern."

„Ach, lassen wir doch das förmliche Sie. Ich bin Thomas. Und wenn du ein Kunstwerk wärst, würde ich den Höchstpreis bezahlen." Er lachte und Jannis zog mich an sich.

„Keine Chance, Thomas, Nike ist schon vergeben. Die Muse mit den grünen Augen gehört zu mir." Thomas hielt sich gespielt theatralisch eine Hand auf sein Herz.

„Ja, wieder einmal ist mir Jannis ein paar Schritte voraus. Ich verrate dir jetzt etwas, Nike. Ich mag zwar eine Nase für angehende gefragte Künstler haben. Aber Jannis hat stets den richtigen Riecher dafür, welche Kunstwerke wirklich begehrte Sammelobjekte werden. Daher war mir klar, dass er heute Abend auch hier sein würde. Er ist stets auf der Suche nach neuen Werken. Aber das wertvollste hat er offensichtlich schon für sich reserviert." Er klopfte Jannis jovial auf die Schulter.

„Also, wenn du was gefunden hast, in das sich eine Investition lohnt, gib mir Bescheid. Ich steige in das Geschäft mit ein." Jannis lachte.

„Alles klar. Aber wir sind bisher nur in diesem Raum hier gewesen." Er sah sich um. „Interessant, aber..."

„Mehr für Kunstliebhaber als für Investoren", beendete Thomas den Satz. „Wir sehen uns nachher sicher noch." Dann zückte er seinen weißen Hut und verließ den Raum.

„Mehr für Kunstliebhaber als für Investoren", wiederholte ich, „was meint er damit?" Jannis nahm den Arm wieder von meiner Schulter, und ich bemühte mich, meine Enttäuschung zu verbergen. Andererseits beruhigte sich so mein Herzschlag wieder. Es war sicherlich nicht gesund, wenn es permanent im Sprintmodus schlug.

„Nun, ich kaufe Kunstwerke, von denen ich denke, dass sie bald auf dem Kunstmarkt sehr gefragt sein werden. Ich kaufe also keine Aktien, sondern Kunst und verkaufe sie wieder, wenn sie an Wert gestiegen sind. Dabei geht es mir nicht darum, ob mir das Werk gefällt, sondern ob es Potential zur Wertsteigerung hat. Wenn jemand Aktien kauft, überlegt er auch, ob deren Kurs steigen wird und nicht, ob er die Firma oder die Produkte mag. Es geht ausschließlich um den Gewinn. Nicht um die Aktie. Nicht um das Kunstwerk."

„Oh..." Ich konnte meine Enttäuschung doch nicht verbergen. Kunst als Geldanlage. Wie kalt und leblos sich das anfühlte. „Ich dachte, Kunst sei eine Leidenschaft für dich. Aber so wie du es beschreibst, fühlt es sich... kommerziell an." Ich bemerkte, wie er sich versteifte. Hatte ich etwas Falsches gesagt?

„Natürlich geht es beim Kunsthandel ausschließlich um den Kommerz. Niemand kann von brotloser Kunst leben. Auch Künstler wollen Geld für ihre Bilder. Egal, mit wie viel Leidenschaft sie es gemalt haben. Ich betreibe also nur oberflächlich Kunsthandel. Tatsächlich bin ich bei jedem einzelnen Bild auch auf der Suche nach der Leidenschaft." Bildete ich es mir nur ein oder loderten seine Augen, als er mich ansah?

„Komm, lass uns in den nächsten Raum gehen. Dort wird es dir besser gefallen. Es geht um *Traum und Wirklichkeit*." Er führte mich nach nebenan, und erst jetzt sah ich, dass jeder Raum ein eigenes Thema hatte. Traum und Wirklichkeit. Darauf war ich schon gespannt. Der heutige Abend kam mir selbst irreal vor. Doch ich war mir sicher, nicht zu träumen. Aber die Wirklichkeit konnte sich manchmal selbst unwirklich anfühlen. Und ein Traum echt. Vielleicht waren Traum und Wirklichkeit mehr miteinander verbunden, als wir uns bewusst waren. Ich sah mir die Bilder an den Wänden an, und mein Blick blieb an einem Gemälde hängen, auf dem Tiere zu sehen waren, die sich nicht in ihrem natürlichen Lebensraum befanden. Ein Fisch saß auf einem Baum, eine Giraffe flog durch die Lüfte und eine Katze tauchte im Meer. Obwohl die Farben leuchtend bunt waren, war das Bild nicht fröhlich. Ich fand es schrecklich.

„Und? Wie ist deine Meinung dazu?", wollte Jannis wissen.

„Ich sehe, dass die Welt aus ihren Fugen geraten ist. Nichts ist mehr so, wie es sein sollte. Ich sehe das Chaos." Jannis nickte. „Frederik Carstens. So heißt der Künstler. Ich glaube, seine Werke werden einen enormen

Wertzuwachs erfahren. Dieses Bild hier werde ich kaufen. Eine sichere Investition."

Ich presste meine Lippen aufeinander. Jannis sah mich an.

„Sprich es aus. Dir gefällt es nicht, oder?" Ich nickte.

„Richtig. Ich... ich finde es schrecklich. Es ist ein Alptraum." Jannis legte sanft seine Hand um meine Taille und flüsterte mir ins Ohr.

„Darauf stehen die Menschen. Glaub mir." Unter meinen Füßen schien der Boden zu schwanken. Wieso nur löste Jannis eine solche Reaktion bei mir aus? Hatte ich auf ihn dieselbe Wirkung oder spielte er nur mit mir? Ich schluckte und fragte kaum hörbar: „Wieso?"

„Was die Menschen begreifen können, ist einfache Kunst. Was einfach ist, ist nichts Besonderes. Also auch nicht von besonderem Wert. Man muss den Menschen vormachen, dass hinter dem Kunstwerk mehr steckt, als man sehen kann. Dass es mehrere Ebenen hat. Ähnlich der Metaphysik." Ich war wie hypnotisiert. Als hätte mich Jannis in seinen Bann gezogen. Was war nur los mit mir? Ich räusperte mich und gab mich betont kühl.

„Das heißt, du gibst den Werken ihren Wert und die Menschen kaufen dir dies ab?" Jannis ließ mich los und lachte.

„Ja, genau so ist es. Und sie zahlen wirklich sehr viel dafür." Ich schüttelte meinen Kopf. Waren Menschen so leicht zu beeinflussen? Zahlten sie für eine Illusion?

„Du verarscht sie also", stellte ich nüchtern fest und presste im nächsten Moment die Lippen aufeinander.

Doch Jannis schien meine Ausdrucksweise nicht zu stören, zuckte die Schultern und nahm mich wieder sacht am Ellenbogen.

„Oder der Künstler verarscht uns. Du kennst doch sicherlich den Spruch: Ist das Kunst oder kann ich das wegwerfen?" Ich nickte.

„Allerdings. Und da steckt viel Wahrheit drin."

„Mehr als man denkt. Willst du noch mehr metaphysische Kunst sehen?"

„Unbedingt", sagte ich betont locker, um meine Gefühle, die seine Berührungen in mir auslösten, zu überspielen. Jannis führte mich zum nächsten Raum und nickte auf dem Weg dorthin einer älteren Dame zu, die ihn mit einem erfreuten, aber doch vornehm zurückhaltenden Lächeln grüßte.

*Unbegreifbar* stand über dem Eingang und ich sah schon, was damit gemeint war. Skulpturen zum Anfassen, aber nicht zum Verstehen. Das hier war mir eindeutig zu modern. So modern, dass ich nicht einmal glauben wollte, dass es der Künstler ernst meinte.

„Wähl irgendein Werk aus, und ich werde es kaufen", sagte Jannis. Ich sah ihn mit gerunzelter Stirn an.

„Du nimmst mich jetzt auf den Arm, oder?" Ich blickte mich ratlos um. „Ehrlich gesagt, kann ich mit keiner der Skulpturen hier etwas anfangen."

„Darum geht es nicht", erklärte Jannis und seine Augen wirkten auf einmal schwarz, als er mich ansah. Ein Schauer lief mir über den Rücken. Ja, ich hatte es verstanden. Es ging um den Wert, den *er* den Werken gab, nicht um die Werke selbst. So gesehen, machte Jannis eine Kunst daraus, etwas Wertlosem einen Wert zu geben. Unter diesem Gesichtspunkt könnte ich durchaus Gefallen daran finden.

„Gut..." , murmelte ich gespannt und Jannis ließ meinen Arm los. Dann schlenderte ich von Skulptur zu Skulptur und blieb schließlich vor einem Werk stehen, das aussah wie ein riesiger Schneeball. Oder wie ein halb fertiger Schneemann. Ich legte den Kopf schräg. Wie ein weißer Planet vielleicht? Jedenfalls war es eine weiße Kugel.

„Das hier", sagte ich und zeigte mit meinem Finger darauf. Ich drehte mich zu Jannis um, der mir gefolgt war und ich sah, wie er grinste.

„Das wird mir sehr viel Geld bringen. Eine ausgesprochen gute Wahl."

„Die weiße Schneekugel?", fragte ich mit erhobenen Augenbrauen.

„Richtig. Und willst du wissen, warum?" Jannis wartete erst gar keine Antwort ab, sondern begann sofort mit seiner Erklärung.

„Die Menschen sind blind geworden. Sie sehen den Sinn des Lebens nicht mehr. Sie zerstören die Natur, in der sie leben. Mit der sie leben und von der sie leben. Übrig bleibt ein weißer, kahler Planet. Das Kunstwerk erinnert an ein blindes Auge und stellt gleichzeitig eine in Nebel gehüllte Erde dar und schließlich einen kahlen Planeten, auf dem es kein Leben mehr gibt." Ich nickte anerkennend.

„Das hört sich wirklich überzeugend an. Ich verstehe. Du verkaufst die Geschichten zu den Werken."

„So kann man es sagen. Ja. Vor allem von kleinen Künstlern, die noch neu in der Kunstwelt sind und die ihren Werken noch keinen Wert zuschreiben können, weil sie zu sehr mit der Erschaffung ihres Werkes selbst beschäftigt sind. Sie sind die Schläfer in der Kunst. Mit ihnen ist am meisten Gewinn zu machen. Meine Aufgabe ist es, sie zu aktivieren." Beeindruckend. So hatte ich Kunst bisher noch nie betrachtet. Aber er hatte recht. Viele Menschen hatten Kunst nur als Wertanlage und nicht, weil sie Kunst liebten. Warum nicht eine Kunst daraus machen, ihnen einen Wert zu geben? Ja, das machte mir Spaß.

„Möchtest du eine kleine Pause einlegen und etwas zu dir nehmen?", erkundigte sich Jannis.

„Sehr gerne." Ich ging mit ihm zurück zum Foyer, wo ein kleines Fingerfood-Buffet aufgebaut war. Der Klavierspieler hatte eine Pause eingelegt, denn es war keine Musik zu hören. Nur viele Stimmen, die sich in ihrer Vielfalt zu einem einzigen Gemurmel vermischten. Wie Schneeflocken, die zu einem Schneeball geformt wurden.

„Mmh, das sieht alles sündhaft lecker aus", schwärmte ich, „da werde ich nicht widerstehen können." Jannis legte seine Hand auf meinen Rücken. „Kann man dich so leicht verführen?", hauchte er in mein Ohr. Ich sog kaum merklich die Luft ein, weil mir seine Berührung einen Schauer einjagte. Cogito, cogitas, cogitat... beruhigte ich mich.

„Offensichtlich", gab ich dann zurück und nahm mir grinsend ein Käsebrötchen mit Avocado. Ich biss hinein und leckte mir mit der Zunge über die Lippen. Jannis starrte meinen Mund an. Dann räusperte er sich.

„Ähm, ja, also, ich komme gleich wieder", sagte er. „Ich muss kurz jemanden begrüßen."

Aus dem Augenwinkel sah ich, wie Jannis einem Ehepaar die Hände schüttelte und sich anschließend mit einem Herrn unterhielt. Okay, das sah nach einem geschäftlichen Gespräch aus. Gut, dass ich hier geblieben war. Ich schob ein paar süße Trauben in den Mund und nahm mir dann vom Nudelsalat. Oh Gott, es war alles so lecker. Selbst die Cracker mit dem Frischkäse, die ich knabberte, die kleinen Pizzaschnittchen und – einfach nur himmlisch – die Pistaziencreme. Verboten lecker. Ich stöhnte genussvoll, als ich auf einmal merkte, wie mich Jannis beobachtete. Dann bewegte er sich auf mich zu, ohne den Blick von mir zu nehmen.

„Du..." Er strich mir mit dem Daumen über meine Lippen, die sofort unter seiner Berührung brannten.

„Du hattest dort... etwas Grünes", sagte er mit rauer Stimme, die meinen ganzen Körper vibrieren ließ. Dann beugte er sich zu mir hinunter. Seine Lippen streiften meinen Hals. Sein Atem kitzelte mich, und ich schloss die Augen.

„Ich möchte dich küssen", flüsterte er an mein Ohr und seine Stimme klang heiser. Wie bitte? Hatte er gerade gesagt, dass er mich küssen wollte? Oder spielten meine Sinne verrückt, und sie hatten sich dies nur zusammengereimt, weil *ich* von ihm geküsst werden wollte? Um mich herum drehte sich alles.

„Das ... das ist gegen die Regeln...", hörte ich mich sagen. Jannis fuhr mit seinem Mund weiter über meinen Hals. Dann küsste er mich in den Nacken, und mein Herzschlag setzte aus. Die anderen Menschen waren weit in die Ferne entrückt. Nur Jannis und ich waren hier an einem Ort ohne Zeit und Raum. Ich hörte nichts, außer unseren schweren Atem und mein Herz, das wieder zu schlagen anfing.

„Und ... wenn es nicht gegen die Regeln wäre, was würdest du dann machen?" Jannis tiefe Stimme durchdrang meinen ganzen Körper.

„Ich ... ich würde ...“

„Ach, scheiß auf die Regeln", sagte er, ohne meine Antwort abzuwarten. Er legte eine Hand in meinen Nacken, die andere auf meinen Rücken und zog mich näher zu sich. Dann berührte er sanft meine Lippen mit seinen. Sofort entfachte sich aus der Glut, die er bereits in mir hervorgerufen hatte, ein Feuer. Seine Zunge strich sanft über meine Lippen, und ich öffnete sie bereitwillig. Dann presste er mich fest an sich und drang mit seiner Zunge in meinen Mund ein. Oh Gott! Ich stöhnte. Das war verdammt noch mal besser als Sex! Ich spürte Jannis` Erektion an meinem Bauch und die Feuchte zwischen meinen Beinen. Der Kuss wurde wilder und hemmungsloser, und ich krallte mich mit meinen Händen in seine Haare.

„Fuck, Nike", keuchte Jannis und zog sich von mir zurück. Ich musste mich an ihm festhalten, um nicht das Gleichgewicht zu verlieren. Wie benommen öffnete ich langsam die Augen und sah seinen gierigen Blick. Was war da soeben geschehen? Um uns herum standen immer noch Menschen. Sie unterhielten sich, tranken Sekt oder aßen etwas. Der Pianist hatte wieder mit dem Spielen angefangen, und das Stimmengemurmel verschwand unter den Klängen der Musik, die durch die Eingangshalle über allem zu schweben schienen. Doch ich hatte das Gefühl, in einer Parallelwelt zu sein, wo niemand uns sah.

„Das ... das war unglaublich", sagte Jannis atemlos. Ich spürte, wie sich seine Brust an meiner hob und senkte. Er strich mir zärtlich über die Wangen. Ich lächelte verwirrt und hatte Mühe, mich auf meinen wackligen Beinen zu halten.

„Das ... das hat man davon, wenn man gegen die Regeln verstößt", murmelte ich. Jannis sah mich durchdringend an.

„Da hast du wohl recht."

„Herr Wegner?", sagte auf einmal eine Männerstimme hinter uns. Jannis drehte sich um.

„Herr Geiger, wie schön", begrüßte er den Mann wieder ganz geschäftsmäßig. Ich staunte, wie schnell er den Schalter umgelegt hatte, während meine Knie immer noch zitterten.

„Haben Sie schon etwas gefunden?", erkundigte sich Herr Geiger und warf einen Blick auf mich.

„Ja, es sind ein paar sehr viel versprechende Kunstwerke hier. Darf ich Ihnen meine Freundin Nike vorstellen?" Herr Geiger reichte mir die Hand und zwinkerte mir zu.

„Herr Wegner hatte schon immer ein Auge für das Besondere. Wie gefällt Ihnen die Ausstellung, Nike?"

„Oh, sie ist sehr interessant. Vor allem die verschiedenen Themenräume finde ich sehr spannend. Zu sehen, wie jeder Künstler das Thema auf seine ganz eigene Art umsetzt. Aus welcher Perspektive er es angeht und wie er es interpretiert." Herr Geiger nickte.

„Ja, faszinierend, nicht wahr? Die einzelnen Künstler lassen durch ihre Arbeiten tief in ihre Seelen blicken."

Jannis drückte meine Hand, und ich sah ihn kurz an. Er dachte dasselbe wie ich. Wir hatten uns bei dem Kuss gegenseitig in unsere Seelen gesehen. Wie war das möglich?

„Ja, nur dadurch kommen ihre Gefühle in den Werken zum Ausdruck", hörte ich mich sagen. Ich weiß nicht, wie ich es geschafft habe, den Rest des Abends mit Smalltalk über Kunst zu verbringen, obwohl ich das Gefühl hatte, in einer anderen Sphäre zu schweben. Hin und wieder tauschen Jannis und ich kurze Blicke aus und widmeten uns dann wieder aufmerksam unseren Gesprächspartnern.

Es war kurz nach Mitternacht, und ich konnte ein Gähnen nicht mehr unterdrücken.

„Du bist müde, Nike. Ich werde dir ein Taxi rufen", sagte Jannis mit sanfter Stimme. Ich war zu fertig, um etwas zu erwidern. Wie in Trance folgte ich ihm an seiner Hand nach draußen. Hatte ich tatsächlich das Gefühl für Raum und Zeit verloren? War dieser Abend real? Jannis öffnete die Tür eines Taxis und strich mir noch einmal über die Wange, bevor ich einstieg. Ich weiß nicht, ob Jannis noch etwas gesagt hat. Ich weiß nur, dass das Taxi irgendwann wieder hielt und ich ausstieg. Hatte mich Jannis wirklich geküsst oder hatte ich das nur geträumt? Traum und Wirklichkeit. Hatte die Musik meine Sinne vernebelt? Hypnotisiert? Oder war irgendetwas mit dem Essen nicht in Ordnung? Als ich in meine Wohnung kam, fand ich meine Freundin schlafend auf dem Sofa. Auf dem Fernsehtisch lagen Schokoladenpapier und Kekskrümel. Das sah alles real aus. Ich setzte mich auf den Sessel gegenüber und beobachtete Noemi. Ihr Atem ging ruhig und gleichmäßig. Sie sah zufrieden aus im Schlaf. Wahrscheinlich träumte sie etwas Schönes. Ich seufzte. Ich hatte keine Ahnung, was heute Abend geschehen war. Aber mir war jetzt schon klar, dass ich die ganze Nacht kein Auge zubekommen würde.

# Kapitel 6

„Das glaub` ich ja nicht", sagte Noemi kopfschüttelnd. Wir saßen zusammen beim Frühstücksbrunch in einem Café um die Ecke, zu dem ich meine Freundin als Wiedergutmachung für den gestrigen ausgefallenen Abend eingeladen hatte. „Du hast gegen die Regeln verstoßen? Einfach unfassbar! Ausgerechnet du!" Ich nahm einen Schluck von meinem Milchkaffee und sah Noemi an. Anders als sie war ich gar nicht glücklich darüber.

„Ich habe selbst keine Ahnung, wie es dazu gekommen war", gab ich kleinlaut von mir. Ich wusste nicht, was gestern Abend mit mir passiert war. Alles fühlte sich auf einmal so anders an. Der Kaffeeduft war intensiver. Die Stimmen waren lauter als sonst. Und ich hatte das Gefühl, das Tageslicht würde mich blenden. Vielleicht war ich ja in einen Vampir verwandelt worden und wusste es nur nicht? Vielleicht war es gar kein Kuss, der meine Sinne verschärft hat, sondern der Biss eines Blutsaugers?

„Na ja, wenn der Kerl wirklich so heiß war, wie du sagst, hätte ich mich auch von ihm küssen lassen und auf Regeln geschissen. Aber von dir bin ich so etwas gar nicht gewohnt. Hat es sich wenigstens gelohnt? Wie war der Kuss denn so?"

„Er ... er war ... unglaublich!" So unglaublich, dass ich immer noch meinte, zu träumen. Oder träumte ich tatsächlich noch? Ich hatte schließlich die ganze Nacht über von Jannis geträumt. Oder vielmehr davon, wie er mich geküsst hatte.

„Unglaublich? Das heißt ... er hat dich in andere Sphären katapultiert?"

„Absolut! Ich habe noch nie bei einem Kuss so intensiv empfunden ... nicht einmal beim Sex." Noemi zog eine Augenbraue hoch.

„Ich muss diesen Mann unbedingt kennenlernen", lachte sie dann. „Wenn er besser küsst als andere Männer ficken, ist er ein Hauptgewinn. Und davon kann man nicht einmal schwanger werden! Ich müsste nie wieder Angst haben, wenn meine Tage ausblieben." Noemi nahm einen Schluck Orangensaft und leckte sich über die Lippen. „Aber wenn ich genau darüber nachdenke... auf den Schwanz wollte ich dennoch nicht verzichten. Möchtest du noch den Muffin?" Ich schüttelte den Kopf, und Noemi nahm einen großen Bissen. „Weißt du", fuhr sie kauend fort, „möglicherweise lag es ja auch nur daran, dass er schon älter war und mehr Erfahrung hatte. Meinst du, ich sollte es auch einmal mit einem Mann über dreißig probieren?" Ich lachte. „Ja, unbedingt. Ich glaube, nach dem Kuss bin ich nun auch verbrannt für Männer unter dreißig."

„Während du für Männer über dreißig offensichtlich sogar noch nachglühst", spielte sie auf meine roten Backen an.

„Das war jedenfalls eine einmalige Angelegenheit. Noch einmal würde ich nicht gegen die Regeln verstoßen", lenkte ich ab und setzte mich aufrechter hin. Noemi musterte mich.

„Nicht einmal, wenn er dich erneut buchen würde?"

„Nicht einmal dann", bestätigte ich. „Stell dir vor, die Agentur bekäme davon Wind. Ich wäre sofort meinen Job los!" Noemi winkte ab.

„Ach was, das müsste sie doch gar nicht mitbekommen. Du musst lockerer werden, Mia. Sonst entgeht dir jede Menge Spaß." Ich zuckte nur die Schultern, weil ich nicht weiter darüber reden wollte. Ich brauchte Regeln, um mich an ihnen festhalten zu können. Um nicht den Halt zu verlieren, den mir sonst niemand mehr im Leben gab.

Als ich mich auf dem Heimweg befand, klingelte mein Handy. Mir wich jegliche Farbe aus dem Gesicht, als ich sah, dass *Satisfaction* anrief. Ob Jannis der Agentur etwas von dem Kuss erzählt hatte? Ob sie mir jetzt fristlos kündigen würden? Oh Gott... bitte nicht! Ich brauchte doch den Job! Zittrig drückte ich auf den grünen Hörer. Wieso sollten sie sonst anrufen? Die Jobs wurden doch online vergeben und nicht telefonisch? Aber, versuchte ich, mich selbst zu beruhigen, vielleicht sollte ich auch wieder kurzfristig für jemanden einspringen?

„Hallo?", meldete ich mich und spürte, wie mein Atem schneller ging. Würde ich jetzt bereits nach einer Woche meinen Job verlieren? Das wäre ein Rekord. Woher sollte ich dann aber so schnell einen neuen bekommen? Und vor allem so einen gut bezahlten?

„Hallo, Frau Mai, hier ist Frau Engelhardt. Haben Sie einen Augenblick Zeit? Ich rufe ja normalerweise nicht an, aber ich möchte etwas mit Ihnen besprechen." Ich schluckte. Oh nein, das hörte sich gar nicht gut an.

„Ja, natürlich", sagte ich betont locker.

„Wie schön, Frau Mai. Ich habe nämlich eine exklusive Anfrage für Sie." Sie machte eine kurze Pause. „Für eine ganze Woche."

„Für ... für eine ganze Woche?", wiederholte ich. Ich musste mich verhört haben. Sie... sie wollten mir also nicht kündigen? Ein riesiger Stein fiel mir vom Herzen, und ich zeigte Noemi meinen Daumen nach oben, was sie sofort mit einem Strahlen quittierte.

„Ja, für eine ganze Woche. Ich weiß ja, dass Sie studieren und in einem Jahr Examen haben. Aber der Kunde bietet so viel Geld, dass Sie dafür ein paar Wochen lang keine Aufträge mehr annehmen müssten. Es sei denn, Sie wollen. Der Auftrag würde bereits am Mittwoch beginnen. Also in drei Tagen." Ich müsste für ein paar Wochen keine Aufträge mehr annehmen?

„Um wie viel Geld geht es denn?", wollte ich wissen.

„Um zwanzigtausend Euro, Frau Mai." Sie klang ein wenig stolz, als sie mir dies mitteilte.

„Zwanzigtausend?", wiederholte ich etwas zu laut, so dass sich zwei Passanten vor mir nach mir umdrehten.

„Ja, Sie haben richtig gehört. Und der Kunde möchte nur Sie haben."

„Oh ... Und ... um was für einen Kunden handelt es sich?", fragte ich.

„Es handelt sich um Herrn Jannis Wegner. Er hat sich gleich heute Morgen bei uns in der Agentur gemeldet und gesagt, dass er Sie gerne als Begleitung für eine ganze Woche buchen will. Sie haben ihn gestern Abend sehr beeindruckt, Frau Mai. Er konnte Sie gar nicht genug loben. Sie seien die ideale Begleitung gewesen. Er möchte in einer Woche ein paar Kunstauktionen und weitere Vernissagen besuchen, und Sie sollen ihn dabei unterstützen." Jannis Wegner? Mein Blut raste durch meine Adern, und mein Herz hämmerte wie verrückt in meiner Brust.

„Frau Mai? Was sagen Sie dazu? Wollen Sie den Auftrag annehmen? Sie können es sich auch noch bis heute Abend überlegen, wenn Sie möchten."

„Ich..." Ich schluckte. „Zwanzigtausend Euro kann ich wohl kaum ausschlagen", antwortete ich und versuchte, nicht vor Freude laut zu schreien.

„Da haben Sie recht, Frau Mai. Dann kann ich dem Kunden schon einmal mitteilen, dass Sie grundsätzlich zusagen würden. Die Details wollte er mit Ihnen persönlich besprechen. Normalerweise machen wir das ja nicht, sondern lassen alles über die Agentur laufen. Da es sich aber um eine ganze Woche handelt und Herr Wegner sehr gut bezahlt, machen wir hier eine kleine Ausnahme. Ich darf ihm also Ihre Handynummer geben, damit er sich bei Ihnen melden kann?"

„Äh, ja, selbstverständlich, Frau Engelhardt."

„Wunderbar, Frau Mai. Ich freue mich für Sie. Einen schönen Sonntag noch."

„Ja, danke, das wünsche ich Ihnen auch."

Ich legte auf. Zwanzigtausend. Jannis wollte mir zwanzigtausend für eine Woche bezahlen, wenn ich ihn auf Kunstausstellungen begleitete. Hoffentlich träumte ich das nicht nur. Ich sah auf meine Hände und zählte die Finger. Fünf an jeder Hand. Ich träumte also nicht. Ich hatte einmal gelesen, dass in Träumen die Anzahl der Finger so variieren, dass es stets mehr oder weniger als fünf sind, aber nie genau fünf. Der Realitätscheck war eindeutig. Ich war wach, und der Anruf war real. Ebenso das Angebot. Ich konnte mein Glück kaum fassen. Zwanzigtausend Euro würden mir bis zum ersten Staatsexamen locker reichen. Jannis würde mir nur versprechen müssen, mich nicht mehr zu küssen.

Es war schon nach Mitternacht, als ich immer noch wach in meinem Bett lag und eine WhatsApp einging. Sie war von Jannis. Sofort schlug mein Herz schneller, als ich sie öffnete.

„Schläfst du schon?"

„Nein."

„Was machst du gerade?"

„Ich liege in meinem Bett."

„Klingt gut."

„Ist es auch."

„Du begleitest mich also eine ganze Woche lang?"

„Hattest du Zweifel daran?"

„Nein." Grinsemoji

„Du bist ganz schön von dir überzeugt. Vielleicht überlege ich es mir doch noch anders." Grinsemoji.

„Schließlich kennst du die Details noch nicht."

„Wieso? Könnte ich dann meine Meinung ändern?"

„Ich hoffe nicht."

„Jetzt hast du mich neugierig gemacht."

„Gut so. Gute Nacht." Grinsemoji.

„Hey, das ist gemein. Wie soll ich jetzt schlafen, wenn ich nicht weiß, was du meinst?"

„Denk einfach an mich und träum was Schönes. Wir werden uns morgen sehen."

„Hey!!!"

„Gute Nacht, Nike."

Ich starrte mein Handy an. Was für ein Mistkerl! Wieso sagte er mir nicht, was für Details das waren, sondern ließ mich zappeln? Wieso hatte er mir dann überhaupt um diese Uhrzeit noch geschrieben? Es war nach Mitternacht! Was hatte er von mir gewollt? Die Agentur hatte ihm bereits meine Zusage ausgerichtet. Ich sah durch das Fenster gegenüber von meinem Bett. Von einer Laterne drang ein matter Lichtschein ins Zimmer. Um diese Uhrzeit fuhren hier kaum Autos. Daher war es jetzt beinahe gespenstisch still. Wieso hatte ich das Gefühl, dass wieder alles so irreal war? Sogar die Ruhe. Als hätte jemand die Zeit angehalten. Wie sollte ich jetzt Schlaf finden? Verdammt. Dabei war ich müde. Ich seufzte.

„Sum, es, est, sumus, estis, sunt..." , murmelte ich vor mich hin. Immer wieder. In allen Zeiten. Auch im Konjunktiv. Bis ich einschlief.

# Kapitel 7

Erneut las ich die WhatsApp, die Jannis mir vor zwei Stunden am Morgen geschickt hatte.

„Gut geschlafen?" Lächelndes Emoji.

„Wie ein Murmeltier." Lächelndes Emoji.

„Heute Abend 18 Uhr Restaurant Grimm in Winterhude. Dann erfährst Du die Details."

Verdammt! Wieso erst um 18 Uhr? Ich war von Natur aus neugierig und konnte es nicht leiden, wenn man mich zappeln ließ.

„Du machst es ganz schön spannend." Grübelndes Emoji.

„Du liebst es doch spannend." Grinsendes Emoji. Ich lächelte. Ich hatte Jannis erzählt, dass ich gerne Krimis las.

„Und du liebst es offensichtlich, mich auf die Folter zu spannen." Zwinkersmiley.

Zwinkersmiley zurück. Dann ging Jannis offline. Einerseits war ich enttäuscht, andererseits war es mir recht, da ich lernen musste.

Doch leider klappte das mit der Konzentration alles andere als gut. Ich ärgerte mich über mich selbst, da ich mich nicht mehr unter Kontrolle hatte. Wieso war ich nur noch ein Abbild von mir, das sich mit Tagträumen verselbstständigte und das Kommando übernahm? Ich kaute auf meinem Stift und ertappte mich dabei, wie ich wieder einmal an Jannis dachte. Ich musste heute Erbrecht wiederholen. Frustriert, weil mein Kopf nicht so wollte wie ich, stand ich auf und öffnete ein Fenster. Vielleicht fehlte nur Sauerstoff in meinem Blut. Es war recht kühl heute, aber die frische Luft, die ich einatmete, tat mir gut. Ich machte ein paar Stretching-Übungen und fünfzig Hampelmänner. Dabei versuchte ich, meinen Kopf freizubekommen, um ihn anschließend mit letztwilligen Verfügungen zu füllen. Doch leider schlich sich immer wieder Jannis mit ein.

Um Punkt 18 Uhr betrat ich das Restaurant und spürte sofort, dass er schon da war, weil meine Haut prickelte.

„Haben Sie reserviert?", fragte mich eine junge Dame. Ich nickte und hoffte, sie würde meinen lauten Herzschlag nicht hören.

„Ja, auf den Namen Wegner." Die Dame führte mich zu einem Tisch in einer Ecke, wo man sich ungestört unterhalten konnte, aber Jannis war nicht da.

„Darf ich Ihnen schon etwas zum Trinken bringen?"

„Ja, gerne. Ein Wasser bitte." Mein Herz flatterte. Ich hätte schwören können, dass Jannis hier war. Oder spielten meine Sinne verrückt?

„Ein Wasser? So genügsam?", hörte ich ihn in dem Moment hinter mir. Er fuhr mit seiner Hand an meinem Hals entlang und ließ sie für einen Augenblick auf meiner Schulter liegen. Sofort schoss mir das Blut durch die Adern. Dann kam er um den Tisch herum und setzte sich mir gegenüber.

„Hallo Nike", sagte er und seine Stimme ließ meinen Körper vibrieren.

„Hallo Jannis", antwortete ich eine Spur zu erfreut und senkte schnell den Blick, weil ich befürchtete, meine Augen könnten mich verraten. Vermutlich loderten sie wie Feuer, so wie ich glühte.

„Nervös?", fragte er mich.

„Nein", log ich und sah ihn an. Wieso konnte ich nicht cool bleiben, so wie es sonst meine Art war? Denk an einen Eisberg. Denk an eisgekühlte Cola. Denk an Schnee. Südpol. Pinguine. Ich musste mich unbedingt herunterkühlen. Die Bedienung brachte mein Wasser, und Jannis bestellte sich einen Gin Tonic. Mist. Wieso hatte keine Eiswürfel bestellt? Eiswürfel. Eisberge. Eiswasser.

„Nike?" Jannis berührte mich am Arm, und ich zuckte zusammen. „Alles in Ordnung?"

„Ich? Oh, äh, ja, klar." Eiszapfen. Er runzelte seine Stirn.

„Alles gut. Mein Kopf ist gerade nur voll mit Eisrecht. Ich meine, Erbrecht. Ich habe den ganzen Tag Erbrecht gerlernt." Jannis nickte.

„Schön, dass du da bist." Er lächelte. „Also. Kommen wir gleich zur Sache, da ich dich nicht länger auf die Folter spannen möchte, obwohl das durchaus einen gewissen Reiz hat." Er grinste, und meine Wangen wurden heiß.

„Ich weiß, dass *Satisfaction* eine reine Begleitagentur ist." Ich nickte. Worauf wollte er hinaus? Ging es um den Kuss? Ging es darum, dass wir beide gegen die Regeln verstoßen haben und er jetzt klarstellen wollte, dass so etwas nicht wieder vorkommen dürfe? Dass dies unprofessionell war? Insbesondere nicht, wenn wir eine ganze Woche miteinander zu tun haben würden? Ich nahm einen großen Schluck Wasser, da ich das Gefühl hatte, meine Kehle würde austrocknen. Meine Augen blieben an seinen Lippen hängen, und ich wünschte, er würde mich wieder küssen. Jetzt. Genau hier. Mist. Wieso dachte ich das? Das durfte ich nicht zulassen. Nordpol. Eisbären.

„Nike?" Jannis wedelte mit seiner Hand vor meinem Gesicht, und ich blickte ihn erschrocken an. „Wo bist du nur gerade mit deinen Gedanken? Woran denkst du, dass du wie hypnotisiert bist?" Ich schluckte.

„Und? Willst du es mir verraten?" Jannis sah mich erwartungsvoll an.

„Eisbären ...", stammelte ich.

„Bitte ... was?" Jannis zog eine Augenbraue nach oben und betrachtete mich aufmerksam. „Geht es dir gut, Nike?" Ich schloss für einen kurzen Augenblick meine Augen und atmete einmal tief durch.

„Eis. Eis wäre jetzt toll", gab ich von mir. „Und ja, mir geht es gut. Sehr gut sogar. Mir ist nur ... sehr heiß." Jannis nickte, während sein Blick auf mir ruhte. Ich nahm einen weiteren Schluck Wasser und bemühte mich, mir einen geschäftsmäßigen Ausdruck zu geben. Das hier war ein Geschäftsessen und kein Date. Kein Grund, nervös zu sein.

„Und was sind nun die Details?", fragte ich daher mit eher kühler Stimme. Jannis räusperte sich.

„Also gut. Die Details." Er stützte seine Ellenbogen auf dem Tisch auf und faltete seine Hände ineinander. „Ich bin bereit, das Angebot zu verdoppeln, wenn du zustimmst, mir in der Woche auch für Sex zur Verfügung zu stehen." In der nächsten Sekunde prustete ich das Wasser raus. Shit! Direkt in Jannis` Gesicht. Was hatte er gesagt? Er wollte mich für Sex bezahlen?

„Wie ... wie bitte ... was?", stotterte ich. Ich musste mich verhört haben. Wahrscheinlich hatte sich das mein Gehirn nur zusammenfantasiert. Genauso wie die heißen Sexszenen letzte Nacht. Ich musste mich verhört haben. In dem Moment kam die Bedienung mit dem Gin Tonic und den Speisekarten.

„Stimmt etwas nicht mit dem Wasser?", wollte sie wissen. Verwirrt sah ich zu ihr auf.

„Oh, äh, alles gut ... ich ... ich hatte mich nur verschluckt", gab ich vor. Jannis tupfte mit der Stoffserviette sein Gesicht trocken und winkte ab.

„Alles gut. Danke." Er drückte der Bedienung die nasse Serviette in die Hand.

„Entschuldige, ich wollte dich nicht vollspritzen", murmelte ich verlegen.

„Was?", krächzte Jannis.

„Das Wasser. Es tut mir leid."

„Oh, ja. Ähm, könnten Sie ihr bitte ein neues Wasser bringen? Mit Eiswürfeln?" Wir warteten, bis die Bedienung gegangen war. Dann beugte ich mich über den Tisch.

„Du willst mich für Sex bezahlen?", fragte ich mich gesenkter Stimme. Jannis nickte.

„Wieso, verdammt noch mal, will ein so gut aussehender Mann wie du Geld für Sex bezahlen?"

„Nike." Er beugte sich ebenfalls über den Tisch, so dass ich seinen Atem auf meinem Gesicht spüren konnte.

„Ich bin ein viel beschäftigter Mann. Ich habe keine Zeit für eine Freundin. Und auch keine Lust auf billige Frauen. Du bist genau die Art von Frau, die ich gerne an meiner Seite habe. Klug, wunderschön und unglaublich heiß. Unser Arrangement ist natürlich völlig unverbindlich." Hatte er unglaublich heiß gesagt? Ja, verdammt. *Er* machte mich unglaublich heiß.

Die Dame brachte das eisgekühlte Wasser, und ich war für die kurze Unterbrechung dankbar.

„Wissen Sie schon, was Sie essen wollen?"

„Haben Sie Spaghetti alle Vongole?", fragte ich sie.

„Mit Weißwein oder mit Tomaten?"

„Mit Weißwein, bitte."

„Sehr gerne. Und was darf ich Ihnen bringen?"

„Bringen Sie uns bitte zweimal Spaghetti alle Vongole", bat Jannis. „Weißwein zum Trinken dazu, Nike?"

„Ja, such du einen aus."

„Bringen Sie uns den besten, den Sie haben."

Die Dame nahm die Karten und ging wieder.

„Sex gegen Geld also, weil ich die perfekte Freundin an deiner Seite bin und du mich unglaublich heiß findest", fasste ich zusammen.

„Genau." Ich schwieg nachdenklich.

„Du siehst verwirrt aus", stellte er fest. Verwirrt war gar kein Ausdruck. Mein Kopf schwirrte, und mir war leicht schwindelig, da meine Gedanken Achterbahn fuhren. Spaghetti alle Vongole, Sex, Erbrecht, Kunst... wie passte das alles zusammen? Glaubte Jannis allen Ernstes, er könne mich kaufen? Ich schluckte trocken... ich ließ mich ja kaufen, aber nur als Begleitung, doch nicht für Sex! Ich trank das Wasser in einem Zug aus.

„Verwirrt beschreibt meinen Zustand gerade ganz gut." Was erwartete Jannis, wenn er mich mit einem solchen unmoralischen Angebot konfrontierte?

„Ich werde nichts machen, was du nicht möchtest", versprach er und nahm meine Hand.

„Ich bin keine Nutte", stellte ich klar und entzog ihm meine Hand. Jannis sah mich erschrocken an.

„Nein, Nike, das bist du nicht. Ich entschuldige mich, wenn du das missverstanden hast. Du bist etwas ganz Besonderes. Eine bezaubernde Muse mit grünen Augen. Es tut mir leid, wenn ich bei dir durch mein Angebot den Eindruck erweckt haben sollte, ich würde dich für eine Nutte halten. Selbstverständlich weiß ich, dass du für eine seriöse Agentur arbeitest und Sex nicht dazu gehört." Er ergriff erneut meine Hand und sah mich durchdringend an.

„Ich möchte dich exklusiv buchen, weil ich diese Anziehung zwischen uns spüre. Dir geht es doch genauso. Das habe ich gespürt, als wir uns gestern geküsst haben."

„Hast du schon anderen Escortdamen Geld für Sex geboten?"

„Nein, Nike, ich habe noch nie eine Frau für Sex bezahlt." Ich verschränkte meine Arme vor der Brust.

„Warum bietest du *mir* dann Geld für Sex? Warum fragst du mich nicht einfach, ob ich mit dir schlafen möchte?"

„Ich habe dich über die Agentur kennengelernt und möchte die Situation nicht ausnutzen."

„Nicht ausnutzen? Wie meinst du das?"

„*Satisfaction* vermittelt Damen ausrücklich für Aktivitäten ohne Sex. Es wäre daher absolut unseriös, wenn ich dich fragen würde, ob du mit mir schlafen möchtest. Daher will ich mit dir eine extra Vereinbarung treffen und extra dafür bezahlen." Unser Gespräch hatte mittlerweile eine rein geschäftsmäßige Ebene erreicht, was es mir leichter machte.

„Wie genau stellst du dir die Woche vor, in der ich dich begleite?", wollte ich wissen.

„Du begleitest mich zu Kunstauktionen und Vernissagen, und wir werden miteinander schlafen. Das ist alles", sagte er, als wäre dies nichts Besonderes. Wieso erregte mich die Vorstellung, mit Jannis Sex zu haben, obwohl mir Sex nicht viel bedeutete? Wieso sehnte ich mich danach, von ihm zwischen meinen Beinen berührt zu werden und ihn in mir zu spüren? Machte ich mir was vor, weil der Kuss so gut war? Besser als der Sex, den ich bisher hatte? Einerseits wollte ich mich nicht für Sex bezahlen lassen. Andererseits ertappte ich mich bei dem Gedanken, mit Jannis auch ohne Geld zu schlafen. Aber ich brauchte das Geld. Was war also falsch daran, sich teuer für Sex bezahlen zu lassen? Man bezahlte schließlich auch für gutes Essen. Und wenn ich nicht gut war? Aber das konnte ich ihn nicht fragen. Er würde wissen wollen, wie ich auf diese Idee kam, und das durfte ich nicht riskieren.

„Was ist, wenn mir etwas nicht gefällt? Wirst du dann nicht enttäuscht sein, weil du so viel Geld für mich bezahlst?", fragte ich daher.

„Was gefällt dir denn nicht?" Sex? Oh Gott, das wäre ja so, als würde sich ein Schauspieler um eine Rolle bewerben und gleichzeitig mitteilen, dass er Schauspielen hasste.

„Es kommt darauf an", antwortete ich daher ausweichend und sah ihn herausfordernd an. Jannis lachte.

„Das ist die typische Antwort eines Juristen. Also gut, dann werde ich es darauf ankommen lassen." Er blickte mir wieder tief in die Augen, und ich wusste, dass mein Körper nach und nach das Kommando über meinen Verstand übernehmen würde. Jannis strich mir eine Haarsträhne aus dem Gesicht.

„Du wirst mich nie enttäuschen, Nike", sagte er sanft. Ich schluckte. Und wenn mir der Sex nicht gefiel? Eine Woche konnte dann lang sein. Aber was, wenn der Sex mindestens genauso gut war wie der Kuss und ich mich in Jannis verliebte? Aber ich hatte mich längst entschieden. Das Angebot war zu verlockend. Ich konnte unmöglich das Geld ausschlagen. Es würde mir ermöglichen, mich voll und ganz auf mein Examen zu konzentrieren. Ich würde das Risiko eingehen.

„Also gut", wisperte ich, und mein Herz schlug mir bis zum Hals.

„Gut? Heißt das, du gehst den Vertrag ein?"

„Zweimal Spaghetti alle Vongole." Unsere Blicke lösten sich nicht voneinander, während zwei Teller mit dampfenden Nudeln vor uns auf den Tisch gestellt wurden.

„Ja, ich nehme das Angebot an." Jannis lächelte.

„Wir werden eine unvergessliche Woche miteinander haben", sagte er. „Das verspreche ich dir."

„Ich nehme dich beim Wort", lachte ich, um meine Aufregung zu verdecken. Nur eine Woche. Dann wäre der Auftrag erledigt.

Die Nudeln waren köstlich. Ich hätte nicht gedacht, dass ich etwas runterbekommen würde.

„Nimmst du die Pille?", wollte Jannis wissen, als wäre dies das normalste Gesprächsthema beim Essen.

„Klar", log ich. Natürlich nicht. Wieso sollte ich sie auch nehmen? Normalerweise hatte ich nicht mit irgendwelchen Typen Sex. Das mit Leon war eine absolute Ausnahme. Aber ich musste unbedingt ein sicheres Verhütungsmittel haben, um in der Woche nicht schwanger zu werden. Ich würde daher gleich am Montag zu meiner Frauenärztin gehen und mir die Pille verschreiben lassen.

„Ich will mit dir ohne Gummi Sex haben. Daher werde ich mich vorher auf etwaige Krankheiten ärztlich untersuchen lassen. Und ich möchte, dass du dies auch tust." Er schenkte mir Wein nach. Ein ganz normales Gesprächsthema beim gemeinsamen Abendessen eben.

„Klar", antwortete ich. „Wann bekomme ich den Vertrag?"

„Ich werde ihn dir morgen zukommen lassen. Außerdem werde ich dir heute noch € 20.000,00 überweisen. Die Zusatzvereinbarung gilt nur zwischen uns. Den Rest regelt deine Agentur. Sie weiß natürlich nichts von unserem Spezial-Deal." Mein Kopf ratterte. Durfte ich das überhaupt? Neben der Agentur einen weiteren Vertrag schließen?

„Ich habe es von meinem Anwalt prüfen lassen", sagte Jannis, als hätte er wieder einmal meine Gedanken gelesen. „In den Verträgen deiner Agentur steht nicht, dass du nicht selbst Sondervereinbarungen neben dem Hauptvertrag schließen kannst." Er hatte es schon von seinem Anwalt prüfen lassen? Klar, er war ja Geschäftsmann. Er sah Bilder als Wertanlagen und überließ nichts dem Zufall. Natürlich hatte er es prüfen lassen. Zum Glück unterlagen Anwälte der Schweigepflicht. Oh Gott, was hatte er seinem Anwalt denn erzählt?

„Du wirst von deiner Agentur den üblichen Vertrag mit den Auftragsdetails bekommen. Alles andere reglen wir beide miteinander."

„Alles klar." Jannis erhob sein Glas und stieß mit mir an.

„Auf meine bezaubernde Muse", sagte er. Der Wein prickelte leicht auf meiner Zunge, und ich fragte mich, wie es sich anfühlen würde, Jannis jetzt zu küssen.

„In dem Vertrag wird übrigens auch stehen, dass du in der Woche weder Handy noch Laptop dabei haben darfst. Auf den Vernissagen und Auktionen befinden sich viele paranoide Kunsthändler. Sie sind gerne unter sich und misstrauen Fremden, die jederzeit über ein Handy oder ein IPad wichtige Informationen nach Außen geben könnten." Ich zog meine Augenbrauen zusammen.

„Und wenn wir nicht auf Vernissagen sind?" Jannis` Augen wurden dunkel.

„Dann gehörst du mir und brauchst keine Verbindung zur Außenwelt." Ich schluckte.

„Kein Verbindung zur Außenwelt?" Jannis lachte.

„Ich bin kein Massenmörder. Ich habe auch nicht vor, dich in einem dunklen Keller zu fesseln und zu vergewaltigen." Er legte seine Hand auf meine, und eine Hitze durchflutete mich.

„Ich werde dir nichts tun. Versprochen. Okay? Du kannst dich auf eine spannende Woche mit viel Kunst freuen. Du wirst neue und alte Werke sehen, vielversprechende Bilder entdecken und mir bei der Auswahl helfen."

„Okay." Ich nickte und biss mir auf die Unterlippe.

„Was für Bilder hängen eigentlich bei dir zu Hause?", fragte ich dann.

„Ich habe zu Hause keine Bilder", sagte Jannis. Ich sah ihn verwirrt an.

„Das ist jetzt ein Scherz, richtig? Vermutlich hängen bei dir zu Hause so viele Bilder, dass du den Überblick verloren hast." Jannis schüttelte den Kopf.

„Nein, ich habe wirklich kein einziges Bild in meiner Wohnung." Ich starrte ihn an.

„Das musst du mir jetzt erklären!"

„Bilder sind sehr emotional", antwortete er. Ich nickte. Ja. Das waren sie in der Tat. Wenn der Künstler gut war und es ihm gelang, mit seinen Werken Geschichten zu erzählen oder Augenblicke darzustellen, die einen berührten. Jannis sah mir in die Augen, und ich fühlte mich wie in einer Parallelwelt, auf der ich mit ihm schon seit Jahrhunderten verbunden war.

„Aber es ist doch schön, wenn Bilder Gefühle in uns wecken, oder nicht?"

„Sie würden mich zu sehr von meinen eigenen Gefühlen und meinem eigenen Leben ablenken. Wenn ich ein Bild in meiner Wohnung aufhängen würde, dann müsste es meine Seele widerspiegeln." Für einen kurzen Augenblick glaubte ich, Jannis würde in meine Seele blicken. Doch dann lehnte er sich mit einem Ruck in seinem Stuhl zurück, und der Zauber war gebrochen. „Ich sehe Bilder daher im Moment nur als Wertanlagen an."

„Wie ... wie grausam", sagte ich, nachdem ich das Gefühl hatte, einen Eimer mit kaltem Wasser über den Kopf bekommen zu haben. Jannis zuckte gleichgültig mit den Schultern.

„Das ist die Geschäftswelt." Er beugte sich wieder vor und fuhr mit dem Daumen sanft über meine Hand. „Aber irgendwann werde ich das Bild finden, das meine Emotionen und Leidenschaft widerspiegelt."

# Kapitel 8

Nervös trat ich von einem Fuß auf den anderen. Worauf hatte ich mich da nur eingelassen? Noemi hatte ich nur gesagt, dass mich ein Kunde für eine Woche als Begleitung auf eine Geschäftsreise gebucht hatte. Ich hatte ihr aber verschwiegen, dass es sich bei dem Kunden um Jannis handelte. Ich wollte nicht, dass sie etwas von der Extra-Vereinbarung erfuhr und glaubte, ich prostituiere mich. Ich kannte Noemi. Sie hätte so lange weiter gefragt, bis sie alles gewusst hätte. Es war jetzt kurz vor sieben. Jeden Moment würde mich ein Fahrer von der Agentur abholen. Ich hatte das bordeauxfarbene Kleid angezogen, das mir Jannis für heute Abend geschickt hatte und dazu schwarze Riemchenschuhe. Mein kleiner Koffer mit meinen persönlichen Sachen stand fertig gepackt neben der Tür, und ich warf zum wiederholten Mal einen Blick in den Spiegel. Die Haare saßen perfekt, das Make-up stimmte und das Kleid war hinreißend. Ein weich fließender Stoff, der meine Brüste betonte und die Taille umspielte und gerade noch lang genug war, um meinen Po zu bedecken, so dass meine schlanken Beine gut in Szene gesetzt wurden. Die Klamotten, die ich sonst immer so trug, bestanden im Wesentlichen aus Jeans, T-Shirt und Pulli und konnten. Ich sah aus wie ein anderer Mensch. Wie Nike eben. Und nicht wie Mia. Kleider machten tatsächlich Leute. Ich zuckte zusammen, als es an meiner Tür klingelte und holte noch einmal tief Luft. Die Scharade konnte beginnen.

Die Kunstauktion fand in einer gigantischen dezent beleuchteten Villa in Blankenese mit Blick auf den Elbsandstrand statt. Mir wurde mulmig, als ich aus dem Wagen ausstieg und all die schick gekleideten Gäste sah. Die Damen trugen edle lange Kleider und die Herren Smokings, als würden sie auf einen Ball gehen. Ich kam mir underdressed vor mit meinem schlichten Fummel und zupfte an dem zu kurzen Rock. Dann betrachtete ich meine Schuhe. Es waren keine Ballschuhe, aber ich fand sie wunderschön. Plötzlich stellten sich meine Nackenhärchen.

„Du siehst hinreißend aus, Nike", hörte ich auf einmal Jannis sagen. Ich hob meinen Blick, und mein Pulsschlag beschleunigte sich, als ich ihn im Smoking vor mir stehen sah.

„Danke, du siehst auch toll aus". Toll. Das war die Untertreibung des Jahres. Tatsächlich sah er absolut unwiderstehlich aus. Als wäre er im Auftrag Ihrer Majestät hier. Er bot mir lächelnd seinen Arm an.

121

„Danke. Gehen wir hinein? Nicht, dass du dich noch erkältest hier draußen. Du zitterst schon." Ich hatte keine Ahnung, ob es kühl war oder ob ich aus anderen Gründen eine Gänsehaut hatte und zitterte. Aber ich hakte mich dennoch bei ihm unter, und wir gingen gemeinsam die große Treppe zum Hauseingang hinauf. Als wir oben auf dem Treppenabsatz angekommen waren, stellte mich Jannis dem Gastgeber, Herrn Kolossa, vor, der beim Eingang jeden Gast persönlich begrüßte. Die beiden wechselten ein paar belanglose Worte, denen ich entnahm, dass sie sich schon von ähnlichen Veranstaltungen her kannten. Dann betraten wir das Haus.

„Wow", staunte ich, als ich den riesigen Kristallkronleuchter in der Mitte der Empfangshalle an der Decke baumeln sah. Das Licht brach sich an den einzelnen Kristallen und warf bunte Flecken an die weißen Wände und den weißen Marmorboden. „Wie schön", hauchte ich. „Also würde hier die Eiskönigin wohnen." Jannis schmunzelte.

„Da muss ich dich leider enttäuschen", sagte er und führte mich zu einer Bar an der hinteren Wand. „Ich kann dir versichern, dass du sie hier nicht antreffen wirst. Aber wie wäre es mit einem Cocktail on Ice?" Ich lachte.

„Das klingt sehr verlockend." Wir setzten uns auf zwei Barhocker, und ich überließ Jannis die Auswahl der Drinks, da ich mich weiter fasziniert umsah. Die Villa hatte tatsächlich etwas von einem Eispalast. Die Wände waren in zartem blau gestrichen, und das kalte Licht wurde in den Spiegeln mit den silberfarbenen Rahmen reflektiert, als bestünde es aus Eiskristallen.

„Auf eine unvergessliche Woche mit dir, Nike", sagte Jannis und reichte mir einen Cocktail. Er sah mir dabei tief in die Augen, als ich mit ihm anstieß. Ich merkte, wie ich mich verspannte, weil mir wieder bewusst wurde, dass ich keine Vorstellung davon hatte, was mich in den nächsten sieben Tagen erwartete.

„Entspann dich, Nike", lächelte mir Jannis zu. Ihm entging nichts. Sogar meine Gedanken schien er lesen zu können. Ich nickte. Wieso war ich so verkrampft? Ich wünschte mir, ich könnte wie Noemi sein. Sie nahm sich, was ihr gefiel und hatte dabei jede Menge Spaß, während ich stets über alles mindestens zehnmal nachdachte. Aber ich war jetzt nicht Mia. Sondern Nike. Und was Noemi konnte, konnte Nike auch.

„Okay", sagte ich und lächelte zurück. Nike würde genau wie Noemi jede Menge Spaß haben. Das nahm ich mir fest vor. „Ich bin schon sehr gespannt auf den heutigen Abend." Ich nippte an dem leicht säuerlich schmeckenden Cocktail und beobachtete die anderen Gäste. Offensichtlich war jede Menge Geld hier. Der Schmuck, mit dem die Damen sich präsentierten, war vermutlich mehr wert als ein überdurchschnittlicher Jahreslohn. Das Publikum war anders als das in den Kunstmuseen. Ich war mir sicher, dass sich die meisten hier gar nicht für die Kunst interessierten. Entweder waren sie hier, um nach neuen Geldanlagen zu schauen oder um sich und ihr Geld zu präsentieren. Aber gut, ich befand mich eben auf einer Vernissage und nicht in einem Museum. Jedenfalls freute ich mich schon darauf, mir die Bilder anzuschauen.

„Möchtest du dir jetzt die Ausstellung ansehen?", fragte Jannis, als hätte er wieder einmal meine Gedanken gelesen.

„Sehr gerne." Ich trank meinen Drink leer und spürte, wie der Alkohol mich locker machte. Jannis stand vom Hocker auf und bot mir seinen Arm an.

„Mein schönes Fräulein, darf ich wagen, meinen Arm und Geleit ihr anzutragen?", zitierte er grinsend Faust. Ich kicherte, weil ich wusste, was Gretchen darauf antwortete. Bin weder Fräulein, weder schön, kann ungeleit nach Hause geh'n. Aber ich war nicht Gretchen, sondern die selbstbewusste Nike.

„Sehr gerne. Wir wollen schließlich keine Zeit verlieren. Denn: Die Kunst ist lang und kurz ist unser Leben", antwortete ich stattdessen mit einem anderen Zitat aus Faust. Jannis legte seinen Kopf in den Nacken und lachte.

„Du bist wirklich unbezahlbar, Nike", sagte er dann und führte mich in den ersten Ausstellungsraum.

„Der Raum hat die Atmosphäre eines Iglus", stellte ich fest. Weiße Wände, weißer Boden, weißes Licht. Jannis schmunzelte.

„Nur dass in diesem Iglu hier ein Kunstliebhaber wohnt. Sieh dir die Werke an den Wänden an, und such dir das heraus, das dir am besten gefällt."

„Okay", murmelte ich und betrachtete aufmerksam das erste Bild. Es zeigte eine alte zerfallene Hütte auf einer grünen blühenden Wiese. Tja, das Leben ging weiter, auch wenn die Hütte ihre besten Jahre hinter sich hatte. Es war gut gemalt, aber ich würde es mir niemals in meiner Wohnung aufhängen. Ständig würde es mich daran erinnern, dass das Leben endlich war. Oder würde es mich dann mehr dazu animieren, den Tag sinnvoller zu nutzen? Ich schüttelte den Kopf. Nein, es würde mich deprimieren, so ständig den Tod vor Augen zu sehen. Ich ging weiter und schritt den Raum ab. Bild für Bild.

„Das hier", sagte ich schließlich zu Jannis, der sich auf eine weiße Sitzbank niedergelassen hatte und mir mit seinen Blicken gefolgt war. Er stand auf und trat neben mich. Meiner einer Hand fuhr er mir vom Nacken über den Rücken bis zum Po und ließ sie dort liegen. Ich erschauderte unter seiner Berührung, versuchte dennoch, mich auf das Kunstwerk zu konzentrieren.

„Was gefällt dir an diesem Bild so besonders?", wollte er wissen.

„Es ist voller Emotionen. Die Berge sind in das Licht der untergehenden glühend roten Sonne gehüllt, als würden sie jeden Moment explodieren. Sie allein ziehen den Blick auf sich. Die Kühe, die Berghütte, der Bergsee... all das verschwindet hinter der gewaltigen Energie, die die Berge ausstrahlen. Die Landschaft drum herum schafft es nicht, Ruhe ins Bild zu bringen. So groß sind die Emotionen."

Jannis küsste mich in den Nacken, und ein Kribbeln durchfuhr meinen ganzen Körper. „Niemand hat ein Auge für eines dieser Kunstwerke. Du allein ziehst alle Blicke auf dich. Wie ich gesagt habe." Oh Gott. Jannis machte mich verrückt. Mein Puls raste, und ich stand unter Strom.

„Gut für uns. Dann können wir sie uns in aller Ruhe ansehen", antwortete ich scheinbar unbeirrt. Doch tatsächlich konnte ich mich neben Jannis kaum auf die Bilder konzentrieren. Allein sein Duft vernebelte meine Sinne.

„Mach ich dich nervös?", fragte er selbstgefällig.

„Nein", behauptete ich und fächerte mir Luft mit der Hand zu. „Hier drinnen ist es nur etwas stickig." Und morgen war Weihnachten. Verdammt. Welche Frau machte er nicht nervös?

„Dieses Porträt hier ist außergewöhnlich", lenkte ich ab. „Die junge Frau scheint den Betrachter zu durchschauen. Es ist, als würde ihr nichts verborgen bleiben."

„Wissend wie Mona Lisa?"

„Ja, genau!" Ich lachte leicht überdreht. „Eine moderne Mona Lisa."

„Du findest hier die wahren Schätze", stellte Jannis fest und zog mich an seine Seite.

„Wusstest du, dass die Mona Lisa erst nach einem Diebstahl so wirklich berühmt wurde? Ihr Diebstahl sorgte für große Aufregung in der Öffentlichkeit. Dadurch        erlangte        sie        einen        hohen

Wiedererkennungswert", plapperte ich los, und natürlich durchschaute mich Mona Lisa.

Als wir uns die gesamte Ausstellung angesehen hatten, traten wir wieder in die Empfangshalle.

„Jannis!" Ein Herr mit grau melierten Haaren kam auf uns zu. Er war groß und schlank, und ich schätzte ihn auf fünfzig.

„Karsten, hallo." Jannis umarmte ihn freundschaftlich. „Ich habe gehofft, dich hier zu treffen. Darf ich dir meine Freundin Nike vorstellen? Nike, das ist mein langjähriger Geschäftsfreund Karsten."

„Freut mich, dich kennenzulernen, Nike", sagte Karten und reichte mir die Hand. „Wie gefällt dir die Ausstellung?"

„Oh, sehr gut. Danke."

„Hast du auch schon ein schönes Bild entdeckt?" Er sah mich erwartungsvoll an.

„Ähm, ja, genau genommen..."

„Na, bist du unter die Spione gegangen?", unterbrach ihn Jannis lachend. „Nike wird dir mit Sicherheit nicht verraten, welche Bilder sie ausgesucht hat. Nicht wahr, meine Süße?" Mir gefiel, wie er meine Süße gesagt hatte, und ich lächelte Karsten entschuldigend an.

„Sorry Karsten. Aber das ist nun einmal ein Staatsgeheimnis." Karsten lachte laut auf.

„Nun, da werde ich wohl besser aufpassen müssen, damit ich nicht zwischen die Fronten gerate."

„Ich wusste doch, dass du ein kluger Mann bist",
grinste Jannis und klopfte ihm auf die Schulter. Karsten
zwinkerte mir zu.

„Wir wollen ja nicht riskieren, dass aus Nike eine Furie
wird. Also, dann möchte ich euch nicht weiter stören.
Wir sehen uns später noch." Karsten hob kurz seinen
Daumen und ging weiter.

„Wollen wir noch eine kleine Pause machen, bevor die
Auktion beginnt?", frage mich Jannis und blickte auf
seine Uhr. Eine Rolex. Natürlich. Wie viel die wohl
gekostet       haben       mochte?       Zehntausend?
Hunderttausend? Ich hatte keine Ahnung. In solchen
Kreisen bewegte ich mich normalerweise nicht.

„Gerne." Jannis nahm zwei Gläser Sekt von einem
Tablett und reichte mir eins davon.

„Auf die Schätze, die du entdeckt hast", sagte er und
stieß mit mir an.

„Ich weiß, wo wir ein wenig ungestört sein können",
sagte er mit gedämpfter Stimme, als wir unsere Gläser
geleert hatten. Er führte mich einen langen Flur entlang
in einen abgelegenen leeren Raum mit gedimmtem
Licht.

„Der Ausblick hier ist fantastisch", sagte er und zog
mich zu einem der Fenster. „Sieh selbst!" Wir sahen
gemeinsam hinaus in die Nacht. Der Mond war fast voll
und sein fahles Licht fiel auf das Wasser und den
Elbsandstrand. Es sah gespenstisch aus. Eine Zeit lang
standen wir schweigend nebeneinander, und die Luft
zwischen uns lud sich immer mehr auf. Ein Funke hätte

gereicht, um sie mit einem lauten Knall zu entzünden. Plötzlich zog mich Jannis in seine Arme.

„Du bist wunderschön", sagte er und beugte sich zu mir hinunter. Sein Atem kitzelte auf meiner Haut, und ich lehnte den Kopf leicht zurück, als er mich sanft auf den Hals küsste. Mein Herz schlug schneller, als er sich bis zu meiner Halsbeuge hinunter küsste, meine Handgelenke umfasste und dann meine Arme über meinen Kopf hob und mich gegen die Wand drückte. Seine Zunge glitt wieder meinen Hals hinauf, und er biss mich leicht in mein Ohrläppchen. Ich konnte spüren, wie hart er war und wimmerte, als er mit seinem Mund zunächst sanft meine Lippen berührte und schließlich hart und gierig mit der Zunge eindrang. Ein heißer Strom jagte durch meinen Körper, und ich genoss es, dass Jannis die volle Kontrolle über mich hatte. Er stieß seine Zunge fordernd in meinem Mund, was mich zu einem Stöhnen brachte. Dann biss er mich sanft in meine Lippen und löste sich leicht von mir.

„Du machst mich so hart", sagte er mit rauer Stimme und ergriff meine beiden Handgelenke mit einer Hand. Seine freie Hand glitt unter mein Kleid und streichelte die Innenseiten meiner Schenkel bis hinauf unter meinen Slip. Ich erschauderte, als er zwei Finger in mich hinein schob.

„Und du bist schön feucht." Er blickte mir tief in die Augen und stieß immer wieder mit seinen Fingern in mich hinein, während er mit dem Daumen meine Klitoris rieb.

„Jannis", stöhnte ich und drückte meinen Rücken durch, als er seine beiden Finger leicht krümmte und in mir ein bisher nicht bekanntes Gefühl in meinem Inneren hervorrief.

„Ich will, dass du für mich kommst und mich dabei ansiehst", sagte er mit heiserer Stimme, während er mich weiter bearbeitete. Ich spürte, wie sich ein Orgasmus in mir aufbaute und mich ohne Vorwarnung mit einer riesigen Welle überflutete. Mein Körper zuckte heftig, und Jannis massierte mich sanft weiter, bis ich mich beruhigt hatte. Dann zog er seine Finger wieder aus mir, ließ meine Handgelenke los und zog mich fest an sich.

„Ich würde dich jetzt gerne ficken. Aber die Auktion beginnt gleich", raunte er in mir ins Ohr. Er legte seine Stirn an meine.

„Verdammt, Mia. Ich bräuchte jetzt eine kalte Dusche." Er löste sich von mir und öffnete das Fenster. Kühle Luft umhüllte uns, und ich tauchte allmählich wieder aus meinem Trancezustand, in den mich der Orgasmus versetzt hatte, auf. Das... das war das Erregendste, das ich je erlebt hatte. Woher wusste Jannis, was er tun musste, um diese Gefühle in mir auszulösen? Jannis atmete tief durch, dann schloss er das Fenster wieder.

„Gut, gehen wir." Ich warf einen amüsierten Blick auf seine Hose, die immer noch seine Erregung verriet.

„Schlechtes Timing würde ich sagen", neckte ich ihn. Jannis legte seine Hand in meinen Nacken und sah mich mit dunklen Augen an.

„Gekonntes Vorspiel sage ich."

Ich schluckte. Eins zu null für Jannis. Alles, was er hier mit mir tat, war nichts anderes als ein langes Vorspiel. Und ja, er hatte recht. Es war ein gekonntes Vorspiel. Denn es erregte mich mehr, als ich ertragen konnte. Wir saßen im Auktionsraum in der ersten Reihe, und ich konnte an nichts anderes mehr als an Sex mit Jannis denken.

„Kann ich einmal den Prospekt sehen?", fragte ich, um mich auf andere Gedanken zu bringen.

„Willst du wissen, was die Bilder wert sind, die du ausgesucht hast?" Jannis reichte mir den Prospekt und lehnte sich gelassen auf dem Stuhl zurück.

„Aktien steigen und fallen", sagte er. „Wenn man aber die richtigen Kunstwerke kauft, können sie im Wert nur steigen. Das heißt, ich gebe heute kein Geld aus, sondern vervielfache es."

„Okay", sagte ich und blätterte in dem Katalog. Mir blieb die Luft weg.

„Aber ... aber ... das sind ja zusammen über zwei Millionen", flüsterte ich, nachdem ich die Preise der von mir auserwählten Werke grob addiert hatte. Jannis beugte sich zu mir.

„Und ich werde vier Millionen daraus machen."

Mir war schwindelig. Ich wusste nicht, ob es von dem vielen Sekt war, den wir im Laufe des Abends zu den kleinen Häppchen getrunken haben oder ob es von der

Auktion selbst war, bei der in rasanter Geschwindigkeit die Preise für die angebotenen Kunstwerke nach oben getrieben und so schnell an den jeweils Höchstbietenden per Hammerschlag verkauft worden waren, dass sich vor meinen Augen schließlich alles gedreht hatte. Jannis hatte die Bilder meistbietend ersteigert, die ich ausgesucht hatte, und ich hatte irgendwann aufgehört, die Zahlen im Kopf zu addieren, als ich bei über drei Millionen angekommen war. Wir saßen jetzt auf der breiten Rückbank einer Limousine, bei der die Fahrerkabine mit einer dunklen Scheibe zu den Rücksitzen abgetrennt war, und ich legte den Kopf zurück.

„Hattest du schon einmal Sex in einem Taxi?", fragte mich Jannis. Sofort setzte ich mich aufrecht hin, sah zu der Scheibe vor uns, dann zu ihm.

„Der Fahrer wird nichts mitbekommen", erklärte er, „die Scheibe ist blick- und schalldicht." Okay, das war jetzt nicht schwer gewesen, meine Gedanken zu lesen.

„Ich deute dein Schweigen mal als nein", raunte Jannis. Er ließ seine Hand zu meinem Schoß gleiten.

„Entspann dich und öffne deine Schenkel", hauchte er mir ins Ohr, und ich gehorchte. Ich spürte Hitze zwischen meinen Beinen aufsteigen und schnappte nach Luft, als Jannis begann, meine Klitoris durch meinen Slip zu massieren. Er wusste genau, was er tat. Anders als die Männer, die ich vor ihm hatte. Mal veränderte er den Druck, dann wieder die Geschwindigkeit, und ich rang schon nach kürzester Zeit nach Atem.

„Soll ich aufhören?" Ich schüttelte wild den Kopf und schob mein Becken stattdessen weiter nach vorne. Jannis ließ seine Hand langsam unter meinen Slip gleiten.

„Du bist so schön feucht für mich". Für einen kurzen Augenblick zog sich Jannis zurück und öffnete seine Hose. Mir stockte der Atem, als ich seinen riesigen harten Schwanz sah. Gütiger Himmel! War der echt?

„Ich möchte, dass du mich reitest." Mit einem Ruck zerriss er meinen Slip und hob mich mit einer Leichtigkeit auf seinen Schoß, so dass ich ihm direkt in die Augen sehen konnte. Langsam ließ er mich auf seine harte Erektion hinabgleiten, damit ich mich an seine Größe gewöhnen konnte. Ich sog die Luft scharf ein. Er fühlte sich so unglaublich gut an. Schließlich füllte er mich voll aus. Jannis hob und senkte mich zunächst behutsam.

„Wie eng du bist", stöhnte er. Dann packte er mich fester an den Hüften und nahm mich härter. Er stieß immer tiefer in mich hinein.

„Oh Gott, Jannis..." Ich warf meinen Kopf in den Nacken und glaubte, vor Lust zergehen zu müssen. Wo nahm Jannis nur diese Kraft her? Ich konnte jetzt schon nicht mehr. Er grub seine Hände in mein Fleisch und pumpte unermüdlich in mich hinein.

„Schau mich an", befahl er mir. „Ich will, dass du mir in die Augen siehst." Als ich meinen Kopf wieder hob, sah die Glut in seinen Augen.

„Ich ... komme gleich ... Nike. Ich will, dass du ... mit mir zusammen kommst. Lass ... einfach los ..." Ich ließ los und erreichte zusammen mit Jannis den Gipfel der Lust. Vor meinen Augen tanzten Sternchen, und alles um mich herum schien sich zu drehen. Mein Körper erbebte, und ich klammerte mich an Jannis, um nicht den Halt zu verlieren. Ich spürte, wie auch seine Wellen in mir verebbten und war froh, als er mich fest an sich zog, weil ich nicht wusste, ob ich meine Besinnung verlieren würde. Was hatte Jannis getan? Wenn das Sex war, würde ich ab sofort süchtig danach werden.

„Das war unglaublich", presste Jannis hervor. Ich nickte nur, weil ich nicht in der Lage war, ein Wort zu sprechen. Nie zuvor in meinem Leben hatte sich Sex so fantastisch angefühlt. Zum ersten Mal verstand ich, was die anderen meinten, wenn sie Sex als berauschend beschrieben. Ich war berauscht.

„Ich glaube, wir müssen uns wieder richten. Wir sind gleich da", sagte Jannis.

Immer noch ganz benommen, kletterte ich von seinem Schoß und richtete mein Kleid.

„Ähm ... mein Slip ... ich habe keinen Slip mehr ..." Jannis grinste und steckte das Stückchen Stoff des zerrissenen Höschens in seine Smokingtasche.

„Dafür habe ich ihn jetzt."

„Hey, du bist pervers", lachte ich und schlug ihm leicht gegen die Brust.

Das Taxi hielt. Wir stiegen aus, und ich atmete die frische Nachtluft ein, während Jannis bezahlte. Über uns funkelten die Sterne. Wo waren wir, dass der Sternenhimmel so klar war?

„Gefällt es dir?"

„Wo sind wir hier?" Jannis zeigte zu einem alten Herrenhaus, das direkt am Rand eines kleines Wäldchens lag.

„Etwas außerhalb von Hamburg. Aber wenn du erst einmal im Hotel bist, wirst du dich fühlen wie im alten England auf dem Land."

„Es ist zauberhaft. Wie in einem alten Jane Austin Roman." Wieso hatte ich das Jannis nicht zugetraut? Wieso war ich davon ausgegangen, dass wir in einem kühlen modernen Hotel absteigen würden? Mit so vielen Zimmern, dass man garantiert anonym blieb? Jannis nahm meine Hand und betrat mit mir die Hotellobby, während ich den Rock meines Kleides vorsorglich noch einmal ein Stückchen nach unten zog. Jannis regelte die Formalitäten, und ich sah mich gespannt um. An den Wänden hingen alte Gemälde, auf denen Segelschiffe, Strände und Leuchttürme zu sehen waren. Um die Ecke befand sich ein Kaminzimmer mit verschiedenen Sitzgruppen und in dessen Kamin Feuer flackerte. Ich merkte, wie mir auf einmal kühl war und ging zum knisternden Feuer. Gähnend stellte ich mich vor die heißen Flammen und beobachtete, wie sie tänzelten. Ich rieb mir meine müden Augen. Es war inzwischen nach Mitternacht, und ich war seit sieben Uhr wach. Ich musste dringend ins Brett.

„Müde?", frage mich Jannis, der auf einmal hinter mir stand und seine Hände um meine Taille legte. Er zog

135

mich an sich, und ich ließ meinen Kopf gegen seine Brust fallen.

„Ich könnte im Stehen einschlafen", murmelte ich, „wie ein Pferd."

„Das musst du nicht. Du musst auch nicht im Stall schlafen, sondern hast hier ein schönes weiches Bett ganz für dich allein." Ich drehte mich zu ihm und sah zu ihm auf.

„Ist es okay für dich? Ich meine ..." Ich gähnte erneut.

„Hey, wir beide wollen doch miteinander Spaß haben. Also schlaf dich jetzt erst einmal aus." Ich küsste Jannis sanft auf die Lippen.

„Ich freue mich schon auf morgen."

Er zeigte mir mein Zimmer und schloss dann hinter mir die Tür. Wenigstens insoweit hielten wir uns beide an die Vorschriften, indem wir in getrennten Zimmern schliefen. Ich hatte nichts gegen ein wenig Privatsphäre. Denn auch wenn ich mich zu Jannis hingezogen fühlte und er sich offenbar zu mir, so waren wir doch kein echtes Paar. Ich lehnte mich mit dem Rücken gegen die Tür. Was für ein verrückter Abend. Ich hatte Sex in einem Taxi. Wer war diese Nike? Warum hatte ich bisher noch keine Bekanntschaft mit ihr gemacht? Sie gefiel mir. Sie gefiel mir sogar ausgesprochen gut. Ich drückte mich von der Tür ab und ging in mein Zimmer hinein. Es war alles in dunkelblauen Tönen gehalten und sehr geräumig. Ein King-Size-Bett mit weißer Bettwäsche, in der Ecke befand sich eine Sitzgruppe mit zwei Sesseln, rechts davon ein kleiner Nussbaumschrank, und an der

Wand hing ein Ölgemälde mit einem großen Segelschiff. Die Einrichtung passte zum Herrenhaus, obwohl sie modern wirkte. Es war so still hier, dass man nicht das Gefühl hatte, nur wenige Kilometer von Hamburg weg zu sein. Ich könnte mich hier wirklich im alten England auf dem Land befinden. Ich ging zum bodentiefen Fenster, das auf eine Terrasse führte und blickte auf einen kleinen See, auf den das Mondlicht fiel. Es hatte etwas Mystisches, wie sich das Licht im Wasser widerspiegelte. Genau genommen spiegelte sich das Licht der Sonne und doch war nur der Mond zu sehen. Ich lehnte meine Stirn gegen das kühle Glas am Fenster. Ja, eigentlich war ich Mia, aber heute Abend war nur Nike zu sehen. Ich lächelte. *Zwei Seelen wohnen, ach! in meiner Brust.*

# Kapitel 9

Ich wachte auf, weil mich die Morgensonne im Gesicht kitzelte. Wohlig seufzend räkelte ich mich und wollte meine Augen noch nicht öffnen. Ich hatte wie auf einer Wolke geschlafen und kuschelte mich in die Bettdecke in der Hoffnung, das himmlische Gefühl zu verlängern. Aber... hatte ich tatsächlich von Jannis geträumt und noch einmal Sex mit ihm? In der Dusche? Und hatte ich tatsächlich einen Orgasmus ? Vorsichtig blinzelte ich mit den Augen und schrak auf.

„Jannis! Puh, hast du mich erschreckt!"

Jannis saß seelenruhig mit einer Tasse Kaffee auf einem der Sessel und sah mich an.

„Guten Morgen, Nike", sagte er amüsiert. Was amüsierte ihn denn so? Er hatte doch nicht .... ich hatte doch nicht ...

„Wie ... seit wann ..." Wie war er überhaupt in mein Zimmer gekommen?

„Gut geschlafen?" Sein belustigter Gesichtsausdruck ließ keinen Zweifel mehr offen. Er hatte meinen Sextraum live miterlebt. Fuck.

„Wie in einem Jane Austen Roman", antwortete ich und hoffte, dass sich meine Wangen nicht röteten. Gott, wie peinlich.

„Möchtest du einen Kaffee?", fragte er und stand auf.

„Sehr gerne. Kaffee ist das Beste nach dem Aufwachen."

„Tatsächlich? Besser als Sex nach dem Aufwachen?"

Jannis reichte mir eine Tasse und sah mich abwartend an. Aber ich ließ mir Zeit.

„Hm, der Kaffee schmeckt jedenfalls hervorragend. Aber was den Sex betrifft, so kann ich dazu noch nichts sagen", sagte ich schließlich.

„Gute Antwort." Jannis setzte sich zu mir aufs und nahm mir die Tasse aus der Hand. „Dann wollen wir doch mal dafür sorgen, dass du das berurteilen kannst." Er zog die Bettdecke von mir und betrachtete mich. Ich trug nur ein Top und einen Slip, und unter seinem Blick wurden meine Brustwarzen hart.

„Zieh dich aus", knurrte er mit rauer Stimme, und ich gehorchte. Sein Befehlston erregte mich, und ich spürte, wie ich feucht wurde.

„Spreiz deine Beine", verlangte er als nächstes und ich öffnete bereitwillig meine Schenkel für ihn. Er sah mich mit gierigen Augen an.

„Ich möchte dich schmecken", raunte er und zog sein Shirt aus. Dann beugte er sich über mich, und ich streichelte über seinen harten Bauch, während er meinen Hals küsste und sanft daran saugte.

139

„Ich werde dich überall markieren", raunte er, „damit jeder sieht, dass du mir gehörst." Seine besitzergreifende Art jagte einen Schauer durch meinen Körper und ließ mich noch feuchter werden.

Jannis küsste sich zärtlich meinen Hals entlang nach unten. Als er bei meinen Brüsten angekommen war, ließ er sich Zeit und beschäftigte sich ausgiebig mit meinen Nippeln. Ich krallte mich vor Lust in seinen Rücken und drückte meinen Kopf nach hinten in das Kissen. Er leckte und saugte und biss sogar ein wenig in meine Knospen, und ich spürte, wie meine Klitoris anschwoll. Ich gab ein Keuchen von mir und stöhnte laut auf, als Jannis mit zwei Fingern in mich stieß. Dann ließ er seine Zunge langsam weiter über meinen Bauch gleiten, während er mich mit seinen Fingern bearbeitete. Als er schließlich an meiner Klitoris leckte, gab ich einen erstickten Schrei von mir und vergrub meine Hände in seinen Haaren. Oh Gott, das fühlte sich himmlisch an. Ich konnte nicht genug von ihm bekommen und schob ihm mein Becken entgegen. Er saugte und leckte an meiner Perle und spreizte meine Schenkel noch weiter. Ich war kurz davor, zu kommen, als Jannis plötzlich meine Hände packte und sie neben meinen Kopf auf die Matratze drückte.

„Und? Ist das besser als Kaffee?" Sein Blick war voller Verlangen. Aber ich war sauer.

„Nicht, wenn du nicht sofort weiter machst!", rief ich verzweifelt. Verdammt! Warum hatte er aufgehört? Mit einem diabolischen Lächeln vergrub er sich wieder zwischen meinen Beinen und trieb mich wieder bis kurz vor dem Orgasmus, um dann erneut von mir abzulassen.

„Jannis, bitte, hör nicht auf", wimmerte ich. Ohne mich aus den Augen zu lassen, zog Jannis seine Hose und seine Shorts aus und stand nun nackt vor mir. Dann kniete er sich über mich, nahm meine Hände und drückte sie gegen die weiche Bettwand.

„Ich möchte, dass du kommst, wenn ich in dir bin", presste er hervor und drang mit einem tiefen Stoß in mich ein. Dann ließ er meine Hände los.

„Lass sie oben", sagte er mit rauer Stimme und begann damit, meine harten Brustwarzen zwischen seinen Fingern zu massieren, während er sich immer weiter und tiefer in mich trieb und mit seinem harten Schwanz gleichzeitig an meiner Klit rieb. Über meine Augen legte sich ein Schleier, und ich spürte, wie ein heißer Strom durch meinen Unterleib schoss.

„Jannis", keuchte ich, als er mich mit einem Ruck umgedreht hatte und von hinten in mich eindrang. Er hatte mich an den Hüften gepackt und rammte sich weiter unaufhörlich in mich hinein. Ich sah nur noch leuchtende Funken vor meinen Augen.

„Lass los, Nike", keuchte Jannis. „Fuck, du bist so feucht und eng. Ich will jetzt in deiner kleinen schönen Pussi kommen." Bei diesen Worten explodierte ich. Ich fühlte mich in eine andere Dimension katapultiert. Eine Dimension, wo es keinen Raum und keine Zeit gab. Ich schien mich aufzulösen und zu schweben. Jannis stieß noch ein paar Mal zu und kam dann ebenfalls. Ich spürte, wie er sich in mir ergoss und dabei immer wieder meinen Namen sagte. *Nike*. Dann brach er über mir zusammen.

„Du bist der Wahnsinn, Nike", hauchte er mir ins Ohr und küsste mich sanft auf den Hals. „Gott, das war so verdammt gut."

„Ja", murmelte ich. „Besser als Kaffee."

Nach einer ausgiebigen Dusche saß ich mit Jannis beim Frühstück, und er erzählte mir von der bevorstehenden Vernissage auf Sylt.

„Ich muss heute Vormittag noch ein paar geschäftliche Dinge erledigen. Wir fliegen dann nachmittags nach Sylt." Er strich mir sanft durch meine Haare, die ich auf seinen Wunsch hin offen trug. Auch Nike gefielen die offenen Haare.

„Ich kann es kaum erwarten", hauchte er in mein Ohr, und ich erschauderte. Ich war süchtig nach seinen Berührungen. Ich war süchtig nach ihm. Und das machte mir Angst.

„Ich freue mich auch schon", sagte ich, was die Untertreibung des Jahres war.

Da die Sonne schien, beschloss ich, einen Spaziergang durch das Wäldchen zu machen, das hinter dem Herrenhaus lag. Es war ein warmer Frühlingstag. Der Himmel war blau, nur ein paar wenige Schönwetterwölkchen zogen hin und wieder vorüber, und es duftete herrlich süß nach Blüten. Ich war froh, dass niemand außer mir diesen Weg hier entlang spazierte, denn ich brauchte ein wenig Ruhe und Zeit mit mir allein, um über alles nachzudenken, was seit gestern Abend geschehen war. Nie zuvor war ich in meinem Leben so verwirrt über mich selbst. Wer war diese Frau, die sich so lustvoll und ohne Tabus einem Mann hingab und sich sehnlichst mehr davon wünschte? Wer war Mia, die Sex nichts abgewinnen konnte? Wer war ich? Ich atmete die frische Luft ein, um einen klaren Kopf zu bekommen. Irgendwo rief ein hoffnungsvoller Kuckuck und suchte eifrig nach einem Weibchen.

„Na, dann mal viel Glück", dachte ich. Konnte es sein, dass ich bisher nur nie den richtigen Mann gefunden hatte? Es war schon fast unheimlich, wie perfekt Jannis war. Perfekt für mich war. Bis gestern dachte ich, gemeinsame Orgasmen gebe es nur in Filmen und Büchern. Lag es vielleicht daran, dass das mit Jannis nicht echt war? Dass wir für eine Woche wie in einem Buch lebten? Dass die Realität war, dass es nicht real war. Jannis hatte mich für eine Woche gebucht, und ich bekam Geld dafür. Wir waren kein echtes Liebespaar. Wir spielten es nur. Ich spürte einen Stich in meiner Brust und verscheuchte augenblicklich den Gedanken daran, dass dies hier nicht echt war und in einer Woche vorbei sein würde. Ich blieb stehen, um die Schlüsselblümchen zu bewundern, die am Wegrand in der Sonne standen und mit sich selbst im Reinen waren. So, wie ich es die letzten Jahren auch war. Ich seufzte. Dann setzte ich meinen Weg fort und lauschte eine Zeit

143

lang dem Vogelkonzert, das die Vögel hier um Wald abhielten. Die Natur wirkte auf einmal so vollkommen auf mich. Alles war geordnet und funktionierte genau so, wie es sein sollte. Es war Frühling, die Bäume und Blumen blühten, und die Tiere waren auf Partnersuche, um sich fortzupflanzen. Vermutlich hatte jetzt der Kuckuck sein Weibchen gefunden, denn ich konnte sein Rufen nicht mehr hören. Der Glückliche. Ich sah auf mein Handy. Halb eins. Um zwei Uhr sollte ich wieder im Hotel sein. Wir würden dann von einem Privatflughafen in einer Cessna nach Sylt fliegen. Um das Gepäck musste ich mich nicht kümmern. Genau genommen musste ich mich in dieser Woche um gar nichts kümmern. Was das der Grund, weshalb ich das Gefühl, mein Leben nicht im Griff zu haben? Weil es andere für mich organisierten? Doch ich wusste, dass dies Blödsinn war. Ich konnte perfekt eine Rolle spielen, auch wenn ich selbst nicht Regie führte. Was ich nicht im Griff hatte, waren meine Gefühle. Ich atmete tief durch und sah auf die Holzkarte am Wegrand mit den Spazierwegen. Den Weg mit den fünf Kilometern würde ich zeitlich noch schaffen. Auf keinen Fall würde ich jetzt im Hotel sitzen und warten. Also schlug ich den Weg ein in der Hoffnung, bis zur Rückkehr im Hotel meine Gefühle sortiert zu haben.

Doch meine Gefühle waren alles andere als geordnet, als ich zwei Stunden später neben Jannis in der Cessna saß. Er flog selbst, so dass ich ein wenig enttäuscht war, keinen Sex über den Wolken mit ihm haben zu können. Konnte ich eigentlich noch an etwas anderes denken, wenn es um Jannis ging? Wieso lehnte ich mich nicht entspannt zurück und genoss den Flug nach Sylt? Ich sah aus dem Fenster nach unten. Irgendwo dort spielte sich normalerweise mein Leben ab. Mein normales Leben. Dort unten war ich Mia. Mia, die fleißig und zielstrebig studierte und später einmal Staatsanwältin werden wollte. Doch jetzt war ich Nike. Nike, die auch in mir steckte, die ich bisher aber nicht kannte.

„Hallo Nike", murmelte ich. „Ich bin schon gespannt, was dich die nächsten Tage alles erwartet." Jannis warf mir einen flüchtigen Blick zu und lächelte. Ich lächelte zurück. Er hatte recht. Er genoss das Leben und die Zeit mit mir und machte sich keinen Kopf deswegen. Genauso würde ich es jetzt auch machen.

Nur wenige Minuten später setzte Jannis schon wieder zum Landeanflug an.

„Ein Geschäftspartner von mir holt uns ab und wird uns zu meinem Haus fahren", sagte er, als wir nach dem Aussteigen zu einem Auto gingen, vor dem ein Mann auf uns wartete. „Ich muss mit ihm nachher noch etwas besprechen, und dann werde ich bis heute Abend nur noch für dich da sein." Meine Haut prickelte, als Jannis mir einen Kuss in meinen Nacken hauchte.

„Jannis, willkommen auf Sylt!" Ein Mann, dessen Alter ich auf vierzig schätzte, begrüßte Jannis mit einem kräftigen Handschlag. Er sah aus wie der typische Geldadel auf Sylt: dunkelblaue, maßgeschneiderte Hose und dazu ein Polo-Shirt, teure Sonnenbrille, teure Schuhe und eine teure Armbanduhr.

„Lennart, darf ich dir Nike vorstellen?" Lennart nahm meine Hand und hauchte gespielt einen Handkuss darauf. Wusste ich es doch. Alter Adel.

„Nike, es ist mir eine Freude, dich kennenzulernen." Er ließ meine Hand wieder los und wandte sich mit einem schiefen Lächeln an Jannis.

„Wirklich bezaubernd." Bezaubernd? Ich war doch keine Prinzessin. Das war für eine angehende Staatsanwältin nicht das passende Adjektiv. Außerdem trug ich Jeans und ein T-Shirt. Alles andere als *bezaubernd*.

„Lennart flirtet mit jeder Frau", sagte Jannis entschuldigend zu mir, als würde er wieder einmal ahnen, was ich dachte. „Aber bei Nike hast du keine Chance, du alter Charmeur. Sie ist mit mir hier." Zur Demonstration legte er einen Arm um mich, und obwohl ich von besitzergreifenden Gesten normalerweise nichts hielt, freute ich mich in dieser Situation darüber. Lennart zwinkerte mir zu, dann öffnete er für mich die Hintertür am Wagen. Ein schwarzer Jaguar. Klar. Lennart hatte zumindest den Old-Money-Style in jeglicher Hinsicht verinnerlicht.

„Darf ich die Dame bitten?" Ich zwang mich zu einem angedeuteten Lächeln. Ich wollte zu Jannis' Geschäftspartnern nicht unfreundlich sein, auch wenn ich Lennarts schmierige Art nicht mochte. Jannis strich mir eine Haarsträhne aus dem Gesicht, nachdem ich im Wagen Platz genommen hatte.

„Ich setze mich vor zu Lennart und bespreche noch etwas mit ihm. Mach du es dir hinten bequem. Wir sind in einer Viertelstunde in Kampen."

Der Wagen hatte abgedunkelte Fenster, und ich stellte fest, dass die Rückbank durch eine Scheibe nach vorne abgetrennt war. Okay, die beiden wollten Geschäftliches miteinander besprechen. Das ging mich nichts an. Ich legte meinen Kopf zurück und versuchte, mich zu entspannen. Ob Lennart wusste, in was für einer Beziehung ich zu Jannis stand? Wenn ja, dann war er mehr als diskret. Ich hoffte aber inständig, dass er nichts von unserer separaten Vereinbarung wusste, und ich ihm nicht irgendwann einmal als Staatsanwältin wieder gegenüber stehen würde. Schnell verwarf ich den Gedanken. Während wir die Straße entlang fuhren, blickte ich nach draußen und hatte auf einmal Lust auf einen Strandspaziergang. Ich könnte es ja Jannis vorschlagen. Dann erinnerte ich mich selbst daran, dass wir keine normale Beziehung zueinander hatten und Jannis neben seinem Geschäftlichen sicher keine Zeit für Spaziergänge finden würde. Ich seufzte. Die beiden Männer unterhielten sich vorne recht angeregt, ich konnte aber kein Wort verstehen, weil sie ihre Stimmen gedämpft hatten. Was es wohl so Geheimes gab? Ein Geheimtipp zu einem Gemälde? Zu einem Künstler, dessen Werke derzeit erschwinglich waren, aber in Kürze um ein Vielfaches steigen würde? Ein Insider-Tipp unter

Aktionären? Zu gerne hätte ich jetzt etwas von dem verstanden, was die beiden da so eifrig miteinander diskutierten. Ich war von Natur wissbegieriger als oft gut für mich war. Und wenn mir jemand etwas verheimlichen wollte, dann musste ich es erst recht wissen. Als kleines Kind hatte ich immer den Osterhasen und den Weihnachtsmann gesucht. Heimlich, versteht sich. Die beiden sollten ja nicht mitbekommen, dass ich ihnen auf der Fährte war. Durch die vielen Krimis, die ich in meinem Leben schon gelesen hatte, wusste ich, dass man am meisten erfuhr, wenn man zuhörte und beobachtete. Auf die Art hatten wir damals als Kinder den als vermisst gemeldeten Kater Filou gefunden. Ich hatte mich in der Nachbarschaft umgehorcht und meine Augen offen gehalten. Bis ich dadurch herausgefunden hatte, wohin Filou verschwunden war. Er war seiner eigenen Familie untreu geworden und zu einer anderen gezogen, bei der es ihm besser gefallen hatte. Tja, Filou war eindeutig eher opportunistisch gewesen. Ich strengte noch einmal meine Ohren an. Wenn ich erfuhr, welcher Künstler demnächst im Kommen war, wäre das dann ein verbotener Insider-Tipp, weil ich ihn nur durch Lauschen erfahren hätte? Nun, wenn man die Kunstwerke als Aktien betrachtete... Ich schmunzelte. Alles eine Frage der Argumentation.

„Nike?" Ich schrak auf. Die Autotür war offen, und Jannis reichte mir die Hand.

„Wir sind da. Hast du geträumt?" Er beugte sich zu meinem Ohr, nachdem ich ausgestiegen war und fragte

mit rauer Stimme: „Hattest du wieder heiße Sexträume?"
Mir schoss das Blut ins Gesicht. Doch zum Glück
unterbrach Lennart die Situation und verabschiedete
sich durch das geöffnete Fenster:

„Bis heute Abend dann." Er nickte mir zu. „Nike."
Dann trat er auf das Gaspedal und brauste davon.

„Ich hätte jedenfalls nichts dagegen", stellte Jannis
amüsiert fest.

„Auch wenn du dabei nicht auf deine Kosten
kommst?", konterte ich. Jannis zog eine Augenbraue
nach oben.

„Wer sagt denn, dass ich dabei nicht auf meine Kosten
komme? Allein die Vorstellung macht mich an. Aber
wenn du meinst, dass das nicht ausreichend ist, kannst
du mir gerne behilflich sein." Oh Gott, allein der
Gedanke, ihn zu befriedigen, machte mich feucht. Ich
fuhr mir mit der Zunge über die Lippen.

„Hier wohnst du?", fragte ich überflüssigerweise und
ging den Weg zum Haus, das mit einem Reetdach
bedeckt war, um der Hitze, die sich zwischen uns
aufgestaut hatte, zu entkommen.

„Hier verbringe ich gerne hin und wieder ein
Wochenende", sagte Jannis, als er die Tür aufschloss.
„Gerade dann, wenn ich ein wenig Ruhe brauche." Es
war wunderschön und erinnerte mich an eine Postkarte
aus dem hohen Norden Deutschlands.

„Gehört das Haus dir?", fragte ich und betrat den
Flur. Jannis nickte.

„Ich muss hin und wieder raus aus der Stadt. Und da ich geschäftlich in vielen Hotels unterwegs bin, will ich in meiner Freizeit auf keinen Fall in ein Hotel. Daher habe ich mir dieses Haus hier gekauft. Von Hamburg bin ich in kürzester Zeit auf der Insel und kann mich entspannen." Ich schluckte. Ein Haus in Kampen. Wow. Jannis hatte offensichtlich mehr Geld, als ich angenommen hatte. Was mochte das gekostet haben? Ein paar Millionen auf jeden Fall. Dabei war er doch recht jung. Mit Kunsthandel schien man erstaunlich gut zu verdienen. Wenn man auf die richtigen Künstler setzte.

„Hier rechts ist die Küche und gegenüber das Wohnzimmer, von wo aus es zur Terrasse hinausgeht. Hier halte ich mich tagsüber am liebsten auf." Ich folgte Jannis und konnte ihn verstehen. Hier war alles modern und chic eingerichtet und trotzdem wirkte es gemütlich. Vom hellen Sofa aus, auf dem dekorativ Kissen mit Meeresmotiven platziert waren, sah man in den Garten. Davor stand ein Couchtisch aus verspiegeltem Glas, in dem das Licht von der Deckenlampe reflektierte wurde. Auf dem Wandregal aus hellem Holz befanden sich Bücher und kleine Lämpchen in verschiedenen Farben. Abends verbreiteten sie vermutlich ein warmes romantisches Licht. Mir gefiel es. Jannis hatte mit seiner Einrichtung meinen Geschmack getroffen. Doch eine Sache wunderte mich. Ich konnte nichts Persönliches finden. Es wirkte so, als hätte jemand das Wohnzimmer für „Schöner Wohnen" eingerichtet.

„Du hast auch hier keine Kunstwerke an den Wänden?", fragte ich. „Oder wurden sie geraubt?" Ich grinste und Jannis schüttelte lachend den Kopf.

„Nein", sagte er dann. „Auch wenn ich hier nur gelegentlich bin, so ist es doch auch mein Zuhause. Das einzige Kunstwerk hier im Haus ist der Blick nach draußen. Ein sich ständig wandelndes Gemälde." Jannis trat an das große Panoramafenster zur Terrasse und sah hinaus in die Natur.

„Komm her und mach dir selbst ein Bild davon", bat er mich und streckte mir seine Hand entgegen. Ich ging zu ihm, nahm seine Hand und stellte mich neben ihn.

„Wie schön", flüsterte ich, als ich das Meer sah, zu dem ein kleines Wegchen zwischen den Dünen hinunter führte. „Wunderschön."

„Es freut mich, dass es dir gefällt." Er streichelte sanft über meinen Rücken und sofort schlug mein Herz schneller.

„Möchtest du etwas essen? Oder etwas trinken?"

„Ein Kaffee wäre toll."

„Gerne." Jannis öffnete die Terrassentür. „Setz dich doch ein wenig nach draußen. Es ist schön warm hier in der Sonne. Ich mache uns dann Kaffee." Ich trat hinaus und atmete die frische salzige Meeresluft ein. Man hörte bis hier hoch das Rauschen der Wellen. Der Garten war gepflegt. Auf dem Rasen blühten Maiglöckchen und statt Zäune umsäumten Sträucher das Grundstück. Es war wie ein kleines Stück vom Paradies. Ich setzte mich auf einen Terrassenstuhl und blickte nach oben, wo

Möwen am blauen Himmel kreischten. Mit geschlossenen Augen lauschte ich dem Meeresrauschen und den Vögeln und fühlte mich wie einer Postkarte.

„Kaffee, Sandwiches und Obsttörtchen", hörte ich Jannis sagen und öffnete meine Augen.

„Wo hast du die denn her?", wunderte ich mich.

„Ich habe einen Hausservice, der für die Wochenenden immer alles herrichtet." Jannis setzte sich zu mir. Logo. Hausservice. Wieso hatte ich so etwas nicht?

„Danke. Das sieht alles sehr lecker aus." Ich lächelte Jannis an und nahm einen Schluck Kaffee. „Du hast hier wirklich ein kleines Stückchen vom Paradies."

„Ja, das finde ich auch. Ich liebe die Natur hier, den leisen Wind im Schilf, das sanfte Meeresrauschen..." Für einen kurzen Augenblick machte Jannis den Eindruck, mit seinen Gedanken weit fort zu sein. So konnte ich ihn unauffällig betrachten. Er sah selbst aus wie ein Kunstwerk. Alles war perfekt an ihm. Sein Gesicht, seine Haare, sein durchtrainierter Körper... Dann atmete er einmal tief durch und aß ein Stück von dem Törtchen.

„Schmeckt es dir?", wandte er sich an mich, nachdem ich eine Gabel in meinen Mund geschoben hatte. Ich nickte und schluckte.

„Ich liebe Obsttörtchen", sagte ich genießerisch und ließ den Blick weiter durch den Garten schweifen. Ich konnte jetzt verstehen, dass Jannis keine Bilder an den Wänden hängen hatte, wenn man ein solches Naturgemälde vor sich hatte.

„Hast du nach dem Kaffee Lust auf einen Strandspaziergang?" Er hatte Zeit für einen Spaziergang am Strand? Mein Herz machte einen kleinen Freudenhüpfer.

„Sehr gerne sogar. Wann beginnt heute Abend denn die Vernissage?"

„Um neun. Davor werden wir zusammen essen gehen." Ich nickte. Oder Sex miteinander haben? Ich fuhr mir mit der Hand durch die Haare. Konnte ich noch an irgendetwas anderes denken? Ich blicke auf meinen Teller und nahm eine weitere Gabel von meinem Törtchen. Ob Jannis mir ansah, was ich dachte? Und wieso dachte ich das überhaupt? Wir hatten doch erst heute Morgen fantastischen Sex. Vielleicht lag es ja daran. Dass der Sex mit Jannis unglaublich war. Wir aßen schweigend unsere Törtchen und tranken Kaffee, doch die Luft um uns herum schien sich immer mehr aufzuladen. Ich spürte, dass Jannis mich beobachtete. Plötzlich streichelte er über meine Wange. Ob er merkte, wie heiß sie war?

„Komm, lass uns aufbrechen, solange die Sonne scheint." Ich schluckte. Sogar eine kleine Berührung wie diese erregte mich inzwischen.

„Ja, klar", sagte ich betont cool und hoffte, er würde nicht hören, dass meine Stimme zitterte. Jannis stand auf und reichte mir die Hand. Er führte mich den Weg zwischen den Dünen hinunter zum Strand. Es war ein überwältigender Anblick. Heller, weicher Sand, soweit das Auge sehen konnte und das glitzernde Meer im

Sonnenschein. Hinter uns die Dünen. Über uns der blaue Himmel. Ja, das Paradies ging hier weiter.

„Wir können unsere Schuhe ausziehen und barfuß am Wasser unten laufen, wenn du möchtest", schlug Jannis vor. Er öffnete eine Tür zu einem kleinen Holzhäuschen, in das wir unsere Schuhe stellten.

„Gute Idee", meinte ich. Wir zogen unsere Schuhe aus und stapften Hand in Hand durch den warmen Sand hinunter zum Wasser. Ich hielt meine Zehen in die Wellen und bedauerte, dass es zu kalt zum Schwimmen war. Jannis legte seinen Arm um meine Taille. Ich hätte am liebsten meinen Kopf an seine Schulter geschmiegt. Aber das wäre zu vertraut. Zu intim. Aber wir waren kein Liebespaar. Auch wenn wir von Außen betrachtet so wirkten. Es fühlte sich für mich so an. Ich fühlte mich bei Jannis geborgen und genoss seine Zärtlichkeiten. Ob er ähnlich empfand? Oder war ich nichts anderes für ihn als eine vorübergehende geschäftliche Beziehung? Ich hatte keine Lust, weiter darüber nachdenken, weil ich dabei einen kleinen Stich in meiner Brust verspürte. Jannis küsste mich in den Nacken und nahm wieder meine Hand. Wir spazierten weiter am Strand entlang, ließen das Wasser um unsere Füße spülen und genossen die warmen Sonnenstrahlen. Der Wind spielte mit meinen Haaren, und ich wünschte mir, der Spaziergang würde nie zu Ende gehen.

„Erzähl mir etwas Privates von dir", bat mich Jannis. Ich blickte auf das Meer hinaus und dachte nach. Was durfte ich ihm überhaupt von mir erzählen? Ich überlegte kurz. Richtig. Die Agentur hatte mir gegenüber Diskretion zugesichert, aber keine Vorschriften darüber gemacht, was ich persönlich über mich preisgeben durfte. Was ich Jannis erzählte, war meine Sache.

„Also gut", begann ich. „Ich bin in Hannover geboren und Einzelkind."

„Okay", sagte Jannis.

„Okay?", fragte ich und runzelte die Stirn. „Was genau möchtest du von mir wissen?" Jannis strich meine zerzausten Haare zurück. Seine Augen leuchteten, als er mich dabei ansah.

„Was ich wissen möchte? Ich möchte wissen, was du liebst? Was du gar nicht magst? Wieso du Jura studierst?" Er beugte sich zu meinem Ohr. „Wie leidenschaftlich du im Bett bist, weiß ich ja schon." Und wie leicht er meine Leidenschaft entfachen konnte, wusste er offensichtlich auch. Er fuhr mit seinem Daumen über meine Lippen, und ich sog scharf die Luft ein.

„Was ... ich liebe?", wiederholte ich und räusperte mich. „Ich liebe Hunde. Und Schokoladenkuchen. Und ich jogge gerne." Jannis grinste.

„Hunde, Schokoladenkuchen und Joggen, okay. Weiter. Was magst du gar nicht?" Ich verzog meinen Mund.

„Marzipan mag ich überhaupt nicht. Wenn ich es nur rieche, wird mir schlecht."

„Gut zu wissen ", sagte er dann. „Dann werde ich dir unter keinen Umständen jemals Marzipan schenken."

„Es sei denn, du willst mich loswerden", neckte ich ihn.

„Das ist auf jeden Fall eine süße Art, jemanden loszuwerden", lachte Jannis.

Gemeinsam liefen wir am Strand zurück, und die Sonne ging langsam unter.

„Erzählst du mir auch etwas Privates von dir?", fragte ich.

Jannis Blick ging in die Ferne, wohin ihm seine Gedanken zu folgen schienen.

„Ich erzähle nie etwas Privates über mich", sagte er dann.

„Und du hast nichts Persönliches in deinem Haus", fügte ich im Stillen hinzu. Jannis sah wieder zu mir und lächelte.

„Aber du hast mir noch nicht gesagt, weshalb du Jura studierst." Ich hob eine kleine Muschel auf und steckte sie in die Hosentasche.

„Das klingt jetzt wahrscheinlich etwas komisch," begann ich. Jannis sah mich an und hob eine Augenbraue.

„Komisch? Weshalb?"

„Also, du weißt ja schon, dass ich gerne Krimis lese."

Jannis sah mich mit gefurchter Stirn an.

„Und deshalb studierst du Jura?"

„Jetzt warte doch mal ab", forderte ich ihn auf und stieß ihm spielerisch in die Seite. „Also, ich habe schon als Kind gerne Krimis gelesen. Und als ich älter wurde, hatte ich so eine Buchreihe entdeckt mit einer

Staatsanwältin als Hauptfigur..." Ich hob eine weitere Muschel auf.

„Sieh mal, wie schön sie ist...", sagte ich.

„Nicht ablenken. Und dann?" Ich schob die Muschel ebenfalls in meine Hosentasche und zuckte mit den Schultern.

„Nun, ich fand diese Staatsanwältin toll. Sie ermittelte sogar teilweise auf eigene Faust. Sie war echt mutig. Und dann wollte ich auch Staatsanwältin werden. Ich wollte so werden wie sie." Ich holte tief Luft. „Also, viele studieren ja Jura, weil sie Ungerechtigkeit hassen und sich für das Recht stark machen wollen ...."

„Und du, weil du wie die Staatsanwältin in deinen Romanen werden möchtest?", ergänzte Jannis.

„Ja, das ist der Grund, weshalb ich Jura studiere. Komisch, nicht wahr?" Ich bückte mich wieder, um eine kleine rosa Muschel aufzuheben. Ich liebte es, Muscheln am Strand zu suchen. Schon als Kind hatte ich nie genug davon bekommen, wenn meine Eltern mit mir Urlaub am Meer gemacht hatten.

„Es gibt die unterschiedlichsten Gründe, weshalb Menschen sich für ein Studium, einen Job oder sonstigen Tätigkeit entscheiden. Ich glaube, es gibt weit seltsamere Gründe, etwas zu tun, als einer Staatsanwältin aus einem Roman nacheifern zu wollen. Und wer weiß, was sich das Schicksal dabei noch gedacht hat." Jannis nahm meine Hand, um die Muschel anzusehen. „Die Natur hat die schönsten Kunstwerke", sagte er dann.

Langsam wurde es kühler, je mehr die Sonne verschwand, und wir liefen zurück zum Haus. Jannis zog sich in sein Arbeitszimmer zurück, um etwas zu arbeiten, nachdem er mir mein Zimmer im oberen Stock gezeigt hatte. Es verfügte über ein eigenes Bad mit frei stehender Badewanne, und man hatte einen herrlichen Blick zum Meer hinunter. Mir stockte der Atem, als ich das Kleid für den heutigen Abend auf dem Bett liegen sah. Es war ein goldenes oben eng anliegendes Spitzenkleid, das nach unten einen weiten kurzen Rock hatte. Bewundernd strich ich über den edlen Stoff. Daneben lag der Schmuck. Goldohrringe mit einer Goldkette. Vor dem Bett standen goldene Pumps, und ich war froh, dass sie nicht so hohe Absätze hatten. Ich hätte keinen Spaß daran, den ganzen Abend von Bild zu Bild zu staksen und mir dabei meine Füße zu ruinieren. Ich ging ins Bad und genoss den Blick durch die verglaste Front. Ich würde mir jetzt den Luxus gönnen und ein Schaumbad einlassen. Bis wir aufbrechen würden, hatte ich noch etwas Zeit. Jannis musste zudem ein paar Telefonate erledigen. Ich wählte Rosenduft aus und ließ das Wasser ein. Wie herrlich! Ich sah wieder nach draußen, wo die letzten Sonnenstrahlen am Horizont verschwanden. Gleich würde es dunkel sein. Und mit der Dunkelheit würde Ruhe einkehren. Ich liebte diesen Übergang von Tag zu Nacht. Von Licht zu Schatten.

Nachdem ich mich ausgezogen hatte, stieg ich langsam in das warme Wasser und ließ mich hineingleiten. Es war traumhaft. Ich legte meinen Kopf nach hinten und atmete den Rosenduft ein, während mir in der Dämmerung die Dünenlandschaft und das Meer zu Füßen lagen. Ich fühlte mich wie in einem Luxus-SPA. Wie konnte es sein, dass ich dafür bezahlt wurde? Ich tauchte mit dem Kopf unter und genoss es, vom Wasser umspült zu sein. Ja, so fühlte sich eine andere Dimension an. Ein anderes Leben, in das Mia diese Woche abgetaucht war. Ich tauchte wieder auf und schloss die Augen. Die Wärme, der Schaum und der Rosenduft ließen mich eindösen. Als ich einige Zeit später wieder aufwachte und nach draußen sah, war alles von der schwarzen Nacht umhüllt.

# Kapitel 10

„Du siehst bezaubernd in dem Kleid aus", hauchte mir Jannis ins Ohr, als ich mit ihm das Haus betrat. Obwohl es mit der großzügigen Verglasung modern wirkte, schmiegte es sich dennoch wegen seines für Sylt typischen Reetdachs in die Landschaft ein. Ein architektonisch gelungenes Bauwerk. *Villa Carlson* stand über dem Eingang.

„Danke", erwiderte ich und küsste Jannis sanft auf die Lippen. „Das Kleid ist wunderschön. Ich freue mich, dass ich dir darin gefalle." Jannis hatte seinen Arm um meine Taille gelegt und sah selbst unwiderstehlich aus. Er trug eine beige Hose, ein weißes, leicht geöffnetes Hemd und darüber einen dunkelblauen Blazer. Ich wunderte mich, dass er so leger angezogen war, was ihm aber ausgesprochen gut stand. Dann sah ich, dass auch die weiteren Gäste im Eingangsbereich keine Abendgarderobe trugen – ganz anders als auf der Vernissage in Blankenese.

„Du duftest so herrlich nach Rose", murmelte Jannis und vergrub seine Nase in meinen Haaren. Ich schmiegte mich eng an ihn. Wieso fühlte sich das hier intimer an als Sex?

„Ich habe ein Schaumbad mit Rosenwasser genommen. Du hättest dazu kommen können, aber du musstest ja deine Telefonate erledigen." Jannis biss mir leicht ins Ohrläppchen.

„Ist das eine Einladung?" Ein Kribbeln breitete sich in mir aus.

„Vielleicht..."

„Vielleicht? Gut, dann werde ich es mit Vergnügen darauf ankommen lassen." Er legte seine Hand auf meinen Po. „Aber jetzt vergnügen wir uns erst einmal auf der Party, bevor ich mich dir widmen werde."

„Party? Ich dachte, das hier sei eine Vernissage." Ich sah Jannis verdutzt an und nahm das Gläschen Sekt, das er von einem Tablett genommen hatte und mir reichte.

„Heute geht es vor allem um die Party. Die eigentliche Vernissage findet morgen statt", klärte er mich auf.

„Aha, daher der legere Look und mein Glitzerpartykleid."

„Richtig. Aber wir werden uns die Bilder noch vor der Party kurz ansehen, damit ich mir schon einmal überlegen kann, in welche ich morgen investieren sollte. Hast du Lust?"

„Klar, auf jeden Fall." Wir tranken unsere Sektgläser aus und begaben uns dann in den ersten Ausstellungsraum, wo wir auf Lennart trafen.

„Lennart! Und? Hast du schon etwas Vielversprechendes entdeckt?", begrüßte ihn Jannis mit einem freundschaftlichen Schlag auf den Rücken. Lennart, ebenfalls mit Hemd, Hose und Blazer gekleidet, drehte sich um und blickte zu mir.

„Ich würde sagen: Ja." Er sah mir in die Augen. „Nike. Von Gold umschmiegt wie eine Siegerin überstrahlt sie hier alles und jeden." Nur mit Mühe konnte ich meinen Würgereiz unterdrücken und zwang mich, ihn freundlich anzulächeln.

„Da hast du Pech gehabt, mein Lieber. Nike ist unverkäuflich", lachte er und Lennart legte sich theatralisch eine Hand auf seine Brust.

„Ich bin hier also der Verlierer?", fragte er scherzhaft. „Oh, das tut so weh." Er grinste und Jannis schüttelte lachend den Kopf.

„Er ist einfach zu verwöhnt. Mama und Papa konnten ihm nie etwas ausschlagen. Er ist es nicht gewohnt, etwas nicht zu bekommen", sagte er zu mir gewandt und zwinkerte mir zu. Ich lachte nun ebenfalls, obwohl ich mir nicht sicher war, wie viel Wahrheit dahinter steckte.

„Nun, wenn Nike nicht mehr zu haben ist, werde ich mir wohl eines dieser Kunstwerke hier aussuchen müssen. Wollt Ihr mir behilflich sein?" Er zeigte auf ein Gemälde, auf dem schwarze Striche und rote Punkte zu sehen waren.

„Colin Manson", erklärte er, „sehr im Kommen. Was hältst du davon, Jannis?" Jannis betrachtete das Kunstwerk eingehend. Dann sah er mich an.

„Nike, was meinst du dazu?" Ich trat einen Schritt zurück und ließ das Bild auf mich wirken.

„Hm, es hat etwas. Die Striche und Punkte sind nicht rein zufällig so gemalt worden." Ich legte meinen Kopf schräg. „Hier", sagte ich und deutete auf den rechten unteren Abschnitt, „hier sieht man, dass die Striche einem Weg gleichen und dort", ich zeigte auf die Mitte des Bildes, „dort gabelt sich der Weg. Die roten Punkte weisen, wenn man genau hinsieht, den richtigen Weg." Ich machte eine Pause und dachte nach. „Ich würde es wie folgt interpretieren: Es ist nicht einfach im Leben, den richtigen Weg im Leben zu finden. Man muss die Zeichen sehen, die einem begegnen und sie richtig deuten." Ich wandte mich an Jannis und Lennart und beide hatten ihre Augenbrauen nach oben gezogen.

„Und woher, liebe Nike, weißt du, dass die roten Punkte den richtigen Weg auf diesem Bild weisen?", wollte Lennart wissen und schaute mich herausfordernd an.

„Ganz einfach. Hier", ich zeigte auf einen Kreis am rechten oberen Rand des Bildes, „ein Kreis ist perfekt in sich geschlossen. Es ist der ewige Kreis des Lebens. Zu ihm führen die roten Punkte. Und hier, wenn man den weißen Punkten folgt", ich zeigte auf den linken oberen Rand, „ist nichts am Ende des Weges..." Jannis klatschte langsam in seine Hände.

„Bravo", sagte er dann anerkennend und küsste mich kurz und dominant auf den Mund, als wolle er Lennart damit klar machen, dass ich zu ihm gehörte. „Lennart, dieses Bild ist für dich nicht mehr käuflich."

„Du bist wirklich genial, Nike", murmelte Lennart. Jannis legte seinen Arm um meine Schultern.

„Pardon, Lennart, aber Nikes Interpretationskünste gehören ausschließlich mir."

„Die Siegesgöttin. Jetzt weiß ich, warum du so heißt. Einfach göttlich." Lennart neigte seinen Kopf leicht vor mir. „Wir sehen uns dann später auf der Party."

„Das war beeindruckend, Nike", flüsterte mir Jannis ins Ohr, als Lennart fort war. Er strich mir eine Haarsträhne aus dem Gesicht.

„Und du bist sicher, dass du Staatsanwältin werden möchtest?", fragte er mich.

„Ich bin mir sicher, dass das er richtige Weg für mich ist", antwortete ich lächelnd. Jannis nahm meinen Kopf zwischen seine Hände und küsste mich leidenschaftlich. Als er wieder von mir abließ, rang ich nach Atem.

„Am liebsten würde ich dich hier und jetzt nehmen", raunte er und fuhr mit einer Hand meine Wirbelsäule entlang. Mich durchfuhr ein wohliger Schauer, als ich seine Erektion an meinem Bauch spürte.

„Sollten … wir nicht noch … die anderen Bilder ansehen?" Wieso brachte er mich so durcheinander, dass ich nicht einmal mehr einen einfachen Satz ohne zu stottern herausbrachte?

„Ja, das sollten wir in der Tat", sagte er mit rauer Stimme, „und zwar schnell. Damit ich auf andere Gedanken komme."

Die Party fand im Nebengebäude statt. Die Atmosphäre war wie in einem Club, in den mich Noemi mal geschleppt hatte. Überall waren bunte grelle Lichter und laute Musik und man spürte die Bässe bis in die Knochen. Gerne wäre ich wieder zurück in das Hauptgebäude gegangen und hätte mir noch einmal die Bilder angesehen. Ich hatte auf Jannis' Wunsch ein paar weitere ausgesucht und dabei jede Menge Spaß empfunden. Die Party war dagegen nicht nach meinem Geschmack. Aber welche Party war das schon.

„Alles in Ordnung?", fragte mich Jannis, und ich nickte brav. Es war mein Job, ihn zu begleiten und nicht, mich zu beschweren.

„Möchtest du tanzen?" Ich schüttelte den Kopf. Nicht ohne Alkohol. Denn ohne Alkohol würde ich es hier nicht aushalten.

„Lass uns an die Bar gehen und etwas trinken", schlug ich vor. Jannis nahm meine Hand und führte mich durch die Menschen, die überall in kleinen Grüppchen herumstanden oder sich auf die Musik bewegten. Wenigstens spielten sie gute Lieder. Im Moment lief *Bad Liar* von den *Imagin Dragons*. Aber leider eben zu laut für mich. Wieso musste Partymusik immer so in den Ohren dröhnen? Wollten sich die Gäste nicht unterhalten oder schrien sie sich gerne an? Ich hatte das noch nie verstanden. Hier bei der Bar war es zum Glück wieder etwas ruhiger.

„Was möchtest du trinken?", fragte mich Jannis.

„Was gibt es denn?"

„Alles, was du willst."

„Wirklich alles?"

„Probier es aus und frag den Barkeeper." Jannis gab dem Mann hinter der Theke ein Zeichen, und er kam zu uns.

„Was darf ich Ihnen bringen?" Ich warf Jannis einen kurzen Blick zu und wandte mich dann an den Mann.

„Können Sie einen Cocktail mixen aus Granatapfelsaft, Wodka und Campari und das Ganze mit Orangenscheiben und Cocktailkirschen garnieren?"

„Sehr gerne. Und für Sie?", fragte er Jannis.

„Für mich bitte dasselbe. Ich werde mich überraschen lassen, wie das schmecken wird."

Wir setzten uns auf die Barhocker, und ich ließ meinen Blick über die Menschen schweifen. Sie waren überwiegend mittleren Alters. Ich gehörte zu den Jüngeren hier. Alle schienen hier Spaß zu haben. Sie lachten und tanzten und schrien sich irgendetwas in die Ohren.

„Bitte schön, Ihre Getränke", sagte der Barkeeper und stellte zwei mit Orangenscheiben und Cocktailkirschen dekorierte Gläser mit einer roten Flüssigkeit vor uns.

„Ich habe zwar keine Ahnung, wie das schmecken wird, aber es sieht auf jeden Fall hübsch aus", stellte ich fest. Jannis nahm eine Kirsche vom Glas und steckte sie mir in dem Mund.

„Du experimentierst wohl gerne", sagte er mit einem Blitzen in den Augen. Ich leckte mir mit der Zunge über meine Lippen.

„Und du lässt dich gerne überraschen." Jannis sog scharf die Luft ein. Dann nahm er sein Glas.

„Auf eine unvergessliche Woche mit vielen Überraschungen", sagte er und stieß mit mir an.

„Da ist auf jeden Fall ziemlich viel Alkohol drin", stellte ich fest, nachdem ich den Mix probiert hatte. „Aber er schmeckt mir."

„Das ist auf jeden Fall eine interessante Mischung", meinte Jannis. Wir tranken unsere Cocktails, und Jannis zeigte auf verschiedene Gäste und erklärte mir, wer diese waren und woher er sie kannte. Zusammenfassend konnte ich feststellen, dass hier sehr viele Menschen mit eindeutig zu viel Geld waren.

„Ich werde mich morgen Vormittag mit einigen von ihnen treffen und über die Bilder sprechen. Es wird ein bisschen wie bei der Börse zugehen, bevor es zum eigentlichen Verkauf am Abend kommen wird." Ich merkte, wie mir der Alkohol in den Kopf stieg, während ich Jannis zuhörte. Die Menschen um mich herum drehten sich und die Musik hörte sich dumpf an.

„Komm, lass uns ein wenig tanzen gehen", schlug er vor, als wir unsere Gläser geleert hatten. Ich nickte. Doch das war keine gute Idee. Dadurch verschwommen die Bilder um mich herum nur noch mehr.

„Ich glaube, ich bin betrunken, Jannis", hörte ich mich sagen und bemühte mich, meine Zunge unter Kontrolle zu halten. Jannis half mir vom Barhocker.

„Dann ist Bewegung jetzt genau das Richtige." Er zog mich auf die Tanzfläche, wo gerade *Shake it off* von

*Tayler Swift* gespielt wurde, was eines meiner Lieblingslieder war. Ich kicherte.

„I stay out too late, got nothing in my brain... I go on too many dates, but I can't make ‚em stay...", trällerte ich lauthals mit.

Der Alkohol hatte mich locker gemacht, und ich legte beide Arme um Jannis' Hals, während ich weiter hemmungslos mitsang.

*„Just think, while you've been gettin' down and out about the liars. And the dirty, dirty cheats of the world..."*

Wir tanzten ausgelassen auf die Songs, die gespielt wurden, bis ich nicht mehr konnte.

„Pause?", fragte mich Jannis.

„Ja, ich brauche dringend etwas Wasser zum Trinken", japste ich. Mir war heiß, und meine Wangen glühten. Wir gingen wieder zur Bar und bestellten zwei Gläser Wasser mit Eis, die wir in wenigen Zügen leerten. Jannis strich mir sanft über das Gesicht.

„Du bist total erhitzt." Er beugte sich zu mir und flüsterte in mein Ohr. „Ich stelle mir gerade vor, wie du in meinem Bett liegst und ich dich ficke." Ich schnappte nach Luft. In dem Moment hörte ich eine vertraute Stimme hinter mir:

„Mia?" Ich drehte mich völlig überrascht um. Wer zum Teufel...

„Leon! Was machst du denn hier?" Leon sah verwirrt von mir, dann zu Jannis und wieder zu mir.

„Dasselbe wollte ich soeben dich fragen. Ich habe diese Party hier organisiert." Misstrauisch warf er Jannis einen Blick zu. „Ist alles in Ordnung mit dir?" Ich nickte. Mir war die Situation mehr als unangenehm. Wie sollte ich Leon erklären, was ich hier machte und wer Jannis war? Wieso war er nicht in Hamburg und musste ausgerechnet dieses Wochenende eine Party auf Sylt organisieren? Aber klar, Leon organisierte ja ständig irgendwo irgendwelche Partys. Warum dann nicht auch hier? So unwahrscheinlich war das doch gar nicht. Unwahrscheinlich war nur, dass *ich* hier war, anstatt zu Hause zu sitzen und zu lernen. So, wie ich es sonst immer tat. Natürlich fragte sich Leon jetzt, ob alles in Ordnung bei mir war.

„Ja, klar, mir geht es gut ... ich ..."

„Möchtest du mich nicht dem jungen Mann hier vorstellen?", fragte Jannis. Dann gab er Leon die Hand.

„Jannis, ich bin Mias Onkel und habe sie dieses Wochenende nach Sylt eingeladen, um mich von ihr bei der morgigen Vernissage beraten zu lassen. Ich suche ein Bild für mein neues Haus in Hamburg, und Mia kennt sich einfach hervorragend mit Kunst aus. Und mit wem habe ich das Vergnügen?" Ich schluckte. Wie schnell hatte Jannis diese Situation hier gerettet? Er war einfach unglaublich. Ich jeglicher Hinsicht.

„Ich bin Leon, ein Studienfreund von Mia. Ich habe die Party hier organisiert", sagte Leon und wirkte irritiert.

„Es freut mich immer sehr, wenn ich Mias Freunde kennenlerne. Die Party ist dir wirklich sehr gut gelungen, Leon. Du hast eindeutig Talent."

„Danke." Leon sah mich von der Seite an, als wollte er eine Bestätigung, dass Jannis wirklich mein Onkel war. Meine Freunde wussten von meiner Familie nur, dass meine Eltern sich seit Jahren einen Scheidungskrieg lieferten und ich ein Einzelkind war. Noemi wusste zudem, dass ich sonst niemanden hier in Deutschland hatte. Ich hoffte inständig, dass sie dies Leon nicht einmal nebenbei erzählt hatte.

„Darf ich dich auf einen Drink einladen?", fragte Jannis Leon. Ich unterdrückte ein Keuchen. Oh Gott, nicht das noch. Das konnte doch niemals gut enden!

„Das ist sehr nett, aber mein Kollege wartet auf mich. Wir müssen noch etwas besprechen. Ich bin ja leider nicht zum Feiern hier." Leon verzog seine Mundwinkel zu einem Grinsen.

„Klar. Verstehe. Leon, es hat mich gefreut, deine Bekanntschaft zu machen." Leon nickte Jannis kurz freundlich zu, dann wandte er sich an mich.

„Mia, wir sehen uns nächste Woche."

„Oh, ich … ich weiß noch nicht …", stammelte ich.

„Ich versuche gerade, Mia zu überreden, mal eine Woche Pause zu machen und ein paar Tage bei mir auszuspannen, um sich dann wieder voller Energie auf ihr Examen zu konzentrieren", sprang Jannis helfend ein. Hatte er häufiger solche Situationen oder warum blieb er so cool und spielte eine perfekte Rolle? „Nicht wahr, Mia?" Ich seufzte gespielt. „Ja, er versucht schon den ganzen Abend, mich dazu zu überreden."

„Und ich werde es noch schaffen", grinste Jannis zuversichtlich. „Aber spätestens in einer Woche wird sie wieder in Hamburg sein und fleißig ihre Bücher studieren." Leon nickte.

„Ja, Mia lernt wirklich sehr viel. Eine kleine Pause würde ihr sicher ganz gut tun. Also dann, Mia, tank ruhig mal noch ein wenig Energie. Wir sehen uns dann in zwei Wochen wieder." Er nahm mich in den Arm und drückte mich kurz. Dann verschwand er wieder unter den Gästen. Puh, das war ja gerade noch einmal gut gegangen. Ich musste aber unbedingt Noemi Bescheid geben, dass wir einen Onkel erfunden haben, falls Leon sie darauf ansprechen sollte. Ich brauchte nachher dringend Jannis` Handy. In unserem Vertrag hatte ich mich verpflichtet, weder ein Handy noch einen Computer in dieser Woche bei mir zu haben.

„Cooler Typ", meinte Jannis. „Warum seid ihr kein Paar? Ich würdet super zusammen passen." Ich biss mir auf die Unterlippe. Ob Jannis ahnte, dass ich mit Leon geschlafen hatte?

„Er ist nicht der Beziehungstyp", sagte ich knapp und Jannis hakte zum Glück nicht weiter nach. Der DJ spielte *Falling* von *Harry Styles,* und Jannis beugte sich zu mir.

„Und er hat einen tollen Musikgeschmack. Ich würde jetzt gerne mit dir eng umschlungen tanzen, dich dabei küssen und spüren lassen, wie hart du mich machst. Aber jetzt, wo du meine Nichte bist, wäre das unangebracht." Sein Atem kitzelte meinen Hals. Jannis richtete sich wieder auf.

„Lass uns gehen. Jetzt, wo dein Studienfreund Leon uns mit Sicherheit argwöhnisch beobachten wird, macht die Party keinen Spaß mehr." Ich biss mir auf die Unterlippe und nickte nachdenklich. Mit Sicherheit würde mich Leon nicht aus den Augen lassen. Er war vorhin schon so misstrauisch. Und er würde sofort merken, dass Jannis nicht mein Onkel war.

„Okay." Ich gab vor zu gähnen. Leon wusste ja, dass ich keine Partygängerin war und daher würde es ihn nicht weiter wundern, wenn ich frühzeitig nach Hause gehen sollte.

Als wir draußen außer Sichtweite waren, legte Jannis wieder seinen Arm um mich und zog mich an sich.

„Gehen wir zu Fuß? Es ist ja nicht weit", schlug er vor. „Oder ist dir zu kalt? Möchtest du meinen Blazer?"

„Nein, mir ist nicht kalt. Im Gegenteil. Ein paar Schritte an der frischen Luft sind jetzt genau richtig", sagte ich. „Außerdem wärmst du mich ja." Und es gefiel mir. Es war romantisch. Die Sterne funkelten über uns und vom Strand her hörte man die Wellen rauschen. Ich fühlte mich wie in einem kitschigen Liebesroman und gab mich der Illusion hin, dass wir ein Liebespaar waren. Denn es war ein schönes Gefühl. Ich lehnte meinen Kopf gegen Jannis' Schulter und atmete seinen Duft ein. Er roch nach Sandelholz, vermischt mit seinem eigenen Geruch, den ich so liebte. Wir liefen schweigend die Straße entlang und plötzlich fiel mir wieder Leon ein.

„Jannis, kann ich bitte kurz dein Handy haben? Ich muss meiner Freundin eine Nachricht schreiben, dass ich Leon getroffen habe und dass er glaubt, dass ich mit meinem Onkel hier auf Sylt bin. Nicht, dass Noemi sich verplappert." Wortlos zog Jannis sein Handy heraus und gab es mir. Ich tippte im Gehen eine kurze Nachricht. Dann gab ich Jannis das Handy zurück.

„Danke, erledigt. Jetzt geht es mir besser. Noemi weiß nämlich, dass ich außer meinen Eltern keine Verwandten in Deutschland habe. Jetzt existiert aber neuerdings ein Onkel." Jannis zog mich wieder an sich. „Und dein Onkel wird gleich etwas Unanständiges mit dir machen", raunte er mir ins Ohr.

„Oh Gott, Jannis, sag so was nicht. Das klingt schrecklich!"

„Dass ich etwas Unanständiges mit dir machen will?" Er knabberte an meiner Unterlippe. Ich stieß ihm leicht gegen die Brust.

„Nein! Der Gedanke, dass ich mit meinem Onkel Sex haben könnte", gab ich zurück.

Jannis lachte.

„Für einen kurzen Moment hatte ich schon befürchtet, du hättest etwas gegen unanständige Sexspielchen." Ich sah Jannis von der Seite an.

„Ich sehe, dass du grinst. Was hast du vor?" Mich machte die Vorstellung, unanständige Sexspielchen mit Jannis zu spielen, an, und ich merkte, wie ich feucht wurde.

„Was hältst du davon, wenn ich dich nachher im Jacuzzi lecke?" Meine Brustwarzen wurden schon allein von Jannis` Worten hart und als hätte er es gewusst, ließ er eine Hand zu dem dünnen Stoff meines Kleides gleiten, der meine Brüste bedeckte. Er rieb an meinen Knospen, und ich stöhnte leicht auf.

„Das würde dir also gefallen, richtig?"

„Ja", gab ich mit belegter Stimme von mir.

„Und was hältst du davon, wenn ich dich anschließend im Jacuzzi ficke? Würde dir das auch gefallen?" Jannis kniff leicht in eine meiner Brustwarzen.

„Ja", sagte ich wieder und war über meine eigene Stimme erstaunt, die mehr einem Stöhnen glich.

„Willst du wissen, wie sehr ich dich möchte?" Er nahm meine Hand und legte sie auf seinen harten Schwanz. Als ich ihn durch den Stoff seiner Hose massierte, packte er mein Handgelenk und beschleunigte seinen Schritt.

„Lass uns schnellst möglich nach Hause gehen." Seine Stimme war rau und voller Verlangen. Wir bogen in die nächste Straße ein, und Jannis zerrte mich wie seine Beute hinter sich her. Mein Puls raste, und ich konnte es kaum erwarten, mit Jannis in den Jacuzzi zu gehen.

„Du heißt also Mia", sagte Jannis, als er die Haustür öffnete. „Mia, die Geliebte. Der Name passt viel besser zu dir als Nike. Nike hat etwas Hartes an sich. Du dagegen bist weich." Er strich mit einer Hand über mein Gesicht. „Von deinem Charakter her und vor allem, wenn ich dich berühre." Mit einem Fußtritt schloss er die Tür hinter uns, drückte mich mit dem Rücken gegen sie und presste seine Lippen auf meine. Ich öffnete gierig meinen Mund und seine Zunge drang mit tiefen Stößen in mich ein. Auf offener Straße wären wir dafür wegen Erregung öffentlichen Ärgernisses angezeigt worden. Dieser Kuss war quasi purer Sex. Meine Knie wurden weich, und ich war froh, an die Tür gelehnt zu sein. Ich hätte mich sonst nicht auf den Beinen halten können. Jannis küsste sich meinem Hals entlang und knabberte an meinem Ohrläppchen.

„Siehst du, genau das meine ich. Du wirst Wachs in meinen Händen." Er hörte auf und ließ von mir ab.

„Aber nicht hier, komm mit." Er nahm meine Hand, führte mich durch das Haus in einen Wellnessbereich, den ich bisher nicht gesehen hatte. Von Neugier erfüllt sah ich mich um. Die Front war von oben bis unten zum Garten hinaus verglast. Genau wie mein Badezimmer. Nur, dass hier direkt vor dem Fenster ein Jacuzzi in den Boden eingelassen war. Außerdem gab es hier noch eine Sauna und Ruheliegen und an der riesigen Spiegelwand lagen Hanteln in verschiedenen Größen auf einem Regal aneinandergereiht. Mein Blick blieb an der Dusche hängen, die einen ungehinderten Blick in den Garten zuließ.

„Zieh dich aus, ich möchte zuerst mit dir zusammen duschen." Mein Herzschlag beschleunigte sich, als ich mich entkleidete. Auch Jannis zog sich aus, und ich konnte kaum meinen Blick von seinem harten Schwanz wenden. Ich wollte ihn anfassen, aber Jannis nahm meine Hand weg.

„Ich bestimme, was wir machen", sagte er in einem Befehlston, der mich noch mehr erregte. Er schob mich an den Schultern in die Dusche und drehte sie an. Das warme Wasser rieselte von oben auf uns herab, und ich lehnte mich wohlig seufzend gegen Jannis, dessen Erektion gegen meinen Rücken drückte. Ich war so feucht, dass ich es kaum erwarten, endlich von ihm genommen zu werden. Aber ich musste ihm das Kommando überlassen. Das hatte er unmissverständlich zum Ausdruck gebracht.

„Willst du, dass ich dich jetzt ficke?", raunte er an meinem Ohr. Ich nickte. Doch Jannis packte meine Haare und zog meinen Kopf grob nach hinten.

„Ich will, dass du es laut sagst!" Ich wimmerte, halb vor Schmerz, halb vor Lust.

„Bitte... fick mich", presste ich nur mühsam hervor.

„Dann bück dich", forderte er mich auf, „und stütz dich mit den Händen an der Wand ab." Er ließ meine Haare los und mein Atem ging schwer, als ich seinen Befehl befolgte. Dann fühlte ich seine Hände auf meiner Haut. Er seifte mich mit einem nach Vanille duftenden Duschgel ein und massierte dabei meine Arme, meinen Nacken und meinen Rücken. Ich fühlte mich absolut entspannt und schrie lustvoll auf, als er seine Hände zwischen meine Beine gleiten ließ.

„Du bist so feucht", sagte er und massierte meine Klit und meine Schamlippen. Ich legte meinen Kopf in den

Nacken und stöhnte laut auf. Doch kurz bevor ich einen Orgasmus hatte, hörte Jannis auf. Das... war jetzt nicht sein Ernst.

„Jannis, bitte mach weiter", flehte ich ihm mit zittriger Stimme an.

„Na, wie ist das, wenn ich dich nicht zum Höhepunkt kommen lasse?" Ich drehte mich frustriert um.

„Jannis, bitte ..." Er packte mich am Arm und drückte mich wieder unsanft an die Wand.

„Ich habe nicht gesagt, dass du dich bewegen darfst." Er kniff mich in meine Brustwarzen, und ich wandte mich vor Lust. Wieder war ich kurz davor zu kommen, doch Jannis ließ es nicht zu. Er drückte sich von hinten an mich, und ich spürte seinen harten Schwanz zwischen meinen Beinen.

„Möchtest du, dass ich dich jetzt ficke?", fragte er.

„Ja, bitte, Jannis ... ich kann nicht mehr ... bitte nimm mich!"

„Geh auf die Knie und nimm ihn in den Mund", befahl er. Wie bitte? Oh Gott, ich hatte das bisher noch nie gemacht. Meine Sexerfahrungen ließen sich an einer Hand abzählen und bestanden mehr oder weniger aus ungeschickten Rein-Raus-Aktionen. Allein die Vorstellung, einen Penis in den Mund zu nehmen, hatte bei mir bisher nur Ekel hervorgerufen. Sollte ich ihm sagen, dass ich keine Blow-Jobs mochte? Oder vielmehr, dass ich noch nie einen gemacht hatte? Er würde es sofort merken. Und er bezahlte viel Geld dafür, dass er Sex mit mir haben konnte.

Jannis gab mir einen Klaps auf den Hintern und ein wohliger Schmerz durchfuhr meinen Körper.

„Auf der Stelle!" Er drehte mich um und drückte mich nach unten. Ich ging in die Knie und nahm langsam Jannis' riesigen Schwanz in den Mund, über den das warme Wasser von oben herab fiel. Noch ein Stück und noch ein wenig mehr. Jannis keuchte auf.

„Verdammt, Mia, du folterst mich!" Er packte ungeduldig meinen Kopf und bewegte sich in meinem Mund hin und her, während das Wasser auf mein Gesicht rieselte. Ich umschloss meine Lippen fest um seinen Schaft, und Jannis gab kehlige Laute von sich. Obwohl ich kaum Luft bekam und Jannis seinen Schwanz tief in meinen Rachen schob, gefiel es mir, welche Macht ich über ihn dabei hatte. Nun war er Wachs in meinen Händen. Oder vielmehr in meinem Mund.

„Mia, was machst du nur mit mir", stöhnte er. Dann wurden seinen Bewegungen schneller und kurz bevor er kam, zog er sich aus meinem Mund zurück und spritzte auf meinen Brüsten ab. Als sein Atem sich wieder beruhigt hatte, zog er mich an seine Brust und küsste mich tief und leidenschaftlich. Dann legte er seine Stirn an meine.

„Du machst mich fertig, Mia", keuchte er. Er drehte die Dusche ab und führte mich zum Jacuzzi.

„Jetzt bist du an der Reihe. Steig in den Whirlpool und setz dich mit gespreizten Beinen an den Rand." Ich gehorchte, und Jannis stieg zu mir ins Wasser. Dann begann er, mich zu lecken. Mit schnellen Zungenschlägen umkreiste er meine Klit, ließ seine Zungenspitze auf sie schnellen und massierte sie wieder mit langsamen sanftem Lecken. Ich hielt es kaum noch aus und schob ihm mein Becken entgegen, doch er hörte plötzlich auf.

„Sag, dass ich dich weiter lecken soll", forderte er mich auf. Was zum Teufel...

„Du Mistkerl", schimpfte ich und schlug ihm verärgert gegen die Brust. Jannis zog eine Augenbraue hoch.

„Wie war das?" Ich schnaubte wütend aus.

„Bitte ... leck mich weiter, Jannis", sagte ich mit bebender Stimme. Jannis grinste zufrieden. Dann zog er mein Becken näher zu sich heran und begann, mit teuflisch langsamen Bewegungen meine Klit mit seiner Zunge zu massieren. Immer wieder zog er sich zurück und küsste quälend langsam meine Schamlippen, meine Schenkelinnenseiten und meinen Venushügel, um mich dann erneut abwechselnd mit sanften und harten Zungenschlägen meiner Klit zu widmen. Als ich zum wiederholten Male kurz davor war zu kommen, nahm Jannis seine Hände von meinen Hüften und umfasste mit ihnen meine Brüste, um meine Brustwarzen zwischen seinen Fingern zu drehen. Ich war den Kopf zurück und spürte, wie sich eine gigantische Welle der Lust in mir aufbaute, die nichts und niemand mehr aufhalten konnte und mich schließlich mit voller Wucht überkam. Ich schrie auf vor Lust und in der nächsten

Sekunde stieß Jannis tief in mich hinein, während sich meine Vagina immer wieder um seinen Schwanz zusammenzog. Noch während meine letzten Wellen verebbten, kam Jannis zum zweiten Mal und ergoss sich in mir.

# Kapitel 11

Am nächsten Morgen wurde ich von lauten Stimmen unten im Haus geweckt. Zunächst glaubte ich zu träumen, aber als ich meine Augen auf machte, sah ich alles so klar und deutlich vor mir, dass ich wusste, dass ich tatsächlich wach war. Was ging da unten denn ab? Ich zog mir den Bademantel über und öffnete vorsichtig meine Zimmertür. Die eine Stimme gehörte eindeutig zu Jannis. Die andere Männerstimme kannte ich nicht. Ich versuchte zu verstehen, worüber diskutiert wurde, konnte aber nur einzelne Gesprächsfetzen auffassen. Ich schob die Tür einen Spalt mehr auf und schlich mich nach draußen vor zum Treppenabsatz. Dann tapste ich auf Zehenspitzen die Treppe hinunter. Jetzt hörte ich sie deutlich.

„Ich möchte aber nur ihn. Er ist der einzige, der seine Kunst wirklich beherrscht", sagte Jannis entschieden.

„Schau dir Flavio doch erst einmal an. Er ist mindestens genauso gut wie James. Du wirst keinen einzigen Unterschied sehen." Jannis lachte spöttisch.

„Jeder winzig kleine Fehler wäre fatal, Kean." Jannis hatte seine Stimme gedämpft.

„Ich weiß", antwortete der andere, „aber Flavio ist perfekt. Sieh dir seine Werke doch heute Abend an. Ich bitte dich nur um diese eine Sache. Dann kannst du immer noch nein sagen."

„Ich wollte lediglich den Kreis klein halten, Kean. Und mit Flavio haben wir jetzt einen Mitwisser mehr. Einen mehr, der uns schaden kann. Einen mehr, der..." In dem Moment musste ich niesen. Mist. Verdammter Mist. Wieso musste ich auch barfuß herumlaufen?

„Ist außer uns noch jemand hier?", hörte ich Kean fragen. Sofort riss Jannis die Tür auf und sah mich.

„Nike? Was machst du denn hier? Ist alles in Ordnung?" Der andere Mann, der offensichtlich Kean war, trat neben Jannis und starrte mich an.

„Du hast mir nicht gesagt, dass du Damenbesuch hast. Wer ist sie?" Doch Jannis antwortete ihm nicht. Stattdessen kam er zu mir und zog den Gürtel von meinem Bademantel fester.

„Haben wir dich geweckt? Wenn ja, dann tut es mir leid. Wir hatten gerade einen Disput über einen neuen Künstler, den Kean unbedingt möchte." Ich musste noch einmal niesen, und Jannis strich mir über die Wange.

„Du wirst dich noch erkälten, wenn du hier weiter barfuß herumläufst. Geh nach oben und zieh dir etwas Warmes an. Wir frühstücken in einer halben Stunde."

„Ja, gut", antwortete ich und war froh, dass niemand auf die Idee gekommen war, dass ich gelauscht hatte. Schnell ging ich die Treppe wieder oben. Aber als ich hörte, dass die Tür wieder geschlossen wurde, blieb ich stehen und spitzte erneut meine Ohren. Irgendetwas war da faul. Wieso sollten Jannis und sein Geschäftspartner über einen neuen Künstler streiten? Was machte das für einen Sinn? Es war doch jedem selbst überlassen, was für Kunstwerke er kaufte. Schließlich arbeitete jeder für sich und auf sein eigenes Risiko. Leider konnte ich jetzt nichts mehr verstehen, da nur Gemurmel zu hören war. Aber ich wartete ab und drücke mich gegen die Wand, damit man mich von unten nicht sehen konnte. Kurz darauf ging die Tür wieder auf, und ich konnte Jannis hören.

„Also gut, Kean, jetzt ist es ja sowieso schon zu spät. Ich werde mir Flavio und seine Werke heute Abend ansehen." Ich wartete ab, bis Jannis Kean zur Haustür gebracht hatte, dann schlich ich mit laut pochendem Herz in mein Zimmer und setzte mich auf das Bett. Was hatten die beiden da unten miteinander besprochen? War es tatsächlich nur um einen Disput über einen neuen Künstler gegangen? Aber warum verhielten sich die beiden dann so geheimnisvoll? Und was hatte Jannis damit gemeint, den Kreis klein zu halten? Um welchen Kreis ging es dabei? Mein Gefühl sagte mir, dass es um mehr gegangen war als um eine Auseinandersetzung über einen Künstler, und mein Detektivsinn war geweckt. Ich würde heute Abend Ausschau nach Flavio halten. Vielleicht konnte ich über ihn etwas herausbekommen. Jannis brauchte ich erst gar nicht zu fragen. Wenn er etwas zu verbergen haben sollte, würde er es mir nicht sagen, da es mich nichts anging. Ich stand auf und begab mich ins Bad, um eine kurze Dusche zu nehmen. Anschließend massierte ich in die feuchte Haut das Öl ein, das auf dem Regal stand. Es roch herrlich nach Bergamotte. Im Schrank fand ich meine Kleider ordentlich zusammengelegt und frisch gewaschen. Jannis` Hauskeeper schien perfekt zu funktionieren. Ich zog mir meine Jeans und einen dunkelgrünen warmen Pulli über, da es draußen bewölkt war und nach Regen aussah. Ohne die wärmenden Sonnenstrahlen war es mit Sicherheit auch kühler als gestern und ich wollte mich in der Tat nicht erkälten. Ich band meine Haare zu einem Pferdeschwanz zusammen und ging dann die Treppe hinunter ins Esszimmer. Der Frühstückstisch war mit duftenden Brötchen, Croissants, Brezeln und frischem Obstsalat gedeckt.

„Setz dich ruhig schon einmal", hörte ich Jannis aus der Küche sagen. „Ich bringe gleich den Kaffee." Ich trat an das große Fenster und sah nach draußen. Am Himmel hatten sich graue Wolken aufgetürmt und durch die Gräser in den Dünen blies der Wind. Ich liebte diese Stimmung. Hoffentlich würde es nicht so bald regnen. Ich hatte große Lust, nach dem Frühstück erneut einen Spaziergang am Strand zu machen und zuzusehen, wie die Wellen sich bei dem Wind überschlugen, bevor der Regen los ging.

„Faszinierend, nicht wahr?", hörte ich Jannis sagen. Er trat hinter mich und legte seine Arme um meine Taille. Ich lehnte meinen Kopf gegen seine Brust und schnurrte zufrieden. Es fühlte sich so gut an, von ihm in den Armen gehalten zu werden, und ich wäre am liebsten den ganzen Tag so da gestanden und hätte mit ihm gemeinsam das Naturschaubild betrachtet.

„Ein lebendigeres Kunstwerk kann ich mir kaum vorstellen", gab ich von mir. „Sieh dir nur diese aufgeblasenen Wolken vor dem sich farblich ständig wechselnden Himmel an und wie sich die Gräser im Wind wiegen." Jannis küsste mich auf den Scheitel.

„Wenn ich alleine hier bin, stehe ich oft hier und sehe nach draußen. Es ist, als würde die Natur einen Teil ihrer Kraft auf mich übertragen. Hier kann ich wirklich entspannen und Energie tanken." Ich verstand, was Jannis meinte. Kunst war etwas Künstliches. Etwas Lebloses. Man konnte ein Kunstwerk schön finden. Aber man konnte keine Kraft aus ihm schöpfen. Doch die Natur war ein Krafttank.

„Lass uns frühstücken", sagte Jannis und drehte mich zu sich um. Er fasste mich an beiden Händen und drückte mir einen Kuss auf die Stirn. Er sah unverschämt gut aus. Ich versuchte, etwas aus seinem Gesicht herauszulesen, was mit dem lautstarken Disput vorhin zu tun hatte. Aber seine Miene verriet nichts. „Komm, der Kaffee wird dir sicher gut tun. Hast du überhaupt ausgeschlafen oder haben wir dich geweckt?" Er führte mich zum Frühstückstisch und schob mir einen Stuhl hin. Ich nahm den Kaffee, den Jannis mir reichte und nippte daran.

„Ich bin fit", antwortete ich lächelnd. „Wie sieht unser Programm heute aus?" Jannis nahm sich ein Croissant und biss davon ab.

„Nach dem Frühstück muss ich noch ein paar geschäftliche Dinge regeln", sagte er dann, nachdem er geschluckt hatte. „Bis dahin kannst du dich noch ein wenig ausruhen oder spazieren gehen oder machen, was auch immer du willst." Ich schob mir eine Erdbeere in den Mund.

„Ich würde sehr gerne noch ans Meer hinuntergehen und ein wenig spazieren gehen, bevor es zu regnen anfängt", sagte ich.

„Ja, mach das. Die Luft ist herrlich draußen. Ich war heute Morgen auch schon laufen und habe ein wenig Krafttraining gemacht. Zieh dich aber warm genug an. Der Wind ist heute eisig. Du wirst im Schrank eine warme Jacke finden." Es gefiel mir, wie fürsorglich Jannis sich mir gegenüber verhielt. Gleichzeitig fand ich es seltsam, dass wir wie ein Ehepaar beim Frühstück saßen und uns über unsere Tagesplanung unterhielten. Als ginge es hier nicht nur um Sex. Ich nahm mir ein Stück Melone und biss nachdenklich davon ab. Jannis sah mich mit gerunzelter Stirn an.

„Du kannst nicht nur ein wenig Obst essen. Sonst klappst du mir noch zusammen. Du hast seit gestern Abend nichts mehr gegessen, und es ist jetzt schon elf Uhr." Er nahm eine Butterbrezel und ließ mich abbeißen. Elf Uhr? Wie lange hatte ich geschlafen? Oh Gott! Sonst stand ich immer um sieben auf!

„Heute Abend geht es dann um acht Uhr mit der Vernissage weiter. Du ziehst das hellgrüne Kleid an, das ich dir in den Schrank hängen lassen werde. Es wird hervorragend zu deinen grünen Augen passen." Er legte mir die Brezel auf den Teller.

„Iss!", befahl er, und ich sah ihm an, dass er keine Widerrede duldete. Mir war schon aufgefallen, dass er gern das Sagen hatte und bestimmte. Sonst hätte er kaum diesen Vertrag mit mir geschlossen. Und ich hatte unterschrieben. Was bedeutete, dass ich ihm erlaubt hatte, zu bestimmen. Was mich ehrlich gesagt antörnte. Ich nahm die Brezel und biss ab, und Jannis lächelte zufrieden.

„Gegen drei müsste ich dann fertig sein. Dann können wir beide noch etwas Schönes miteinander machen." Er streichelte mir über die Wange, und seine Augen wurden dunkel.

„Etwas Schönes?", fragte ich mit trockener Kehle, obwohl ich genau wusste, was er meinte.

„Es wird dir gefallen."

Gestärkt vom Frühstück hatte ich mir die warme Jacke aus dem Schrank genommen und war zum Spaziergang an den Strand aufgebrochen. Ich hatte das Naturkunstwerk betreten und war nun selbst ein Teil davon. Der Wind war eisig, und ich war froh, dass ich die dicke Jacke angezogen hatte. Der Strand war leer.

Wahrscheinlich zogen es die meisten vor, zu Hause im Warmen zu bleiben. Aber ich liebte diese Stimmung, wenn der Wind immer stärker und der Himmel immer dunkler wurde. Gedankenverloren spazierte ich am Wasser entlang und sah in die Ferne, wo sich die Wellen auftürmten. Plötzlich sprang ein nasser Hund an mir hoch, und ich gab vor Schreck einen kleinen Schrei von mir. Der Fellberg war von hinten angerannt gekommen, so dass ich ihn nicht bemerkt hatte. Ich blieb stehen und streichelte den sandigen, zerzausten Vierbeiner. Na prima, an meiner Hose hinten waren nun überall nasse, schmutzige Pfotenabdrücke. „Weißt du eigentlich, wie dreckig deine Pfoten sind, du Zottel?" Den Hund schien das nicht im Geringsten zu jucken. Er hüpfte weiter freudig an mir hoch und schüttelte sich immer wieder, wenn sein Fell von einer Welle nass wurde. Zu wem er wohl gehörte? Ich sah mich um und entdeckte weit hinter mir einen Spaziergänger. Er pfiff scheinbar nach einem Hund, doch der kleine Lauser bei mir reagierte nicht. Ob er das Herrchen war? Aber sonst war weit und breit niemand zu sehen. Wahrscheinlich war der Schlingel einfach nur schlecht erzogen.

„Na, du bist mir ja einer." Ich zeigte zu dem Mann. „Schau mal, dein Herrchen ruft dich. Komm, renn zu ihm." Doch der Hund wollte offensichtlich lieber bei mir bleiben. Ich sah zum Himmel hinauf. Ich sollte allmählich zurück gehen. Es würde bald zu regnen beginnen. Mittlerweile waren die Wolken fast schwarz, und der Wind pfiff mir inzwischen kräftig um die

Ohren. Zum Glück hatte die Jacke eine Kapuze. Ich zog sie mir über den Kopf, während der Hund mich aufforderte, ihm einen Stock zu werfen, den er am Strand gefunden hatte.

„Also gut, du lässt ja doch keine Ruhe", sagte ich, nahm den Stock und warf ihn Richtung Herrchen. Der Fellknäuel raste kläffend los und brachte mir kurz darauf sein Stöckchen wieder. Wir näherten uns so dem Mann, der uns am Strand entgegenlief. Plötzlich erkannte ich ihn. Es war Kean! Der Mann von heute Morgen! Der Mann, mit dem Jannis sich so lautstark unterhalten hatte. *Ihm* gehörte der Hund?

„Chipsy, komm sofort her!", rief er. Doch warum sollte der Hund jetzt auf einmal auf ihn hören, wenn er es vorher schon nicht getan hatte? Chipsy ignorierte erwartungsgemäß sein Herrchen weiterhin und forderte mich erneut auf, wieder das Stöckchen für ihn zu werfen.

„Entschuldigen Sie bitte, wenn der Hund sie belästigt. Das hat er bisher noch nie gemacht. Chipsy, auf jetzt." Kean war nun auf meiner Höhe angekommen und betrachtete mich fragend.

„Wir kennen uns doch, oder? Sie kommen mir so bekannt vor", sagte er.

„Ja, ich bin Nike. Jannis' Freundin. Wir haben uns heute Morgen kurz bei ihm zu Hause gesehen." Jetzt erkannte mich Kean.

„Ah, Nike, natürlich. Dick vermummt in der Kapuzenjacke siehst du etwas anders aus als heute Morgen im Bademantel mit offenen Haaren. Aber jetzt erkenne ich dich an deinen grünen Augen wieder." Er blickte zum Himmel hinauf und nickte nach oben. „Du solltest langsam zurück. Es wird hier bald einen kräftigen Sturm mit Regen geben." Dann gab er mir die Hand.

„Ich bin übrigens Kean."

„Hallo Kean, freut mich", sagte ich. Kean gab Chipsy ein Hundeleckerli und schaffte es so, ihn an die Leine zu nehmen.

„Er scheint einen Narren an dir gefressen zu haben. Normalerweise reagiert er auf mein Pfeifen." Er lächelte mich an.

„So, jetzt geht es zurück, bevor uns eine Flutwelle erwischt", lachte er. „Ich wohne auch in deiner Richtung. Nur ein paar Häuser weiter. Wir können ein Stück zusammen gehen."

„Gerne." Das traf sich gut. Meine Detektivnase juckte freudig. Vielleicht würde ich ja etwas von ihm erfahren?

„Worum ging es heute Morgen eigentlich bei eurem Gespräch?", fragte ich gerade heraus. „Das Gespräch war ja recht hitzig." Kean verzog seinen Mund zu einem süffisanten Lächeln.

„Hitzig, soso", sagte er. „So sind wir nun einmal, Jannis und ich. Wir sind schon seit ein paar Jahren Geschäftspartner, und da ist es völlig normal, dass man nicht immer einer Meinung ist. Ich entschuldige mich bei dir, wenn du dich dadurch gestört gefühlt hast. Schließlich war ich euer Gast."

„Nein, alles gut, ich war ohnehin schon wach. Du bist also auch in der Kunstbranche tätig?", hakte ich ohne

Umschweife weiter nach. So leicht ließ ich ihn nicht entkommen.

„Ja, ich habe Kunstgeschichte studiert und handel nun seit über zehn Jahren mit Kunst. Das ist nicht nur spannend, sondern auch sehr lukrativ, wie du vielleicht von Jannis weißt."

„Ja, ihr handelt mit Kunst statt mit Aktien, richtig?" Kean lachte.

„So kann man das sagen, ja."

„Und ihr wart euch heute Morgen also über eine Aktie nicht einig? Ob ihr sie kaufen sollt?" Wir blieben stehen, weil Chipsy etwas im Sand entdeckt hatte. Kean räusperte sich.

„So ungefähr." So ungefähr? Mann. Wieso machten Jannis und er so ein Geheimnis daraus, worum es bei dem Disput gegangen war? Das müssten sie doch nicht, wenn es nichts zu verbergen gäbe? Aber was sollten sie denn verbergen? Was sollte diese Geheimniskrämerei? Jannis und Lennart hatten auf der Fahrt vom Flughafen auch schon miteinander getuschelt. Das machte mich umso neugieriger. Hätte mir einer von ihnen irgendeine nachvollziehbare Erklärung gegeben, wäre ich ja zufrieden und würde nicht weiter nachfragen. Aber so...

„Gibt es denn auch in der Kunst so etwas wie Insider-Tipps? Also, welcher Künstler demnächst gefragt sein wird und welche Kunstwerke eher an Wert verlieren werden?" Kean strich Chipsy Sand von der Nase, dann gingen wir weiter.

191

„Durchaus, ja", beantwortete er meine Frage. Okay. Er wollte nicht. Das war mehr als offensichtlich.

„Kommst du heute Abend auch mit zur Vernissage? Dann können wir uns dort weiter unterhalten. Ich muss jetzt hier nach oben." Er zeigte zu den Dünen hinauf.

„Ja, ich werde heute Abend auch dabei sein. Ich freue mich schon auf die Bilder. Ich liebe nämlich Kunst. Nicht als Aktienanlage, sondern als Kunstwerke." Kean lächelte.

„Das ist schön. Also dann bis später. Und beeil dich besser etwas, Nike, das Unwetter geht gleich los." Der Wind hatte tatsächlich zugelegt, und ich musste mich gegen ihn stemmen, um vorwärts zu kommen. Kean machte also dicht. Jannis auch. Gut. Dann würde ich heute Abend Flavio suchen. So schnell würde ich nicht aufgeben. Sie waren doch selber schuld, wenn sie so ein Geheimnis daraus machten. Geheimnisse machten mich nun einmal neugierig.

Ich hatte gerade das Haus betreten, als es wie aus Eimern zu schütten begann.

„Puh, das war knapp", murmelte ich und zog Jacke und Schuhe aus. Ich ging ins Wohnzimmer und suchte nach Jannis. Hier war er nicht. Auch nicht der Küche. Ob er oben war? Ich lief die Treppe hinauf, konnte ihn aber auch hier nicht finden. Also gut. Ich ging wieder hinunter ins Wohnzimmer, wo eine Kanne mit warmem Tee und Keksen stand. Vielleicht war er in seinem Bürozimmer und wollte nicht gestört werden? Es war ja erst kurz nach zwei. Ich schenkte mir eine Tasse ein und nahm mir einen Keks dazu. Dann ging ich zum Fenster und beobachtete, wie sich in Sekundenschnelle kleine Wasserbäche bildeten und zwischen den Dünen zum Meer hinunterliefen. Weiter hinten kreischten Möwen und schienen dem Sturm Widerstand leisten zu wollen. Es pfiff um das Haus herum und mit einem Mal war es so dunkel, als wäre es schon spät am Abend. Jetzt hörte ich im Büro nebenan Jannis telefonieren. Aha, er war also da. Wie ich vermutet hatte. Ich stellte meine Tasse auf den Tisch und schlich auf Zehenspitzen zur Bürotür. Gespannt hielt ich die Luft an und lauschte.

„Vier Millionen, darüber lässt sich reden", hörte ich Jannis sagen. „Also gut. Einverstanden. Zunächst also nur kleinere Werke und alles Weitere wird sich danach zeigen." Ich schluckte. Vier Millionen? Kunsthandel war in der Tat lukrativ. „Absolutes Stillschweigen. Gut, dann sehen wir uns heute Abend." Ich huschte zum Tisch zurück und setzte mich auf den Sessel. Ich nippte an meinem Tee und nahm mir einen weiteren Keks, während ich beobachtete, wie der Sturm über die Dünen fegte. Kurz darauf öffnete Jannis die Tür und sah mich.

„Mia, du bist da! Zum Glück! Ich dachte schon, dich hätte das Unwetter erwischt."

„Alles gut. Ich habe unten am Strand Kean getroffen. Er war mit seinem Hund spazieren und hat mich rechtzeitig gewarnt, wieder umzukehren."

„Du hast Kean getroffen?" Jannis kniff seine Augen zusammen und sah mich an. Offensichtlich gefiel ihm das nicht.

„Ja, sein Hund war zu mir gerannt, und so waren wir ins Gespräch gekommen. Er kommt heute Abend ja auch zur Vernissage."

„Was hat er dir erzählt?", wollte Jannis wissen und kam zu mir. Ich zuckte unschuldig mit den Schultern.

„Nichts weiter. Nur, dass ihr Geschäftspartner seid und er hier ein paar Häuser weiter wohnt." Ich trank meinen Tee leer und stellte die Tasse auf das Tischchen.

„Das war alles?"

„Ja, das war alles. Wieso? Ist irgendetwas? Hat es mit dem Disput heute Morgen zu tun?" Jannis küsste mich in den Nacken und legte seine Arme von hinten um mich.

„Nein, alles in Ordnung. Ich war nur neugierig. Er hat also nicht mit dir geflirtet?" Er ließ mich wieder los und drehte mich zu sich um.

„Nein! Das hat er nicht!", protestierte ich. Warum interessierte ihn dies? War er etwa eifersüchtig? Aber wieso sollte er das sein? Ich war schließlich nicht seine Freundin. Dennoch gefiel mir die Vorstellung. Ich biss mir auf die Unterlippe und sah ihm in die Augen. Sie funkelten gefährlich und jagten mir einen Schauer über den Rücken. Jannis legte seine Hand in meinen Nacken und fuhr mir mit dem Daumen die Wirbel entlang. Sofort war ich wie elektrisiert.

„Lust zum Spielen?", fragte er mich mit heiserer Stimme und sah auf mich herab. Ich nickte und spürte das Ziehen zwischen meinen Beinen.

„Gut. Dann zieh dich aus." Unsicher sah ich Jannis an.

„Hier?", fragte ich mit zittriger Stimme.

„Hier." Jannis setzte sich erwartungsvoll auf den Sessel mir gegenüber und beobachtete mich.

„Beginn mit dem Pullover", befahl er. Okay, ich war eine emanzipierte Frau, aber es machte mich unglaublich an, wenn Jannis in diesem Befehlston mit mir sprach. Gehorsam zog ich meinen Pullover aus und stand dann nur noch mit meinem BH und meiner Jeans da. Er ließ seinen Blick lüstern über mich gleiten.

„Jetzt die Jeans", forderte er mich auf, und ich spürte die Erregung zwischen meinen Beinen. Jetzt stand ich nur noch mit BH und Slip bekleidet vor ihm, und ich sah, wie hart er war. Er öffnete seine Hose und befreite seine Erektion daraus. Ich leckte mir beim Anblick seines glänzenden Schwanzes über die Lippen.

„Öffne deinen BH", verlangte er weiter, und ich gehorchte. Jannis sog scharf die Luft ein, als er meine harten Brustwarzen sah. Er betrachtete mich eine Weile, und meine Klitoris begann zu pochen. Nie zuvor hatte mich ein Mann so angesehen. Voller Lust und Begierde, und ich sehnte mich danach, endlich von ihm genommen zu werden.

„Jetzt zieh deinen Slip aus und gib ihn mir." Als ich Jannis meinen feuchten Slip reichte, grinste er.

„Du bist bereit für mich", stellte er zufrieden fest. „Öffne deine Haare". Ich erfüllte ihm diesen Wunsch, und meine Haare fielen mir in leichten Wellen über die Schultern.

„Schön wie die Venus von Botticelli", murmelte Jannis. Dann streckte er seine Hand zu mir aus. „Komm her. Du bringst mich noch um", stöhnte er, umfasste meine Brüste und umkreiste mit seinen Daumen meine Nippel. Ein heißer Strom durchfuhr meinen Körper, und ich schloss meine Augen.

„Sieh mich an", forderte er mich auf, und ich sah in seine Augen, die schwarz vor Verlangen waren. „Gefällt dir das?" Ich gab nur ein weiteres Stöhnen zur Antwort. Dann packte er mich an den Armen und zog mich auf seinen Schoß. Sein harter Schwanz drückte gegen meinen Bauch, und ich wollte, dass er mich endlich nahm. Aber Jannis ließ sich Zeit, um mich noch länger zu quälen. Er biss mir leicht in die Halsbeuge, fuhr dann mit seiner Zungenspitze über den Hals und hauchte hinter mein Ohr unzählige Küsse. Sein Mund wanderte zu meinem und als seine Lippen meine berührten, öffnete ich sie bereitwillig und nahm gierig seine Zunge auf. Unsere Zungen umspielten sich, und Jannis wurde immer fordernder. Keuchend hob er mich ein wenig nach oben und stieß in mich hinein. Ich schrie kurz auf, weil es so intensiv war, dass ich am ganzen Körper erzitterte. Jannis packte mich an den Hüften und gab das Tempo vor, in dem ich ihn reiten sollte. Auch er konnte sich jetzt nicht mehr zurück halten. Er beschleunigte sein Tempo und trieb mich damit in den Wahnsinn. Ich spürte, wie sich ein Orgasmus in mir aufbaute und mich schließlich in eine andere Sphäre katapultierte. Ich hörte, wie ich immer wieder Jannis` Namen keuchte. Meine Vagina pulsierte und umschloss seinen Schwanz. Hemmungslos stieß Jannis weiter in mich hinein, bis auch er explodierte und sich in mir ergoss.

# Kapitel 12

Ich war immer noch völlig erschöpft, fühlte mich aber gleichzeitig tiefenentspannt und beschwingt. Als wäre ich high. Aber vielleicht war ich ja auch high vom Sex mit Jannis? Hatte Noemi nicht immer davon geschwärmt, wie berauschend Sex sei? Jetzt wusste ich, was sie meinte. Das musste der sogenannte *Afterglow* sein, von dem ich schon einmal gelesen hatte und von dem ich glaubte, er gehöre zu den Märchen von 1000 und eine Nacht. Das Nachglühen, das noch viele Stunden nach dem Sex ein seliges Gefühl hervorruft. Wenn ich daran dachte, was Jannis mit mir gemacht hatte, schoss mir einerseits die Schamröte ins Gesicht. Andererseits wollte ich mehr davon. Ich betrachtete mich im Spiegel. Das dunkelrote Kleid mit den langen eng anliegenden Ärmeln und einem frei schwingendem Rock, das Jannis mir für heute ausgesucht hatte, stand mir ausgezeichnet. Ich hatte meine Haare locker hochgesteckt und ein paar Haarsträhnen herausgezupft. So gefiel es mir. Modisch, doch nicht zu streng. Ich ging die Treppe hinunter ins Wohnzimmer, als Jannis aus dem

Büro herauskam. Er war wie immer verboten attraktiv in seinem dunkelblauen Anzug, weißem Hemd und hellblauer Krawatte.

„Mia, du siehst hinreißend aus", empfing er mich und küsste mich auf die Wange. Doch selbst diese harmlose Berührung elektrisierte mich.

„Danke, du auch", sagte ich. Jannis zog eine Augenbraue nach oben.

„Hinreißend?"

„Und wie!", sagte ich und hakte mich bei ihm mit einem Lächeln unter.

„Wir sind heute Abend also ein hinreißendes Paar", lachte er. „Komm, das Taxi wartet."

Zehn Minuten später waren wir im Haus Carlson, in dem sich schon zahlreiche andere Gäste eingefunden hatten.

„Ich muss noch kurz etwas mit ein paar Geschäftsfreunden besprechen, bevor es losgeht", erklärte mir Jannis, „setz dich doch so lange an die Bar und trink etwas." Ich nickte stumm und kletterte auf einen Barhocker. Unauffällig beobachtete ich, wie er mit ein paar Männern in einem Zimmer verschwand. Aha. Sie hatten wieder eine ihrer geheimen Besprechungen hinter verschlossenen Türen. Mein Detektivsinn war geweckt, und ich hatte Mühe, scheinbar teilnahmslos sitzen zu bleiben, statt an der Tür zu lauschen.

„Was darf ich Ihnen bringen?", fragte der Barkeeper.

„Einen Wodka Sunrise, bitte", bat ich und blickte mich dann um. Ein paar der Gäste erkannte ich von gestern. Wahrscheinlich waren einige bereits im Auktionsraum und studierten schon einmal die Kataloge mit den Verkaufsobjekten. Es war nur noch eine halbe Stunde bis zum Auktionsbeginn. Auf freute mich auf die Versteigerung der Bilder. Im Gegensatz zu Partys fand ich diese äußerst unterhaltsam. Ich warf erneut einen verstohlenen Blick zu dem Raum, in dem Jannis verschwunden war. Zu gerne wüsste ich jetzt, was sie darin so Wichtiges besprachen.

Ich wandte mich wieder zur Bar und sah dem Barkeeper zu, wie er Wodka, Orangensaft und ein paar Eiswürfel in einen Mixer gab. Dann verschloss er ihn und schüttelte kräftig. Anschließend goss er alles in ein langes schmales Glas und gab einen roten Sirup dazu, der schwerer war als die anderen Zutaten und sich daher unten im Glas vom Rest der Flüssigkeit absetzte. Es sah aus wie ein Experiment aus dem Chemie- oder Physikunterricht.

„Hübsch", sagte ich und der Barmann zwinkerte mir zu, als er das Getränk mit einer Ananasscheibe und einer Cocktailkirsche dekorierte.

„Nicht so hübsch wie Sie", erwiderte er und stellte das Glas vor mich auf den Bartresen.

„Danke", sagte ich, nahm den Cocktail und ließ mich vom Barhocker rutschen. Mir war nicht zum Flirten mit dem durchaus attraktiven Barkeeper, da ich unbedingt wissen wollte, was in dem Zimmer besprochen wurde. Während ich an meinem Getränk nippte, lief ich durch die Eingangshalle. Der Cocktail war ganz nach meinem

Geschmack: fruchtig, süß und erfrischend. Ich blieb unauffällig vor dem verschlossenen Raum stehen und gab vor, etwas in meiner Handtasche zu suchen, was nicht so einfach war mit einem Glas in der Hand. Dabei lauschte ich angestrengt an der Tür. Doch leider konnte ich nur einzelne Wortfetzen aufschnappen: Gemälde... Kunst.... Millionen... Risiko.... Hm, das brachte mich nicht weiter. Klar, es war immer ein Risiko, bei einer Auktion viel Geld für ein Kunstwerk zu bieten, da man nie wissen konnte, ob es das tatsächlich wert war. Das war nun einmal das Berufsrisiko. Es war wie beim Aktienkauf. Stiegen die Kurse oder fielen sie? Das wusste niemand sicher. Aber wieso sprachen sie dann hinter verschlossenen Türen? Und wieso wollte mich Jannis nicht dabei haben? Sie könnten sich doch genauso hier in der Eingangshalle oder an der Bar bei einem Getränk und Nüsschen untereinander austauschen. Ich zog meine Nase kraus und schlurfte nachdenklich an meinen Cocktail. Moment... hatte da nicht gerade jemand Flavio gesagt? Oh, jetzt wurde eine Stimme laut. Ziemlich laut sogar.

„Ich trau ihm nicht. Habt ihr ihn überhaupt gecheckt? Das ist absolut unprofessionell. Wo steckt dieser Flavio jetzt überhaupt?"

Dann wurden die Stimmen wieder leiser. Ich drehte mich um. Im Moment war ich alleine in der Eingangshalle. Also blieb ich vor der Tür stehen, ohne dass jemand Verdacht schöpfen konnte. Aber ich konnte nichts Brauchbares verstehen. Ob ich mich mal auf die

Suche nach Flavio begeben sollte? Flavio war ein italienischer Name. Vielleicht war er dann Italiener. Ich schlenderte los und hielt Ausschau nach einem Mann, der vom Aussehen her Italiener sein könnte. In den ersten beiden Zimmern hatte ich kein Glück. Ein großer blonder Hüne, ein kleiner Dicker mit roten Locken und drei Frauen. Okay... Auch im dritten Zimmer war kein Mann, der ein Flavio hätte sein können. Wahrscheinlich war er gar kein Italiener und hatte nur einen italienischen Namen. Ich unterdrückte ein Lachen. Ob der kleine Dicke mit den roten Locken Flavio war? Ich stellte ihn mir gerade mit einem Pinsel vor einer Leinwand vor, als ich an der Bar einen Mann mit etwas dunklerer Haut und dunklem Haar sitzen sah. Mein Herz schlug schneller. Das könnte Flavio sein. Ich ging zur Bar zurück und setzte mich auf den Barhocker neben ihm.

„Noch ein Wodka Sunrise für die bezaubernde Dame?", fragte der Barkeeper, der erfreut darüber war, dass ich mich wieder zu ihm an die Bar gesetzt hatte.

„Gerne", antwortete ich und warf Flavio von der Seite einen Blick zu, während ich mit einer meiner Haarsträhnen spielte. Ich merkte, wie seine Augen zu mir wanderten und er auf mich aufmerksam wurde. Sehr gut. Dann würde ich doch mal ein wenig mit ihm flirten. Natürlich nur, um an Informationen heranzukommen. Im Geheimdienst Ihrer Majestät sozusagen. Männer wurden am gesprächigsten, wenn man ihnen das Gefühl gab, an ihnen interessiert zu sein. Zum Glück war ich blond. Italiener liebten blonde Frauen. Schon die Römer waren auf blonde Germaninnen abgefahren. Daran hatte sich bis heute nichts geändert. Ein leichtes Spiel für mich. Ich öffnete meine hochgesteckten Haare und schüttelte sie schwungvoll. Dabei lächelte ich in Flavios Richtung.

„Hey, ich bin Nike", stellte ich mich vor.

„Che bella", erwiderte er und starrte mich an. Sein Akzent war eindeutig italienisch. Bingo. Das musste Flavio sein. „Sie haben wunderschöne Haare, Bella." Ich musste mir ein Grinsen verkneifen. Er starrte mich an, als wäre ich eine Barbiepuppe. „Entschuldigen Sie bitte, dass ich Sie so ansehe, aber ... Sie sind unglaublich schön. Sind Sie Model?"

„Danke für das Kompliment. Aber nein, ich bin kein Model. Einfach nur Nike." Im Geheimdienst Ihrer Majestät, fügte ich in Gedanken hinzu. „Verraten Sie mir auch Ihren Namen?"

„Nike, was für ein wunderschöner Name. Ich heiße Flavio." Der Barmann stellte mir meinen Wodka Sunrise hin und warf einen flüchtigen Blick auf Flavio. Ich nickte ihm kurz lächelnd zu und wandte mich dann wieder an Flavio.

„Es freut mich, Sie kennenzulernen, Flavio." Und wie, dachte ich. „Sie interessieren sich also auch für Kunst?" Ich nahm einen Schluck von meinem Cocktail und leckte mir dann mit der Zunge über die Lippen.

„Oh, ja, ich liebe Kunst." Flavio fuhr sich nervös durch seine vollen Haare. Wie alt mochte er sein? Ende zwanzig? Älter sicher nicht.

„Ich auch." Ich beugte mich zu ihm hinüber. „Ich male sogar auch ein bisschen selbst", flüsterte ich, als wäre es ein Geheimnis, das ich nur ihm anvertrauen würde. Flavio strahlte mich an.

„Oh, ich male auch!", sagte er begeistert. „Ich war auf einer Kunstschule in Bologna. Dort habe ich Malen gelernt. Ich möchte jetzt eine Weltreise machen und die ganze Welt malen!" Seine Augen blitzten voller Vorfreude. Wirklich herauslocken musste ich aus ihm ja nichts. Er plauderte offensichtlich sehr gerne.

„Die ganze Welt?", fragte ich erstaunt und wickelte verführerisch eine Haarsträhne um meinen Finger.

„Wie meinen Sie das?" Flavio lachte schüchtern.

„Ich möchte meine Reiseeindrücke in Bildern festhalten, in die ich auch meine Emotionen einbaue. Ich möchte also nicht nur malen, was ich sehe, sondern auch, was ich fühle. Ich liebe expressionistische Kunst."

„Expressionistische Reisebilder", sagte ich und nickte. „Wow, das klingt toll." Ich nahm ein paar Nüsschen aus der Schale und steckte sie mir in den Mund. Dann schob ich sie zu Flavio, der sich ebenfalls daraus bediente. Teilen verbindet und schafft Vertrauen. Das war eine der Maximen meiner Vorbildstaatsanwältin aus meiner Kind- und Jugendzeit.

„Aber", fuhr ich dann fort und sah ihn mit großen Augen an, „ist so eine Weltreise nicht teuer?" Flavio strahlte, als hätte er soeben erfahren, im Lotto gewonnen zu haben und beugte sich zu mir.

„Das bleibt jetzt aber unter uns", sagte er. „Versprochen?"

„Versprochen", flüsterte ich zurück und fühlte mich wie damals in der Grundschule, als mir meine Freundin ein Geheimnis anvertraut hatte. Was würde mir Flavio jetzt beichten? Dass er eine Bank ausgeraubt hatte? Dass er ein Erbschleicher war? Ich straffte meinen Rücken. Ich musste aufhören, zu glauben, ich befände mich in einem meiner Krimis, die ich immer las.

„Also, wenn ich Glück habe, bekomme ich einen Auftrag, ein Kunstwerk zu malen, das so gut bezahlt wird, dass ich davon locker einige Monate leben können werde." Ich nickte beeindruckt, während in meinem Gehirn sofort die Alarmglocken angingen.

„Das klingt ja sehr vielversprechend. Sie verdienen Ihr Geld also als Auftragskünstler?" Flavio lachte. „Ja, ich verdiene mein Geld damit, was mir am meisten Spaß macht. Andere malen als Hobby, ich verbinde Hobby und Beruf." Flavios Augen funkelten wie bei einem kleinen Jungen an Weihnachten, wenn er zum ersten Mal den Weihnachtsbaum und die Geschenke darunter sah.

„Toll, wow, nun, so gut male ich leider nicht, dass mir jemand dafür Geld geben würde, muss ich neidisch zugeben." Ich trank meinem Cocktail leer und sah ihn mit einem bewundernden Augenaufschlag an. „Wie kamen Sie denn an so einen lukrativen Auftragsjob?", wollte ich wissen und schob mir langsam die Kirsche in den Mund. Flavio nahm sich ein paar Nüsschen und starrte meine Lippen an.

„Mö ... möchten Sie noch einen Cocktail?", fragte er mich. Ich schüttelte den Kopf.

„Oh, nein danke, nicht noch mehr Alkohol", sagte ich und berührte kurz seine Hand, um ihm im Unterbewusstsein Freundschaft zu signalisieren. „Das ist schon mein zweiter. Vielleicht könnten wir eine Cola light zusammen trinken?" Flavio wandte sich an den Barkeeper.

„Haben Sie Cola light?"

„Bedaure", erwiderte dieser.

„Das ist ein Zeichen, Nike. Lassen Sie uns dann doch einfach einen kleinen Sekt zusammen trinken. Auf die Kunst. Ja?"

„Okay, ein Sekt auf die Kunst.", willigte ich ein und kicherte albern. „Cola wäre eh nur wie Blümchensex." Flavio räusperte sich verlegen. Der Barkeeper, der unserem Gespräch gelauscht hatte, schenkte uns zwei Gläser ein. Er sah mich mit einem Stirnrunzeln an. Sicherlich hielt er mich jetzt für eine dämliche Pute und war ganz froh darüber, dass ich nicht mit ihm geflirtet hatte.

„Also, Flavio, jetzt müssen Sie mir aber noch verraten, wie Sie an diesen Job kamen", sagte ich und stieß mit ihm an.

„Na ja, noch habe ich den Job ja nicht. Es wird sich heute Abend irgendwann entscheiden." Er senkte seine Stimme. „Heute sind ein paar Kunsthändler hier, die meine Werke begutachten wollen. Soll ich sie Ihnen zeigen?"

„Gerne." Seine Augen leuchteten.

„Auf einen erfolgreichen Abend", sagte er, und wir leerten unsere Gläser.

Flavio blieb vor einem großen dunklen Gemälde stehen.

„Ich muss zugeben, ich bin sehr stolz darauf", sagte er und deutete auf ein Bild, auf dem in düsteren Farben das Meer, der graue weite Himmel und ein einsamer Wanderer zu sehen waren. In der Tat. Dieses Bild war hier gestern nicht gehangen. Daran würde ich mich einhundertprozentig erinnern. Denn es war nicht *irgendein* Bild.

„Es erinnert mich an *Der Mönch am Meer* von Caspar David Friedrich", sagte ich und runzelte nachdenklich meine Stirn, während ich es weiter betrachtete. „Sie haben es doch nicht etwa kopiert, Flavio, oder?" Flavio legte erschrocken eine Hand auf seinen Mund.

„Mamma mia, nein! Aber natürlich habe ich es nicht kopiert." Ich wartete nur noch darauf, dass er sich Luft zufächelte und eine Ohnmacht simulierte. Aber das blieb zum Glück aus. Stattdessen drückte er seinen Rücken durch. „Ich habe in Bologna verschiedene Kunstrichtungen erlernt und selber ausprobiert und experimentiert. Es diente mir nur als Anregung. Sehen Sie die Farben hier? Caspar David Friedrich hatte keinen rosa Schimmer am Himmel. Auch bewegt sich bei ihm der Mönch nicht wie bei mir." Ich stieß Flavio spielerisch gegen die Brust.

„Ich habe doch nur gescherzt", lachte ich und machte dann wieder eine erste Miene. „Sie haben ein außergewöhnliches Talent, Flavio. Wenn Sie wollten, könnten Sie das Bild  von Caspar David Friedrich täuschend echt nachmalen", wisperte ich beinahe ehrfürchtig und drückte kurz seine Hand.

„Danke, Nike. Das ehrt mich wirklich sehr und schenkt mir Zuversicht, dass es heute Abend mit dem Auftrag klappen wird."

„Ganz sicher", sprach ich Flavio Mut zu und wandte mich wieder dem Bild zu. „Ich liebe Caspar David Friedrich. Dieses Bild ist fast ein bisschen unheimlich. Als befände man sich auf einer Ebene zwischen Sichtbarem und Unsichtbarem." Wir standen beide schweigend nebeneinander und tauchten in das Bild ein. Das liebte ich an der Kunst. Dass man sich vor ein Bild stellen und darin verschwinden konnte. Man konnte sich darin bewegen und es mit seinen Gedanken und Gefühlen füllen. Eine Geschichte konstruieren, um dann wieder in die Realität zurückzukehren.

„Hier bist du also", hörte ich auf einmal Jannis` Stimme hinter mir. Ich drehte mich um, und Jannis funkelte mich an, als er sah, mit wem ich hier stand. Sein Blick wanderte zwischen mir und Flavio hin und her, und ich konnte sehen, dass es ihm nicht gefiel, dass ich mit Flavio hier war. Er beugte sich zu mir und flüsterte in mein Ohr:

„Habe ich dir nicht gesagt, du sollst an der Bar auf mich warten?" Dann nahm er mich unsanft am Unterarm.

„Entschuldigen Sie uns bitte einen Augenblick", sagte er zu Flavio und zog mich in das Zimmer, in dem die geheime Unterredung stattgefunden hatte. Er schloss die Tür hinter uns und drückte mich gegen sie. Mit seinen Händen stützte er sich rechts und links von mir ab und sah mich mit zusammengekniffenen Augen an.

„Was soll das?", knurrte er, und ich konnte seinen Atem in meinem Gesicht spüren. Mist. Ich hätte darauf achten sollen, dass er mich nicht mit Flavio zusammen sah. Wieso musste die Geheimsitzung ausgerechnet jetzt zu Ende sein? Aber nun war es zu spät. Mir blieb nichts anderes übrig, als mich ahnungslos zu geben. Jannis sollte unter keinen Umständen merken, dass ich schnüffelte. Er hat mich als seine Begleitung gebucht und erwartete, dass ich mich ihm gegenüber diskret verhielt. Daher blinzelte ich unschuldig.

„Ich ... ich verstehe nicht ... bist du jetzt sauer, weil ich nicht an der Bar geblieben bin?" Jannis sog scharf die Luft ein.

„Was wolltest du von Flavio? Was hat er dir erzählt?"

„Flavio? Wir ... wir saßen zufällig nebeneinander an der Bar und kamen eben ins Gespräch. Das ist alles. Er wollte mir seine Bilder zeigen." Ich schluckte. Ich hatte Jannis noch nie wütend erlebt und hoffte inständig, dass er mir meine Ahnungslosigkeit abnahm.

„Was hat er dir erzählt?", wiederholte er seine Frage.

„Nur ... Belangloses. Dass er in Bologna auf einer Kunstschule war und eine Weltreise machen möchte." Jannis sah mich durchdringend an, aber ich hielt seinem Blick stand. Ich würde mich unter keinen Umständen verraten.

„Halt dich von ihm fern, verstanden?" Ich nickte.

„Gut." Jannis atmete tief durch und nahm seine Hände wieder von der Wand.

„Ich mag es nicht, wenn du in meiner Abwesenheit mit anderen Männern sprichst, verstanden?" Er hob mein Kinn mit einer Hand an. „Du gehörst diese Woche mir und niemandem sonst, ist das klar?" Wieder nickte ich. War er wirklich eifersüchtig oder wollte er nur von Flavio und ihren geheimen Besprechungen ablenken? Doch ich hatte keine Zeit, darüber nachzudenken, da Jannis mich schon an sich zog und hart küsste. So, als wolle er mir zeigen, dass ich nur ihm gehörte. Keuchend ließ er von mir ab.

„Du machst mich verrückt", sagte er und lehnte seine Stirn an meine. Auch ich rang nach Atem und vergaß für einen Moment, wo wir waren. Der Raum schien sich um uns zu drehen und mit uns abzuheben. Ich schloss meine Augen und spürte seinen Herzschlag an meinem. Als wären wir eins.

„Komm jetzt, die Auktion geht gleich los." Mit diesen Worten holte mich Jannis in die Wirklichkeit zurück. Er nahm mich an die Hand, und wir mischten uns wieder unter die Gäste.

Flavio sah ich nirgends mehr und war halb froh darüber, so irgendwelchen unangenehmen Fragen zu entgehen. Ich hatte insgeheim schon befürchtet, er könnte auf mich warten. Stattdessen entdeckte ich Kean.

„Nike, wie schön, dich wiedersehen", sagte er, als wir auf ihn zukamen. „Und, bist du noch trocken nach Hause gekommen?" Jannis legte seinen Arm um meine Taille, um Kean klar zu machen, dass ich zu ihm gehörte. In jedem Mann steckte ein Steinzeitmensch. Ich musste zugeben, dass mir das gefiel. Hätte mir das jemand vor einer Woche in Hamburg gesagt, hätte ich ihn für verrückt erklärt.

„Ja, danke. Und du?"

„Ich schon. Nur Chipsy hatte auf einmal die Idee gehabt, noch in die Nordsee springen zu müssen." Er grinste mich an, und ich merkte, dass es Jannis gar nicht gefiel. Also war er doch ein wenig eifersüchtig, und ich unterdrückte ein Grinsen.

„Dann nehmen wir mal Platz", sagte er, „die Auktion wird gleich beginnen." Wir setzten uns so, dass Jannis zwischen Kean und mir saß. Ich sah mich interessiert um und erblickte Lennart. Als er mich entdeckte, hob er kurz die Hand zum Gruß. Jannis lenkte meine Aufmerksamkeit auf den Katalog mit den Versteigerungsobjekten. Ich nickte nur, da ich die Gemälde ja schon alle im Original gesehen hatte. Ab und zu hob ich meinen Blick, um nach Flavio Ausschau zu halten. Aber er war nicht da. Dann begann die Auktion, und es ging alles Schlag auf Schlag.

„Zum Ersten, zum Zweiten und zum Dritten", hallte es immer wieder durch den Raum.

Es wurden insgesamt dreiunddreißig Bilder aus der Privatsammlung von Herrn Carlson versteigert. Jannis ersteigerte alle Werke, die ich gestern ausgesucht hatte und drei Landschaftsbilder von einem weniger bekannten Künstler aus dem 19. Jahrhundert. Lukas Möller hieß er. Richtig. Ein Bild ging im Durchschnitt für zwanzigtausend Euro weg. Wir hatten den Gemälden bei unserer gestrigen Besichtigung keine größere Beachtung geschenkt. Es gab bei ihnen nichts zu interpretieren. Sie waren einfach nett anzusehen. Es war eine völlig normale Auktion. Nichts Auffälliges. Um so weniger verstand ich die ganze Aufregung im Vorfeld. Das Streitgespräch heute Morgen, die geheime Besprechung heute Abend und die Aufregung wegen Flavio...

„Du hast also drei von Möller ersteigert", stellte Kean an Jannis gerichtet fest, als wir nach der Auktion gemeinsam einen Drink an der Bar nahmen.

„Glaubt ihr, der Wert der Landschaftsbilder wird noch steigen?", fragte ich. Obwohl mir von dem ganzen Alkohol an diesem Abend schon leicht schwindelig war, entging mir nicht, dass Jannis und Kean sich einen unauffälligen Blick zuwarfen, bevor Kean antwortete:

„Jannis kann Bildern hervorragend einen Wert zuschreiben, indem er die Geschichte dazu mitvermarktet. Das hat er dir doch sicher schon erzählt, oder etwa nicht?"

212

„Ja, das stimmt." Ich zuckte die Schultern. „Aber geht das auch bei ganz normalen Landschaftsbildern?"

„Wir wollen jetzt den Rest des Abends nicht mehr mit Geschäftlichem verbringen", unterbrach mich Jannis, „du hast doch sicherlich Hunger, Nike, nicht wahr? Kean, du verzeihst mir, wenn ich mich nun mit Nike verabschiede? Ich werde sie jetzt zum Essen enführen."

Mir schwirrte der Kopf, als wir nach draußen gingen. Hatten sie nicht über Millionen geredet, als ich an der Tür gelauscht hatte? Und jetzt war es nur um ein paar Tausend gegangen? Egal, wie überzeugend Jannis war, so viel Wert würde er aus den Kunstwerken nie herausholen können. Erst recht nicht aus den Bildern mit den Dünen, Leuchttürmen und dem Meer. Warum dann hatte er diese ersteigert? Aber ... Ich schnappte nach Luft. Die Bilder von Caspar David Friedrich waren doch auch aus dem 19. Jahrhundert... Allmählich dämmerte mir etwas ... Und es gefiel mir gar nicht ... Oder ging nur meine Fantasie mit mir durch, weil ich früher zu viele Krimis gelesen hatte?

„Alles in Ordnung mit dir?", fragte Jannis und sah mich besorgt an. „Ist dir schlecht? Möchtest du dich setzen?" Mir war tatsächlich ein wenig schlecht. Aber nicht vom Alkohol, sondern weil ich wusste, warum er die Bilder gekauft hatten. Oder vielmehr... ich hatte da eine Ahnung.

„Können wir zu Fuß gehen?", bat ich Jannis. Es hatte aufgehört zu regnen, und ich brauchte jetzt unbedingt

Sauerstoff im Blut. Es ging gar nicht um die Landschaftsbilder. Es ging um die Leinwände! Ich hatte einmal einen Artikel über Kunstfälschungen gelesen. Viele Kunstfälschungen konnte man daran erkennen, dass die Leinwände nicht aus dem passenden Jahrhundert kamen. In meinem Kopf ratterte es.

„Ja, natürlich. Wenn du möchtest, gehen wir gerne zu Fuß." Und... Flavio hat ein Bild gemalt, das schon fast wie eine Kopie von Caspar David Friedrichs *Mönch am Meer* aussah. Ging es bei dem Auftrag um Kunstfälschung? Sollte Flavio Kunstwerke von Caspar David Friedrich fälschen? Ich drückte beide Hände an meine Schläfen und taumelte. Kunstfälschung? Wenn das stimmte, dann ... Wo war ich da nur hinein geraten? Was sollte ich tun?

„Mia!", rief Jannis erschrocken und hielt mich fest. Er sah mich stirnrunzelnd an. „Du bist ganz blass. Komm, wir setzen uns." Er drückte mich auf eine Bank und setzte sich neben mich.

„Hast du zu viel Alkohol getrunken?" Ich nicke, weil ich keinen Ton herausbrachte. Ich musste einen klaren Kopf bekommen. Entweder lief hier in einem großen Maße etwas Illegales oder meine Fantasie ging mit mir durch. Das wäre ja nicht das erste Mal. Wie oft schon hatte ich mir irgendwelche Verbrechen eingebildet und mich damit lächerlich gemacht? Als unser Nachbar zu Hause bei meinen Eltern damit begonnen hatte, Autos zu restaurieren, hatte ich geglaubt, er würde zu einer Autobande gehören, die gestohlene Autos umbaute und dann verkaufte. Wie peinlich mir das damals war, als mir der Polizist, dem ich von meinem Verdacht erzählt hatte, zwei Tage später erklärte, dass unser Nachbar nur alte Autos restauriere und das alles legal sei. Das hatte mich in den folgenden Jahren aber nicht davon abgehalten, weiterhin überall Verbrechen zu sehen. Was natürlich auf meine vielen Krimis zurückzuführen war, die ich ständig las. Da war der angebliche Heiratsschwindler, der sich als ein unbescholtener Mann mit ernsten Heiratsabsichten entpuppte, der Bankräuber, der keiner war und der Doppelgänger, der aussah wie der berühmte Fußballspieler, aber sich nie als dieser ausgab. Ja, meine Liste an falschen Verdächtigungen war lang. Von daher war es gut, dass ich einmal als Staatsanwältin arbeiten wollte und nicht als ermittelnde Kriminalbeamtin. Es war sehr wahrscheinlich, dass ich nur verrückt war und mich mal wieder in etwas hineinsteigerte. In ein Kinderkrimiabenteuer. Mein Herz schlug beruhigte sich, und meine Gedanken wurden klarer. Ich lächelte Jannis an.

„Es geht jetzt wieder. Ich glaube, ich brauche etwas zum Essen." Jannis küsste mich auf meine Schläfe.

„Also komm", sagte Jannis und zog mich hoch. Wir schlenderten Arm in Arm die Straße hinunter, und über uns hatte sich der Himmel aufgeklart, so dass die Sterne funkelten. Es war eine schöne Nacht. Ideal für einen romantischen Spaziergang. Ich kuschelte mich an Jannis' Arm und fühlte mich endlich wieder entspannt.

215

„Entschuldige bitte, dass ich vorhin so schlecht gelaunt war", begann Jannis. „Aber es hat mich wahnsinnig gemacht, dich mit einem anderen Mann zu sehen. Ich hatte den Eindruck, dass ihr euch amüsiert habt. Und dann flirtete auch noch Kean mit dir."

„Kean? Ach Quatsch. Bist du etwa eifersüchtig?", fragte ich grinsend und konnte eine gewisse Freude darüber nicht verbergen. Jannis lächelte schief.

„Vielleicht ... ein bisschen ..." Ja. Mir gefiel das tatsächlich. Obwohl wir doch nur eine Geschäftsbeziehung zueinander hatten. Egal, was meine Gefühle mir vorgaukelten. Es waren nur noch fünf Tage...

„Ich finde das süß", hörte ich mich sagen. Hatte ich das tatsächlich laut gesagt? Ich konnte doch nicht sagen, dass ich meinen Auftraggeber süß fand. „Und morgen fliegen wir nach Zürich?", fragte ich schnell, um wieder auf die geschäftsmäßige Ebene zu kommen. „Wann geht es los?"

„Wir fliegen um zehn Uhr hier ab. Allerdings nicht mit dem Privatjet, sondern mit einer Schweizer Fluggesellschaft."

„Und was steht dann morgen in Zürich an?"

„Treffen mit Geschäftsfreunden. Du siehst, auch wenn ich viel herumkomme, so ist es doch kein Urlaub. Ich nutze einfach jede Gelegenheit, um an Kunstwerke mit Potential zu kommen. Nach unserem gemeinsamen Abendessen muss ich nachher außerdem auch noch einmal zurück zur Villa Carlson. Ich werde dich aber vorher nach Hause bringen. Du wirst sicher müde sein."

„Worüber wollte ich sprechen?"

„Über langweilige geschäftliche Dinge." Mir entging nicht, dass er sich versteifte. Langweilige geschäftliche Dinge? Hatte das mit Flavio zu tun?

„Eigentlich bin ich gar nicht müde. Ich kann auch gerne mitkommen und mir noch einmal die Bilder ansehen." Jannis schüttelte den Kopf.

„Nein, das kommt gar nicht in Frage. Ich möchte, dass du ausgeruht bist. Wir essen jetzt etwas und dann lasse ich dich nach Hause bringen."

Nach dem Essen ließ mich Jannis von einem Privattaxi nach Hause bringen.

„Ruh dich aus", sagte er zum Abschied, und ich war froh, alleine zu Hause zu sein. So konnte ich ungestört ein wenig herumstöbern. Ich musste zugeben, meine Neugierde war erneut wegen Jannis` abendlicher Geschäftsbesprechung geweckt. Ich zog meine Schuhe aus und schwor mir, nie wieder Pumps zu tragen, hängte meine Jacke in die Garderobe und überlegte, wo ich mit dem Herumschnüffeln anfangen sollte. Ganz klar. Ich würde mit dem Büro beginnen. Zunächst machte ich überall das Licht an. So war es zumindest von Außen nicht erkennbar, wo ich mich aufhielt. Das hatte ich einmal in einer Folge mit meiner Lieblingsstaatsanwältin so gesehen. Die Bürotür war nicht abgeschlossen. Sehr gut. Würde Jannis denn aber nicht abschließen, wenn er etwas zu verbergen hätte? Fast kam ich mir schäbig vor, als ich hineintrat. Offensichtlich vertraute er mir, und ich missbrauchte sein Vertrauen. Andrerseits ... ob Jannis etwas offen oder für jedermann zugänglich in den Schubladen hätte, wenn es geheim wäre? Denn sonst hätte er sein Bürozimmer mit Sicherheit abgeschlossen. Das musste nichts mit Vertrauen zu tun haben. Und schließlich wollte er mich nicht bei den Gesprächen mit seinen Geschäftspartnern dabei haben. Also musste ich gar kein schlechtes Gewissen haben, wenn ich mich in seinem Büro umsah. Ich ging zunächst zum Schreibtisch. Er war sehr ordentlich aufgeräumt. Es lag kein Stift herum, keine Zettel. Nirgendwo Notizen. Okay. Vielleicht würde ich ja etwas in den Schubladen finden. Mein Pulsschlag beschleunigte sich, als ich in eine Dokumentenmappe fand. Ich nahm sie heraus und sah hinein. Das waren alles Echtheitszertifikate! Ich blätterte sie mit zittrigen Händen durch. Monet, Edgar Degas, Andy Warhol... Ich schnappte nach Luft. Gehörten diese Kunstwerke alle Jannis? Aber wo hatte er sie dann? Er hängte doch keine Bilder bei sich zu Hause auf. Ich dachte nach. Wenn er die Kunstwerke als Geldanlage sah, dann hatte er sie in irgendeinem Safe liegen und würde sie verkaufen, wenn der Preis gestiegen sein würde. Das machte ja durchaus Sinn. Und es passte zu dem, was ich von Jannis wusste. Manche Kunstsammler verliehen ein Kunstwerk auch einem Museum. Es konnte durchaus sein, dass Jannis ein paar private Kunstwerke in verschiedenen Museen hängen hatte. Ich blätterte weiter.

Miro, cool. Ich hielt die Luft an. Caspar David Friedrich
- Der Mönch am Meer. Das gab es doch gar nicht. War
das ein Zufall? Mir wurde heiß und kalt abwechselnd.
Was mochte das Bild wert sein? Ich kaute nachdenklich
auf meiner Unterlippe. Wie viel ein Bild wert war, erfuhr
man ja immer erst bei einem Verkauf. Was hatte das zu
bedeuten, dass Jannis das Original besaß? Ich verstaute
die Mappe wieder in der Schreibtischschublade. Jannis
war Kunsthändler. Daher gehörten ihm viele
Kunstwerke. Ich setzte meine Suche fort, fand aber nur
Büromaterial und eine Broschüre über eine
Krebsstiftung. Nichts Verdächtiges. Als nächstes nahm
ich den Schrank unter die Lupe. Ich öffnete die Türen
und warf einen Blick hinein. Ein paar Kunstbände, eine
Whiskyflasche und Trinkgläser. Sonst nichts. Und nun?
Dann fiel mir der Computer ins Auge. Jannis hatte
wahrscheinlich alles digitalisiert. So konnte er von überall
aus darauf zugreifen. Was sinnvoll war bei seinen vielen
Geschäftsreisen. Ich ging zurück zum Schreibtisch und
schaltete den Computer an. Aufgeregt setzte ich mich
auf den Stuhl und wartete, bis der PC hochgefahren war.

„Mist", fluchte ich. „Passwortgeschützt." Ich starrte den
Bildschirm an. Was hatte ich erwartet? Das war doch
klar. Ich trommelte mit den Fingern auf die Tischplatte.
In meinen Krimis probierten die Ermittler dann immer
ein paar Kombinationen aus und hatten auf diese Weise
schon nach kürzester Zeit das Passwort. Das war
eindeutig Blödsinn. Außerdem kannte ich keinerlei

Daten von Jannis. Nicht einmal seinen Geburtstag. Wir waren schließlich kein echtes Paar. Abgesehen davon... Wer war schon so dumm und nahm seinen Geburtstag als Passwort, wenn er etwas verbergen wollte? Missmutig fuhr ich den PC hinunter. Ich konnte ja nicht einmal im Internet recherchieren. Ich hätte zu gerne einmal Flavio gegoogelt. Flavio. Kunstschule Bologna. Auftragskünstler. Aber ob mich das weiter gebracht hätte? Sollte Flavio als Kunstfälscher agieren, würde man das wohl kaum im Internet finden. Ich gähnte. Hier würde ich nicht weiterkommen. Leider war ich kein Computernerd, der ein Passwort in wenigen Minuten knacken konnte. So etwas gab es immer nur in Filmen und Büchern. Und ich befand mich weder in einem Film noch in einem Buch. Ich seufzte. Ich sah noch in alle anderen Schränke und Schubladen im Wohn- und Esszimmer, sogar in der Küche. Niente. Nada. Dann ging ich in Jannis` Schlafzimmer, obwohl ich mir sicher war, hier ebenso wenig etwas zu finden. Das Zimmer war in dunklen Tönen gehalten. Wie überall sonst im Haus befand sich auch hier nichts Persönliches. Ein King-Size-Bett. Ein Nachttisch. Ein Kleiderschrank. Kein Bild. Kein Foto. Keine Erinnerung an einen schönen Urlaub oder einen unvergesslichen Tag. In den Nachttischschubladen befanden sich nur zwei Bücher und Tempos. Was las Jannis eigentlich? *Der Medicus* und einen Krimi. Aha. Er las auch gerne Krimis. Oder jemand hatte ihm das Buch geschenkt. Okay. Ich sollte mich nun wieder auf meine eigentliche Suche konzentrieren. Im

Kleiderschrank waren, wie nicht anders zu erwarten war, nur Kleider. Und im angrenzenden Bad konnte ich ebenfalls nichts entdecken, was mir weitergeholfen hätte. Frustriert ging ich in Jannis` Schlafzimmer zurück und sah auf die Uhr auf dem Nachttisch. Es war mittlerweile nach ein Uhr, und ich war hundemüde. Außerdem würde sicher demnächst Jannis nach Hause kommen. Ich schaltete überall die Lichter aus bis auf die Lampe in meinem Zimmer. Dann ging ich ins Bad und machte mich bettfertig. Was suchte ich eigentlich, fragte ich mich, während ich meine Zähne putzt. Ich hatte einen mega Auftrag, einen Traummann an meiner Seite, unvergesslichen Sex und suchte nach ... nach was eigentlich? Nervenkitzel? War diese Woche nicht spannenender als mein ganzes bisheriges Leben davor? Ich schüttelte über mich selbst den Kopf und ließ mich in mein Bett fallen. Sum, es, est... murmelte ich und schlief kurz darauf ein.

# Kapitel 13

Am nächsten Tag waren wir schon kurz vor zwölf in Zürich gelandet. Da wir Business Class geflogen waren, war alles schneller gegangen. Kein langes Anstehen bei der Sicherheitskontrolle und Priority Boarding. Was echt ein Luxus war. Wir mussten uns um nichts kümmern und konnten direkt nach der Landung in das Taxi steigen, das schon auf uns wartete. Wer auch immer Jannis` Geschäftsleben organisierte, wusste, was er tat. Es funktionierte stets alles reibungslos. Eine halbe Stunde später waren wir bei unserem Hotel angekommen.

„Wow", staunte ich und musste mich bemühen, nicht mit offenem Mund stehen zu bleiben. „Es ist wunderschön." Das Hotel lag direkt am Zürichsee und wirkte mit seinem vielen Glas modern, hatte aber auch den Charme eines Schweizer Chalets. Es fügte sich wie selbstverständlich in die Schweizer Voralpenlandschaft ein und passte sich gleichzeitig an die mondäne Stadt an.

„Gefällt es dir?", fragte Jannis und umschloss meine Hand.

„Es ist perfekt."

Wir betraten das Foyer und ich sah mich um, während Jannis alles an der Rezeption klärte. Der Eingangsbereich war mit weichen Sitzmöbeln aus zartem Rot und einem offenen Kamin ausgestattet. An den in beigefarbenen Tönen gestrichenen Wänden hingen moderne bunte Bilder, die ein wenig an Pop-Art erinnerten. Auf einem war ein bunter Steinbock zu sehen, auf einem anderen ein leuchtend blauer Enzian in verschiedenen Schattierungen. Ob das hier Originale waren? Durch die großen Fenster im Eingangsbereich schien die Sonne herein, und ich malte mir aus, wie es hier sein mochte, wenn draußen Schnee lag und im Kamin das Feuer knisterte.

„Kommst du?", sagte Jannis und riss mich aus meinen Gedanken.

„Meinst du, die Bilder hier sind Originale?", fragte ich.

„Der Steinbock und der Enzian?" Ich nickte. Jannis sah sich die Bilder an.

„Ja, es sind keine Drucke, also müssen es die Originale sein ", antwortete er.

„Oder Fälschungen", lachte ich, biss mir aber im nächsten Moment auf die Zunge. Wieso hatte ich das jetzt gesagt? Doch Jannis blieb cool und grinste.

„Oder Fälschungen", sagte er und lachte ebenfalls.

Wir fuhren gemeinsam mit einem älteren Händchen haltenden Ehepaar im Fahrstuhl nach oben und stiegen zusammen im fünften Stockwerk aus. Die beiden kicherten, als sie den Flur entlang liefen, und für einen

Augenblick fragte ich mich, wann meine Eltern aufgehört hatten, sich zu lieben.

„Hier ist dein Zimmer", riss mich Jannis aus meinen Gedanken und hielt die Karte vor ein Schloss. Eigentlich machte es keinen Sinn, dass wir zwei getrennte Zimmer hatten, da wir genauso in einem Bett zusammen schlafen konnten. Aber damit die Agentur keinen Verdacht schöpfte, mussten wir den Anschein aufrecht erhalten, dass es sich bei meiner Begleitung um eine reine Begleitung handelte.

„Ich bin gleich wieder da", sagte Jannis, als er die Tür öffnete. Ich trat ein und sah mir alles an. Genau genommen, hatte ich zwei Zimmer. Ein Wohnzimmer und ein separates Schlafzimmer. Die Einrichtung spiegelte das Mondäne und die Gemütlichkeit einer Schweizer Berghütte wieder. Die Schränke, der Tisch und das Bett waren aus einem hellen Eichenholz. Die Wände waren in tannengrünen und steingrauen Farben gestrichen und auf den farblich dazu passenden Sesseln waren Kissen in dunklen Rottönen drapiert. Schwarz-weiß-Fotografien zierten die Wände und zeigten verschiedene Ansichten von Alpenlandschaften. Die Bettwäsche war blütenweiß und mit einer roten Tagesdecke am Fußende dekorierte. Die Schweiz gefällt mir, dachte ich lächelnd, obwohl ich bisher nicht mehr als dieses Hotelzimmer gesehen hatte.

Nachdem ich alles genau in Augenschein genommen hatte, ging ich ins Wohnzimmer und öffnete die Balkontür. Der Himmel war strahlend blau. Hinter dem

See waren die schneebedeckten Alpen zu sehen, während unten in der warmen Frühlingssonne die Blumen blühten. Es war herrlich. Ich fühlte mich wie in einem Bilderbuch und wünschte mir, für immer darin bleiben zu können. So wie Heidi nach dem Happy End. Plötzlich trat Jannis hinter mich und küsste meinen Nacken. Ich hatte ihn gar nicht kommen gehört und zuckte erschrocken zusammen.

„Ich bin es nur", lachte er. „Und? Bist du am Träumen?" Ich schmiegte mich an ihn und nickte. Er legte seine Arme um meine Taille und liebkoste mich sanft und zärtlich, ganz anders als beim Sex, und ich schloss genießerisch die Augen.

„Bist du soweit?", fragte er und fuhr mit seinen Fingern meine Arme entlang. Es fühlte sich so vertraut an. Als ginge es bei uns nicht nur um Sex. Aber ich machte mir nichts vor. Ich war für Jannis nichts anderes als eine einwöchige Sexbeziehung. Eigentlich sollte ich mir billig vorkommen. Doch ich fühlte mich wie im siebten Himmel, wenn ich mit Jannis schlief.

„Du wirkst so nachdenklich. Ist alles in Ordnung?" Ob alles in Ordnung war? Mein ganzes Leben war auf einmal eine einzige Unordnung. Als befände ich mich auf einem Trip und wäre dort auf meine andere Persönlichkeit gestoßen. Aber das konnte ich Jannis ja nicht sagen. Also nickte ich.

„Ich genieße nur den Ausblick. Es ist einfach wunderschön."

„Gut, dann werde ich dir jetzt den Rest der Stadt zeigen. Zürich hat noch mehr als den See und den Blick auf die schneebedeckten Alpen zu bieten."

Es war ein warmer Frühlingstag, weshalb ich in ein zartrosa Kleid geschlüpft war. Jannis, in Jeans, weißem Polo-Shirt und mit dunkler Sonnenbrille, sah unglaublich cool aus, und ich hätte mich nicht gewundert, wenn er mir erzählt hätte, in Wirklichkeit als Geheimagent zu arbeiten. Wir spazierten Hand in Hand wie ein frisch verliebtes Pärchen am Seeufer entlang bis zur Brücke, die dort über den See führte, wo der Fluss Limmat den Zürichsee verlässt und Richtung Altstadt fließt. Auf dem in der Sonne glitzernden See fuhren Ausflugsschiffe, über uns flogen die Möwen, und ich hatte das Gefühl, Teil einer Postkarte zu sein.

„Gefällt es dir bisher hier in Zürich?", wollte Jannis wissen, der mich lächelnd ansah.

„Es ist ein Traum", antwortete ich, und er zog mich an sich. „Ich liebe es, wie du dich für etwas begeistern kannst. Es erinnert mich daran, wie leidenschaftlich du auch beim Sex sein kannst." Er knabberte an meiner Unterlippe, und ich seufzte wohlig, während wir uns küssten.

„Jetzt zeige ich dir die Altstadt. Sie wird dir gefallen. Sie geht hier an der Limmat entlang durch viele verwinkelte Gässchen", erklärte Jannis, als er sich von mir gelöst hatte. Er legte seinen Arm und mich, und wir schlenderten weiter am Ufer des Flusses. Wie schön, dass wir es nicht eilig hatten – nicht wie die meisten anderen, die uns entgegenkamen oder überholten. Mit einem Aktenkoffer in der Hand oder Airpods in den Ohren hetzten sie von einem Termin zum nächsten und nahmen nicht den Zauber um sich herum wahr, den die Häuser, Gässchen und das Wasser der Stadt verliehen. Aber wir waren nicht die einzigen Touristen, wie ich an einer Gruppe Japanern feststellen konnte, die vor einer Kirche standen und untermalt mit für mich unverständlichen Worten zahlreiche Fotos mit ihren Handys von ihr fertigten.

„Das ist das Fraumünster", erklärte mir Jannis. „In den siebziger Jahren hat Marc Chagall hier fünf Fenster und eine Rosette geschaffen. Möchtest du einen Blick hineinwerfen?"

„Marc Chagall? Oh ja, sehr gerne." Ich war zwar kein Fan seiner Bilder, aber seine Fensterbilder mochte ich mir auf jeden Fall ansehen. Wir betraten das Innere des Münsters, und mich umfing eine himmlische Ruhe. Ich fühlte mich wie in eine andere Welt versetzt. Eine Feenwelt. Wo alles bunt und friedlich war. Ich stand andächtig da und ließ die farbigen Fensterbilder, die das Licht zum Leuchten brachte, auf mich wirken.

„Gefallen sie dir?" Jannis stand neben mir, und ich bemerkte auf einmal, dass er nicht die Fenster, sondern mich betrachtete.

„Sie sind wunderschön", flüsterte ich. Jannis beugte sich zu mir. „So wie du." Ich lächelte ihn kurz an, dann erlag ich wieder dem Zauber, den Chagall den Fenstern verliehen hatte. Sie waren anders als seine Bilder. Heller. Freundlicher. Vielleicht lag dies auch an der Sonne, die durch sie hindurch schien und ihnen so erst die Kraft zum Leuchten gab. Vielleicht wirkten sie an Regentagen trister. Ich war fasziniert. Auf diese Art verwandelten sich die Fensterbilder je nach Wetterstimmung.

„Danke, dass du sie mir gezeigt hast", sagte ich, als ich mit Jannis wieder nach draußen trat und umarmte ihn. Jannis setzte sich seine Sonnenbrille auf und küsste mich kurz auf die Nase.

„Du brauchst eine Sonnenbrille. Sonst bekommst du noch Falten", lachte er, als er sah, wie ich gegen das grelle Sonnenlicht die Augen zusammen kniff. „Hier in den Gassen wird es sicherlich irgendwo ein Brillengeschäft geben. Komm." Wir liefen ein Stück an der Limmat weiter und bogen dann in eine schmale Straße ein. Hier war autofreie Zone, und so konnten wir kreuz und quer durch die Gässchen flanieren und uns die verzierten alten Häuser betrachteten.

„Na also, habe ich es doch gewusst. Ein Brillengeschäft", sagte Jannis, als wir die nächste Gasse betraten, und zog mich in das Geschäft hinein.

„Grüezi mitenand", begrüßte uns die freundliche junge Schweizerin. Jannis steuerte gleich auf die teure Auslage zu. Ich schluckte, als ich die Preise sah. Na ja, dies hier war offensichtlich kein normales Brillengeschäft, sondern auf Designerbrillen spezialisiert.

„Ich schlage vor, dass ich mich hierhin setze, und du führst mir die verschiedenen Modelle vor." Ohne eine

Antwort abzuwarten, ließ sich Jannis in den Sessel fallen und schaute mich erwartungsvoll an.

„Gut, dann..." Warum nicht. Eine Modenschau für Brillen. Ich nahm die ersten Gläser und setzte sie auf.

„Beweg dich dazu. Eine Brille ist nichts Statisches. Sie wird dich durch ganz Zürich begleiten."

Ich lief ein wenig vor Jannis auf und ab und wackelte absichtlich übertrieben mit dem Po, aber er verzog das Gesicht. „Zu streng", war sein Urteil. „Aber dein Arsch ist geil." Ich lachte und nahm mir anderes Modell. Wieder schüttelte er wie wild den Kopf.

„Unter keinen Umständen! Zu brav!", entschied er. Nachdenklich zog ich eine Schnute. Zu streng. Zu brav.

„Wie wäre es mit frech?", schlug ich dann vor.

„Klingt vielversprechend", grinste Jannis.

Ich inspizierte erneut die Brillenauslage und ließ mir dieses Mal mehr Zeit. Dann entschied ich mich für eine rosafarbene Brille.

„Perfekt!", freute sich Jannis.

„Sie ist frech und passt außerdem zu meinem Kleid." Ich drehte mich vor dem Spiegel und nickte zufrieden. Dann setzte ich die Brille ab und schluckte, als ich das Preisschild sah.

„Ähm... Jannis, diese Brille hier kostet über eintausend Franken", flüsterte ich ihm zu.

„Perfekt", sagte er wieder und reichte der Verkäuferin seine Karte.

„Merci vielmols", bedankte sich diese, und Jannis öffnete mir die Tür.

„Aber Jannis, die Brille kann ich unmöglich tragen", sagte ich, als wir wieder draußen waren.

„Weil sie rosa ist?", grinste Jannis und strich mir eine Haarsträhne aus dem Gesicht.

„Nein, weil sie viel zu teuer ist. Ich habe jetzt ständig Angst, dass sie mir von der Nase rutscht oder vom Kopf fällt. Das ist so viel Geld!"

„Richtig", sagte Jannis, „das ist nur Geld. Du dagegen..." Er küsste mich auf die Wange. „Für dich ist mir nichts zu teuer." Meine Gefühle wirbelten umher. Die zärtliche Geste, die zärtlichen Worte... das hatte alles nichts zu bedeuten – versuchte ich mir einzureden. Das gehörte alles zum Spiel und verlieh ihm die nötige Würze. Trotzdem konnte ich nicht verhindern, dass meine Gefühle anderer Meinung waren. Aber wenn es sich nicht echt anfühlen würde, würde es auch keinen Spaß machen. Dann wäre es gezwungen und zäh, und die Zeit würde unerträglich langsam vergehen. Und wir wollten schließlich beide Spaß in dieser Woche haben. Wir schlenderten weiter durch die Sträßchen und gelangten durch eine enge Gasse hoch auf einen Berg, von dem aus man einen herrlichen Blick auf die Altstadt auf der anderen Seite der Limmat und den Zürichsee hatte. Bei dem warmen Frühlingswetter hatte es viele Menschen hierher gezogen, um auf den Bänken unter den frischen grünen Bäumen eine kleine Verschnaufpause vom stressigen Alltag zu nehmen. Ich atmete tief durch und genoss die Ruhe inmitten einer Weltstadt. Ich konnte immer noch nicht glauben, dass dies mein eigenes Leben war. Es kam mir eher so vor wie ein Traum oder wie ein Film, in den ich hineingerutscht war und in dem ich eine Rolle spielte und nicht ich selbst war. Jannis legte von hinten seine Arme um mich und flüsterte mir ins Ohr: „Weißt du, dass du unwiderstehlich bist?" Er knabberte an meinem Ohrläppchen.

„Am liebsten würde ich all meine Geschäftstermine absagen und meine Zeit nur mit dir verbringen." Ich drehte mich zu ihm um.

„Warum tust du es dann nicht?", fragte ich ihn. Jannis lachte und streichelte mir über die Wange.

„Weil ich Verpflichtungen habe. Wie sagt ihr Juristen? Pacta sunt servanda, richtig?" Ich nickte.

„Verträge sind zu halten, richtig."

„Wahrscheinlich kommt mir die Zeit mit dir vor allem deshalb so wertvoll vor, weil ich weiß, dass sie begrenzt ist. Nach dieser Woche wirst du wieder Mia sein. Mia, die fleißige Jurastudentin."

„Und du?", fragte ich ihn. „Hast du auch mehrere Gesichter?"

„Jeder von uns hat mehrere Gesichter. Auch ich." Ich sah Jannis an, der seine Augen hinter seiner dunklen Brille versteckte.

„Was für Gesichter hast du?", fragte ich und dachte an die Auseinandersetzung, die er mit seinem Partner auf Sylt hatte. Und Flavio, der auf der Vernissage auf einmal verschwunden war. Was versteckte Jannis in Wahrheit vor mir?

„Auch wir beide haben einen Vertrag, Mia. Ich werde nur Nike kennenlernen und du nur Jannis, den Kunsthändler. Daran halte ich mich. Auch an die Verschwiegenheitsklausel." Er nahm mich an die Hand. „Komm, lass uns ein wenig unten am Limmatquai spazieren und dann auf die andere Seite hinüber gehen. Dort gibt es ein sehr schönes Café in der Altstadt. Es wird dir gefallen."

Während wir nebeneinander herliefen, sprangen meine Gedanken in meinem Kopf herum wie ein Flummi. Wieso hatte er das mit den verschiedenen Gesichtern gesagt? Wieso hatte er betont, dass ich nur Jannis, den Kunsthändler kennenlernen würde? Welche Seite wollte er vor mir verbergen? Wer war er noch? Und... ging es ihm wirklich nur um Sex? Wieso hatte er die Verschwiegenheitsklausel erwähnt? Wollte er damit nur Mia schützen oder auch sich selbst? Und warum gaukelten meine Gefühle mir vor, dass es nicht nur um Sex ging, obwohl es genau so war? Das war alles so verwirrend ...

„Du bist auf einmal so still. Worüber zerbrichst du dir den Kopf?" Ich biss auf meine Unterlippe.

„Ich ... ich habe nur darüber nachgedacht, dass ich tatsächlich verschiedene Gesichter habe. Mein Leben als Studentin scheint im Vergleich zu meinem Leben in dieser Woche in einem völlig anderen Universum zu spielen."

„Das ganze Leben ist im Grunde genommen nichts anderes als ein Spiel", philosophierte Jannis. „Es liegt doch an uns, ob wir es monoton führen oder es uns interessant gestalten. Ich jedenfalls liebe es, die Fäden in der Hand zu haben und mein Leben so zu gestalten, wie es mir gefällt." Er blieb stehen, fasste mich an beiden Händen und küsste mich leidenschaftlich, was mir einen heißen Schauer durch den Körper jagte. Ich schmiegte mich näher an ihn und erwiderte seinen Kuss.

„Und heute spielen wir, dass wir ein Liebespaar sind und nicht voneinander lassen können", sagte Jannis atemlos, nachdem er von mir abgelassen hatte.

„Wir spielen also", kicherte ich und wandte meinen Blick von ihm ab, damit er nicht sah, dass mich seine Worte verletzten, obwohl sie das nicht sollten. Ich hatte ein ernsthaftes Problem.

„Weißt du eigentlich, dass ich als Kind gerne Räuber und Gendarme gespielt habe? Und Verstecken? Am allerliebsten im Haus meiner Oma. Das hatte so viele Zimmer mit den besten Versteckmöglichkeiten. Einmal hatte ich mich in die Badewanne gelegt, und sie haben mich so lange nicht gefunden, bis ich eingeschlafen war. Erst, als sie die Polizei rufen wollten, weil sie dachten, mir sei etwas zugestoßen, war ich aufgewacht. Aber nur, weil mir ein Bein eingeschlafen war." Was plapperte ich da nur für einen Unsinn?

„Und du?", unterbrach ich mein Gefasel. „Was hast du gerne gespielt?" Jannis schmunzelte.

„Sieben Minuten im Himmel. Wahrheit oder Pflicht..." Ich stieß ihm gegen die Brust.

„Doch nicht so etwas. Ich meinte, als Kind!", lachte ich. Jannis tat so, als würde er nachdenken.

„Hm, Mädchen an ihren Zöpfen ziehen. Mädchen unter die Röcke schauen..." Ich wollte ihn erneut schlagen, doch er hielt meine Hand fest und zog mich eng an sich heran.

„Ich habe eben schon immer gerne mit Mädchen gespielt. Vor allem mit den kleinen Widerspenstigen", knurrte er an meinem Ohr und mir wurde schlagartig heiß. Dann ließ er mich los.

„Fuck, am liebsten würde ich mit dir jetzt ins Hotel gehen und spielen."

„Was hält dich davon ab?", wisperte ich.

Jannis nahm mich an die Hand und zog mich mit sich.

„Mein Geschäftstermin", gab er murrend von sich „mein Geschäfstermin, Mia."

Wir schlenderten weiter Hand in Hand über eine Brücke auf die andere Limmatseite und erreichten das Café, in das Jannis mich entführen wollte. Er öffnete die Tür und ließ mir den Vortritt.

„Das sieht ja aus wie eine kleine Puppenstube!", staunte ich und schnupperte. Es roch nach Kuchen und Gebäck, Kaffee und Schokolade. Das hier war mein persönliches Schlaraffenland. Die Törtchen in der Auslage waren ein Gedicht, und ich wusste jetzt schon, dass ich Mühe haben würde, mich für eines davon zu entscheiden.

„Dieses Café hier ist ein Geheimtipp", sagte Jannis. Ich fragte mich, woher er diesen Geheimtipp hatte. Von einer Schweizer Liaison aus einer Zeit vor mir? Aber warum machte ich mir darüber überhaupt Gedanken? Das spielte doch keine Rolle. Er küsste mich auf den Hals und war dicht an meinem Ohr. Ein wohliges Kribbeln durchfuhr meinen Körper. „Und hier gibt es den besten Schokoladenkuchen. Du liebst doch Schokoladenkuchen." Aber woher... stimmt. Ich hatte es ihm bei unserem Strandspaziergang erzählt. Und das hatte er sich gemerkt?

„Ich habe mich vorhin im Hotel ein wenig erkundigt. Dort wurde mir dann dieses Café hier empfohlen", kam Jannis meiner Frage zuvor. „Du kannst dir natürlich auch irgendetwas anderes aussuchen." Er zeigte auf die vielen Kuchen und Törtchen. Aber ich schüttelte den Kopf.

„Ich nehme natürlich den Schokoladenkuchen. Das ist gar keine Frage." Mir lief jetzt schon das Wasser im Mund zusammen, als ich nur daran dachte.

„Wenn es einen Himmel gäbe, dann wäre er ein Schokoladenkuchen", sagte ich, und Jannis lachte.

„Also gut. Dann setzen wir uns nach draußen auf die Terrasse in die Sonne und bestellen bei der Bedienung." Wir ergatterten einen freien Tisch und gaben kurz darauf unsere Bestellung auf. Ich hielt mein Gesicht in die Sonne und war froh über meine Sonnenbrille. Dennoch schloss ich die Augen, um die Wärme mit meinem ganzen Körper aufzunehmen. Die Frühlingssonne hatte eine ganz besondere Kraft. Es war, als würde sie alle Sinne wieder zum Leben erwecken, die den Winter in einen tiefen Schlaf verfallen waren.

„Öxgüsi, bisch du en Model?", hörte ich auf einmal eine Stimme. Verwirrt öffnete ich die Augen und blinzelte.

„Wie bitte?", fragte ich. Neben mir stand eine junge hübsche Frau mit einem brünetten Pagenschnitt und lächelte mich an. Ich hatte kein Wort verstanden. Im Gegensatz zu Jannis, denn er antwortete für mich.

„Nein, sie ist kein Model. Auch wenn sie jedem Model Konkurrenz macht." Ich stutzte. Hatte sie tatsächlich geglaubt, ich sei ein Model? Wahrscheinlich wirkte ich mit meiner Sonnenbrille so extravagant, dass sie das angenommen hatte. Nicht nur Kleider machten Models. Auch Sonnenbrillen.

„Oh, gern gscheh", sagte die Frau, „sie gsend wirkli super us." Mit einem Lächeln verabschiedete sie sich wieder. Jannis nahm meine Hand, und ich sah ihn fragend an.

„Egal, wohin ich mit dir gehe, alle werfen dir bewundernde Blicke zu. Es ist unmöglich, mir dir irgendwo inkognito zu sein", sagte er scherzend, und ich lachte.

„Du meinst, als Undercoveragentin wäre ich ungeeignet?", forderte ich ihn heraus und sah zu den Menschen an den anderen Tischen. Natürlich schauten gerade alle zu uns, nachdem wir soeben von der hübschen Brünetten angesprochen worden waren. Jannis nickte und grinste.

„Du wärst dafür ein toller Lockvogel. Alle würden dir in die Fallen tappen." Ich kniff meine Augen zusammen.

„Tja, vielleicht bin ich ja in der Tat gar nicht Nike, und du bist mir schon lange ins Netz gegangen, weil ich dich so umgarnt habe." Jannis zog eine Augenbraue hoch und betrachtete mich, während die Bedienung uns den Kaffee und Kuchen brachte. Dann beugte er sich zu mir.

„Und vielleicht benutze ich dich ja tatsächlich als Lockvogel, ohne dass du dies weißt." Ich beugte mich ebenfalls über den Tisch zu ihm.

„Nun, vielleicht spielen wir beide ja ein Doppelspiel, ohne dass wir es voneinander wissen."

„Du meinst wie bei Mister and Misses Smith?"

Ich sah ihm herausfordernd in die Augen. „Richtig", antwortete ich, setzte mich wieder aufrecht hin und schob mir ein Stück Schokoladenkuchen in den Mund. Jannis lehnte sich zurück und sah mir zu.

„Wird er deinen Ansprüchen gerecht?" Ich verdrehte verzückt die Augen und stöhnte. Jannis lachte.

„Tatsächlich besser als Sex?"

„Muss ich mich entscheiden?", fragte ich grinsend, und Jannis lachte. Dann klingelte sein Handy.

„Ja?" Er zwinkerte mir zu. „Wir sind in einer Stunde da." Ich nippte an meinem Kaffee und schaute ihn fragend an.

„Wo sind wir in einer Stunde?", fragte ich, nachdem er das Gespräch beendet hatte. Er streichelte mir kurz über die Hand. Was für schöne Hände er hatte. Sogar seine Hände waren perfekt. Ich erschauderte bei dem Gedanken, wo mich seine Hände schon überall berührt hatten.

„Im Kunsthaus. Ich treffe mich dort mit Geschäftspartnern, und du kannst dir solange die Ausstellung ansehen. Die Sammlung, die sie dort haben, ist einzigartig. Von Monet, van Gogh über Pablo Picasso oder Pierre Bonnard bis hin zu Oskar Kokoschka findest du dort viele beeindruckende Künstler. Natürlich auch Marc Chagall und meine Favoriten Andy Warhol und Roy Lichtenstein."

„Das hört sich toll an. Aber haben Museen in der Schweiz an einem Montag geöffnet?" Ich nahm mir eine weitere Gabel von dem köstlichen Schokokuchen.

„Nein. Es ist nur ein Treffen mit Geschäftspartnern."

„Aber wie könnt ihr euch dort treffen, wenn es geschlossen ist?", hakte ich nach. Jannis folgte meinem Finger, mit dem ich ein wenig Schokoladencreme vom Tellerrand schleckte.

„Warum bist du eigentlich immer so neugierig, Mia?" Ich zuckte unschuldig mit den Schultern.

„Ich hinterfrage nun einmal gerne alles."

„Nun, das Kunstmuseum ist für die Öffentlichkeit geschlossen, aber nicht für mich und meine Partner. Zufrieden?" Ich nickte. „Und jetzt bin ich dran", fuhr er fort. „Du hattest was mit diesem Leon, richtig?" Ich hätte mich fast an meinem Kaffee verschluckt und stellte die Tasse ab. Wie kam er denn jetzt auf Leon? Und wieso interessierte ihn das? Ich schaute auf den Rest von meinem Kuchen und schob die Kirsche, mit der er garniert worden war, mit der Gabel hin und her.

„Was hat das mit Leon zu tun?", wollte ich wissen und sah ihn an.

„Es stimmt also, richtig?" Ich zuckte die Schultern.

„Lass mich raten, es ging nicht sehr lang, dann ist er schon gekommen." Ich merkte, wie mir das Blut in meine Wangen schoss. Verdammt, wieso musste er das jetzt fragen? Das war sicher die Retourkutsche für meine Neugier. Seine Geschäfte gingen mich nichts an. Und mein Privatleben ging ihn nichts an. Aber ich hatte diese Grenze überschritten, weshalb er sich genauso wenig zurückhielt.

„Du bist süß, Mia. Du musst gar nicht antworten. Ich sehe dir die Antwort schon an. Es stimmt also." Er nahm die Kirsche von meinem Teller und schob sie mir in den Mund. Dann legte er ein paar Scheine auf den Tisch und stand auf.

„Komm, wir müssen los", sagte er.

Ich war froh, dass er nicht weiter über Leon und mich sprach, da mir dies zu privat geworden wäre, und ich hätte mich dabei auch nicht mit Ruhm bekleckert. Oder Leon. Im Gegenzug stellte ich keine weiteren Fragen zu seinen Geschäftspartnern und was sie gleich im Kunstmuseum besprechen würden. Wahrscheinlich hatte Jannis genau dies mit seiner Gegenfrage bezweckt.

239

Dass ich keine weiteren Fragen stellte. Ich seufzte. Eins zu null für ihn.

# Kapitel 14

Als wir das Museum erreicht hatten und dessen Foyer betraten, war ich gespannt darauf, wer die Geschäftspartner waren, die Jannis hier treffen würde. Ich würde ihnen im Plauderton ein paar unverfängliche Fragen stellen. Natürlich nur, um mich zu vergewissern, dass ich Gespenster sah. Jannis stellte mich vier Herren in grauen maßgeschneiderten Anzügen vor. Definitiv keine Künstler. Sie schüttelten meine Hand und lächelten distanziert. Doch bevor ich ein Gespräch mit ihnen beginnen konnte, legte Jannis seinen Arm um meine Taille und sagte, er werde mich jetzt in die Ausstellungsräume bringen.

„Sie freut sich schon den ganzen Tag darauf, sich hier die Bilder anzusehen, während wir langweilige Gespräche führen", lachte er, und die anderen stimmten in das Lachen ein. Dann zog er mich einen Gang entlang und schob mich an dessen Ende in einen der Ausstellungsräume.

„Willst du mich loswerden?", murrte ich.

„Du liebst doch Kunst. Also, dann vergnüg dich hier, während ich mit meinen Partnern eine Besprechung abhalte." Ich verschränkte meine Arme und zog einen Schmollmund.

„Ich bin kein Kleinkind, das man zum Spielen wegschickt, wenn die Erwachsenen sich unterhalten", gab ich von mir. Jannis zog eine Augenbraue hoch und sah mich amüsiert an.

„Engelchen, dann verhalte dich auch nicht wie eine Kleinkind." Ich schnappte nach Luft und stemmte meine Arme in die Seiten.

„Ich bin nicht dein Engelchen, und ich verhalte mich auch nicht wie ein Kleinkind." Jannis räusperte sich und versuchte, ein Grinsen zu unterdrücken. Okay. Er hatte ja recht. Ich verhielt mich gerade etwas kindisch.

„Worum geht es bei der Besprechung?", fragte ich ihn daher direkt. Doch Jannis warf mir einen strengen Blick zu, der mir sagte, dass er darauf nicht antworten werde.

„Bis später, kleine Teufelin. Wenn ich dich nachher suchen komme, werde ich einfach dem Schwefelgeruch nachgehen." Er schloss die Tür, und ich konnte hören, wie er lachte. Verflucht! Dieser Mistkerl! Wieso hatte er schon wieder die Oberhand? Aber so schnell gab ich nicht. Jetzt hatte ich erst recht Lust, herumzuschnüffeln, denn ich fühlte mich nun wirklich wie ein Kind, das man nicht mitspielen ließ und daher trotzte. Ich sah mich um. Die Kunstwerke würde ich mir später ansehen, aber zuerst wollte ich wissen, was es Geheimes in dem Herrenclub zu besprechen gab. Ich öffnete vorsichtig die

Tür und sah, wie Jannis am Ende des Ganges in einem Raum verschwand. Perfekt. So leise es ging, tapste ich den Flur hinunter und lauschte an der Tür. Es war nichts zu hören. Nicht einmal der kleinste Laut. War der Raum hier etwa schalldicht? Mist. So machte das keinen Spaß. Ich wollte gerade umkehren, als ich etwas auf dem Boden liegen sah. Es war eine Visitenkarte. Ich hob sie auf und las:

*Flavio Esposito*
*freischaffender Künstler*

Ich hielt die Luft an. Wieso lag Flavios Visitenkarte hier auf dem Boden? Mit laut pochendem Herz drehte ich sie um. Hier war Flavios Telefonnummer. Nachdenklich schaute ich die Zahlen an. Ich könnte ihn einfach anrufen und fragen, ob... Ja, was eigentlich? Was machte ich hier überhaupt? Wieso sah ich mir nicht einfach die Ausstellung an? Andererseits ... Flavio war auf der Auktionsveranstaltung spurlos verschwunden. Das hatte überhaupt keinen Sinn gemacht. Er hätte sich doch dafür interessieren müssen, wie seine Werke ankamen, oder nicht? Plötzlich sah ich wieder den Mönch im Nebelmeer vor mir. Und wie stolz Flavio auf sein Bild war. Mich fröstelte, als würde sich ein kalter Nebel um mich legen.  Schnell schüttelte ich das Gefühl ab und warf einen Blick zur Tür. Es war eine ganze normale Geschäftsbesprechung und vielleicht war Jannis Flavios Visitenkarte aus der Tasche gefallen, und mit Flavio war

243

alles in bester Ordnung. Andererseits... hatte Jannis nicht selbst zugegeben, mehrere Gesichter zu haben? Eine Gänsehaut überzog meinen Körper. Ich musste Flavio jetzt anrufen und mich vergewissern, dass es ihm gut ging. Das war alles. Und die bösen Geister würden aus meinem Kopf verschwinden. Ich sah mir die Nummer an und wollte mein Handy nehmen, als mir einfiel, dass ich es ja in Hamburg gelassen hatte. Verdammt. Ich dachte nach. An der Kasse vorne müsste doch ein Festnetztelefon sein. Ich machte mich auf den Weg und fand tatsächlich auf der Theke ein Telefon. Mit zittrigen Händen gab ich Flavios Telefonnummer ein. Es klingelte. Vor Aufregung biss ich auf meine Unterlippe. Aber... es klingelte wirklich. Und zwar hier im Museum. Ich schaute den Gang hinunter, woher das Klingeln kam. Plötzlich öffnete sich die Tür, hinter der die Geschäftsbesprechung statt fand, und Flavio kam heraus mit seinem Handy am Ohr.

„Ja? Wer ist da?", fragte Flavio. Dann sah er hoch und erblickte mich.

„Ich ... ich bin's ... Nike", stammelte ich, zu verwirrt, um einen vernünftigen Satz herauszubringen. Wieso war Flavio in dem Besprechungszimmer?

„Herr Esposito?", hörte ich eine Männerstimme. Dann kam Jannis aus dem Zimmer und schaute zu mir.

„Nike! Was zum Teufel ..." Nun kamen auch die anderen Männer heraus, und alle starrten zu mir. Jannis atmete tief durch und fasste sich schnell wieder.

„Nike! Du weißt doch, dass wir hier eine Besprechung haben. Kannst du nicht später mit Flavio sprechen?", fragte er mich und kam zu mir. Er fasste mich am Ellenbogen.

„Sie und Flavio haben sich auf Sylt im Haus Carlson kennengelernt", wandte er sich erklärend an seine Partner. „Ich wollte sie später mit Flavio überraschen." Flavio fuhr sich nervös mit seiner Hand durch die Haare. Auch ihm war offensichtlich klar, dass das nicht stimmte. Ich merkte, wie wütend Jannis war und überlegte fieberhaft, wie ich die Situation entschärfen konnte.

„Ich ...", schnell zückte ich Flavios Visitenkarte, „ich hatte Flavios Visitenkarte hier auf dem Boden gefunden und dachte, er freut sich, wenn ich ihn anrufe. Ich wusste ja nicht, dass er bei der Besprechung dabei ist", sagte ich schnell. „Tut mir leid." Ich lächelte Jannis entschuldigend an. Plötzlich trat ein Mann hervor, den ich nicht kannte.

„Darf ich mich vorstellen? Geiger. Ich bin der Kurator des Museums." Er nahm meine Hand und hauchte einen Handkuss darauf. Dann musterte er mich aufmerksam. „Und Sie sind?"

„Nike", stellte ich mich vor. Er lächelte mich interessiert an. Ich schätzte ihn auf etwa Mitte fünfzig. Er war groß und schlank und hatte eine gepflegte Glatze. Unter seinem grauen Blazer trug er ein weißes T-Shirt, und er sah für sein Alter recht gut aus. Aber ich mochte ihn nicht. Er machte einen schmierigen Eindruck auf mich.

„Interessieren Sie sich für Kunst?", wollte er wissen. Ich nickte und versuchte, meine Abneigung gegen ihn zu verbergen. „Ja, sehr."

„Und Sie sind in Begleitung von Herrn Wegner hier." Das war eine Feststellung. Keine Frage. Ich biss erneut auf meine Unterlippe, weil es mir mehr als unangenehm war, dass alle Blicke auf mich gerichtet waren.

„Wunderbar. Ein wenig weibliche Gesellschaft heute Abend wäre doch ganz nett, meine Herren", sagte er an die anderen Herrschaften gewandt. Dann sah er Jannis an.

„Herr Wegner, ich bestehe darauf, dass Sie heute Abend Ihre reizende Begleitung mit zu mir nach Hause bringen. Ein Nein werde ich nicht akzeptieren." Dann nahm er wieder meine Hand und hauchte nochmals einen Handkuss darauf. „Nike. Ich freue mich darauf, Sie heute Abend als Gast bei mir zu haben." Irritiert sah ich zu Jannis. Sollte ich die Einladung von Herrn Geiger dankend annehmen oder ablehnen?

„Nike wird mich sehr gerne begleiten", antwortete Jannis für mich.

„Also, meine Herren, dann lassen Sie uns unsere Besprechung fortsetzen." Herr Geiger ging wieder in das Besprechungszimmer, und die anderen folgten ihm. Flavio warf mir noch einen kurzen Blick zu und verschwand dann ebenfalls. Nur Jannis blieb bei mir.

„Ich komme gleich nach", sagte er und schloss die Tür. Dann packte er mein Handgelenk und zog mich hinter sich her. Mist. Er war wütend. Seine Schritte waren so lang, dass ich neben ihm joggen musste. Vor dem Ausstellungsraum blieb er stehen und bugsierte mich hinein.

„Was soll der Unsinn?", fragte er mich in einem scharfen Ton, noch bevor er die Tür wieder hinter uns geschlossen hatte.

„Ich ..." Doch Jannis unterbrach mich.

„Zieh deinen Slip aus", forderte er mich auf.

„Was? Aber ..."

„Zieh ihn aus und gib ihn mir", befahl Jannis in einem Ton, der keine Widerrede zuließ. Mein Herz raste. Zögernd zog ich meinen Slip aus und überließ ihn ihm.

„Braves Mädchen", sagte er und strich mir mit seiner Hand über die Wange. Dann steckte er meinen Slip ein.

„Jetzt wirst du hoffentlich auf keine dummen Gedanken mehr kommen." Ich schluckte eine Erwiderung herunter, da ich Jannis nicht noch mehr verärgern wollte. Außerdem gefiel mir dieses Vorspiel.

Das Museum hatte eine erlesene Sammlung von Kunstwerken namhafter Künstler. Neben Monets *Seerosenbild* hatte mich vor allem *Schneeschmelze* von Ernst Ludwig Kirchner in seinen Bann gezogen. Es strahlte diese Ruhe aus und für einen Moment gelang es dem Bild, mir das Gefühl zu geben, in mir selbst zu ruhen. Die dürren Skulpturen von Giacometti waren dagegen nicht so mein Fall, weshalb ich zum nächsten Ausstellungsraum ging. Aber ... Mir blieb der Atem stehen. Eine Sonderausstellung mit *Caspar David Friedrich*? Das musste ein Zufall sein. Oder? Ein ... zufälliger Zufall. Ich schüttelte den Kopf. Was für ein Unsinn war das denn? Zufälliger Zufall. Aber es war mit Sicherheit kein Zufall, dass Flavio heute hier war. In einem Raum mit dem Kurator und Jannis` Geschäftspartnern. Flavio, der ein ausgezeichneter Maler war und Caspar David Friedrich täuschend echt kopieren konnte. Ich rang nach Atem und spürte, wie mein Puls raste. Pingo, pingis, pingit, pingimus, pingitis, pingunt... ich male, du malst.... Verdammt! Ich musste mich wieder beruhigen. Während ich versuchte, gleichmäßig zu atmen, schritt ich die Bilder ab und blieb vor jedem Werk andächtig stehen. Ich liebte Caspar David Friedrich und tauche in in seine Gemälde ein, wodurch mein Puls wieder herunter fuhr. Ich kannte die Gemälde aus dem Kunsthaus in Hamburg, wo sie normalerweise hingen. Die Bilder hier waren nur eine Leihgabe, solange die Sonderausstellung lief. *Der Wanderer über dem Nebelmeer. Das Eismeer.* Und... *Der Mönch im Nebel.* Was ging hier vor sich? Entweder trafen sich hier heute Nachmittag Kunstfälscher, die planten, die Originale von Caspar David Friedrich durch Fälschungen zu ersetzen, oder ich verfügte über zu viel Fantasie. Aber wie war die Anwesenheit von Flavio sonst zu erklären? Seinetwegen hatten Jannis und Kean auf Sylt gestritten. Ich drückte mit beiden Händen gegen die

Schläfen. Mein Kopf dröhnte und mir wurde schwarz vor Augen. Ich lehnte mich gegen die Wand und wartete gleichmäßig atmend, bis mir nicht mehr schwindelig war. Wo war ich hier nur hineingeraten? Steckte Jannis tatsächlich mit den Kunstfälschern unter einer Decke? War er so gewissenlos? Ich stieß mich von der Wand ab und irrte weiter durch die Räume. Als würde ich dort die alles erhellende Wahrheit finden. Ich war ganz in Gedanken versunken, als ich vor einem Bild von Monet stand. *Le Parlement, Coucher de soleil.* Das Parlament. Sonnenuntergang. Ich hatte einmal gelesen, dass Monet London nur im Winter liebte, da der Nebel die Stadt dann in einen mysteriösen Mantel hüllte. Ich verstand, was er meinte. Das Bild hatte etwas Unheimliches. Das Licht der untergehenden Sonne war nur matt. Als wolle der Maler verhindern, dass ein wohl gehütetes Geheimnis ans Licht komme. Was hatte Monet verbergen wollen? Und vor wem?

„So in Gedanken vertieft?" Erschrocken zuckte ich zusammen.

„Jannis..."

„Dreh dich nicht um", hörte ich seine Stimme hinter mir. Er schob seine Hand unter mein Kleid und ließ sie sanft über meinen Schenkel bis zu meinen Po gleiten.

„Du hast mich mit deiner Neugier vorhin in eine sehr missliche Lage gebracht, Mia." Er packte meine Handgelenke so fest, dass sie schmerzten. „Hör bitte damit auf, dich in meine Geschäfte einzumischen. Hast du das verstanden?", zischte er mir ins Ohr. Ich nickte.

„Gut. Heute Abend sind wir bei Herrn Geiger zum Abendessen eingeladen. Auch dort wirst du einfach nur meine Begleitung sein und nicht Räuber und Gendarme spielen, ist das klar?" Wieder nickte ich, und Jannis lockerte endlich seinen Griff.

„Ich würde dir jetzt am liebsten deinen nackten Hintern versohlen. Würde dir das gefallen?" Seine Worte jagten einen Schauer durch meinen Körper. Er biss mir leicht in den Hals, und ich stöhnte vor Lust. Plötzlich schob er zwei Finger in meine Vagina und streichelte meine Klit.

„Ich möchte es von dir hören." Er stieß fester zu, und ich keuchte auf.

„Ich ..." Ich war kaum in der Lage zu sprechen, da mir Jannis` Finger meine Sinne vernebelten. „... weiß nicht ..." Mit einem Ruck zog Jannis seine Finger aus mir, ergriff meinen Unterarm und drehte sich zu mir um. Seine Augen waren dunkel, und sein stechender Blick fixierte mich.

„Du weißt es nicht?", wiederholte er mit rauer Stimme. Mein Gott, wie sollte ich denn einen klaren Gedanken fassen, wenn er seine Finger in mir hatte. Ich wollte, dass er weiter machte.

„Ja, es würde mir gefallen", wisperte ich und drängte mein Becken gegen ihn.

„Verdammt, Mia", stöhnte Jannis und zog mich in eine Ecke. „Stütz dich hier mit Händen an der Wand ab", befahl er. Ich gehorchte bereitwillig. Jannis ließ seine Hand über meinen Nacken und von dort über meinen

Rücken gleiten. Dann schob er mir das Kleid hoch, so dass er meinen nackten Po sehen konnte. Mit der anderen Hand streichelte er erneut über meine Klit und meine Schamlippen. „Du bist so schön bereit für mich", stöhnte er an meinem Ohr und im nächsten Moment drang er schon von hinten in mich ein. Hart und tief. Es fühlte sich perfekt an. Als wären wir füreinander geschaffen. Ich schrie auf und lehnte mich mit meinem Oberkörper gegen die Wand, während Jannis immer wieder zustieß. Ich reckte ihm meinen Po entgegen, damit er noch tiefer in mich eindringen konnte. Jannis packte mich an den Hüften und pumpte weiter in mich hinein, bis ich beinahe die Besinnung verlor.

„Du fühlst dich so gut an", stöhnte er.

„Ich ... kann ... nicht ... mehr", gab ich stoßweise von mir. Im nächsten Moment erzitterte ich am ganzen Körper und wurde von einem so intensiven Orgasmus überrollt, dass ich nichts als Nebel vor meinen Augen sah. Jannis hielt mich fest, stieß noch ein paar Mal kräftig in mich und kam dann ebenfalls. Keuchend drückte er mich fest an sich.

„Mia, meine geliebte Mia, du raubst mir den Verstand", hauchte er in mein Ohr. Ich schloss glücklich die Augen und erwiderte:

„Dann musst du mich wohl verhaften lassen, denn Raub ist auch in der Schweiz strafbar." Jannis lachte.

„Dann bist ab sofort in meinem Gewahrsam." Ich löste mich aus seiner Umarmung und drehte mich zu ihm um.

„Kann ich meinen Slip wieder haben?"

„Ich denke nicht", gab er zur Antwort und fuhr mit seinen Händen durch meine zerzausten Haare.

„Hey!", rief ich. „Du glaubst doch wohl nicht, dass ich ohne Höschen durch die Stadt zurück zum Hotel laufen werde!"

„Sieh es als Kaution an. Schließlich lasse ich dich auf freiem Fuß." Ich versuchte, von Jannis meinen Slip zu bekommen, doch ich hatte keine Chance. Da halfen mir auch meine Selbstverteidigungstechniken, die ich beim Unisport gelernt hatte, nicht weiter. Jannis hielt mich problemlos mit einem Arm auf Abstand und amüsierte sich prächtig über meine Nahkampfversuche.

„Weißt du, wie süß du aussiehst, wenn du dich wehrst?"

„Du bist so ein Mistkerl", fluchte ich, genoss aber die Rangelei mit ihm.

Zehn Minuten später lief ich neben Jannis her und versuchte, ihn davon zu überzeugen, dass meinerseits keine Fluchtgefahr bestand. Doch er lachte nur.

„Netter Versuch, Ninja-Turtle."

„Ninja-Turtle? Hey! Ich habe an der Uni zwei Jahre alle Techniken der Selbstverteidigung gelernt", verteidigte ich meine Kampfkünste.

Jannis lachte, als sein Handy klingelte.

„Einen Augenblick bitte", sagte er, „das ist wichtig." Ich spitzte aufmerksam meine Ohren, doch zu meiner Enttäuschung musste ich feststellen, dass es nur um irgendwelche Reparaturarbeiten in einer Wohnung in Hamburg ging. Allem Anschein nach hatten die Handwerker etwas verpfuscht. Ich nutzte die Zeit zum Nachdenken, während Jannis laut mit einem Architekten diskutierte. Wieso vertraute er mir nach dem Vorfall im Museum mit Flavio noch? Und wieso war Flavio in Zürich? Waren es Zufälle, dass die Caspar - David - Friedrich – Ausstellung hier war und dass Flavio die ausgestellten Kunstwerke problemlos fälschen könnte? Oder war er genau aus dem Grund h? Die Eintrittskarte in den Kreis der Kunstfälscher? Welche Rolle spielte Jannis bei dem Ganzen? Ich weigerte mich zu glauben, dass er mit diesen kriminellen Machenschaften etwas zu tun haben könnte, musste aber zugeben, dass alle Indizien gegen ihn sprachen. Ich spürte, wie mir leicht übel wurde und konzentrierte mich auf meine Atmung. Spiro, exspiro.... Spiro, exspiro... Allmählich beruhigte sich mein Magen wieder. Doch in meinem Kopf arbeitete es weiter. Was war mit dem Kurator? War er mit darin verstrickt oder nur eine ahnungslose Marionette? Vielleicht würde ich heute Abend mehr in Erfahrung bringen. Wir hatten inzwischen wieder den See erreicht, und ich versuchte, auf andere Gedanken zu kommen. Ich wusste, was passieren konnte, wenn ich mich zu sehr in etwas hineinsteigerte.

„Tut mir leid", sagte Jannis und steckte sein Handy weg. „Aber das musste jetzt sein."

„Ist schon okay."

Die Sonne neigte sich langsam dem Horizont zu, und nicht nur wir genossen die letzten wärmenden Strahlen bei einem Spaziergang am Ufer des Sees. Manche saßen mit einem Getränk in der Hand auf einer Bank oder gruppierten sich um die Musiker, die moderne Popsongs spielten und um kleine Spenden baten. Vergnügte Kinder schleckten an ihrem Eis, Hunde schnüffelten an allen Bäumen, Vögel zwitscherten um die Wette und Krokusse, Tulpen und Narzissen leuchteten in allen Farben. Das ganz normale Leben eben, von dem ich zur Zeit nicht weiter hätte entfernt sein können. Wir erreichten das Hotel, und ich war fast ein wenig traurig, dass der Tag zu Ende ging. Ich betrachtete die untergehende Sonne und atmete noch einmal tief die kühle Abendluft ein. Wenn das Leben ein Paradies wäre, dann bestünde es aus einer warmen Sonne, glitzerndem Wasser und frischer Luft. Bunten Blumen und grünen Bäumen. Sanftem Vogelgezwitscher und Liebenden, die niemals den verbotenen Paradiesapfel aßen.

„Los, jetzt rein mit dir. Wir haben nicht mehr viel Zeit", unterbrach mich Jannis in meinen Fantasien und schnipste grinsend mit seinen Fingern vor meinem Gesicht, als ich keine Reaktion zeigte. „Wo bist du nur gerade mit deinen Gedanken? Ich hoffe, nicht auf Abwegen." In meinem Kopf zerplatzte eine Seifenblase und mir war auf einmal bewusst, dass ich wach geträumt haben musste.

„Ich dachte gerade, wie schön es im Paradies sein muss", gab ich wenig geistreich von mir. Jannis sah mich lachend an.

„Daher heißt es ja auch Paradies, Süße. Los jetzt, es wird sonst zu knapp, um uns für den Abend zu richten."


„Wow", staunte ich, nachdem wir aus dem Taxi ausgestiegen waren und vor einer großen Jugendstilvilla auf dem Berg über Zürich standen. Sie sah aus wie ein Schmuckstück und ich fragte mich, ob ein Kurator so viel verdiente, um sich eine solche Villa in einer der teuersten Städte der Welt leisten zu können. Wahrscheinlich nicht. Geiger war alles andere als eine arme Marionette. Die Vorstellung, dass sich aktuell eine Caspar - David - Friedrich - Sonderausstellung in seinem Museum befand und Flavio heute Nachmittag bei der Besprechung im Museum anwesend war, gefiel mir jetzt noch weniger. Wenn ich nur daran dachte, dass in wenigen Monaten nicht mehr Caspar David Friedrichs Originale, sondern Fälschungen im Hamburger Kunsthaus hängen könnten, wurde mir schlecht. Ein Hausmädchen öffnete uns wie in alten Zeiten die Tür und führte uns ins Kaminzimmer, wo schon einige andere Gäste versammelt waren und an einem Aperitif schlürften. Ich fühlte mich selbst wie in einem alten Gemälde aus dem 19. Jahrhundert. Geiger, schick in einen weißen Anzug gekleidet, kam uns entgegen und begrüßte uns mit einem breiten aufgesetzten Lächeln im Gesicht.

„Nike, wie schön, dass Sie meiner Einladung gefolgt sind. Herzlich willkommen." Er nahm meine Hand und hauchte einen Kuss darauf. Ich verdrehte innerlich die Augen. Waren wir im 19. Jahrhundert? Was sollten diese verstaubten Manieren? Ein älterer Herr brachte Jannis und mir auf einem Tablett zwei Sektgläser, und wir stießen mit Geiger an. Er begann ein Gespräch darüber, was man auf jeden Fall in der Schweiz alles gesehen haben sollte. Einer der Gäste, der sich mit Uwe vorgestellt hatte, erzählte mir, dass das Matterhorn der berühmteste Berg der Schweiz sei und Bernd, ein kleiner rundlicher Mann, meinte, ich müsse unbedingt Luzern, Lugano und Genf besuchen und die Hauptstadt Bern natürlich. Das Gespräch verlief normaler als gedacht. Fast schon zu normal. Ob das verdächtig war? Ich schüttelte innerlich über mich selbst den Kopf. War etwas normal, fand ich es verdächtig. War etwas anders, dann fand ich es ebenso verdächtig. Das Dienstmädchen bat uns ins Esszimmer, und wir nahmen an einer langen, mit weißen Tischdecken gedeckten Tafel Platz. In der Mitte des Tisches stand ein mehrarmiger Kerzenständer, und zwei Bedienstete servierten uns einen Vorspeisensalat. Jetzt fehlte nur noch Graf Dracula. Wie viele Angestellte hatte Geiger eigentlich? Bisher hatte ich vier gezählt. Woher nahm er nur das Geld, um sie alle zu bezahlen? Und sicherlich hatte er in der Küche mindestens einen Koch.

Der Salat war frisch und schmackhaft angemacht. Da hatte jemand Ahnung von seinem Job.

„Nike, was machen Sie eigentlich beruflich?", fragte mich der Mann, der mir gegenüber saß. Wie hieß er doch gleich? Klaus? Nein, Rainer oder ... Jannis hatte ihn mir vorhin im Kaminzimmer kurz vorgestellt. Aber mir fiel sein Name nicht ein. Er hatte bisher kaum ein Wort mit mir gewechselt. Ich musste aufpassen, was ich sagte. Denn ich war nicht als Mia hier, sondern als Nike. Nervös wischte ich mir mit der Serviette über den Mund, um etwas Zeit zu gewinnen.

„Ich studiere", antwortete ich dann knapp.

„Nike studiert Kunstgeschichte", sprang Jannis helfend zur Seite und streichelte mir über die Hand. Offenbar hatte er gemerkt, dass mich die Frage verunsichert hatte. „Wir haben uns in Hamburg auf einer Vernissage kennengelernt."

„Sie kennen sich also auch mit Kunst aus?", wandte Geiger an mich. „Was sagen Sie denn zu unserer aktuellen Sonderausstellung?" Ich sah ihn erstaunt an. Echt jetzt? Wollte er mit mir Charade spielen? Oder wollte er mich testen, wie viel ich wusste?

„Caspar David Friedrich? Oh, ich liebe ihn. Ich besuche in Hamburg oft das Kunsthaus und sehe mir dann jedes Mal sehr gerne seine Bilder an. Es ist eine ganze besondere Stimmung, die seine Bilder hervorrufen. Diese Ruhe. Sie ist außergewöhnlich. Seine Bilder helfen mir, den Alltag zu vergessen." Geiger verzog keine Miene.

„Nun, ich liebe seine Bilder ebenso. Deswegen bin ich froh, dass wir sie vom Kunsthaus in Hamburg für ein halbes Jahr als Leihgabe bekommen haben. Finden Sie das nicht auch fantastisch? Der Wanderer über dem Nebelmeer in Zürich. Was sagen Sie dazu?"

„Wenn Hamburg das Original wieder zurück bekommt, habe ich nichts dagegen. Ansonsten werde ich wohl einen Kunstraub begehen müssen", scherzte ich. „Ich werde ihn auf keinen Fall widerstandslos aufgeben." Bildete ich es mir nur ein oder hatte sich der Gesichtsausdruck von Geiger verändert? Wieso sahen mich auf einmal alle an? Ich hatte doch nur einen Spaß gemacht. Verstanden sie das denn nicht? Doch dann lachte Geiger auf einmal schallend, und die anderen Gäste stimmten in sein Lachen ein.

„Ja, seine Liebe darf man nicht so leicht aufgeben. Richtig." Sein Blick wanderte zu Jannis. „Herr Wegner, ich hoffe sehr, dass Nike Sie mindestens genauso liebt wie Caspar David Friedrich." Jannis schmunzelte.

„Nun, ich hoffe doch sehr, dass sie mich mehr liebt als diesen alten Maler. Sonst müsste ich ja noch eifersüchtig sein." Geiger nickte bedächtig und sah dann wieder zu mir.

„Würden Sie um Jannis genauso kämpfen wie um Caspar David Friedrich, Nike?"

Mir war aufgefallen, dass sich sein Tonfall verändert hatte. Plötzlich schwang etwas Warnendes mit, und mir gefiel die Richtung des Gesprächs nicht. Was wollte er damit andeuten? Jannis drückte meine Hand, und die

Berührung beruhigte mich. Geiger sah mich durchdringend an, aber ich konnte seinen Blick nicht deuten.

„Mit jeder mir zur Verfügung stehenden Möglichkeit", antwortete ich daher mit fester Stimme und warf Jannis einen kurzen liebevollen Blick zu, bevor ich mich wieder an Geiger wandte.

„Sie klingen sehr siegessicher, Nike", sagte er, „ich vermute, dass für Sie nichts unmöglich ist." Ich hielt seinem Blick stand und erinnerte mich an ein Zitat von Marc Chagall, das ich heute Vormittag gelesen hatte.

„In der Kunst wie im Leben ist alles möglich, wenn es auf Liebe begründet ist." Aus dem Augenwinkel sah ich, wie Jannis neben mir lächelte.

„*Marc Chagall*", flüsterte er zu mir gebeugt und verschränkte seine Finger mit meinen.

„Auf die Liebe!", prostete Geiger und erhob sein Glas.

Nach dem Abendessen entführte mich Jannis nach draußen auf die Terrasse, und ich war froh, mit ihm alleine zu sein. Die anderen Gäste hatten sich in einen Salon zurückgezogen, wo sie den Whiskey probierten, den ihnen Geiger zuvor angepriesen hatte. Wir gingen ein Stück den Garten entlang bis zu einer kleinen Mauer, von der aus man einen Blick auf Zürich bei Nacht hatte. Die vielen Lichter zeugten davon, dass die Stadt nie zu schlafen schien und die Sterne am Himmel keine Chance hatten, ihr Konkurrenz zu machen. Jannis umfasste mich von hinten und zog mich eng an sich.

„Warum tust du das?", murmelte er an meinem Ohr.

„Was?", fragte ich, und mein Puls begann zu rasen. Denn ich wusste, was er meinte. Beim Abendessen hatte ich alle Anwesenden mit meiner Aussage, für die Original von Caspar David Friedrich zu kämpfen, provoziert. Doch statt zu antworten, drehte er mich zu sich um und küsste mich. Wild und begierig, als könne er nicht genug von mir Besitz ergreifen. Er schob seine Zunge tief und fordernd in meinen Mund, und ich vergaß, wo wir waren und was er mich gefragt hatte. Dann ließ er abrupt von mir ab und lehnte atemlos seine Stirn an meine.

„Du bist eine Gefahr für mich, Mia." Er hatte seine Stimme gesenkt, obwohl wir hier draußen alleine waren und uns niemand hören konnte.

„Weil ich neugierig bin?", flüsterte ich. Weil ich mehr wusste, als ich wissen sollte?

„Wieso, Mia? Wieso?" Dann packte er meine Handgelenke und drehte sie hinter meinen Rücken. „Ich möchte dich hier und jetzt, Mia. Ich möchte dich die ganze Zeit über. Du machst mich verrückt." Sein Atem ging schwer. „Ich kann nicht mehr klar denken. Immerzu sind meine Gedanken bei dir." Er ließ mich los und wandte mir den Rücken zu. Den Blick auf die Stadt unter uns gerichtet. Er holte tief Luft und fuhr sich mit beiden Händen durch seine Haare.

„Können wir einfach die Zeit, die wir miteinander haben, genießen?", fragte er. Ich trat hinter ihn und schlang meine Arme um ihn.

„Was wollt ihr vor mir verbergen?", flüsterte ich. Jannis drehte sich zu mir um. Er hob mein Kinn mit einer Hand an und sah mich an.

„Du weißt es doch schon längst, Mia", sagte er. „Aber zu deinem eigenen Schutz bitte ich dich, alles zu vergessen, was du weißt und nicht weiter herumzuschnüffeln." Er küsste mich auf die Stirn und sagte kaum hörbar an meinem Ohr:

„Du hast keine Vorstellung, mit wem du es hier zu tun hast. Und wenn du nicht sofort einfach nur noch Nike bist, kann es verdammt gefährlich für dich werden, und ich werde dir nicht helfen können." Ich schluckte und sah die Schatten, die auf Jannis` Gesicht im Schein der Laterne tanzten.

„Komm, lass uns wieder rein gehen." Er gab mir einen Kuss und nahm meine Hand. Schweigend gingen wir zurück. Keiner von uns hatte es ausgesprochen. Und doch hatte Jannis mir gegenüber mit seinen Worten zugegeben, dass es um Kunstfälschung ging. Mir lief ein eiskalter Schauer über den Rücken, als wir den Salon betraten. Ich befand mich mitten in der Höhle der Löwen.

# Kapitel 15

„Giacometti", sagte Jannis. Wir saßen gemeinsam beim Frühstück, und ich biss genüsslich von meinem zweiten Croissant ab. Wie ich diese himmlischen Blätterteigteilchen in Hamburg vermissen werde!

„Wie bitte?", fragte ich mit vollem Mund. Jannis wischte mir einen Krümel von der Backe und lächelte. Das war das Problem mit Croissants. Die Hälfte von ihnen landete in Krümeln auf der Kleidung, im Gesicht, auf dem Tisch – einfach überall. Nun, nichts und niemand konnte perfekt sein.

„Giacometti. Der Künstler."

„Ja, ich weiß, wer Giacometti ist. Ich habe seine Skulpturen gestern im Museum gesehen. Nicht mein Geschmack." Ganz anders als diese Hörnchen hier, dachte ich und schob mir den Rest davon in den Mund, bevor es sich auch noch in Krümeln auflöste. „Was ist mit ihm?"

„2015 wurde seine Skulptur „L'Homme au doigt" bei einer Auktion bei Christie's in New York für 141

Millionen Dollar verkauft." Beinahe hätte ich mich an einem Krümel verschluckt.

„141 Millionen Dollar?" Jannis nickte.

„„Die teuerste Skulptur aller Zeiten."

„Wow! Das ist unglaublich. Und ich bin gestern so achtlos an diesen Skulpturen vorbeigegangen. Wie kommst du darauf?"

„2009 beschlagnahmte die Mainzer Polizei 1000 Fälschungen von Giacometti-Skulpturen. Es ist schon beinahe eine Kinderspiel, sie zu fälschen. Die Fälschungen bringen sehr viel Geld ein." Jannis nahm eine Orange und drehte sie wie einen Tennisball in seiner Hand. Ohne aufzusehen, fuhr er fort. „Ich frage mich, wie viele Originalskulpturen von ihm überhaupt noch in den Museen sind. Oder hier im Kunsthaus." Ich schluckte.

„Du meinst ..." Jetzt sah Jannis mich wieder an.

„Ich weiß es nicht, Mia. Aber es ist durchaus möglich. Du hast ja gesehen, wie Geiger lebt. Allein die Villa ist über zehn Millionen Franken wert."

„Zehn Millionen Franken?", wiederholte ich fassungslos.

„Und dann die ganze Entourage von Hausangestellten. Wer kann sich so etwas heutzutage schon noch leisten?"

„Jannis", begann ich und legte meine Hand auf seine. Doch da bekam er eine Nachricht auf seinem Handy. Er warf einen flüchtigen Blick darauf und runzelte die Stirn.

„Alles in Ordnung?", fragte ich.

„Ich muss mich gleich mit meinen Geschäftspartnern treffen." Abrupt stand er auf. „Entschuldige bitte, Mia. Eigentlich wollte ich mit dir heute Vormittag etwas Schönes zusammen unternehmen. Aber das geht nun nicht. Du kannst ja noch einmal in die Stadt gehen und den Rest erkunden." Er drückte mir eine Plastikkarte in die Hand.

„Nimm meine Kreditkarte und kauf, was dir gefällt." Er gab mir seine Kreditkarte?

„Jannis", sagte ich und hielt ihn an seinem Arm fest.

„Ich muss los, Mia. Wir treffen uns 14 Uhr wieder hier im Hotel." Er gab mir einen Kuss und flüsterte in mein Ohr: „Dann wartet eine  Überraschung auf dich."

„Eine Überraschung? Welche den?" Jannis schaute mich mit einem breiten Lächeln an.

„Wie gesagt, es ist eine Überraschung."

„Du spannst mich eindeutig zu gerne auf die Folter", beklagte ich mich. Aber Jannis grinste nur.

„Nun, so weit wird es nicht kommen." Ich verdrehte die Augen, und Jannis lachte.

„Ich verrate dir aber, dass wir heute Abend gemeinsam auf eine Kunstauktion gehen werden. Überrasch du mich doch auch und kauf dir ein schickes Kleid dafür."

„Okay", antwortete ich wenig begeistert. Ich gehörte wahrlich nicht zu den Shopping-Queens. Ich hätte mich lieber mit Jannis weiter über Giacometti und Kunstfälschung unterhalten und ihn gefragt, was er damit zu tun hatte. „Wo findet die Kunstauktion denn statt?", fragte ich stattdessen.

„Auf einer Privatyacht hier auf dem Zürichsee."

„Ein Kunstauktion auf einer Yacht?", echote ich.

„Ein Privatier möchte einige der in seiner Privatsammlung befindlichen Kunstwerke verkaufen und verbindet das Ganze mit einer Party. Musik. Tanz. Buffet. Ein vom Leben gelangweilter Milliardär. Das ist alles." Er küsste mich noch einmal.

„Bis heute Nachmittag." Dann eilte er davon.

Ein vom Leben gelangweilter Milliardär. Das war alles. Ich trank gedankenverloren meinen Orangensaft. Wenn das doch tatsächlich nur alles wäre …

Kurz nach zehn machte ich mich auf den Weg in die Stadt. Es war frisch, aber schon jetzt war klar, dass es auch heute ein warmer Frühlingstag werden würde. Das Gute an Zürich war, dass man sich immer am See und an der Limmat orientieren konnte. Dadurch war es kaum möglich, sich zu verlaufen, selbst wenn man sich hier nicht auskannte. Ich trug Jeans, ein T-Shirt und Turnschuhe an und meine neue Sonnenbrille auf dem Kopf, die zu meinem Lieblingsaccessoire wurde. Ich war bestens ausgestattet, um stundenlang durch die Gassen zu flanieren. Eigentlich sollte ich mich darüber freuen, dass ich für einen freien Vormittag bezahlt wurde. Aber während ich alleine in der Vormittagssonne am Wasser entlang spazierte, fehlte mir Jannis. Schnell schob ich dieses Gefühl zur Seite und bog beim Bürkliplatz in die Bahnhofstraße ein, die weltweit zu den teuersten und exklusivsten Einkaufstraßen gehörte. Die Bahnhofstraße war ein Synonym für den Schweizer Wohlstand, und sie war für die dort ansässigen Großbanken bekannt. Ich kannte sie bisher nur von Monopoly, wo sie zwar nicht die teuerste, aber eine der teuersten Straßen war. Und wenn ich schon einmal in Zürich war, dann würde ich sie mir jetzt live ansehen.

Okay. Wenn man wollte, konnte man hier ohne Probleme mit einem Einkauf in einer der Boutiquen mehrere Monatsgehälter ausgeben. Willkommen Wohlstand. Oder... war das nicht schon Dekadenz? Es war ganz schön mutig von Jannis, mir seine Kreditkarte anzuvertrauen. Ich hatte keine Lust, für ein Kleid so viel Geld auszugeben, mit dem eine Familie einen Monat lang lebte. Nicht einmal fremdes. Ich sah darin keinen Sinn. Außerdem gab es hier auch Geschäfte, die ebenfalls schöne Kleidungsstücke hatten, die bei Weitem nicht so teuer waren. In einer kleinen Boutique in einer Seitengasse kaufte ich mir schließlich ein smaragdgrünes, mit Pailletten besetzte Kleid zu einem nicht ganz so unverschämten Preis. Es passte prima zu meinen grünen Augen, und da Jannis meine Augen so liebte, würde ihm das Kleid gefallen. Die Verkäuferin hatte mir goldene Riemchenschuhe dazu empfohlen, die mit meinen blonden Haaren perfekt harmonierten, und so hatte ich in kürzester Zeit ein passendes Outfit für heute Abend. Das wäre also erledigt. Wie viel Uhr war es eigentlich? Ohne Handy war das gar nicht so einfach, die Zeit im Blick zu halten. Ich trat wieder auf die Straße hinaus und schaute mich nach einer Uhr um. Hier musste doch irgendwo eine Uhr sein. Schließlich war die Schweiz nicht nur das Land der Berge, des Käses und der Schokolade, sondern auch das Land der Uhren. Hm. Nun gut. Andere Ansicht: Bahnhofstraße. Ich sah zum Himmel hinauf. Die Sonne stand noch nicht am Zenit, also konnte es noch nicht Mittag sein. Ich schlenderte weiter die Straße entlang, bis ich zum Paradeplatz kam, dem Zentrum der Schweizer Großbanken. Ganz anders als in Frankfurt gab es hier keine Wolkenkratzer, sondern altehrwürdige Gebäude. Sie strahlten etwas Majestätisches aus. Als würden sie von all dem Gewusel auf den Straßen nichts mitbekommen. Als würden sie die Unmengen an Geld, die hier im Umlauf waren, nicht beeindrucken. Als wären sie sich selbst genug. Zwischen all den Banken entdeckte ich zu meiner Überraschung auch ein bezauberndes Café. Ein Kaffee war jetzt genau das, worauf ich Lust hatte. Ich wollte gerade hinein gehen, als ich gegen einen Mann stieß.

„Ups, entschuldigen Sie bitte", sagte ich.

„Nike?" Ich hob meinen Kopf. Aber...

„Flavio! Was machst du denn hier?" Als wären wir alte Bekannte, umarmten wir uns. Aber wahrscheinlich lag das daran, dass wir beide in einem fremden Land waren und nur uns kannten. Das machte uns einander vertraut.

„Dasselbe könnte ich dich fragen. Bist du alleine unterwegs? Oder..." Er blickte etwas nervös um sich. Wem wollte er denn besser nicht begegnen? „Erwartest du noch jemanden?", fragte er mich. Ich schüttelte den Kopf.

„Nein, heute Vormittag bin ich alleine losgezogen." Ich zeigte auf meine Einkaufstüte. „Ein wenig shoppen. Das ist nichts für Männer", erklärte ich meinen Alleingang. Flavio wirkte erleichtert. Aber... was machte *er* hier? Ich konnte keine Einkaufstüten bei ihm sehen. Einkaufen also schon einmal nicht. Ich sah in die Richtung, aus der er gekommen war. Da waren nur Banken. Seltsam. Hatte er etwa ein Schweizer Bankkonto eröffnet? Das würde Sinn machen. Denn - wenn er für einen Auftrag viel Geld bekommen sollte... so viel Geld, dass deutsche Banken nachfragen würden, woher das Geld kam – dann ...

„Und du? Hast du etwa ein Schweizer Konto eröffnet?", fragte ich frei heraus. Denn Frechheit siegte ja bekanntermaßen. Und wenn ich ihn überrumpelte, würde ich am ehesten eine ehrliche Antwort bekommen. So hatte er keine Zeit, sich eine Ausrede auszudenken. Sofort wurde Flavio wieder nervös.

„Äh ... ja. Richtig. Wie kommst du darauf?" Ich zuckte unschuldig mit meinen Schultern und machte eine ausladende Bewegung mit meinem Arm.

„Na, wir sind hier auf dem Paradeplatz. Dem Platz der Schweizer Großbanken." Flavio drehte sich um, als hätte er vergessen, wo er war.

„Ach so, ja." Er lächelte verkrampft. Ausgezeichnet. Ich hatte ins Schwarze getroffen. Bingo! Die Überrumpelungstaktik funktionierte. Diese Methode hatte die Staatsanwältin aus meiner früheren Lieblingsserie oft angewandt.

„Ich wollte gerade einen Kaffee trinken gehen", sagte ich und zeigte auf das Café. „Hättest du Lust mitzukommen? Mit dir kann ich wenigstens deutsch sprechen." Ich grinste. „Das Schweizerdeutsch ist auf Dauer doch etwas anstrengend. Außerdem verstehe ich nicht immer alles." Ich schenkte Flavio eines meiner bezauberndsten Lächeln. Schließlich war mein Plan, etwas aus ihm herauszubekommen. Und am besten ließ es sich doch bei einem Kaffee plaudern. Flavio fuhr sich mit einer Hand durch seine schwarzen dichten Haare. Wenn seine Haare so zerzaust waren, sah er wie ein Künstler aus. Ich legte meinen Kopf schräg und spielte an meinem blonden Pferdeschwanz. Dabei sah ich ihn mit großen Augen an. Das zog immer. Insbesondere bei Italienern.

„Okay, aber ich habe leider nicht viel Zeit. Für einen Kaffee wird es trotzdem reichen." Ich wusste es und verkniff mir ein triumphierendes Lächeln. Flavio öffnete mir galant die Tür, und wir gingen hinein. Wir suchten uns einen ruhigen Tisch in einer Ecke, wo wir uns ungestört unterhalten konnten und bestellten zwei Milchkaffees.

„Schade, dass du gestern nicht auch bei Herrn Geiger warst. Ich war davon ausgegangen, dass du auch da sein würdest." Flavio sah mich verwundert an.

„Wieso dachtest du das? Ich bin doch nur ein kleiner Dienstleister für die feinen großen Herren." Erschrocken sah mich Flavio an. „Oh, entschuldige, ich wollte nicht ... ich meine ... du bist ja die Freundin von Herrn Wegner ... das war sehr unhöflich von mir. Herr Wegner ist echt in Ordnung." Ich winkte ab.

„Ach, schon gut. Du hast ja recht, was diesen Geiger betrifft. Er hält sich offensichtlich für etwas Besseres. Du hättest mal seine Villa sehen sollen. Er thront hoch über Zürich. Über dem Fußvolk sozusagen." Ich grinste Flavio verschwörerisch an, und er lächelte erleichtert. Die Bedienung brachte uns den Milchkaffee, und wir schwiegen für einen Augenblick.

„Ganz ehrlich?", begann ich, als wir wieder alleine waren. „Ich frage mich, wie man als Kurator so viel Geld verdienen kann. Die Villa muss ein Vermögen gekostet haben." Flavio nahm seinen Milchkaffee und vermied es, mir in die Augen zu sehen, während er ein paar Schlucke trank. Natürlich würde er mir nicht verraten, dass er für die feinen großen Herren Bilder fälschte. Ich wollte nur seine Reaktion sehen.

„Keine Ahnung", sagte Flavio und spielte mit dem Kaffeelöffel. „Vielleicht hat er die Villa ja einfach geerbt." Gute Antwort. Aber sein ausweichender Blick hatte mir etwas anderes gesagt. Ich zuckte gleichgültig die Schultern.

„Und wenn schon", sagte ich. „Das kann uns ja auch egal sein, woher der Ich-bin-was-Besseres-Herr sein Geld her hat." Ich nahm ebenfalls einen Schluck von meinem Kaffee und blickte aus dem Fenster, wo eine Straßenbahn vorbei fuhr. Wieso machte ich das eigentlich? Hatte

270

Jannis nicht gesagt, ich sei eine Gefahr für ihn? Wollte ich ihn in Gefahr bringen? Sollte ich nicht besser aufhören, nach etwas zu suchen, was nicht herauskommen sollte? Ich drehte meinen Kopf wieder zu Flavio. Ein wenig neugierig war ich trotzdem. Was ich hier mit Flavio besprach, musste ja niemand herauskriegen.

„Hast du dir schon die Caspar - David - Friedrich - Ausstellung angesehen?", wechselte ich scheinbar das Thema, und Flavio zuckte unmerklich zusammen.

„Ich liebe Caspar David Friedrich. Vor allem den Wanderer über dem Nebelmeer. Unsere Hauptattraktion im Hamburger Kunsthaus. Zumindest für mich ist er das. Mein absolutes Lieblingsbild. Also? Hast du sie dir gestern angesehen? Die Ausstellung?" Flavio schüttelte den Kopf und blickte weiter nur auf seinen Kaffee.

„Oh, wie schade. Wirst du das noch machen? Also, das sollte eigentlich keine Frage sein. Du *musst* sie dir unter allen Umständen noch ansehen." Das meinte ich tatsächlich so. Ich stupste Flavio freundschaftlich an.

„Du könntest dein Bild mit dem Mönch ja dazu hängen. Das würde sicherlich niemandem auffallen", gab ich vor zu scherzen und zwinkerte ihm zu. Flavio sah mich verwirrt an. „Ich habe mal gelesen, dass in vielen Kunstmuseen Fälschungen hängen und außer den Fälschern und Auftraggebern niemand davon weiß." Flavio wurde weiß um die Nase.

„Ich ... ich sollte jetzt besser gehen", sagte er. Er griff in seine Tasche und holte einen Zwanzig-Franken-Schein raus. „Ich lade dich ein, Nike." Er legte das Geld auf den Tisch und stand auf. „Pass gut auf dich auf", flüsterte er und verschwand mit schnellen Schritten. Ich lehnte mich zurück und presste meine Lippen aufeinander. Verdammt. Jetzt hatte ich ihn vergrault. Dabei hatte ich das doch gar nicht gewollt. Ich hätte subtiler vorgehen sollen. Aber lag es nicht auf der Hand, dass Flavio für die feinen großen Herren, wie er sie nannte, Bilder fälschte und dass es dabei um die Gemälde von Caspar David Friedrich ging? Nur … was sollte ich mit dem Wissen jetzt anfangen?

# Kapitel 16

„Meine Überraschung ... kommt?", fragte ich erstaunt. Was mochte das sein? Jannis würde mir wohl kaum einen Hund schenken. Aber wer oder was könnte denn kommen?

„Was ist es, Jannis?", fragte ich ungeduldig, doch da klopfte es schon an die Tür. Jannis stand auf und ließ den Gast herein.

„Bonjour, Pascal, entrez", hörte ich ihn sagen. Pascal? Wer zum Teufel war denn Pascal? Da führte Jannis Pascal auch schon ins Zimmer. Pascal war ein großer hagerer Mann mit dunklem, etwas fettigem Haar, und er trug einen weißen Malerkittel. Unter seinem rechten Arm trug er eine riesige Leinwand. Außerdem hatte er einen großen Rucksack auf, in dem er vermutlich Malutensilien transportierte. Was sollte das hier werden?

„Pascal, est-ce-que je peux vous présenter Nike? Nike, das ist Pascal." Pascal lächelte mich kurz an, dann begann er schon damit, seine Rucksack auszupacken, in dem sich tatsächlich Pinsel und Farben befanden. Schon in wenigen Sekunden hatte er eine Staffelei aufgebaut und die Leinwand darauf gestellt.

„Was wird das hier, Jannis?", wollte ich wissen.

„Pascal ist ein ausgezeichneter Maler. Es ist sehr schwer, einen Termin mit ihm zu bekommen. Er wird jetzt ein Bild von dir zu malen." Ich sah Jannis ungläubig an.

„Du hast einen Künstler engagiert, der mich malen wird?" Ich war verwirrt. Warum wollte Jannis ein Bild von mir? Jannis beugte sich zu mir.

„Pascal ist bekannt für seine Akte." Ich starrte ihn mit weit aufgerissenen Augen an.

„Bitte ... was?", fragte ich.

„Du bist schön wie ein Kunstwerk, Nike. Und ich möchte dich als Kunstwerk verewigen lassen. Denk nur an *Velazquez` Venus vor dem Spiegel. Tiziano Vecellios Venus von Urbino.* Oder *Olympia* von *Manet.* Genau so möchte ich dich." Ich holte tief Luft.

„Du willst also, dass ich mich nackt vor Pascal auf das Sofa lege?" Ich beugte mich zu Jannis und flüsterte:

„Er wird *alles* sehen."

„Natürlich wird er alles sehen. Wie soll er dich sonst malen? Wenn ich gewollt hätte, dass er einen Sack malt, hätte ich dich in einen Sack gesteckt." Er grinste, und ich wollte ihm gegen die Brust schlagen. Doch er war schneller und hielt meine Hand fest.

„Los jetzt, zieh dich aus und mach es dir bequem." Er zog mich mit einem Ruck eng an sich und raunte mir zu, so dass nur ich ihn verstehen konnte: „Es wird dir gefallen." Meine Wangen waren gerötet, und mein Körper kribbelte, während ich auf dem Sofa lag und

Pascal zwischen mir und der Leinwand hin- und hersah. Es war, als würde er meinen Körper mit einem Pinsel streicheln, obwohl er mich nicht berührte. Oder waren es Jannis' Blicke, die dieses Gefühl in mir hervorriefen?

„Wusstest du, dass Manets Olympia eine Prostituierte verkörpert?", fragte mich Jannis. „1865 wurde das Bild das erste Mal auf dem Pariser Salon ausgestellt, und es löste einen Skandal aus." Ich runzelte meine Stirn, was mir einen genervten Blick von Pascal einbrachte.

„Ich hoffe, du siehst in mir nicht diese Olympia und lässt Pascal Manet nachmalen." Jannis lachte.

„Einen Teufel werde ich tun. Ich möchte doch nicht riskieren, dass mir jemand mein Bild entwendet, weil er es für Manets Olympia hält?" Er schaute auf Pascals Leinwand. „Glaub mir, dieses Gemälde wird mein wertvollstes sein." Dann trafen sich unsere Blicke, und meine Wangen wurden heiß.

„Weißt du, wie unwiderstehlich du gerade aussiehst?" Jannis' Stimme war heiser. Es war eine Feststellung, keine Frage, denn ich sah, wie hart er war. „Ich würde dich jetzt gerne lecken und anschließend von hinten nehmen."

„Jannis!", raunte ich ihm zu und sah zu Pascal, der keine Miene verzog und in aller Seelenruhe weiter malte. „Pascal versteht kein Wort deutsch. Wir können also ruhig Dirty Talk betreiben." Seine Augen wurden dunkel. „Außerdem würde ich dich mich reiten lassen. Hier auf dem Sofa. Ich würde dich an deinen Hüften packen und mich bei jeder deiner Bewegungen tief von unten in dich hineinstoßen." Oh Gott! Wieso gefiel mir es, wenn Jannis so redete? Meine Brustwarzen wurden hart, und ich fühlte ein Ziehen zwischen meinen Beinen. „Sag mir, was du möchtest." Ich fuhr mir mit der Zunge über meine Lippen.

„Ich ... ich möchte dich in mir spüren. Tief und hart. Ich ... möchte dich überall küssen."

„Was noch?"

„Ich möchte, dass du meine Nippel zwischen deine Lippen saugst und mit deiner Hand meine Klit massierst."

Jannis ließ seine Augen über meinen Körper gleiten, sog die Luft ein und sagte mit auffallend ruhiger Stimme:

*„Pascal, est-ce-que vouz pouvez quitter la chambre s`il vous plait? Attendez devant la porte."*

Kommentarlos verließ Pascal das Zimmer, während mich Jannis wie ein Raubvogel im Visier hatte – bereit, sich jeden Augenblick auf seine Beute zu stürzen.

„Noch eine Sekunde länger, und ich hätte mich nicht mehr zurückhalten können." Bevor ich überhaupt noch etwas sagen konnte, kniete Jannis schon zwischen meinen Beinen und drang mit zwei Fingern tief in mich ein, während er seine Zunge über meine geschwollene Klit kreisen ließ und sie mit leichten Zungenschlägen massierte. Ich vergrub meine Hände in seinen Haaren und streckte ihm meine Hüfte entgegen, damit er mir noch näher war.

„Jannis, ich ..." Ich war kurz davor zu kommen, obwohl er mich kaum berührt hatte. Er sog meine Klit zwischen seine Lippen, und dann war es für mich vorbei. Ich erzitterte am ganzen Körper und kam so heftig, dass mir kurz schwarz vor Augen wurde. Ich war noch nicht klar bei Bewusstsein, als Jannis mich auf seinen harten Schwanz setzte und ich ihn tief in mir aufnahm. Ich war immer noch wie berauscht und krallte meine Hände in seine Unterarme. Meine Lippen zitterten, und ich erschauderte am ganzen Körper, während ich mich auf und ab bewegte. Mit jedem Stoß verlor zunehmend die Kontrolle und spürte, wie sich die nächste Welle in mir aufbaute. Ich schloss die Augen und warf meinen Kopf in den Nacken. Plötzlich zog sich Jannis aus mir heraus und drehte mich mit einem Griff um.

„Ich werde ich jetzt von hinten nehmen, wie ich es dir versprochen habe", sagte er schwer atmend und rammte sich in mich hinein. Er packte meine Haare und zog meinen Kopf nach hinten, während er immer tiefer und schneller in mich hineinstieß, bis ich in seinen Händen erstickt aufschrie und zusammen mit ihm kam.

„Mia, fuck, Mia!", stöhnte Jannis. Dann zog er mich in seine Arme und vergrub seinen Kopf in meiner Halsbeuge. Ich spürte seinen Herzschlag und seine Wärme. Und es fühlte sich perfekt an.

# Kapitel 17

Wieso hatte Jannis nach unserem Sexintermezzo Pascal wieder ins Zimmer geholt und ihm aufgetragen, meinen Gesichtsausdruck auf dem Bild festzuhalten? Ich wäre am liebsten vor Scham im Erdboden verschwunden. Doch Pascal hatte sich nichts anmerken lassen und sich ausschließlich wieder seinem Kunstwerk gewidmet. Bei diesem Pokerface und dieser Verschwiegenheit war er der perfekte Kunstfälscher. Ich blickte zu Jannis, der neben mir an Bord der Luxusyacht des Gastgebers Hans von Hirschenfels stand und musste augenblicklich daran denken, wie ich es genossen hatte, ihn tief in mir zu spüren. Jannis bemerkte meinen Blick und lächelte mich an. Ob er wusste, dass ich gerade an den Sex heute Nachmittag mit ihm dachte? Er drückte kurz meine Hand und wandte sich dann wieder an die ältere Dame, die sich nicht entscheiden konnte, welches der Kunstwerke sie heute Abend ersteigern sollte.

„Dann werde ich eben alle kaufen", trällerte sie. Nur mit Mühe konnte ich ein Augenrollen unterdrücken.

Es war eindeutig, dass sie sich über ihre Kleidung, ihren mit Diamanten besetzten Schmuck und ihre Handtasche, die wahrscheinlich mehr gekostet hatte als ein Kleinwagen, definierte, weil sie es nicht geschafft hatte, ihrem Leben einen Sinn zu geben. Sie erinnerte mich an Madame de Pompadour auf dem Gemälde von François Boucher mit ihrem ausladenden zartgrünen Kleid, den Röschen und der Hochsteckfrisur. Fast hätte sie mir schon leidgetan, wenn sie mich nicht mit ihrer hochnäsigen Art genervt hätte. Wir waren vor einer Stunde an Bord gekommen, hatten bisher nur Smalltalk betrieben und Sekt getrunken. Ich versuchte, mir nicht anmerken zu lassen, was ich von dieser Veranstaltung mit gelangweilten Millionären hielt und gab mein Bestes bei der wenig geistreichen Konversation. Eine Dame wollte wissen, woher ich mein Kleid hatte und fragte unverblümt, ob Schlichtheit die neue Eleganz sei. Eine andere interessierte sich für meine Haare, weil sie ihre demnächst auch blond färben wollte, und ein Mann in Jannis` Alter erzählte mir in aller Ausführlichkeit von seinen Segeltörns, ohne zu bemerken, dass ich immer wieder ein Gähnen unterdrückte. Blub, blub, blub... Über Kunst sprach niemand. Nicht einmal, wenn ich das Thema anschnitt. Auch über die Caspar David Friedrich Ausstellung wurde nicht gesprochen, obwohl sie *die* Attraktion im Kunstmuseum von Zürich war.

„Was ist das hier für eine Zirkusveranstaltung?", murmelte ich genervt in Jannis` Ohr. Ich hatte die Nase voll von diesem leeren Gefasel und der Selbstdarstellung.

„Zirkusveranstaltung?",      wiederholte      Jannis
murmelnd, und um seine Mundwinkel zuckte es. Dann
beugte er sich zu mir. „Treffender hätte ich es nicht
beschreiben können. Lass uns unter Deck gehen. Die
Auktion wird ohnehin demnächst beginnen."

„Eine prima Idee. Dann muss ich kein Smalltalk mehr
mit Menschen betreiben, die meinen, ihrem Leben
durch den Kauf eines Kunstwerkes mehr Glanz verleihen
zu können, obwohl sie sich nicht einmal ansatzweise für
Kunst interessieren", raunte ich Jannis zu.

Wir waren nicht die Ersten im Auktionsraum, und ich
konnte kaum glauben, dass sich tatsächlich einige der
Gäste für die Versteigerung interessierten. Ging es heute
Abend wirklich nur um eine Party für gelangweilte
Millionäre und die Versteigerung von ein paar Bildner
aus der Privatsammlung von Hirschenfels, oder war auch
diese    Veranstaltung    nur    ein    Deckmantel    für
Kunstfälschung?

„Ist Flavio heute hier?", platzte es plötzlich aus mir
heraus, als wir uns gesetzt hatten.

„Wie kommst du jetzt auf Flavio? Aber nein, ich
denke nicht."

Jannis drückte mir einen Prospekt in die Hand. „Das
sind die Gemälde, die gleich versteigert werden sollen.
Interessieren dich die Werke oder möchtest du mit mir
lieber über deinen Friseur sprechen?" Er zwinkerte mir
zu und stöhnte eine Sekunde später leise auf, als ihm
Madame de Pompadour zuwinkte. Wie nicht anders zu
erwarten war, nahm sie in der ersten Reihe Platz. Ich

legte den Prospekt zur Seite und ließ meinen Blick durch den Raum schweifen. Nein. Auch hier war Flavio nicht.

„Wieso denkst du, dass Flavio heute nicht hier sein wird?", wandte ich mich erneut an Jannis. Inzwischen hatten gut zwanzig weitere Gäste auf den Stühlen Platz genommen.

„Vermisst du ihn?"

„Vielleicht", gab ich frech zurück. Jannis beugte sich zu mir.

„Willst du wissen, was ich mit dir machen werden, wenn du unartig bist?", hauchte er in mein Ohr, und meine Nackenhärchen stellten sich auf.

„Du kannst es mir ja nachher zeigen, wenn wir wieder im Hotel sind." Ich hörte, wie Jannis scharf die Luft einsog und dann langsam wieder ausatmete.

„Worauf du dich verlassen kannst."

Da wurde das Licht im Zuschauerraum gedimmt und nur noch die kleine Bühne vorne wurde beleuchtet. Im Saal wurde es ruhig, und ein rundlicher Herr Mitte vierzig eröffnete nach einer kurzen Begrüßung der Gäste die Auktion.

„Das erste Gemälde, das heute Abend zu Versteigerung kommt, ist ein Werk des Künstlers Romero Britto. Er ist bekannt für seine Fröhlichkeit, die in seinen bunten Farben zum Ausdruck kommt." Er zeigte auf einen blauen Stiefel mit schwarzen Punkten vor einem überwiegend grauen Hintergrund. Ich mochte Romero Britto und seine lebensbejahende und farbenfrohe Kunst. Nur würde ich mir nicht gerade diesen Schuh als Bild kaufen. Ich kannte seine Pop-Art-Hunde und Katzen, die ich sofort in meiner Wohnung aufhängen würde. Die ersten Gebote wurden abgegeben, und ich musste zugeben, dass ich diesem Werk nicht nachheulen würde. Tatsächlich boten aber einige darauf, ganz vorne mit dabei Madame de Pompadour. Schließlich ging es für vierzig tausend Franken an einen hageren Mann, der mehr Haare im Gesicht als auf dem Kopf hatte. Romero Britto war ein jüngerer Künstler, und er lebte noch, weshalb seine Werke im Vergleich zu Werken von Verstorbenen noch verhältnismäßig günstig waren. Von daher lohnte es sich also immer, in seine Bilder zu investieren.

„Wieso hast du nicht mitgeboten? Das Bild wird doch sicher noch im Wert steigen, oder nicht?", wollte ich von Jannis wissen, während der Auktionator das nächste Gemälde vorstellte.

„Ich habe schon einige Werke von ihm."

Ach so. Klar. Das hätte ich mir ja denken können. Einige Werke? Wie viele das wohl sein mochten?

„Auch einen Hund?", hakte ich nach.

„Auch einen Hund."

„Und eine Katze?"

Jannis nickte und bedeutete mir, still zu sein, da die nächste Auktion begann. Wieder wurden munter Gebote abgegeben, und ich hatte den Eindruck, dass es auch hier nur um Selbstdarstellung und nicht um die Kunst ging. Dieses Mal bekam Madame de Pompadour den Zuschlag, und das Theater, das sie deswegen veranstaltete, erinnerte an ein Kind, das unter dem Aufmerksamkeitsdefizit-Syndrom litt.

„Sind die Bilder echt?", flüsterte ich in Jannis Ohr.

„Wer weiß das schon", gab er zurück.

Ich sah ihn mit großen Augen an.

„Weißt du es nicht, oder willst du es mir nicht sagen?"

„Gefällt dir das Gemälde?", fragte mich Jannis, statt eine Antwort zu geben. Ich blickte nach vorne und sah ein Landschaftsbild, auf dem ein See und Berge zu sehen waren. Ich schluckte. Das Bild kannte ich. Es war ein Aquarell von Ernst Ludwig Kirchner und hieß „*See vor hügeliger Landschaft*". Es bestand im Wesentlichen aus grünen, blauen und lilafarbenen Tönen, die eher blass und transparent wirkten. Im Hintergrund waren Berge zu sehen und ein Kirchturm. Mir gefiel das Bild. Es hatte etwas Zartes an sich und strahlte eine innere Ruhe aus.

„Ich finde es wunderschön", wisperte ich.

„Was gefällt dir daran?", wollte Jannis wissen und gab ein Gebot ab.

„Es ist diese Ruhe, die das Bild ausstrahlt. Die Natur, die so zart wirkt und doch so viel Kraft ausstrahlt. Sie lässt den Betrachter eintreten und umhüllt ihn mit einem Gefühl der Glückseligkeit." Ich atmete tief ein und schloss für einen Moment die Augen, und die kleinen Wellen trugen mich davon. Leicht und schwebend, mit Jannis an meiner Seite. Ich war glücklich, und für einen Moment hatte ich alles andere vergessen.

Ich hörte nur noch wie der Auktionator von Unikat sprach und hervorragender Geldanlage, als Jannis meine Hand drückte.

„Zufrieden?", fragte er mich und riss mich aus meinen Gedanken. Hatte er etwa das Bild ersteigert? Verwirrt blickte ich nach vorne, wo der Auktionator stand und das Gemälde einem Mitarbeiter gab, der damit in einem Nebenraum verschwand. Hatte ich geträumt? Jannis sah mich mit einem Lächeln abwartend an.

„Du hast es ersteigert?", fragte ich überflüssigerweise.

„Es passt zu dir." Jannis nahm meine Hand und küsste meine Fingerspitzen. Es war intim und sinnlich, und ich spürte die Hitze zwischen meinen Beinen.

„Es hat einen ganz besonderen Zauber", sagte ich.

„Genau deshalb habe ich es ersteigert. Es ist etwas ganz Besonderes. So wie du." Um uns herum wurde es unruhiger, da die Auktion beendet war, und ich wünschte mir, ich könnte mit Jannis wieder zurück ins Hotel gehen und mit ihm all die unanständigen Dinge tun, von denen er mir heute Nachmittag erzählt hatte. Oder er könnte mir zeigen, was er mit mir machte, weil ich unartig war. Allein schon der Gedanke daran ließ meine Wangen erröten. Aber leider war das ein Wunschdenken, da jetzt die „After-Show-Party" losging. Warum nur liebten Menschen Partys? Ich wäre jetzt viel lieber alleine mit Jannis.

„Ich danke Ihnen allen für Ihr Kommen und Mitwirken an der Auktion und wünsche Ihnen viel Freude mit Ihren neuen Kunstwerken. Sie sind nun alle herzlich eingeladen, mit mir wieder an Deck zu gehen, wo ein Buffet, Musik und Tanz auf Sie warten!" Du lieber Himmel! Auch noch Musik und Tanz. Wenn der Abend doch nur schon vorbei wäre.

„Gratulation, Jannis!", rief ein Herr mit grau meliertem Haar, der plötzlich vor uns stand. Woher war der denn auf einmal hergekommen? Hatte er das Apparieren in Hogwarts gelernt? „Du hast eben immer den richtigen Riecher, wenn es um Kunstschätze geht, nicht wahr?" Jannis nickte ihm freundlich zu. Dann wandte er sich an mich.

„Nike, darf ich dir meinen alten Geschäftsfreund Christoph vorstellen?"

„Welch bezaubernde Begleitung", sagte Christoph, nahm meine Hand und hauchte mit einer kleinen Verbeugung einen Kuss darauf. Ich kam mir vor wie in einem alten Spielfilm, als die Damen Reifröcke trugen und die Herren Strumpfhosen. So alt war Christoph ja nun auch wieder nicht. Aber altmodisch – wie sein Einstecktuch verriet. Ich lächelte ihn höflich an und hoffte, er würde nicht merken, dass ich ihn nicht mochte. Sein Blick gefiel mir genau sowenig wie seine schmierige Art, und ich wünschte, ich würde über die Kunst des Disapparierens verfügen. Am liebsten zusammen mit Jannis direkt in mein Bett.

„Meine bezaubernde Begleitung heißt Nike, und sie ist bereits in festen Händen. Also versuch erst gar nicht, sie mit deinem Charme zu umgarnen", warnte Jannis und zog mich eng an sich. Christoph fixierte mich, und ein eisiger Schauer durchfuhr meinen Körper.

„Wie schon gesagt. Du hast ein Händchen für wahre Schätze. Und für bezaubernde. Nike, wie gefällt dir die Veranstaltung bisher?" Es fiel mir schwer, meine Abneigung gegen Christoph zu verbergen. Ich atmete einmal tief durch und sagte mir, dass ich professionell bleiben musste.

„Oh, sehr gut. Die Bilder, die versteigert wurden, waren außergewöhnlich. Ich hätte nicht gedacht, dass man sich so einfach von so schönen Kunstwerken trennen kann. Ich selbst könnte es, glaube ich, nicht." Christoph lächelte mich anzüglich an.

„Nun, Jannis fällt es leicht. Das ist schließlich sein Job. Kaufen und verkaufen. Aber vielleicht bekomme ich ja gerade dadurch eine Chance bei dir?" Er lachte frivol über seinen vermeintlichen Witz und warf Jannis einen herausfordernden Blick zu.

„Von wahren Schätzen trenne auch ich mich nicht", gab Jannis zurück. Oh Gott! Nicht das noch! Ich wollte nicht, dass sich Jannis mit diesem Hornochsen duellierte.

„Aber natürlich bin ich froh darüber, dass sich Menschen von ihren Kunstwerken trennen können. Sonst hätte Jannis nicht dieses wunderschöne Bild von Kirchner ersteigern können. Es ist traumhaft schön. Ich liebe es jetzt schon", sagte ich daher schnell.

„Ja, Nike, das kann ich mir denken. Es ist auch ein ... nun, sagen wir mal ... außergewöhnliches Werk. Aber Jannis wird es dennoch wieder weiter verkaufen. Er wird sich daher erst gar nicht in das Bild verlieben. Als Kunsthändler darf man keine persönliche Beziehung zu einem Kunstwerk aufbauen, nicht wahr, Jannis?"

„Richtig, als Kunsthändler darf man keine Gefühle aufkommen lassen, wenn es darum geht, *Kunstwerke* zu kaufen und wieder zu verkaufen." Er warf mir einen warmen Blick zu, und meine Knie wurden weich. Okay. Ging es jetzt um Kunstwerke oder um mich? So langsam wurde mir das alles zu viel. Ich musste dringend an die frische Luft. Hier unter Deck konnte ich keinen klaren Gedanken fassen. Christoph nickte bedächtig und sah von Jannis zu mir und dann wieder zu Jannis. Er klopfte ihm jovial auf die Schulter und verzog sein Gesicht.

„Wird man emotional, wird man verletzlich und beginnt, Fehler zu machen. Dann ist man raus aus dem Geschäft." Jannis nickte kühl.

„So ist das wohl. Aber jetzt haben wir genug über das Geschäftliche gesprochen. Wir wollen uns schließlich auch noch ein wenig amüsieren." Er sah sich kurz um. „So wie es aussieht, sind alle anderen schon an Deck gegangen. Also, worauf warten wir noch? Christoph, wir sehen uns." Christoph deutete eine kleine Verbeugung vor mir an und verschwand in Richtung Kajüte. Ich atmete erleichtert auf. Endlich war er weg und wir konnten hier raus. Aber... wieso war Christoph in die Kajüte gegangen und nicht an Deck? Was machte er hier unten in der Kajüte?

„Jannis?", fragte ich, als wir die Treppe nach oben stiegen, von wo schon Musik zu uns drang. „Ist Christoph etwa..."

„... der Eigentümer der Bilder, wolltest du fragen?" Er hielt mir die Tür auf, und ich trat zusammen mit ihm nach draußen. Es war inzwischen dunkel geworden, aber an Deck hingen überall leuchtende Lampions und verbreiteten ein warmes stimmungsvolles Licht. Ich schloss für ein paar Sekunden meine Augen und atmete tief die frische Luft ein. Dann sah ich zu Jannis und nickte. „Ja, genau. Das wollte ich fragen. Er ist es, richtig?", fragte ich, obwohl ich seine Antwort schon kannte.

Jannis nahm mich in seine Arme und drückte mich an sich. „Ja, er ist der Eigentümer der Bilder, der Yacht, mehrerer Immobilien im In- und Ausland und vielem anderen mehr", flüsterte er in mein Ohr. Er rieb seine Nase an meinem Hals. „Christoph Graf zu Hirschenfels. Ein altes, alles andere als verarmtes Adelsgeschlecht. Daher die angestaubten Manieren."

„Das erklärt alles", stellte ich fest. Jannis nahm meine Hand.

„Hast du Hunger?"

„Und wie. Ich sterbe gleich vor Hunger."

„Na, dann komm."

Nachdem wir uns am Buffet bedient hatten, setzten wir uns mit den Tellern und Getränken an einen kleinen Tisch etwas abseits von allen anderen. Endlich Ruhe. Ich war froh, dass Jannis den Trubel auf der Tanzfläche mied.

Wir sahen schweigend auf den See hinaus, während wir aßen. Die Wellen plätscherten leise an den Bug der Yacht, und aus Lautsprechern ertönte leise Musik. Ich schmiegte mich an Jannis und sah zu ihm auf.

„Ich wünschte, wir könnten für immer hier sitzen, leckere Sachen essen, auf das dunkle Wasser hinaus schauen und zu den Lichtern am Ufer, mit sanften Musikklängen im Hintergrund..." Jannis legte seinen Arm um meine Taille und zog mich zu sich. Er fühlte sich warm an, und da merkte ich, dass mir langsam kühl wurde. „Mit dir an meiner Seite."

„Der Zauber liegt stets in dem, was wir nicht oder nur für eine begrenzte Zeit haben können. Was wir bereits dauerhaft besitzen, verliert für uns an Reiz", sagte er und trank ein paar Schlucke Wein, während ich über seine Worte nachdachte. Er sah mich an. „Was denkst du, weshalb Christoph nicht hier oben bei uns an Deck ist? Er ist all dem hier überdrüssig geworden. Genieß den Augenblick, solange du es kannst. Diese Augenblicke werden in unseren Erinnerungen das Wertvollste sein, das wir jemals hatten." Mir war klar, dass Jannis damit uns beide meinte. Auch unsere gemeinsame Zeit war begrenzt. Aber... ob ich seiner jemals überdrüssig werden würde? Würde ich für ihn mit der Zeit an Reiz verlieren? War ihm diese eine Woche wirklich so viel Geld wert? War sie ihm mehr wert als ein ganzes Leben? Auf einmal spürte ich einen unangenehmen Druck in meiner Brust. Ich wollte nicht, dass es bald vorbei sein würde. Ich wollte, dass es für immer so blieb.

„Oh Augenblick, verweile doch, du bist so schön...",
murmelte ich, und Jannis streichelte mir über meinen
Arm.

„Faust. Eines meiner Lieblingszitate", sagte er. Ich
setzte mich sofort aufrecht hin.

„Deines auch? Das wusste ich nicht. Die meisten
Menschen verdrehen die Augen, wenn ich es sage."

„Sie haben keine Ahnung, worum es im Leben geht."
Ich lehnte meinen Kopf an Jannis' Schulter und
wünschte, die Zeit würde für immer genau in diesem
Augenblick stehen bleiben. Ich wollte ihn festhalten. Ihn
nie wieder loslassen. Dann beugte sich Jannis zu mir und
küsste mich. So, wie er es bisher noch nie getan hatte.
Irgendetwas war anders als sonst. Dieser Kuss berührte
mich tief in meinem Innersten. In meinem Herz.

„Jannis?" Plötzlich riss uns eine schrille Stimme
auseinander. Ich sah auf, und vor uns stand eine Frau in
einem hautengen grellpinken Glitzerkleid. Fuck! Wo
kam diese Barbie mit ihren langen blonden Haaren denn
auf einmal her? Sie sah aus wie ein lebendes
Pop-Art-Kunstwerk. Wieso war sie mir bisher nicht
aufgefallen? Beherrschte sie etwa auch die Kunst des
Apparierens? Sie wird ja wohl kaum hierher
geschwommen sein. Oder war sie eine dieser
Nixenbarbies, die an Land Beine bekamen? Ich blinzelte,
da ich merkte, wie meine Fantasie mit mir durchging.

„Patricia!", sagte Jannis in einem überraschten Ton.
Okay, er hatte sie also auch erst jetzt gesehen.

„Richtig! Du kennst meinen Namen also noch." Sie drehte sich zu mir. „Und wer ist diese reizende junge Dame?" Sie setzte ein falsches Lächeln auf und legte ihren Kopf schief. „Oh, entschuldigt bitte, ich hoffe, ich habe euch nicht gestört." Sie musterte mich etwas abfällig von Kopf bis Fuß.

„Nike", stellte ich mich daher vor, nachdem Jannis nichts gesagt hatte.

„Nike, soso ...", sagte Patricia nur. Es entstand eine unangenehme Stille, bis Jannis sie unterbrach.

„Was willst du, Patricia?" Sein Ton war ungewöhnlich scharf.

„Darf ich mich nicht ein wenig mit einem alten Freund unterhalten?" Pinkie zog einen übertriebenen Schmollmund. Oh Gott, was passierte hier? Ich war immer noch durcheinander von dem Kuss und nun schien Barbie das Gefühlschaos, das in mir tobte, zu verstärken.

„Ich ... muss sowieso gerade zur Toilette." Genau genommen, musste ich gar nicht zur Toilette, sondern wollte mir darüber klar werden, was bei diesem Kuss passiert war. Ich durfte keine Gefühle zulassen. Das hier war ein Spiel. Mehr nicht. Und in wenigen Tagen schon wieder vorbei. Verdammt. Wieso reagierte ich dann so, als wäre es echt? Dieser Kuss war kein Spiel... Bevor Jannis etwas sagen konnte, war ich auch schon verschwunden. Ich ging die Treppe hinunter und lief den Gang entlang. Mein Kopf schwirrte. Mein Herz raste und mir war schwindelig. Ich blieb stehen und lehnte mich gegen die Wand. Wartete darauf, bis sich mein Atem beruhigte. Mein Pulsschlag normalisierte. Ich schloss die Augen und konjugierte in meinem Kopf. Sum, es, est, sumus, estis, sunt. Eram, eras, erat...

„Christoph, wann hast du endlich genug? Du spielst Monopoly mit Kunstwerken und jedes Mal, wenn du eins zu einem guten Preis verkaufst, bestellst du schon das nächste", sagte eine Männerstimme mit russischem Akzent. Ich wurde aufmerksam.

„Dann, wenn ich genug habe." Christoph lachte, und ich bekam eine Gänsehaut. „Mir geht es einzig und allein um das Spiel, Michail. Verstehst du? Beim Spiel geht es nur ums Gewinnen. Der Sieg ist der Preis. Um das Geld geht es mir schon lange nicht mehr. Ich müsste schon mehrere Leben haben wie eine verdammte Katze, wenn ich das ganze Geld jemals ausgeben wollen sollte." Mist. Ich stand mitten im Durchzug, und ich fröstelte. Aber ich wollte weiter zuhören. Ich legte meine Arme um meine Taille und versuchte, mich selbst zu wärmen.

„Du wirst leichtsinnig, Christoph." Ich hörte, wie jemand etwas in ein Glas einschenkte.

„Ich steigere nur das Risiko. Nichts ist langweiliger als ein Spiel ohne Risiko. Es ist wie Blümchensex. Darauf kann ich verzichten. Prost." Zwei Gläser stießen aneinander.

„Der Kleinen letztes Wochenende hattest du aber ganz schön zugesetzt. Ich habe ihre Würgemale am Hals gesehen."

„Michail, glaub mir, die Kleine stand darauf. Beim Fisting ist sie so abgegangen, dass ich ihre Schreie ersticken musste." Ich musste würgen. Wollte ich mir das wirklich anhören?

„Ich will dir nur sagen, dass du es nicht übertreiben sollst, mein Freund. Sei einfach vorsichtig, ja?"

„Vertrau mir. Ich gehe immer nur so viel Risiko ein, dass ich die Kontrolle behalte. Aber sag mal, was ist jetzt mit diesem Pascal, Michail?" Ich hielt den Atem an. Pascal? Was hatte Pascal jetzt damit zu tun?

„Er ist gut. Um nicht zu sagen: genial. Sein Monet übertrifft sogar noch das Original."

„Ist er also besser als Flavio?", wollte Christoph wissen.

„Flavio versteht sein Handwerk perfekt. Aber Pascal ... nun, er ist ein wahrer Künstler. Alles, was ich bisher von ihm gesehen habe, war täuschend echt. Ich möchte von mir behaupten, dass ich selbst nicht sagen könnte, welches Werk das Original ist, wenn ich beide nebeneinander liegen sehe. Wahrscheinlich sind in Moskau mittlerweile mehr Fälschungen in den Museen als Originale, und niemand weiß es." Er lachte, und meine Nackenhaare stellten sich dabei auf.

„Ich will ihn haben, Michail. Diesen Pascal. Wo ist er?" Ich schluckte. Oh Gott! Ging es denn nur noch um Kunstfälschung? Zuerst Flavio und jetzt Pascal. Monet. Caspar David Friedrich. Monopoly. In meinem Kopf drehte sich alles. Ich saß mitten in einem Wespennest.

„Morgen. Morgen werde ich ihn dir vorstellen."

Plötzlich kitzelte meine Nase. Mist. Wieso ausgerechnet jetzt? Ich hielt sie zu und versuchte, ein Niesen zu unterdrücken, schaffte es aber nicht.

„Was war das?", hörte ich Christoph fragen. Bevor ich auch nur eine Bewegung machen konnte, öffnete sich die Tür, und Christoph schaute mich aus schmalen Augenschlitzen an.

„Na, sieh mal einer an. Die bezaubernde Nike." Er kam zu mir und stellte sich dicht vor mich. „Was machst du hier?", fragte er mich mit bedrohlicher Stimme. Michail, ein großer hagerer Mann mittleren Alters, war ihm gefolgt.

„Wer ist sie?", wollte er wissen. Christoph schob eine Haarsträhne aus meinem Gesicht. Er war mir so nah, dass ich seinen nach Whisky stinkenden Atem riechen konnte. Ich wandte mein Gesicht ab und wollte gehen. Doch er verstellte mir den Weg und packte mich am Handgelenk.

„Na? Wo möchtest du denn so plötzlich hin?"

„Ich ... ich war auf dem Weg zur Toilette", sagte ich. „Würden ... würdest du mich bitte gehen lassen?" Ich unternahm einen weiteren Versuch, mich an Christoph vorbeizudrängen, doch er hielt mich fest.

„Hast du uns belauscht?", fragte er mich mit einem gefährlichen Unterton. Ich schluckte.

„Wieso sollte ich dich belauschen? Ich möchte nur auf die Toilette und musste gerade niesen." Ich hörte, wie meine Stimme höher war als sonst.

„Willst du mir jetzt endlich mal sagen, wer die Kleine hier ist?", wiederholte Michail seine Frage.

„Sie ist Jannis` Begleitung. Nike", antwortete Christoph und sah mich dabei mit zusammengekniffenen Augen an. „Und ich frage mich, wer sie wirklich ist."

„Was?", entfuhr es mir.

Doch da umfasste er bereits unsanft meinen Arm, zog mich in seine Kajüte und stieß mich auf sein Bett. Michail folgte uns und schloss die Tür. Was sollte das hier jetzt werden? Ich setzte mich auf und musste gegen die in mir aufsteigende Panik ankämpfen.

„Was soll das? Mein Name ist Nike, und ich möchte auf der Stelle gehen." Ich ärgerte mich, weil meine Stimme leicht zitterte. Doch Christoph grinste über sein ganzes Gesicht.

„Oh, die Kleine möchte gehen. Hast du gehört, Michail?" Er wollte mir mit der Hand über die Wange streichen, doch ich drehte meinen Kopf zur Seite.

„Na, sie mal einer an. Sie will spielen", sagte er mit triefender Stimme. „Dann werden wir spielen. Wir zwei werden sehr viel Spaß miteinander haben." Ich sprang auf und wollte zur Tür rennen. Doch Christoph hielt mich am Handgelenk fest und zog meinen Kopf an meinen Haaren nach hinten.

„Du bleibst schön hier! Du weißt wohl nicht, wie man sich gegenüber seinem Gastgeber verhält!"

„Lass mich auf der Stelle los!", schrie ich und versucht, mich seinem Griff zu befreien. Aber ich hatte keine

Chance gegen ihn. Mit seiner ganzen Körpermasse drückte er mich gegen die Wand. Aus dem Augenwinkel konnte ich sehen, wie uns Michail beobachtete.

„Bitte, Michail, helfen Sie mir." Meine Stimme vibrierte. Doch Michael bewegte sich nicht, sondern lehnte mit verschränkten Armen neben der Tür.

„Ich liebe es, wenn sie sich wehren", sagte er stattdessen.

„Aufhören, habe ich gesagt. Ich will gehen!" Christoph schob mir mein Kleid nach oben und war gerade dabei, seine Hose zu öffnen, als die Tür schwungvoll aufflog. Meiner Kehle entsprang ein Schluchzer, als ich sah, dass es Jannis war.

„Lass sie sofort los!", brüllte er und riss mich an sich. Christoph gehorchte augenblicklich.

„Hey, Jannis, das war nur Spaß." Er hielt seine Hände abwehrend nach oben. „Du kennst mich doch. Ich spiele eben gern. Außerdem hat uns deine Kleine hier belauscht." Jannis schob mich hinter sich, und jetzt erst merkte ich, dass ich am ganzen Körper zitterte.

„Damit bist du zu weit gegangen, Christoph." Christoph rümpfte seine Nase und reckte sein Kinn in die Luft.

„Ich wusste nicht, dass du noch nicht genug von ihr hast. Dann gib mir Bescheid, wenn du mit ihr fertig bist." Schon flog eine Faust, und Christophs Nase blutete. Christoph sah überrascht auf sein Hemd, auf das das Blut tropfte und hob dann seinen Kopf wieder zu Jannis.

„Hey, ganz ruhig, mein Freund, was ist nur los mit dir?" Jannis schnaubte wütend.

„Du lässt die Finger von ihr, verstanden?" Christoph wischte sich mit dem Handrücken über die Nase.

„Okay, okay, ich hab's ja verstanden. Ich verstehe nur nicht, was mit dir los ist. Bei Patricia war es dir doch auch egal."

Ich blinzelte. Patricia? Die Barbie? Was war mit Patricia? Wollte Christoph etwa damit sagen, dass er und Jannis mit ihr etwas hatten?

„Nike ist nicht Patricia, okay?" Jannis klang bedrohlich. So hatte ich ihn noch nie erlebt. Christoph hob erneut abwehrend die Hände.

„Okay, Jannis. Alles gut. Ich wundere mich nur ..."

„Nike ist nicht Patricia. Und damit Schluss jetzt", sagte Jannis noch einmal bestimmend und wandte sich dann zu mir.

„Alles gut. Wir gehen jetzt", versuchte er, mich zu beruhigen, während ich immer noch am ganzen Körper zitterte. Verdammt, wo war ich da nur hineingeraten? Ging es in der Welt der Superreichen nur so zu? Dass man sich nahm, was man wollte und seine eigenen Gesetze machte? Wir verließen die Kajüte und Jannis brachte mich nach oben.

„Geht es dir gut? Hat er dir weh getan?", fragte er mich besorgt und begann sofort damit, mich zu untersuchen.

„Ich bin in Ordnung, Jannis. Aber ich bin froh, dass du gekommen bist. Ich weiß nicht, was sonst passiert wäre. Doch, ich weiß es, will es mir aber gar nicht vorstellen. Aber du warst zum Glück rechtzeitig da. Jannis, dieser Dreckskerl … er wollte … ich dachte, er hätte Manieren. Aber wahrscheinlich gehört es zu verstaubten Manieren, Frauen als Sexualobjekte zu betrachten. Du hättest hören sollen, wie er über eine Frau gesprochen hatte. Er hat sie misshandelt und war stolz darauf. Einfach nur widerlich. Ich habe Durst, Jannis und ich will so schnell wie möglich runter von diesem Schiff. Außerdem dachte ich, wir tanzen noch. Wo ist überhaupt diese Barbie abgeblieben?"

„Du bist total durcheinander", sagte er mit sanfter Stimme. Er hielt mich fest in seinem Armen, bis mein Atem ruhiger wurde und mein Herzschlag sich normalisiert hatte. Dann strich er mir eine Haarsträhne aus dem Gesicht und lächelte mich an. „Geht es wieder?" Ich nickte. „Komm, setz dich hierhin. Ich sorge dafür, dass uns ein Motorboot zum Hotel zurück bringt." Jannis brachte mich zu einem Liegestuhl und legte eine Decke um mich. Erst jetzt merkte ich, wie kalt mir war.

„Ich bin gleich wieder da, okay?" Ich schloss die Augen. Doch kaum hatte ich sie zu, sah ich Christophs abstoßendes Gesicht vor mir. Schnell öffnete ich sie wieder und blickte zum dunklen Nachthimmel hinauf. Ich wollte weg von diesem Schiff. Weg von diesen Menschen. Weg von all dem widerlichen Geld, das Menschen dazu brachte, ihre eigenen Gesetze zu machen. Jetzt. Auf der Stelle. Bevor sich Christoph wie ein Virus in meinem Kopf einnistete. Ich stand auf, um

Jannis zu suchen, konnte ihn jedoch nirgends hier oben an Deck finden. Aber ich wollte nicht noch einmal unter Deck und womöglich Christoph in die Arme laufen. Plötzlich hielt mich jemand von hinten am Arm fest, und ich zuckte zusammen.

„Mia, du solltest doch auf mich warten. Ist alles in Ordnung mit dir?" Er strich mir mit besorgter Miene über meine Wange. „Ist dir schlecht, Mia? Du bist ganz blass."

„Ich will so schnell wie möglich hier weg", sagte ich und kämpfte gegen die Bilder von Christoph in meinem Kopf an. Die Musik auf dem Boot hörte ich nur noch gedämpft, und ich hatte Angst, ohnmächtig zu werden, da mir schwarz vor Augen wurde.

„Ich habe alles organisiert. Das Motorboot wartet schon auf uns." Jannis zog sein Jackett aus und legte es mir um die Schultern.

„Komm", sagte er und umfasste meine Taille. Wir gingen bis zum Ende der Yacht und kletterten über eine kleine Leiter in das Boot. Kaum hatten wir Platz genommen, fuhr es auch schon zurück. Über das schwarze Wasser, bis die Dunkelheit uns verschluckte. Ich lehnte mich an Jannis und genoss das Schaukeln auf den Wellen. Es war beruhigend, und ich begann, mich allmählich zu entspannen.

„Es tut mir leid", sagte Jannis und streichelte mir über den Rücken.

„Du kannst ja nichts dafür. Außerdem bist du ja noch rechtzeitig gekommen. Was ist das eigentlich für ein widerliches Schwein? Machst du wirklich Geschäfte mit ihm?"

„Man kann sich seine Geschäftspartner nicht immer aussuchen. Irgendwo wird Christoph auch seine Anzüge kaufen und seine Yachten. Er ist also immer der Geschäftspartner auf einer Seite. So ist das Leben."

Das Boot legte an, und wir stiegen aus. Endlich hatten wir wieder festen Boden unter den Füßen. Jannis nahm meine Hand und ging mit mir den Weg zum Hotel zurück. Doch ich musste es jetzt endlich wissen. Ich wollte nicht ins Hotel zurück, als wäre nichts gewesen.

„Jannis", sagte ich und blieb stehen. Im matten Licht der Laternen sah mir Jannis in die Augen. Die Sterne waren verschwunden und über uns wölbte sich der schwarze Himmel, als wollte er, dass das, was Jannis jetzt gleich sagen würde, niemals ans Licht kam.

„Haben deine Geschäfte auch mit Kunstfälschung zu tun?" Jannis sah mich ernst an. Ein paar Sekunden, die sich gefühlt wie Stunden anfühlten, herrschte Schweigen.

„Ich handle mit Kunst, Mia. Kunst, die gefällt und für die Menschen bereit sind zu bezahlen."

„Sollte das ein Ja sein, Jannis? Und wenn ja, wieso sagst du es dann nicht einfach? Flavio und Pascal fälschen Bilder, die deine Geschäftspartner dann teuer verkaufen. Bist du an diesen Geschäften beteiligt, Jannis? Bitte Jannis, ich muss es wissen. Und weich mir bitte nicht wieder aus." Jannis sah mir direkt in die Augen und nickte dann.

„Ja, Mia, ich bin an den Geschäften beteiligt."

Ich hatte es geahnt und dennoch war ich geschockt. Ich fuhr mir mit meinen Händen durch die Haare. Wieso nur? Wieso war ich da hinein geraten? Und wieso musste Jannis daran beteiligt sein? Er war so anders als seine Geschäftspartner.

„Und, bevor du fragst, Jannis. Christoph hatte recht. Ich habe ihn belauscht."

„Das war mir klar. Du warst viel zu lange weg. Deshalb bin ich auf die Suche nach dir gegangen."

Jannis schob mir erneut eine Haarsträhne hinter das Ohr. Wahrscheinlich standen mir nach dem Vorfall mit Christoph alle Haare vom Kopf.

„Du hast mich also von einem Kunstfälscher malen lassen?"

„Pascal ist ein Künstler. Ein genialer Künstler. Und wenn du mich fragst, so ist er besser, als es Monet, Kandinsky, Warhol und all die anderen jemals waren. Du bist perfekt, Mia. Ich wollte, dass er dich genau so malt wie du bist, nachdem ich mit dir Sex hatte." Er küsste mich sanft auf meine Lippen. „Atemberaubend schön." Ich sah Jannis wie betäubt an.

„Aber er ist eben nicht Monet, Kandinsky oder Warhol. Und die Menschen bezahlen für einen Monet und nicht für einen Pascal. Das ist Betrug, Jannis." Jannis kniff die Lippen aufeinander.

„So ist es. So ist die Geschäftswelt der Reichen. Jeder will noch reicher werden. Die erste Million zu verdienen ist meist harte Arbeit. Willst du etwas erreichen, musst du mehr als 16 Stunden am Tag arbeiten. Wer schläft, verliert. Hast du dann die erste Million, wird es einfacher. Dann hast du Spielgeld, und das Spiel beginnt. Nenn es Monopoly. Nenn es Zocken. Hast du Geld, kannst du investieren. Du kannst Immobilien kaufen, aber auch Aktien. Oder eben Kunst. Diese Menschen, mit denen ich Geschäfte mache, kaufen Kunst nicht, weil sie sie lieben, Mia, sondern weil sie das Geld lieben. Die Superreichen selbst verdienen ihr Geld nicht auf ehrliche Weise. Sie lassen ihre Waren in Entwicklungsländern billig von Kinderhänden produzieren und verkaufen sie in Europa für teures Geld als Markenprodukte. Sie transportieren Tiere stunden- bis tagelang eingepfercht in Lastwagen ohne Pause und Versorgung ins Ausland, um noch mehr Gewinn zu machen, sie greifen Spendengelder ab, die für Kinderheime gedacht waren und sparen Millionen an Steuerzahlungen durch Tricks." Jannis blickte auf den dunklen See hinaus.

„Und ich verkaufe gefälschte Bilder an diese Menschen."

Ich schluckte. Ich wusste nicht, was ich dazu sagen sollte. Mein Kopf schwirrte. Auf einmal konnte ich nicht mehr gegen die Übelkeit ankämpfen, die in mir bei Jannis' Worten aufgekommen war, und ich konnte mich gerade noch von Jannis abwenden, als ich mich schon vornüber gebeugt übergeben musste. Ich wusste nicht, was schlimmer war – der Gallegeschmack in meinem Mund oder Jannis' Geständnis. Ja. Die Wahrheit konnte manchmal so bitter wie Galle sein. Irgendwann merkte ich, dass Jannis mich festhielt und mir ein Taschentuch gab.

„Alles gut?", fragte er mich, als ich mich wieder aufrichtete. Ich sah ihn verwirrt an.

„Wenn du damit meinst, ob ich mich vorerst ausgekotzt habe, ja. Ansonsten: nein." Jannis schaute mich zerknirscht an. Dann wollte er meine Hand nehmen, aber ich entzog sie ihm und legte meine Arme um meinen Körper.

„Mia..." Doch ich wandte mich ab.

„Komm, lass uns erst einmal ins Hotel gehen und in Ruhe über alles reden." Da ich dringend ins Bad wollte, um das ekelerregende Gefühl von Christophs Händen auf mir abzuwaschen, nickte ich. Schweigend folgte ich Jannis ins Hotel bis in mein Zimmer.

„Ich lass dir jetzt erst einmal ein Bad ein." Ich setzte mich auf den Sessel und blickte auf den dunklen See hinaus. Ich zitterte immer noch am ganzen Körper, konnte aber nicht sagen, ob ich fror oder ob ich mit den Nerven am Ende war. Wieso zur Hölle befand ich mich auf einmal inmitten von kriminellen Machenschaften und warum, verdammt noch mal, hatte ich mich in einen der Kriminellen verliebt? Wie konnte mir das nur passieren? War ich zu blauäugig gewesen, weil ich nicht hinterfragt hatte, wieso mir Jannis vierzigtausend für eine Woche Begleitung zahlen wollte? Verdammt, ich wollte Staatsanwältin werden. Was für eine miserable Staatsanwältin würde ich werden, wenn ich einem

Kriminellen so leicht auf den Leim ging? Sie würden mich alle um den Finger wickeln. Wie es schien, war das bei mir ja ein Kinderspiel. Andererseits war ich aber schnell dahinter gekommen, dass hier etwas Illegales lief. Also konnte ich gar nicht naiv sein. Jannis hatte es mir sogar gestanden. Ich schüttelte in Gedanken den Kopf. Gestanden. Was für ein Wort. Wir waren hier doch nicht vor Gericht. Aber was machte ich noch hier? Warum ging ich nicht zur nächsten Polizeidienststelle, um dort den ganzen Clan auffliegen zu lassen? Plötzlich legte Jannis seine Hände von hinten auf meine Schultern und massierte sie.

„Du bist verspannt", sagte er. Ich schloss meine Augen und genoss es, wie seine Hände meine Verspannungen lösten.

„Du hättest auch einfach deinen Job machen können, für den du hier bezahlt wirst. Warum musstest du schnüffeln?", fragte er mich.

„Es ... es scheint mir im Blut zu liegen."

„Die geborene Staatsanwältin. Komm." Er nahm seine Hände von meinen Schultern und zog mich hoch.

„Das Bad ist eingelassen. Es wird dir gut tun." Ich nickte.

Jannis trat ans Fenster und wandte mir den Rücken zu. Ich öffnete den Mund, um etwas zu sagen, doch dann schloss ich ihn wieder und ging ins Badezimmer. Ich zog mich aus und ließ mich ins warme Wasser gleiten. Es war angenehm warm, und es duftete herrlich süß nach Vanille. Genau das brauchte ich jetzt. Ich legte den Kopf zurück und spürte, wie ich mich allmählich entspannte. Ich musste eingedöst sein. Als ich meine Augen wieder öffnete, saß Jannis auf der Ankleidebank und sah mich an.

„Wieso?", fragte ich. „Wieso muss es unbedingt Monopoly sein?"

„Wollen Sie strafmildernde Umstände hören, Frau Staatsanwältin?", fragte er mich. Ich betrachtete den weißen Schaum in meinen Händen.

„Was für strafmildernde Umstände?", fragte ich, ohne meinen Blick zu heben. Jannis schwieg. Doch ich konnte sein schweres Atmen hören. Dann schaute ich ihn wieder an, und er holte tief Luft.

„Ich habe verschiedene Hilfsorganisationen gegründet und sorge dafür, dass dort das Geld ankommt, wo es benötigt wird. Geld, das ich sonst nicht hätte und Geld, das ich selbst nicht ausgeben kann, weil ich genug davon habe." Er hielt meinem Blick stand und fuhr fort. „Geld, Frau Staatsanwältin, das andere Menschen nicht brauchen und beinahe daran ersticken und selbst nicht auf die Idee kommen, Gutes damit zu tun." Ich schluckte. Er gehörte zu den Kunstfälschern, weil er Gutes tun wollte?

„Du ... du bist also sozusagen ein moderner Robin Hood?"

„Nenn es, wie du willst."

„Und du meinst, das rechtfertigt, dass du mit Kunstfälschungen Geld verdienst?", fragte ich.

„Du wolltest wissen, warum ich das mache, un dich habe es dir gesagt. Nun liegt es an dir, dir ein Urteil über mich und mein Handeln zu machen." Er stand auf und reichte mir ein Handtuch.

„Es war ein anstrengender Tag für dich, Mia. Lass uns morgen weiter reden." Ich wickelte mich in das Handtuch und gähnte. Jannis streichelte mir über die Wange und hauchte einen Kuss auf meine Lippen.

„Gute Nacht, Mia."

# Kapitel 18

Mitten in der Nacht wachte ich schweißgebadet auf. Mein Atem ging schnell, und ich setzte mich auf. Dann wurde mir bewusst, dass ich zum Glück nur geträumt hatte. Maskierte Russen hatten mich gekidnappt und in einen dunklen Kellerraum gesperrt. Es war um Kunstwerke gegangen, die verschwunden waren und dann war ich auf einmal eine Escortdame und mit einem der Russen in einem Hotelzimmer. Er hatte mich ans Bett gefesselt und wollte mit mir spielen. Shit! Was für ein verdammter Albtraum! Es hatte sich alles so echt angefühlt. Draußen war ein Wind aufgekommen, und die Wellen klatschten gegen das Ufer. Da hörte ich Jannis` Stimme aus dem Zimmer nebenan.

„Nike hat keine Ahnung von dem Ganzen. Wie oft soll ich das noch sagen? Sie ist kunstinteressiert. Das ist alles." Ich hielt die Luft an. Mit wem sprach Jannis da? Ich konnte nur ihn hören. Er musste mit jemandem telefonieren. Aber war es nicht mitten in der Nacht? Jannis stöhnte.

„Sie ist eine Studentin, keine Spionin! Du bist paranoid!" Er lachte erbost.

„Ihr lasst die Finger von ihr, verstanden?" Wer sollte die Finger von mir lassen? Sprach er etwa mit dem Schwein Christoph? Es folgte eine längere Pause, und ich wagte kaum zu atmen. Jetzt ging Jannis im Zimmer auf und ab.

„Ihr wagt es nicht, mir zu drohen", sagte Jannis im schneidenden Ton.

„Du willst, dass ich sie *beiseite* schaffe?" Ich steckte mir die Faust in den offenen Mund, um nicht vor Schreck zu schreien. Sie wollten mich... *beiseite* schaffen? War ich wieder eingeschlafen und träumte weiter? Ich zwickte mich in den Arm. Verdammt. Das tat weh. Ich war also wach, und das hier war kein Detektivspiel in einem Escape-Room. Wieso hatte ich nicht auf Jannis gehört und einfach nur die Zeit mit ihm genossen? Mir wurde übel. Wie sollte Jannis mich beiseite schaffen? Sollte er mich etwa töten? Schnell schob ich diesen Gedanken zur Seite. Ich las eindeutig zu viele Krimis. Hier ging es um Kunstfälscher. Nicht um Mörder, versuchte ich, mich zu beruhigen. Ohne jeden Zweifel hatten Jannis' Geschäftspartner Angst davor, dass ich etwas aufdecken könnte und verlangten von ihm, dass er mich von ihnen fernhielt. Ich gähnte, halb vor Müdigkeit, halb vor Nervosität und legte mich wieder hin. Es war besser, jetzt zu schlafen, bevor meine Fantasie mit mir durchging.

„Okay", hörte ich Jannis sagen, als ich mich zugedeckt hatte, und mein Herz blieb stehen. Wozu hatte er okay gesagt? Mit einem Ruck setzte ich mich erneut auf und sprang aus dem Bett. Ich musste es wissen. Sonst würde ich die ganze Nacht kein Auge zubekommen. Ich öffnete die Tür und blinzelte gegen das Licht der Stehlampe, die Jannis als einzige Lichtquelle angemacht hatte. Auf dem Tisch darunter lag sein Handy.

„Mia! Du bist wach?"

„Du bist ja auch noch wach."

„Komm her!" Jannis streckte seine Hand nach mir aus und zog mich auf seinen Schoß. Er legte seine Arme um mich und vergrub seine Nase in meinem Haar.

„Es wird alles gut werden. Das verspreche ich dir. Niemand wird dir etwas antun", murmelte er kaum hörbar. Wusste er, dass ich ihn belauscht hatte, oder sagte er dies mehr zu sich selbst? Ich schloss meine Augen und kuschelte mich an ihn. Was auch immer Jannis` Geschäftspartner von ihm verlangten. Er würde dafür sorgen, dass mir nichts passierte.

„Ich weiß", wisperte ich.

Draußen hatte es angefangen zu regnen, und bis auf die Regentropfen war nichts zu hören. Als hätte sich Zürich schlafen gelegt.

„Komm, ich bring dich wieder ins Bett. Es ist schon zwei Uhr nachts." Wie auf Knopfdruck musste ich gähnen. Jannis stand auf, nahm mich auf seine Arme, als würde ich nichts wiegen und trug mich ins Bett. Dann legte er sich zu mir und zog mich eng an sich. Wenige Sekunden später war ich eingeschlafen.

Was für eine Nacht. Zuerst träumte von Russen, die mich kidnappten. Ich war in einem dunklen Raum an ein Bett gefesselt. Plötzlich war Jannis da, um mich zu retten. Doch dann war er auf einmal Christoph, und er wollte mich würgen. Ich stand auf und war froh, den Albträumen zumindest tagsüber entkommen zu können.

„Guten Morgen, Mia. Hast du gut geschlafen?" Im Zimmer nebenan stand ein Servierwagen mit Brötchen, Croissants, Brezeln, Obst, Orangensaft und Kaffee.

„Na ja, nicht wirklich." Ich setzte mich zu Jannis an den Frühstückstisch, und er schenkte mir eine Tasse Kaffee ein.

„Kaffee. Wie wunderbar", seufzte ich.

„Schlecht geträumt?", wollte Jannis wissen und sah mich besorgt an. Ich schüttelte den Kopf. Jetzt war ich wach, und ich wollte die Albträume nicht mit in den Tag nehmen.

„Wir müssen dringend miteinander reden", setzte Jannis an. Ich schluckte und dachte an das Telefonat letzte Nacht.

„Habe ich dich in Gefahr gebracht, Jannis? Weil ich zu neugierig war?" Jannis schüttelte vehement den Kopf.

„Du hast mich nicht in Gefahr gebracht, Mia. Bitte, glaub das nicht! Das habe ich schon selbst gemacht. Du bist diejenige, die mich gerettet hat! Ich war schon viel zu tief hineingerutscht. Dabei hatte ich das gar nicht vorgehabt."

Ich hielt meine Tasse fest umschlossen, als könnte sie mir Halt geben.

„Du bist in Gefahr?", fragte ich mit brüchiger Stimme.

„Ich muss, so schnell es geht, aussteigen", sagte er, statt zu antworten. Sein Blick war starr auf den Tisch gerichtet, doch ich wusste, dass er nichts von dem sah, was sich darauf befand. Er war mit seinen Gedanken weit weg.

„Jannis?" Ich legte meine Hand auf seine. „Jannis, bist du in Gefahr?", wiederholte ich.

Jannis hob seinen Kopf und sah mich an, als wüsste er nicht, wer ich bin. Allmählich klärte sich sein Blick, und er schien sich wieder daran zu erinnern, wer ich war und warum wir hier saßen. Dann straffte er seine Schultern.

„Ich werde dir jetzt alles erzählen und hoffe, dass du mich dann verstehst. Danach kannst du damit machen, was du willst." Ich nickte stumm, und Jannis begann zu erzählen.

„Ich hatte Kunstgeschichte und BWL studiert und arbeitete bereits seit drei Jahren bei einer großen Versicherung in München. Mein Job war sehr gut bezahlt. Ich war überwiegend für die Versicherung von Kunstgegenständen und deren Bewertungen zuständig und merkte sehr schnell, dass mir dies sehr gut lag und auch gefiel. Mit dem Geld, das ich verdiente, konnte ich mir in München im Glockenbachviertel eine tolle Wohnung mieten und auch sonst konnte ich mir alles leisten, was ich brauchte. Es fehlte mir an nichts, und ich war sehr zufrieden mit meinem Leben." Er lächelte mich an.

„Ich glaubte, das Leben sei perfekt. Eines Tages aber verletzte ich mir an einem Samstag beim Sport einen Knöchel, und da er nach kurzer Zeit schon angeschwollen war, fuhr ich ins Krankenhaus. Mein Knöchel wurde verarztet, und ich erhielt den Rat, vier Wochen keinen Sport zu machen, was in dem Moment mein größter Frust war. Da ich vom langen Warten müde geworden war, beschloss ich, in der Cafeteria noch einen Kaffee zu trinken, bevor ich wieder im Auto nach Hause fuhr. Und dort war sie auf einmal. Lisa." Jannis starrte auf einen imaginären Punkt vor sich. Reglos saß er da, und ich hatte den Eindruck, eine Eisschicht würde sich über ihn legen.

„Sie hatte mich angesprochen. Ich hatte sie seit der Schulzeit nicht mehr gesehen. Wir waren zusammen auf ein Gymnasium in Frankfurt gegangen, und sie war damals meine erste große Liebe. Doch wir waren beide noch so jung gewesen, und so hatte unsere erste Liebe keine großen Überlebenschancen. Bis zum Abitur hatte ich noch zwei weitere Freundinnen, und sie war mit einem Jungen aus einer anderen Schule für längere Zeit zusammen. Nach dem Abitur haben wir uns dann aus den Augen verloren. Mit Ende zwanzig standen wir uns dann auf einmal in der Cafeteria des Krankenhauses in

München gegenüber. Ich hatte sie zuerst nicht erkannt, da sie blass und dünn war. Ich lud sie auf einen Kaffee ein, und dann erfuhr ich, weshalb sie hier war. Sie hatte Krebs und ihre einzige Überlebenschance war eine teure Krebsbehandlung in den USA, die die Krankenkasse in Deutschland aber nicht übernahm. Mir würde auf der Stelle übel, als ich das hörte. Ich selbst hatte mit zwölf Jahren meine Mutter verloren, weil sie an Krebs gestorben war. Immer wieder hatte ich mich all die Jahre gefragt, warum die Ärzte ihr nicht hatten helfen können. Warum meine Mutter so früh hatte sterben müssen. Die ganzen Bilder von damals, wie meine Mutter immer schwächer geworden war und kurz vor ihrem Tod nur noch ein Schein ihrer Selbst war, kamen in dem Moment in mir hoch. Wurden präsent. Als wäre ich wieder zwölf Jahre alt. Warum war das Leben so ungerecht, hatte ich mich immer wieder gefragt. So grausam. Meine Mutter hatte nie jemandem etwas zuleide getan. Sie hatte ein warmes Herz und ein offenes Ohr für alle gehabt. Warum hatte sie so früh sterben müssen? Und nun stand Lisa vor mir. Sie hatte zwei kleine Kinder, erzählte sie mir. Einen achtjährigen Jungen und ein fünfjähriges Mädchen. Mir zerriss es das Herz, als sie mir das sagte und ein Foto zeigte. Zwei kleine blonde fröhliche Kinder mit Sommersprossen, die in die Kamera lachten. Und wieder war ich der kleine zwölfjährige Junge, der sich nachts in den Schlaf heulte, weil er seine Mutter so sehr vermisste. Ihr Lachen. Ihre Umarmungen. Ihre Stimme. Ihren Duft. Ja, das Leben war ungerecht und unberechenbar. Brutal. Das hatte ich damals erkannt, und nun brach diese Erkenntnis wieder mit aller Macht bei mir durch. Lisa. Warum ausgerechnet sie? Sie, die stets die Sonne in sich trug und keinen Neid, keinen Hass und keinen Betrug kannte. Ich wusste, dass ich ihr helfen musste. Lisa verdiente es zu leben. Sie verdiente es, ihre Kinder aufwachsen zu sehen und mit ihrem Mann alt werden zu dürfen. Ich durfte es nicht zulassen, dass wieder einmal die Ungerechtigkeit siegte. Dass das Gute schwach war. Doch als mir Lisa sagte, dass sich die Behandlungskosten auf über eine Million Euro belaufen würden, überkam mich wieder das Gefühl der Machtlosigkeit und Verzweiflung, wie damals, als ich geglaubt hatte, meine Mutter würde gesund werden, wenn ich ihr jeden Tag ein paar Blumen von der Wiese brachte und ein schönes Bild malte. Der Krebs, der meine Mutter von Innen zerfraß, hat sich wahrscheinlich über den kleinen naiven dummen Jungen schlapp gelacht. Nein. Dieses Mal würde der Krebs nicht siegen. Das würde ich nicht zulassen. Ich versprach Lisa, alles in meiner Macht Stehende zu tun, um ihr zu helfen. Ich könnte Spendengalas veranstalten. Spendenaufrufe im Internet schalten. Doch Lisa hatte nicht mehr viel Zeit. Das hatten ihr die Ärzte gesagt. Aber ich wollte schneller als die Zeit sein. Ich wollte für Lisa kämpfen. Für meine Mutter. Für die Gerechtigkeit. Für den kleinen Jungen, der ich einmal gewesen war."

In meinem Hals hatte sich ein dicker Klos gebildet. Jannis schien weit fort zu sein und bemerkte nicht, dass ich meine Hand auf seine legte. Ich ließ ihn in der Vergangenheit verweilen, auch wenn es ihn schmerzte. Denn reden konnte manchmal wie zaubern sein. Vielleicht würde es einen Teil des Schmerzes von ihm nehmen, wenn er mir von ihr erzählte. Und Jannis fuhr fort.

„War es Schicksal oder Zufall? Nur zwei Tage später bat mich ein Kunde um ein vertrauliches Gespräch nach Feierabend. Eigentlich hatte ich keine Zeit für solche Banalitäten, da ich jede freie Minute darin investierte, im Internet Spenden einzusammeln und eine Spendengala zu organisieren. Aber irgendetwas sagte mir, dass das Gespräch wichtig wäre. Sehr wichtig. Und so sagte ich zu. Wir trafen uns in einem Restaurant und suchten uns einen Platz, wo wir ungestört waren. Der Kunde erzählte mir, dass er mit Kunst handle. Dass es dabei um wertvolle Kunstgegenstände, überwiegend Gemälde, gehe und dass mein Arbeitgeber mich empfohlen habe. Ich würde mich am besten mit Kunst auskennen und wissen, was die einzelnen Werke wert seien und könnte ihm sagen, wie man sie am besten versicherte. Innerlich ärgerte ich mich über mich selbst. Wieso war ich davon ausgegangen, das Gespräch könnte wichtig sein? Es ging nur um die Versicherung von leblosen Kunstgegenständen, und Lisa kämpfte um ihr Leben, während ich gegen die Zeit kämpfte. Und nun saß ich hier und musste mir anhören... ich wollte soeben aufstehen, als irgendetwas in mir sagte, dass es um mehr gehen musste. Dass sich Herr W. sonst nicht außerhalb meiner Arbeit mit mir treffen würde. Denn über die Versicherung der Kunstgegenstände hätten wir auch tagsüber in meinem Büro sprechen können. Ich fragte ihn daher ohne Umschweife, was er von mir wollte. Und er antwortete frei heraus: *Um Kunstfälschungen.* Ich war verwirrt. Was hatte ich damit zu tun? Worauf lief dieses Gespräch hinaus? *Sie brauchen doch viel Geld,* fuhr der Kunde fort. Ich nickte wie in Trance, während ich Lisa vor meinem geistigen Auge sah. Ich weiß nicht, warum er mir sofort vertraute. Ich hätte direkt zur Polizei gehen und ihn anzeigen können. Er hätte natürlich alles bestreiten können. Aber offenkundig hatte er schon einige Jahre mit Kunstfälschungen ein Vermögen verdient. Das konnte ich an seiner Rolex und seinem maßgeschneiderten Anzug sehen. Die Polizei hätte bei entsprechenden Ermittlungen mit Sicherheit irgendetwas gefunden, womit sie ihn hinter Gitter hätte bringen können. Aber er vertraute mir. Und heute weiß ich, warum. Er hatte von meiner Spendengala erfahren und sah mir meine Verzweiflung an. Er wusste daher, ich hätte fast alles getan, um an viel Geld heranzukommen. Das Geschäft war ganz einfach. Der Kunde ließ Kunstwerke seiner Kunden von mir bewerten und versichern. Diesen gab er dann eine Fälschung zurück. Das Original verkaufte er auf dem schwarzen Kunstmarkt zu Höchstpreisen. Weil sein bisheriger Partner gestorben war, war er auf der Suche nach einem neuen auf mich gestoßen. *Sie könnten in kürzester Zeit sehr viel Geld damit verdienen,* sagte er. Dieser Satz echote wie ein Mantra in meinem Kopf."

Jannis sah mich an und schien einen Augenblick darüber nachzudenken, wo er war.

„Mia! Kannst du dir vorstellen, was in dem Moment alles durch meinen Kopf ging? Ich sollte einem Kunstfälscher beim Betrügen helfen. Es würde jede Menge Geld für mich dabei herausspringen. War das richtig? War das falsch? Aber ich sah nur die Bilder von meiner Mutter, Lisa und den beiden Kinder vor mir." Jetzt bemerkte er meine Hand und drückte sie.

„Ich konnte in dem Moment mein Glück kaum fassen. Ich würde Lisa helfen können! Und das tat ich dann auch. Ich stieg in das Geschäft mit ein und konnte Lisa das Geld geben, das sie für die Krebstherapie aus den USA brauchte. Und sie hat es geschafft, Mia. Lisa lebt." Er sah mir tief in die Augen.

„Ich habe mir von diesem Augenblick an geschworen, weiter mit Kunstfälschungen Geld zu machen, um auch anderen Menschen, die an Krebs erkrankt sind und sich keine teure Behandlung leisten können, zu helfen. Daher habe ich eine Stiftung gegründet, die Krebskranken hilft. Das Geld aus meinen Geschäften ist in meiner Stiftung besser investiert als in Kunstwerken, die für die Besitzer nichts anderes als Geldanlagen sind. Menschen, die Millionen für ein Kunstwerk ausgeben, anstatt kranken Menschen zu helfen, sind keine Opfer, Mia. Daher habe ich auch kein schlechtes Gewissen ihnen gegenüber. Opfer sind die Menschen, die nicht das Geld haben, um sich teure Medikamente zu kaufen und deshalb sterben müssen." Jannis wandte seinen Blick von mir ab und starrte auf den See hinaus. Obwohl er mir gegenüber saß, war er gedanklich wieder weit fort, und ich ließ ihm erneut seine Zeit in der Vergangenheit, bis er selbst aus ihr auftauchte und mich ansah.

„Jetzt weißt du alles, Mia. Ich überlasse es nun dir zu urteilen, ob ich zu den Guten oder zu den Bösen gehöre. Ich verstoße gegen das Gesetz, ja, ich weiß. Ich betrüge andere Menschen. Auch das stimmt. Aber ich rette damit Menschenleben."

Ich schluckte und versuchte, die Tränen wegzublinzeln, die sich in meinen Augen gesammelt hatten.

„Jannis ... ich ... ich weiß gar nicht, was ich dazu sagen soll." Ich stellte mir Jannis als kleinen Jungen vor, der seine Mutter so früh auf eine so grausame Art verloren hatte. Ich sah Lisa vor mir, wie sie mit ihren zwei niedlichen sommersprossigen Kindern spielte und lachte und auf einmal zusammenbrach. Dann tauchte der Betrugstatbestand vor meinen Augen auf.

*Wer in der Absicht, sich oder einem Dritten einen rechtswidrigen Vermögensvorteil zu verschaffen, das Vermögen eines anderen dadurch beschädigt, dass er durch Vorspiegelung falscher oder durch Entstellung oder Unterdrückung wahrer Tatsachen, einen Irrtum erregt oder unterhält, wird mit Freiheitsstrafe bis zu fünf Jahren oder mit Geldstrafe bestraft.*

Lange weiße Krankenhausflure bahnten sich ihren Weg in meinen Kopf, Menschen mit kahlen Köpfen saßen auf ihren Betten und breit grinsende Männer in teuren Anzügen tranken an Bord teurer Yachten Champagner. Meine Welt geriet ins Wanken. Seit ich mich erinnern kann, legte ich größten Wert darauf, dass sich Menschen an Regeln hielten. Ich liebte die Ordnung. Deshalb liebte ich die Gesetze, die für Ordnung sorgten. Jannis missachtete die Gesetze. Er betrog Menschen. Aber war es in Ordnung, dass Menschen an Krankheiten starben, weil sie nicht das Geld für die Behandlung hatten, während andere unsinnig viel Geld für ein Kunstwerk ausgaben, das sie nicht einmal mochten? Jetzt erst merkte ich, dass ich am ganzen Körper zitterte.

„Du musst nichts sagen, Mia. Ich wollte nur, dass du mich nicht für einen eiskalten geldgeilen Betrüger hältst. Und vielleicht verstehst du mich ja auch ein bisschen. Das Geld, das ich für mich verwende, verdiene ich ehrlich. Ich selbst bereichere mich nicht an den Kunstfälschungen."

Ich nickte, doch ich blieb stumm, da mir keine passenden Worte einfallen wollten.

„Meine Geschäftspartner glauben, ich hätte die Stiftung nur gegründet, um damit Gelder zu waschen. Sie denken, ich sei genau so wie sie. Würde genau so wie sie über Leichen gehen."

„Über Leichen?", wiederholte ich, und meine schlimmsten Befürchtungen kämpften sich ans Tageslicht. Jannis nickte.

„Ja, über Leichen. Sie verlangen von mir, dass ich dich töte, Mia."

Kalter Schweiß breitete sich über meinen Körper aus. Ich hatte es nicht geträumt. Jannis sollte mich umbringen. Der Albtraum war real geworden.

„Mia!" Jannis ergriff meine Hände. „Du weißt, dass ich dir niemals irgendetwas antun werde. Selbst wenn ich nichts für dich empfinden würde, Mia. Ich bin kein Mörder." Selbst wenn er nichts für mich empfinden würde? Mir schwirrte mein Kopf. Ich öffnete den Mund, um etwas zu sagen, doch ich brachte keinen Ton heraus. Jemand, der mit Geld Menschenleben rettete, tötete nicht andere Menschen. Allmählich löste sich wieder der Knoten in meinem Hals.

„Was ... was willst du machen?" Meine Stimme klang mehr wie ein Krächzen. Jannis ließ meine Hand los und fuhr sich durch die Haare.

„Ich habe einen Plan." Er räusperte sich. „Wir werden heute mit der Seilbahn auf den Säntis hochfahren. Das ist der höchste Berg in den Appenzeller Alpen. Und dann werden wir deinen Tod fingieren."

„Meinen Tod fingieren?", fiepste ich und japste nach Luft.

„Ja, ich werde dafür sorgen, dass sie glauben, du seist in den Bergen abgestürzt und hättest den Absturz nicht überlebt."

Ich rieb über meine Augen. Leben und Tod. Wahrheit und Betrug. Nur eine kleine unsichtbare Linie trennte sie voneinander. Gut und böse.

„Und du meinst, sie würden mich wirklich umbringen wegen ein paar gefälschter Kunstwerke?"

„Wegen ein paar Milliarden", korrigierte mich Jannis. „Daher würden sie es niemals zulassen, dass du als tickende Zeitbombe durch die Gegend läufst. Du hast zu viel gesehen und zu viel gehört. Du kennst viele Namen und weißt, welche Kunstwerke gefälscht wurden. Du hast einfach zu viel Wissen in der Hand."

Ich schluckte, und in meinem Kopf ratterte es.

„Aber ... es wird keine Leiche geben ... Wieso sollen sie dir dann glauben, dass ich tot bin?"

„Ich werde jemanden bei der Zeitung bestechen, dass er einen Artikel darüber schreiben wird, dass eine deutsche Touristin in den Bergen verunglückt ist." Ich nickte. Klar. Mit Geld war alles möglich. Das hatte ich jetzt verstanden. So einfach war das also. Keine Leiche. Aber ein Zeitungsartikel, der über eine Leiche berichtete.

„Und die Polizei? Was ist, wenn die Polizei den Artikel liest? Wird sie nicht wissen wollen, um was für eine Leiche es sich dabei handeln soll und warum sie nichts von ihr weiß?"

„Ich werde das alles regeln. Mit Geld kann man *alles* kaufen, Mia. Und jeden." Richtig. Geld regierte die Welt. Mit Geld war alles einfach. Mit Geld konnte man sogar den Krebs besiegen. Ich blinzelte meine Tränen weg, weil ich auf einmal Jannis als kleinen Jungen vor mir sah, der seiner Mutter Blumen und selbst gemalte Bilder brachte, damit sie wieder gesund wurde, und plötzlich spürte ich das Bedürfnis, dem kleinen Jungen mit allem in meiner Macht Stehenden zu helfen, damit seine Mutter nicht sterben musste.

„Jannis", sagte ich und wischte verstohlen mit der Hand über mein Gesicht, „ich hätte genauso gehandelt wie du."

Wir standen auf der höchsten Plattform am Säntis, und obwohl meine Gedanken und Gefühle einen Wirbelsturm erlebten, vergaß ich für einen Moment alles um mich herum, als ich in das Geländer trat und auf all die anderen Berge hinab sah, die uns umgaben, wie eine Hofgesellschaft seinen König.

„Es ist unfassbar schön", murmelte ich.

Jannis legte seine Arme von hinten um meine Taille.

„Sieh nur Jannis." Ich zeigte fasziniert auf den Nebel im Tal. „Ich fühle mich gerade wie der *Wanderer über dem Nebelmeer.*"

„Der Wanderer über dem Nebelmeer", wiederholte Jannis. „Eine Bildmetapher für Leben und Todesahnung, Glaube und Täuschung. Alles in einem Anblick, in einem Bild vereint. Ein Schritt weiter, und wir stürzen in den Abgrund. In den sicheren Tod. Leben und Tod – so nah beieinander." Er strich mir mit seiner Hand über meine Wange. „Es ist wie beim Anblick eines Bildes. Der Glaube, es sei echt, obwohl man eine Täuschung in den Händen hält. Aber welchen

Unterschied macht es eigentlich, wenn Glaube und Täuschung so nah beieinander liegen?" Über uns flogen Bergdohlen wie schwarze Schatten vorbei, und ich hatte das Gefühl, mich selbst in einem Gemälde zu befinden. Ein Teil davon zu sein. Ich sah in den Abgrund hinunter. Ein Pinselstrich, und ich wäre nicht mehr zu sehen. Ich erschauderte. Jannis merkte es und verstärkte seinen Griff um meine Taille.

„Ich habe mich in den letzten Jahren jeden Tag auf einer Gratwanderung befunden, Mia. Aber ich hatte kein schlechtes Gewissen dabei. Denn solange ich jemanden im Glauben ließ, ein echtes Kunstwerk zu besitzen, tat ich niemandem weh. Die Menschen, die ich betrogen hatte, hatten so viel Geld, dass es ihnen egal sein konnte, ob sie ihr Geld für ein echtes Kunstwerk oder eine Fälschung ausgaben. Es machte für sie keinen Unterschied, Mia. Aber ihr Geld entschied darüber, ob jemand am Leben bleiben durfte oder nicht. Mein gesamtes Leben spielte sich die vergangenen Jahre unter einer solchen Nebeldecke ab."

„Die Nebeldecke, die dich in einen Mantel der Gerechtigkeit hüllte. So konntest du unentdeckt als Robin Hood Gutes tun." Mantel der Gerechtigkeit? Der Nebel schien jetzt schon meine Gedanken zu verschleiern. Was Recht und was Unrecht war, stand in den Gesetzen. Wieso hielt ich auf einmal Betrug für gerecht?

„Es wird kühl", sagte Jannis. „Lass uns zurück gehen und wieder nach unten fahren." Er nahm meine Hand, und wir gingen gemeinsam den Weg zur Bahnstation.

„Sag mal, Jannis, wer weiß denn am Ende überhaupt noch, ob ein Kunstwerk echt ist oder nicht? Ich habe mal gelesen, dass in vielen Museen Fälschungen hängen und es niemand weiß."

„Viele Fälschungen sind in der Tat unentdeckt. Aber man kann zum Beispiel anhand der Leinwände oder Farben prüfen, ob die Bilder tatsächlich aus der Zeit stammen, zu der der echte Künstler das Original geschaffen hatte." Ich nickte. Ja, das wusste ich. Dann war ich auf Sylt mit meinem Verdacht doch richtig gelegen. Auf der Vernissage in der Villa Carlson hatten Jannis und seine Geschäftspartner Bilder von Künstlern ersteigert, die unbekannt waren, aber aus der Zeit stammten, als Caspar David Friedrich gemalt hatte.

„Die Gemälde auf der Auktion auf Sylt", setzte ich an, „es ging euch nur um die Leinwände, richtig?"

„Richtig. Es ging uns nur um die Leinwände."

„Und ... und die Bilder von unbekannten Künstlern, die du kaufst, weil du ihnen Geschichten gibst und auf deren Wertsteigerung setzt ... war das auch nur gelogen?"

„Nein, das war nicht gelogen. Das ist ein sehr lukratives Geschäft, und gleichzeitig verhelfe ich so jungen Künstlern zu einer Karriere. Ich selbst bereichere mich mit keinem Cent an den Kunstfälschungen."

Mehr brauchte ich nicht mehr zu hören. Mit diesen Worten hatte Jannis mein Herz endgültig erobert.

# Kapitel 19

Ich war tot. Über Nacht war mein Leben ausgelöscht worden. Und trotzdem ging das Leben der anderen weiter. Als hätte ich nie existiert. Als hätte mein Leben nie eine Bedeutung gehabt. Nicht einmal der Sonne war heute zum Lachen zumute. Ich blickte zum Fenster, wo die Regentropfen gegen die Scheiben prasselten. Es war das passende Wetter, im Bett zu bleiben. Hier war es kuschelig und warm. Außerdem sehnte ich mich danach, mich auszuruhen. Die letzten Tage waren mir wie Wochen vorgekommen. Ich fühlte mich ausgelaugt. Der Regen trommelte jetzt rhythmisch gegen die Scheiben, als gäbe er den Takt für mein persönliches Requiem an. Doch nicht einmal nachts im Schlaf konnte ich mehr in Frieden ruhen. Jannis hatte mich gestern Abend nicht mehr nach Zürich gefahren, sondern mich in einem Hotel in Vaduz untergebracht. Da ich ja nun offiziell tot war, war er alleine ins Hotel nach Zürich zurückgekehrt. Niemand sollte Verdacht schöpfen, dass ich noch am Leben sein könnte. Erschöpft hatte ich mich nach einer heißen Dusche ins Bett gelegt und war gleich eingeschlafen. Doch mein Traum hatte mich noch mehr aufgewühlt.

*Nach dem Abendessen ging ich ein wenig spazieren. Dann stand ich plötzlich vor der Polizeiwache. Ich wusste nicht, wie ich dorthin gekommen war. War es mein Unterbewusstsein? Mein Gerechtigkeitssinn? Ich zögerte. Sollte ich es machen? Oder sollte ich weitergehen und so tun, als wüsste ich von nichts? Von den Kunstfälschungen? Dem Betrug? Mein Herzschlag beschleunigte sich. Aber das würde das Aus für Jannis' Stiftung bedeuten. Jannis hatte das Leben von Lisa und vielen anderen Menschen gerettet. Rechtfertigte das nicht seine Tat? Vor dem Gesetz nicht. Aber... moralisch betrachtet? Mit seiner Stiftung würde er in Zukunft noch viele andere Menschenleben retten. Hatte ich das Recht, über Jannis zu richten und damit seine Stiftung und das Leben anderer zu zerstören? Nie zuvor hatte ich daran gezweifelt, dass Betrug eine Straftat war. Doch hatte ich jemals Robin Hood als Kriminellen betrachtet? Konnte ich Jannis als kriminell ansehen? Noch zwei Tage. Zwei Tage, in denen ich brav mitspielen konnte. In denen ich all mein Wissen unter einer Nebeldecke verbergen konnte. Oder zwei Tage, in denen ich darüber nachdenken konnte, wie es danach weitergehen würde. Was ich dann tun würde. So ging ich weiter. Weiter in die Dunkelheit hinaus, die mich verschluckte. Die meine Gedanken verschluckte. Meine Gewissensbisse. Dann saß ich plötzlich in einem*

*Gerichtssaal. Ich war die Angeklagte. Angeklagt wegen Verrats am Rechtsstaat.*

*"Sie studieren Jura, obwohl sie nicht an das Recht glauben", wetterte der Staatsanwalt. "Maßen sich an, selbst darüber zu entscheiden, was rechtens ist. Das ist Staatsverrat."*

*Der Richter schlug mit einem Hammer auf den Tisch, dass mir der Kopf dröhnte.*

*"Im Namen des Volkes, Sie werden wegen Verrats am Rechtsstaat schuldig gesprochen. Sie werden exmatrikuliert und zu lebenslanger Haft in einem Hochsicherheitstrakt verurteilt. Sie sind eine Gefahr für alle rechtschaffenden Bürger dieses Landes."*

*"Ich werde weiter für die Gerechtigkeit kämpfen!", hatte ich mich erhobenem Kopf erwidert.*

Nachdenklich sah ich aus dem vom Regen getrübten Fenster. Mein Unterbewusstsein hatte offensichtlich die ganze Nacht damit verbracht, mein Handeln vor mir selbst zu rechtfertigen - warum ich Jannis deckte und nicht zur Polizei ging. Aber was es nicht gelöst hat, war die Frage, wie es *danach* weiterging. Wenn ich wieder zurück in Hamburg war. Würde ich Jannis wiedersehen? Durch meinen Kopf fuhr ein stechender Schmerz. Ein Warnsignal, dass ich mir jetzt nicht den Kopf darüber zerbrechen sollte. *Morgen ist auch noch ein Tag,* zitierte ich in Gedanken Scarlett O`Hara aus *Vom Winde verweht* und augenblicklich ging es mir besser. Ein ausgezeichnetes Motto, um Probleme zur Seite zu schieben. Auf Dauer wahrscheinlich ungesund, aber das war mir im Moment egal. Ich versuchte, mich vorsichtig aufzusetzen. Da klopfte es an der Tür, und eine junge Frau in einem schwarzen Hosenanzug schob einen Servierwagen ins Zimmer.

„Guten Morgen. Ich bringe Ihnen Ihr Frühstück. Soll ich den Wagen an Ihr Bett stellen?" Der Duft von frischem Kaffee und warmen Croissants stieg mir in die Nase.

„Guten Morgen. Ja. Sehr gerne."

Die Dame verabschiedete sich wieder und mir gelang es, mich ohne Kopfschmerzen aufzusetzen. Ich liebte den Duft von frischem Kaffee am Morgen und trank genüsslich die erste Tasse. Der Orangensaft war frisch gepresst und schmeckte wie damals in Südfrankreich, als meine Eltern mit mir Urlaub in St. Tropez machten und sie noch glücklich miteinander waren. Ich nahm mir ein Croissant und schwelgte in Erinnerungen. Ich war zehn Jahre alt. Meine Mutter hatte mir extra für den Urlaub einen türkisblauen Bikini mit kleinen Meerjungfrauen darauf gekauft. Ich war damals verrückt nach Meerjungfrauen. Mein Vater schwamm mit mir jeden Tag mit Taucherbrille und Schnorchel im herrlich klaren und warmen Mittelmeer, und wir fütterten am Meeresufer Fische mit Brot an. Manchmal bildete ich mir dann ein, hinter einem Felsen eine Meerjungfrau zu sehen. Abends gingen wir oft essen. Moules et frites. Miesmuscheln mit Pommes frites. Das klang für mich heute noch komisch, aber es schmeckte so fantastisch und alles andere als mies. Zu dritt bauten wir Sandburgen am Strand oder schlenderten durch die Straßen von St. Tropez und aßen dabei Eis. Ja, damals war die Welt für mich noch in Ordnung. Was hieß „in Ordnung" - sie war perfekt. Es hatte keine Nebeldecke gegeben. Kein Lug. Kein Trug. Nur Sonnenschein. Es waren die glücklichsten Tage in meiner Kindheit. Ich schenkte mir eine Tasse Kaffee nach. Als wäre ich tatsächlich gestorben, zog mein Leben weiter an mir vorüber. Der letzte Urlaub in St. Tropez, bevor sich alles änderte und meine Eltern mit dem Streiten anfingen. Mein Abitur. Das Studium. Aber würde ich überhaupt so weiterleben können wie bisher? Oder gab es mein früheres Ich gar nicht mehr? Wer war ich? War Mia jetzt in Wirklichkeit Nike? Meine Fragen irrten in meinem Kopf umher, ohne Antworten zu finden.

Ich beschloss, nach dem Frühstück in den Spa-Bereich zu gehen und ein paar Bahnen im Pool zu schwimmen. Das half mir meistens, meine Gedanken wieder zu strukturieren. Ich zog mir einen Bademantel über und kaufte an der Rezeption einen Bikini. Dann begab ich mich in den Poolbereich und war froh, dass niemand da war außer mir. Das Wasser war angenehm warm, und ich begann, meine Bahnen zu ziehen: hin und her, auf und ab, hoch und runter, bis mein Kopf leer war und sich meine Gedanken sortiert hatten. Plötzlich sah ich es klar vor meinen Augen. Ich würde für Robin Hood

kämpfen. Für ihn, für Jannis, für die Gerechtigkeit und...
für unsere Liebe.

„Mia!", hörte ich auf einmal meinen Namen rufen.
Ich hob meinen Kopf aus dem Wasser und sah hoch.
Jannis stand am Beckrand in einen Bademantel gekleidet,
und mein Herz schlug Purzelbäume, als sich unsere
Blicke trafen.

„Jannis!" Schnell schwamm ich zum Beckenrand, und
als ich dort ankam, war Jannis bereits im Wasser. Ich
umschlang ihn mit beiden Armen, und er zog mich fest
an sich. Dann küsste er mich tief und innig, und ich
erwiderte verzweifelt seinen Kuss.

„Mia", keuchte er in meinem Mund und ließ von mir
ab. „Wir müssen reden." Ich löste meine Arme von ihm
und merkte, wie ich eine Gänsehaut bekam.

„Christoph hat mich heute morgen angerufen. Es gibt
Filmaufnahmen."

„Filmaufnahmen? Was für Filmaufnahmen, Jannis?"

„Es ist zu sehen, wie du an der Kajütentür lauschst,
Mia." Er fuhr sich durch die nassen Haare. „Es geht für
ihn um Milliarden. Und wenn er auch nur *ahnt*, dass du
noch lebst..." Er sprach den Satz nicht zu Ende. Das
musste er auch nicht. Ich wusste, was er sagen wollte. Er
würde uns beide eigenhändig umbringen, ohne auch nur
mit der Wimper zu zucken. Auf einmal sah ich es klar vor
mir. Was Christoph von Jannis unterschied. Christoph
interessierte sich nicht für Menschen. Sie waren ihm egal.
Er rettete nicht ihr Leben mit seinem Geld. Er rettete
sein Geld und ging dafür, wenn es sein musste, über

Leichen. Ob es in seinem Leben schon Leichen gab? Ich erschauderte bei dem Gedanken daran.

„Und nun?", fragte ich mit zittriger Stimme. „Was hast du nun mit mir vor? Wie ist der Plan?" Jannis zog mich wieder an seine Brust und küsste mich sanft auf die Stirn.

„Du wirst noch heute zurück nach Hamburg fliegen. Es ist zu riskant für dich, noch länger hier zu bleiben."

„Was? Heute schon?" Ich schluckte und kämpfte gegen die Tränen an, die sich ankündigten.

„Im Moment glaubt Christoph noch, dass du tot bist. Ich bin mir sicher, dass er gestern jemanden damit beauftragt hatte, zu überprüfen, ob ich alleine ins Hotel zurückgekehrt war."

„Das heißt, er denkt also, dass du mich ermordest hast", flüsterte ich, und mir wurde übel, als ich die Worte aussprach.

„Ja, du bist daher im Augenblick noch sicher. Aber du musst von hier verschwinden. Heute Abend wird dich ein Privatjet zurück nach Hamburg fliegen. Ich habe schon alles organisiert." Er klang bedrückt, obwohl er versuchte, geschäftsmäßig zu klingen.

„Ich möchte nicht, dass Christoph auch nur ansatzweise den Verdacht hegt, du könntest noch am Leben sein. Je schneller du wieder zurück nach Hamburg kommst, desto besser. Dort kann dir nichts passieren. Christoph kennt deine wahre Identität nicht. Er wird somit nicht erfahren, dass du tatsächlich noch lebst, wenn du wieder außer Land bist." Mir zog es mein Herz zusammen und ich wischte mir mit der Hand die Tränen vom Gesicht.

„Und … und was ist mit uns?", brachte ich nur mühsam hervor.

„Ich habe heute morgen bereits alles geklärt. Der Rest des Tages bis zu deinem Abflug gehört nur uns. Morgen wird ein Zeitungsartikel über das tödliche Unglück in den Bergen berichten. So wird Christoph nicht nach dir suchen, und du bist in Sicherheit." Mein Kopf drohte zu platzen, und vor meinen Augen begann alles zu flimmern. Vielleicht war das hier alles auch nur ein wirrer Traum. Mein vorgetäuschter Tod sollte dafür sorgen, dass ich sicher war. Was nur war aus meinem bisherigen friedlichen Leben geworden?

„Mach dir keine Gedanken, Mia. Ich habe alles im Griff." Jannis umfasste mich an den Hüften, und ich schlang meine Beine um ihn. Bisher war immer ich diejenige, die ihr Leben im Griff hatte. Doch seit dieser Woche war alles anders. Ich hatte das Gefühl, mitten auf einem Ozean zu schwimmen. Ich hatte Angst. Angst, es könnte doch kein Traum sein. Angst, er könnte ein Albtraum werden. Ich blinzelte die Tränen aus meinen Augen. Nein. Ich würde es nicht zulassen, dass mich meine eigenen Gefühle übermannten. Ich würde den letzten Tag mit Jannis in vollen Zügen genießen. Bevor ich wieder in mein altes Leben zurückkehren würde. Vorausgesetzt, da war Platz für mich. Jannis küsste mich in den Nacken.

„Wir haben den Wellnessbereich ganz allein für uns."
Seine Stimme war rau, und ich spürte, wie er hart wurde.
Er öffnete meinen Bikini, umfasste meine Brüste und
knetete sie sanft. Dann begann er, mit seinem Mund an
meinen Nippeln zu saugen. Ich keuchte und fuhr mit
meinen Händen durch seine feuchten Haare. Dann
fanden sich unsere Münder, und wir küssten uns so
leidenschaftlich und mit einer Intensität, als wüssten wir,
dass wir dies nie wieder gemeinsam haben würden. Ich
würde in mein geordnetes Leben zurückkehren, und er
würde mich vergessen.

„Du gehörst mir, Mia", stöhnte Jannis, als wollte er
uns beide davon überzeugen, dass wir beide eine Zukunft
miteinander hätten. Er packte mich an meinem Hintern
und zerriss mit einem Ruck mein Höschen. Dann stieß
er in mich, und ich umklammerte fest mit meinen
Beinen seine Hüften, als wollte ich ihn nie wieder
loslassen. Ich wollte ihn so tief in mir spüren wie nie
zuvor. Jannis schien es genauso zu gehen. Er umfasste
meine Hüften und versenkte seinen harten Schwanz mit
jedem seiner Stöße immer tiefer in mir, bis wir eins
wurden und miteinander verschmolzen. Es war ein Akt
der Verzweiflung. Wir wollten uns nicht mehr
voneinander trennen, doch erreichten irgendwann
gemeinsam den letzten Höhepunkt, und ich sah nur
noch schwarz vor meinen Augen, als ich am ganzen
Körper erzitterte und mich an Jannis klammerte.

Der Privatjet stand schon bereit. Um ihn herum schien sich ein grauer Schleier gelegt zu haben.

„Was ist hier nur immer mit diesem verdammten Nebel?", fragte ich Jannis, um das Schweigen zwischen uns zu brechen. Die Autofahrt hierher hatten wir kein Wort miteinander gesprochen und es vermieden, uns anzusehen. Jetzt standen wir nebeneinander auf dem Rollfeld und blickten zum Flieger, der im Dunst kaum zu erkennen war.

„Der Nebel kommt vom Bodensee", erklärte Jannis. „Das hat nichts weiter zu bedeuten." Vielleicht lag es wirklich nur am See. Vielleicht war es aber ein Zeichen. Der Wanderer über dem Nebelmeer, und wir beide befanden uns darunter.

„Komm, du musst einsteigen."

„Fuck. Es sieht hier aus wie in dem Film *Casablanca*". Dieser Film hatte kein Happy End. Jannis blieb stehen und hielt mich an meinen Oberarmen. Er beugte sich zu mir und küsste mich. Sanft und doch brannte mein ganzer Körper. Dann ließ er mich los und flüsterte:

„Ich seh dir in die Augen, Kleines." Ich wand mich schnell ab, um meine Tränen vor ihm zu verbergen und stieg ein. Nein. Für diese Geschichte konnte es kein Happy End geben, und ich verdammte das Drehbuch, während ich meinen Tränen freien Lauf gab.

# Kapitel 20

*Ein Jahr später...*

Ich saß mit Noemi in der Mensa und lehnte mich erschöpft in meinem Stuhl zurück. Wir hatten heute Vormittag unsere letzte Klausur des ersten Staatsexamens geschrieben, und nun fühlte ich mich komplett ausgelaugt. Als säße nicht ich hier, sondern nur mein blasser müder Schatten. Das letzte Jahr war hart für mich. Nicht wegen des Staatsexamens. Das Staatsexamen hatte mich am Leben erhalten, hatte mir Halt gegeben. Hätte ich nicht so viel gelernt, wäre ich verrückt geworden. Verrückt aus Angst und Sorge um Jannis. Seit ich vor einem Jahr wieder zurück nach Hamburg geflogen war, hatte ich nichts mehr von ihm gehört. Er war wie vom Erdboden verschwunden. Als wäre er tot. Doch ich klammerte mich bis heute an die Hoffnung, dass er lebte. Ich griff nach meiner Cola und trank. Sie war eisgekühlt aus dem Automaten und da heute ein heißer Frühsommertag war, genau das Richtige, um wieder halbwegs belebt zu werden.

„Puh, das war echt anstrengend. Fünf Stunden und dann noch Betrug und Mord. Ich kann nicht mehr", stöhnte Noemi. Sie sah nach draußen, wo sich viele Studenten auf dem kühlen Rasen unter die Schatten spendenden Bäume gelegt hatten. „Und das noch bei dem traumhaften Frühlingswetter. Also wirklich. Womit haben wir das verdient? Wir haben doch nichts verbrochen." Sie kicherte. „Ganz anders als Herr Münch in unserer Examensklausur. Erst hat er den armen Herrn Bauer betrogen und anschließend noch ermordet, nachdem dieser den Betrug herausgefunden hatte und ihn bei der Polizei anzeigen wollte." Sie nahm die Gabel und schob sich ein paar Nudeln in den Mund. „Würdest du eigentlich jemanden mit dem Messer umbringen? Also, mir wäre das zu viel Blut, ganz ehrlich", sagte sie mit vollem Mund. „Die Nudeln sind übrigens wirklich lecker, Mia. Komm, iss auch mal was. Du siehst eh so mager aus." Ich hatte in der Tat in den vergangenen Monaten abgenommen. Seit meiner Rückkehr aus der Schweiz hatte ich krampfhaft versucht, nicht unentwegt an Jannis zu denken. Doch er war ständig in meinen Gedanken präsent. Vor allem aber hatte er sich fest in meinem Herz eingenistet. Ich konnte kaum noch schlafen, hatte keinen Appetit mehr und musste mich zwingen, morgens aufzustehen und meinen Tag zu leben, so, wie ich es bis vor einem Jahr auch immer getan hatte. Aufstehen, frühstücken, Sport machen, lernen, Kurse besuchen... was man eben so als Studentin machte. Noemi, Leon und Benni spielte ich vor, dass alles in

Ordnung und ich nur ein wenig gestresst war wegen des Staatsexamens. In Wirklichkeit war gar nichts mehr in Ordnung. Wenn ich nur an Jannis dachte, obwohl ich es nicht wollte, zog sich mir mein Herz zusammen und verkrampfte, so dass ich Angst hatte, es könnte aufhören zu schlagen. Aber es schlug weiter. Schmerzte mit jedem Schlag weiter. Doch ich hatte aufgehört zu leben. Ich existierte nur noch, konnte nicht mehr so weiter leben wie bisher. Ich vermisste Jannis` Lächeln, wie er mich ansah, seinen Geruch, seine Wärme und vor allem seine Berührungen. Jede noch so kleinste Erinnerung an ihn schmerzte mich tief bis ins Innerste. War kaum auszuhalten. Meine Gefühle hatten zum ersten Mal in meinem Leben die Oberhand über meinen Kopf gewonnen. Und das war gar nicht gut. Ich fühlte mich hilflos. Machtlos. Nicht einmal das viele Geld, das ich immer noch auf dem Konto hatte, weil ich kaum etwas davon ausgab, hatte etwas daran ändern können. Ich hatte mein Leben nicht mehr im Griff. Teilnahmslos aß ich von den Nudeln, weil ich wusste, dass ich essen musste. Genauso wie ich atmete, weil ich wusste, dass ich atmen wusste. Wann würde dieses Gefühl, dass mir mein Herz aus meiner Brust gerissen worden war, wieder aufhören? Wann würde ich wieder ein normales Leben führen können? Seit meiner Rückkehr hoffte ich jeden Tag, dass Jannis sich bei mir melden würde. Mir irgendein Zeichen zukommen lassen würde, dass er an mich dachte und mich ebenso vermisste wie ich ihn. Dass er mich aber im Moment nur schützen wollte und sich deswegen von mir fernhielt. Ich hatte in der Agentur gesagt, dass man mich an den Wochenenden gerne weiter vermitteln könnte. Unter der Woche müsste ich jetzt viel lernen. Nicht, weil ich das Geld brauchte, sondern weil ich hoffte, Jannis würde mich wieder buchen wollen. Er hatte ja sonst keine Kontaktdaten von mir. Obwohl er diese sicher gegen Zahlung eines großzügigen Geldbetrages von der Agentur bekommen würde. Aber darauf wollte ich es nicht ankommen lassen. Außerdem hätte mich Noemi sonst irgendwann gefragt, warum ich nicht mehr arbeitete. Aber das war zweitrangig. Ich hoffte nur jeden Tag auf's Neue, dass ich Jannis wieder sehen würde. Immer, wenn ich zu einem Kunden gegangen war, hatte ich gehofft, dass es Jannis war, der mich unter einem anderen Namen gebucht hatte. Seit zwölf Monaten hatte ich nichts mehr von ihm gehört. Als hätte ihn der Nebel für immer verschluckt. Und es tat auch heute noch so schrecklich weh wie am ersten Tag nach meiner Rückkehr nach Hamburg. Wie konnte es sein, dass eine Woche in meinem Leben mehr Gewicht hatte als alle anderen Tage davor und danach? Manchmal hatte ich mir schon eingebildet, ihn irgendwo gesehen zu haben. Doch wenn ich dann zu ihm gehen wollte, war er auf einmal wieder verschwunden. Oft hatte ich mir eingeredet, er wäre in meiner Nähe und würde auf mich aufpassen. Als würde er mir zuflüstern, dass er an mich dachte. Mich vermisste. Genauso wie ich ihn vermisste.

„Alles in Ordnung, Mia?", fragte mich Noemi. Ich atmete tief durch.

„Klar, alles in Ordnung. "Wie oft hatte ich dies in den letzten Monaten schon gesagt, aber nicht so gemeint. Ich trank meine Cola leer und stand auf.

„Ich hole mir noch eine. Soll ich dir eine mitbringen?", fragte ich Noemi.

„Nein danke. Ich genehmige mir nachher auf dem Heimweg noch einen Coffee-to-go von Starbucks. Das reicht dann an Koffein. Jetzt, wo das Examen vorbei ist, muss ich meinen Koffeinkonsum allmählich wieder reduzieren."

„Okay." Ich bahnte mir einen Weg durch die Studenten, die sich mittlerweile alle in der Mensa versammelt zu haben schienen. Es waren doch Semesterferien. Wieso war es dann trotzdem so voll hier? Mist, vor dem Automaten war eine lange Schlange. Na ja, egal. Ich hatte heute nichts mehr vor. Später würde ich joggen gehen. Aber das hatte ja Zeit. Ich hatte für den Rest meines Lebens Zeit, irgendetwas zu tun. Ohne Jannis. Ohne irgendjemanden. Ich seufzte. Ich würde nie wieder einen anderen Mann in mein Leben lassen können. Ich würde ihn stets mit Jannis vergleichen. Und er würde nicht mit ihm mithalten können. Nach meiner Rückkehr aus der Schweiz hatte ich im Internet recherchiert. Jannis hatte tatsächlich eine Stiftung gegen Krebs gegründet. Außerdem hatte ich etliche Zeitungsartikel über Spendengalas gefunden, auf denen er Krebsforschern Schecks über einhundert tausend Euro überreicht hatte. Jeden Tag bewunderte ich Jannis ein wenig mehr dafür, dass er sein eigenes Leben riskierte, um das anderer zu retten – mit Geld, das die Superreichen für ein lebloses Kunstwerk ausgaben. Ich hoffte nur, dass Christoph irgendwann seine gerechte Strafe bekam. Endlich war ich an der Reihe. Ich warf drei Euro in den Schlitz und nahm die gekühlte Cola aus dem Automaten. Als ich wieder an unserem Tisch zurück war, sah ich Noemi in einer Zeitschrift blättern.

„Sieh mal", sagte sie aufgeregt, als ich mich gesetzt hatte, „ist das nicht dieser superscharfe Kunsthändler, mit dem du einmal ausgegangen warst? Du warst doch da auf so einer Vernissage. Weißt du noch? Letztes Jahr. Hast du eigentlich noch einmal etwas von ihm gehört?" Ich sah auf das Bild in der Zeitschrift und mir blieb fast das Herz stehen. Jannis! Auf einer ganzen Seite in der Zeitschrift war ein Foto von ihm zu sehen. Er saß auf einer Couch und... mein Atem stockte... Aber das konnte doch nicht sein. An der Wand hinter ihm...

„Sag mal, die nackte Frau auf dem Bild..." Noemi legte den Kopf schräg und besah sich das Bild genauer, „ich finde, sie hat eine gewisse Ähnlichkeit mit dir." Sie grinste, während mir die Farbe aus dem Gesicht wich. Aber Noemi fand das so witzig, dass sie es zum Glück nicht bemerkte. An der Wand hinter Jannis hing das Bild, das er vor einem Jahr von mir im Hotel in Zürich hatte malen lassen. Mit zitternden Händen zog ich die Zeitschrift zu mir.

„Lass mal sehen", sagte ich und merkte, wie meine Stimme bebte. Wo verdammt noch mal war das Foto von Jannis aufgenommen worden, und wo hing dieses Bild, auf dem ich so gut wie nackt zu sehen war? In einer Hotellobby? In einer Ausstellung? Wo war Jannis und warum meldete er sich nicht bei mir? Ich begann hastig zu lesen, was unter dem Foto stand, während mein Herz so laut in meiner Brust hämmerte, wie es nur konnte.

*„Jannis Wegner – zu Hause in seinem Haus in Hamburg."* Aber... mir wurde schwindelig. Jannis hatte mir doch gesagt, er habe keine Bilder zu Hause. Kein einziges Bild hinge in seiner Wohnung. Ich hatte ihn nach dem Warum gefragt. Und ich weiß noch genau, was er darauf geantwortet hatte.

*„Bilder sind sehr emotional. Sie würden mich zu sehr von meinen eigenen Gefühlen und meinem eigenen Leben ablenken. Wenn ich ein Bild in meiner Wohnung aufhängen würde, dann müsste es meine Seele widerspiegeln."*

Und jetzt war er hier. In Hamburg. Mit meinem Bild, das seine Seele widerspiegelte. Wollte er mir damit ein Zeichen geben? Aber woher sollte er wissen, dass ich den Artikel in der Zeitung sah?

„Mia? Mia!", hörte ich Noemis Stimme von weiter Ferne. Ich sah sie wie durch einen Schleier gegenüber von mir am Tisch sitzen. „Mia! Was ist denn auf einmal los mit dir?" Noemi ergriff meine Hand und tätschelte sie. Allmählich lichtete sich der Schleier vor meinen Augen, und ich kam wieder zu mir.

„Es ... mein Blutdruck ... mir war gerade schwarz vor Augen", stammelte ich.

„Puh, du hast mir vielleicht einen Schrecken eingejagt", stieß sie aus. „Du warst wie weggetreten. Komm, trink deine Cola. Das wird deinen Blutdruck wieder auf Trab bringen." Ich nickte und nahm die Flasche wie in Trance. Jannis lebte! Ich hatte es die ganze Zeit über gewusst. Aber... warum meldete er sich nicht bei mir, wenn er hier in Hamburg war? Oder war das zu gefährlich? War das nur ein Lebenszeichen, und er hoffte, dass ich es sah? Mein Kopf durchsuchte meine Erinnerungen. Ich hatte Jannis irgendwann einmal erzählt, wie ich auf die Agentur gekommen war. Dass meine Freundin Noemi über sie in der Gala gelesen hatte, weil sie Tratsch liebte. Es war zumindest ein Strohhalm. Eine kleine Chance, dass ich sein Lebenszeichen sah.

„Wieder besser?", fragte mich Noemi mit gerunzelter Stirn. Ich nickte. Dann sah sie sich noch einmal das Foto an.

„Das ist er, oder? Er sieht wirklich umwerfend gut aus. Genau so wie du ihn mir damals beschrieben hattest. Und er hat ein Bild von dir in seinem Wohnzimmer hängen, auf dem du nackt zu sehen bist." Sie grinste von einem Ohr bis zum anderen, weil sie glaubte, einen Scherz zu machen.

„Haha", sagte ich und tat so, als würde ich auf ihren Spaß eingehen. „Aber sag mal, wieso interessiert sich deine Zeitschrift für einen Kunsthändler? Was liest du da eigentlich? Ist das etwa die Gala?" Ich gab mich betont locker, obwohl ich selbst merkte, wie ich alle Knochen versteift hatte. Noemi zog die Zeitschrift wieder zu sich.

„Ja, das ist die Gala. Der perfekte Ausgleich zum Jurastudium", erklärte sie mir mit erhobener Nase. „Es geht bei dem Artikel um eine Stiftung für Waisenkinder, die er gegründet hat. Sie heißt *Robin-Hood-Stiftung*. Cool. Echt. Der Mann scheint nicht nur etwas von Kunst zu verstehen, sondern auch ein Herz zu haben. Das ist in der Welt der Schönen und Reichen nicht selbstverständlich. Ein Mann mit Herz und Verstand... ", Noemi stöhnte theatralisch, „er weiß sicher, wie man einer Frau mehrere Orgasmen beschert." Ich verschluckte mich an meiner Cola. Hatte sie soeben Robin-Hood-Stiftung gesagt? In dem Moment klopfte mir jemand von hinten auf den Rücken, und ich schnappte nach Luft.

„Hey, Leon, erschrick doch Mia nicht so", lachte Noemi. „Sie hätte ja fast einen Herzinfarkt bekommen."

„Sorry", grinste Leon, zog sich einen Stuhl vom Nachbartisch her und setzte sich zu uns.

„Hey, ihr habt's endlich geschafft! Ihr habt eure letzte Klausur hinter euch! Gratulation!" Leon strahlte über das ganze Gesicht, als hätte er das schriftliche Staatsexamen hinter sich. Dann sah er das Bild von Jannis in der Zeitschrift und runzelte die Stirn. Aber ... Verdammt... Sylt... die Party... Ich hatte Leon erzählt, Jannis sei mein Onkel. Er würde ihn doch nicht wiedererkennen... es war schließlich schon über ein Jahr her, dass er ihn gesehen hat ...

„Ist das nicht dein..." Bevor Leon weiterreden konnte, stieß ich meine Cola um, so dass die ganze Flüssigkeit über die Zeitschrift lief.

„Fuck", rief ich übertrieben erschrocken und sprang auf. „Das tut mir jetzt echt leid, Noemi. Ich kauf dir eine neue. Versprochen." Ich schnappte die Gala und knüllte sie zusammen.

„Das ist doch nicht so schlimm, Mia", tröstete mich Noemi, erstaunt über meine heftige Reaktion.

„Okay, aber du bekommst trotzdem eine neue von mir. Sag mal", wandte ich mich an Leon, der verwundert auf seinem Stuhl saß und zwischen mir und Noemi hin- und hersah. „Wann beginnt denn heute Abend die Beach-Party im Club? Wir müssen unbedingt feiern, dass wir den schriftlichen Teil des Examens hinter uns haben." Sofort hatte ich Leon abgelenkt. Wenn es um seine Partys ging, sprach er von nichts anderem mehr.

„Genau deswegen wollte ich gerade mit euch sprechen. Falls ihr vor 23 Uhr kommt, bekommt ihr freien Eintritt. Danach kostet es fünfzehn Euro." Eigentlich hatte ich nicht vorgehabt, zu der Party zu gehen. Aber jetzt blieb mir nichts anderes mehr übrig. Shit.

„Alles klar. Dann kommen wir kurz vorher", erklärte Noemi. „Danke für den Tipp, Leon. Wird sicher cool bei den frühsommerlichen Frühlingstemperaturen, die draußen herrschen." Leon stand wieder auf.

„Geil, wir sehen uns dann heute Abend." Ich schaute ihm hinterher. Das war gerade noch einmal gut gegangen. Um ein Haar hätte er herausposaunt, dass Jannis *mein Onkel* war. Wie hätte ich das Noemi erklären sollen? Ich war froh, dass sie von nichts wusste. Und das sollte auch so bleiben. Dadurch war sie in keinerlei Gefahr. Hätte ich ihr vor einem Jahr verraten, dass ich Jannis eine Woche begleitete, so hätte sie mich so lange gelöchert, bis ich ihr alles erzählt hätte. Hatte mein Unterbewusstsein bereits damals etwas geahnt?

„Hey, echt cool, dass du heute Abend nun doch mitkommst. Es wird endlich mal wieder Zeit, dass du ein wenig abfeierst", freute sich Noemi und sah mich ernst an. „Du warst in den Examensvoereitungsmonaten die einzige, die sich keine einzige Pause gegönnt hatte. Es ist echt unfair, dass du noch nebenher arbeiten musstest, um dein Studium überhaupt finanzieren zu können. Eine Zeit lang hatte ich mir deswegen große Sorgen gemacht, weil du so blass warst und abgenommen hast du auch." Ich lächelte Noemi an. Etwas zu essen, obwohl man keinen Appetit hatte, war gar nicht so einfach. Ich hatte es anfangs zunächst gar nicht gemerkt. Erst, als mir meine Hosen und Röcke von der Hüfte rutschten. Ab dann hatte ich mich bewusst gezwungen, regelmäßig etwas zu essen. Essen, atmen, lernen, laufen. Ganz bewusst. Damit ich nicht unterging und mich vollständig verlor.

„Ein angenehmer Nebeneffekt", versuchte ich zu scherzen, obwohl ich selbst wusste, dass dies alles andere als lustig war. Es tat mir leid, dass ich meiner Freundin nicht die Wahrheit sagen konnte und sie seit über einem Jahr anlog. Aber es ging nicht anders. Zu Ihrem Schutz, zum Schutz von Jannis und auch zu meinem. Was hätte sie schon ändern können? Gar nichts. Ich hätte sie nur unnötig in die ganze Sache mit hineingezogen. Und jetzt war er wieder hier, und er hatte mir ein Lebenszeichen zukommen lassen. Ob es vorbei war? Ob ich ihn bald wieder sehen würde?

„Ach komm jetzt", lachte Noemi, „du warst doch schon immer sehr schlank. Ein paar Kilo mehr würde man dir gar nicht ansehen. Im Gegensatz zu mir. Ich habe die letzten Monate ständig aus Stress mehr gegessen, als mir gut tat. Und dann noch so einen Scheiß wie Kekse und Schokolade. Deren Kalorien trage ich nun in Form von Fettpölsterchen an meinen Hüften. Ich werde jetzt die Wochen bis zum Mündlichen nutzen, um mehr Sport zu machen und bewusst zu essen." Sie nahm meine Hand und drückte sie. „Jedenfalls freue ich mich auf heute Abend mit dir zusammen. Ich habe es vermisst, mit dir zusammen Spaß zu haben. Gemeinsam kochen. Fernsehen. Tratschen. Einfach mit dir abzuhängen."

„Ja, ich auch. Der Druck ist jetzt endlich weg und nun ist mir auch wieder nach Feiern", log ich und vermied es, Noemi in die Augen zu sehen. „Man sieht dir übrigens überhaupt nicht an, dass du zugenommen hast."

„Danke, aber wenn du mich im Bikini sehen würdest, wäre das anders. Im Moment habe ich meine zusätzlichen Fettreservern gut kaschiert." Sie ließ meine Hand wieder los und blickte nach draußen. „So, ich denke, wir sollten uns jetzt aber auf die Socken machen und das schöne Wetter genießen. Ich werde mich nachher in die Sonne an die Außenalster legen und mich ein wenig bräunen." Noemi strahlte und erhob sich. „Als Einstimmung auf die Beach-Party heute Abend. Mit dem Sport werde ich morgen beginnen." Sie grinste. „Was hast du heute Nachmittag noch vor? Hast du Lust, mit zum Sonnenbaden zu kommen?" Ich zuckte entschuldigend die Schultern.

„Ich werde joggen gehen", sagte ich, stand auf und hängte mir die Tasche um. Noemi sah mich stirnrunzelnd an. „Meinst du nicht, du solltest dich auch mal ein wenig ausruhen? Schalt doch jetzt wieder ein paar Gänge runter. Ein wenig Ruhe täte deinem Körper ganz gut." Ich zuckte mit den Schultern.

„Kann schon sein. Aber ich brauche eben den Sport, um meinen Kopf frei zu bekommen." Seit meiner Rückkehr aus der Schweiz hatte ich jede lernfreie Minute, die ich nicht schlief, zum Trainieren genutzt. Der Sport hatte mir geholfen, mich lebendig zu fühlen. Ich hatte den brennenden Schmerz in meinen Beinen und das Stechen in meiner Brust gebraucht, wenn ich beim Laufen bis an meine Grenzen gegangen war. Nur so hatte ich gewusst, dass ich noch am Leben war, obwohl ich mich innerlich tot gefühlt hatte. Noemi warf mir einen besorgten Blick zu.

„Aber übertreib es nicht, okay?"Ich nickte. Jannis lebte. Ich würde nicht mehr bis an meine Grenzen gehen müssen, um mich lebendig zu fühlen. Allein die Hoffnung, ihn wiederzusehen, erweckte mich wieder zum Leben.

„Okay, versprochen." Noemi lächelte zufrieden.

„Also, dann bis heute Abend. Treffen wir uns um halb elf vor dem Club?"

„Ja, halb elf ist prima."

Alkohol. Nur so war die Party zu überstehen. Die ausgelassene Stimmung, die fröhlichen Partygäste... all das war für mich nüchtern nicht auszuhalten. Während Noemi mit irgendeinem Typen auf der Tanzfläche abtanzte, hing ich an der Bar herum und bestellte meinen zweiten Cocktail, obwohl mir schon nach dem ersten leicht schwindelig war. Ich hatte seit einem Jahr keinen Tropfen Alkohol mehr zu mir genommen.

„Der geht auf mich", hörte ich eine Stimme neben mir sagen. Ich wandt meinen Kopf zur Seite, wodurch sich um mich herum alles drehte und sah verschwommen in die blauen Augen eines jungen blonden Mannes. Er schien recht attraktiv zu sein, aber das war mir egal.

„Danke", hörte ich mich sagen, „aber ich kann meine Getränke selbst bezahlen." Der junge Mann setzte sich auf den Barhocker neben mir und legte seine Hand auf meinen Rücken.

„Davon gehe ich aus, aber ich lade dich trotzdem gerne ein. In der Männerwelt würde doch etwas falsch laufen, wenn eine so schöne junge Frau wie du ihre Getränke selbst bezahlen müsste." Oh Mann. Was für eine Männerwelt meinte er? Die aus dem vorigen Jahrhundert, als die Frauen noch kein Wahlrecht hatten?

„Ich glaube, in deiner Männerwelt läuft etwas schief, wenn du noch nicht verstanden hast, dass wir Frauen inzwischen emanzipiert sind", gab ich zurück. Ich legte dem Barkeeper einen Zwanziger hin und sagte:

„Stimmt so." Dann nahm ich mein Glas in die Hand, stand auf und ging. Sollte er sich doch selbst einladen. Ich nippte an meinem Cocktail und ließ meinen Blick über die Tanzfläche schweifen. Okay, Noemi und ihr Typ knutschten herum. Dann würde sie mich nicht vermissen, wenn ich mich jetzt verdrücken würde. Die Musik dröhnte mir ohnehin zu sehr in meinen Ohren, und die Luft war mir zu stickig hier drin geworden. Außerdem hatte ich keinen Bock, von irgendwelchen Typen angequatscht zu werden und zickig zu reagieren. Eigentlich war ich keine Zicke, und es tat mir jetzt leid, wie ich mich an der Bar benommen hatte. Mit meinem Cocktailglas in der Hand steuerte ich Richtung Ausgang zu und trat dann ins Freie hinaus. Die frische Sommerabendluft befreite meinen Kopf, und ich beschloss, zu Fuß nach Hause zu gehen. Ich leerte mein Glas und stellte es dann auf die Mauer neben den Eingang. Zwanzig Euro hatte ich für den Cocktail bezahlt. Für den Preis könnte ich das Glas auch mitnehmen. Aber trotzdem wäre es Diebstahl, und er würde niemandem helfen. Ich lief die Straße hinunter und war froh, Turnschuhe angezogen zu haben. Wie lange würde es dauern, bis sich Jannis bei mir melden würde? Wie würde mein Leben jetzt weitergehen? Das vergangene Jahr hatte ich nur überlebt. Wann würde ich wieder anfangen zu leben? Wie würde ich weiterleben? Wie konnte ich für Robin Hood kämpfen? Der Beruf als Staatsanwältin kam für mich nicht mehr in Frage. Niemals könnte ich einen Menschen wie Jannis wegen Betrugs anklagen. Ich war inzwischen davon überzeugt, dass nicht jeder Gesetzesverstoß mit einer Strafe geahndet werden durfte, da die Bewertung des menschlichen Handels über dem Gesetzeswortlaut stand. Ich dachte an den Entführungsfall Jakob von Metzler. Ein Polizist hatte dem Täter mit Folter gedroht, wenn er ihm nicht sage, wo er das Opfer hingebracht habe. Vor Gericht hatte er sich auf eine schuldausschließende Pflichtenkollision berufen, da er das Leben des Opfers habe retten wollen. Das Gericht hatte ihn dennoch verurteilt, da es der Auffassung war, es hätte mildere Mittel gegeben. Ich frage mich, was für mildere Mittel der Polizist hätte wählen sollen. Wieso heiligte im Strafrecht nicht der Zweck das Mittel? Auch ich wollte weiterhin für das Recht kämpfen. Allerdings nicht auf der Seite der Staatsanwaltschaft. Vielleicht würde ich als Strafverteidigerin arbeiten? Aber konnte ich jemanden verteidigen, dessen Gesetzesverstoß durch nichts zu rechtfertigen war? Plötzlich hörte ich Schritte hinter mir. Sie kamen näher und wurden immer schneller und mich überkam ein ungutes Gefühl.

Verfolgte mich jemand? Oder bildete ich mir das nur ein? Ich war doch sonst nicht so ängstlich. Warum auf einmal jetzt? Sollte ich mich umdrehen? Oder meinen Schritt beschleunigen? Mein Atem ging schneller. Warum fuhren ausgerechnet jetzt keine Autos auf der Straße? Warum war ausgerechnet jetzt niemand mehr unterwegs außer... Die Schritte kamen näher. Die Person musste jetzt unmittelbar hinter mir sein. Ich wollte gerade mein Handy aus der Tische ziehen und den Notrufknopf drücken, als mich jemand von hinten packte und mir eine Hand auf den Mund presste. Ich war wie gelähmt und hatte keine Chance, mich aus der Umklammerung zu befreien.

„Wenn du auch nur einen Mucks von dir gibst, bist du tot", raunte mir eine tiefe Männerstimme ins Ohr. „Ich werde jetzt meine Hand von deinem Mund nehmen, und ich werde nichts von dir hören, verstanden?" Ich nickte und merkte, wie mir die Tränen in den Augen brannten. Der Mann zerrte mich in einen Hauseingang und drückte mich mit dem Gesicht zur Wand. Dann schob er grob meinen Rock nach oben und zerriss meinen Slip. Ich unterdrückte ein Wimmern, als seine kalte raue Hand über meinen Po glitt aus Angst, er könnte mich sonst umbringen. Bitte, lass mich am Leben. Ich will doch leben. Jannis. Ich will Jannis wiedersehen. Oh Gott, bitte lass es schnell vorbei sein. Ich biss mir vor Schmerzen auf die Zunge, als er seine Finger brutal in mich hineinschob. In meinem Mund schmeckte ich Blut und Tränen. Sein Stöhnen war nah an meinem Ohr, und ich würgte, als ich seinen widerlichen Atem roch.

„Lass sie sofort los", befahl eine tiefe Männerstimme. Irgendjemand zerrte den Mann von mir und verpasste ihm einen Faustschlag. Eine Nase oder was auch immer für Knochen schienen zu knacken und dann wurde alles schwarz vor meinen Augen.

Als ich wieder zu mir kam, lag ich in einem Krankenwagen.

„Sie ist wach", hörte ich jemanden sagen. Dann beugte sich eine Frau über mich und legte eine Hand auf meinen Arm.

„Sie sind in Sicherheit", beruhigte sie mich. „Wir bringen Sie jetzt in ein Krankenhaus." Ich versuchte, mich aufzusetzen, stellte jedoch fest, dass ich an der Liege angeschnallt war.

„Mir ... mir geht es gut", behauptete ich, obwohl mein Kopf höllisch schmerzte. Plötzlich sah ich es wieder vor mir. Ein Mann hatte mich vergewaltigen wollen, aber in letzter Sekunde war ein anderer gekommen und hat mich gerettet.

„Wo ist der Mann, der mir zur Hilfe kam?", fragte ich vorsichtig. Die Frau drückte kurz meine Hand.

„Wir haben ihm versprechen müssen, dass wir uns gut um sie kümmern. Dann ist er in sein Auto gestiegen und fortgefahren." Die Frau sah mich fragend an.

„Kannten Sie ihn denn?" Ich schüttelte den Kopf. Ich hatte ihn ja nicht gesehen. Und seine Stimme war mir nicht bekannt vorgekommen.

„Sie haben Glück gehabt, dass er vorbei gekommen ist."

„Ich würde gerne nach Hause gehen", sagte ich. „Mir ist ja nicht wirklich etwas passiert, weil der Mann mich ... vor Schlimmeren gerettet hat."

„Sie stehen unter Schock. Das können wir im Moment nicht verantworten." Ich merkte, wie ich keine Kraft hatte, zu widersprechen. Also gab ich nach und meine Augen fielen wieder zu.

# Kapitel 21

Seit der Nacht der Party waren inzwischen mehrere Monate vergangen. Die Albträume, die ich anfangs nach dem Überfall hatte, waren inzwischen verschwunden. Aber auch meine Hoffnung, Jannis wiederzusehen, schwand dahin. Ich hatte seitdem kein weiteres Lebenszeichen mehr von ihm erhalten. War das Bild in der Zeitschrift nur ein Abschiedsgruß von ihm gewesen? Weil es für uns keine gemeinsame Zukunft gab und ich für ihn nur eine Erinnerung in Form eines Gemäldes war?

Inzwischen war Dezember und die ganze Stadt dekoriert mit Lichtern und Weihnachtsschmuck, erfüllt mit dem Duft von gebrannten Mandeln und Glühwein. Viele Menschen strömten vor allem an den Wochenenden durch die Straßen, kauften Geschenke, tranken einen heißen Punsch oder aßen eine warme Waffel mit Puderzucker oder Schokoladencrêpes. Die vorweihnachtliche Zeit schien die meisten Menschen glücklich zu machen, während ich mich noch einsamer fühlte. Am Wochenende war ich wieder ins Kunsthaus gegangen, um mir den *Wanderer über dem Nebelmeer* anzusehen. In diesen Momenten war ich Jannis so nah, dass ich das Gefühl hatte, er stünde neben mir. Seinen Arm um meine Taille geschlungen. Seine Nase in meinem Haar vergraben. Ich spürte seine Wärme und atmete seinen Geruch ein. An diesem Ort war ich mit ihm verbunden. Er hatte für mich inzwischen etwas Magisches. Hier wurden meine Erinnerungen wieder so intensiv, als wäre ich erst gestern mit ihm zusammen gewesen. Manchmal hatte ich sogar das Gefühl, Jannis wäre ganz in meiner Nähe. Würde mich beobachten und auf mich aufpassen. Damit mir niemand etwas antat. Damit ich sicher war. Wenn nur einer von Jannis' Geschäftskollegen erfahren sollte, dass Jannis mich nicht umgebracht hatte... ich erschauderte bei dem Gedanken daran. Nein. Ich war mich sicher, dass Jannis mich beschützte. Ich nahm ihn wahr. Mit all meinen Sinnen. war. Ich seufzte. Oder es war nur ein Wunschdenken von mir, das verhinderte, dass ich nicht zusammenbrach, während unter dem grauen Schleier die grausame Realität lauerte, in der ich Jannis nichts bedeutete und er im Verborgenen über die kleine dumme Mia lachte, die sich in ihn verliebt hatte. Ich war das dumme Gretchen, das sich von Faust hatte verführen lassen. Es war alles nur ein Spiel gewesen. Ein Schauspiel. Ohne Happy End. Denn Geschichten mit Happy End waren nur für kleine Mädchen. Inzwischen hatte ich mit dem Referandariat begonnen. Ich war einer Familienrichterin zugeteilt worden

Für einen kurzen Augenblick schloss ich frustriert die Augen und atmete tief durch. Als Rechtsreferendarin war ich einer Familienrichterin zugeteilt worden. Doch es lief leider anders, als ich es mir vorgestellt hatte. Ich öffnete wieder meine Augen und fuhr fort:

„Aber wenn Sie dem Vater nicht das alleinige Sorgerecht übertragen, dann können die Kinder nicht zurück nach Deutschland." Ein irakischer Vater hatte seine fünf Kinder in den Irak entführt, nachdem er herausgefunden hatten, dass seine Frau ihn mit einem anderen Mann betrogen hatte. Damit hatte sie in seinen Augen die Familienehre besudelt, und es war für den Vater undenkbar, die Kinder weiter von seiner Frau erziehen zu lassen. Die fünf Kinder im Alter zwischen sechs und vierzehn Jahren waren alle in Deutschland geboren und aufgewachsen. Sie besuchten hier die Schule, hatten hier ihre Freunde, und ihre Muttersprache war deutsch. Sie konnten kein Wort Arabisch. Über WhatsApp hatten sie der Mutter heimlich eine Videobotschaft zukommen lassen können, in der sie ihr mitteilten, dass der Vater sie in einem Haus einsperrte, sie Angst vor ihm hätten, weil er drohe, sie zu schlagen, wenn sie ihm widersprächen und dass sie so schnell wie möglich zurück nach Deutschland wollten. Der Vater hatte dem Gericht in Deutschland mitgeteilt, er komme nur nach Deutschland zurück, wenn er das alleinige Sorgerecht für die Kinder bekomme.

„Der Vater ist offensichtlich erziehungsungeeignet, Frau Mai. Es ist mit dem Gesetz nicht zu vereinbaren, ihm das alleinige Sorgerecht zu übertragen." Die Richterin sah mich vorwurfsvoll über ihren Brillenrand an. „Sie erwarten doch nicht etwa, dass ich etwas contra legem mache?" Contra legem. Gegen das Gesetz. Ich unterdrückte ein Schnauben.

„Aber wenn das Gesetz uns hier nicht helfen kann, die Kinder nach Deutschland zurückzuholen...", fuhr ich fort. Die Richterin schüttelte genervt den Kopf, als hätte sie ein kleines dummes Kind vor sich.

„Es wäre Kindeswohlgefährdung, wenn ich dem Vater das Sorgerecht übertragen würde, Frau Mai. Das verstehen Sie schon, oder?"

„Aber das Wohl der Kinder ist doch erst recht gefährdet, wenn die Kinder beim erziehungsungeeigneten Vater im Irak bleiben müssen. Also wäre es für das Wohl der Kinder doch besser, sie wären beim erziehungsungeeigneten Vater in Deutschland. Und wenn die Kinder erst einmal hier in Deutschland sind, kann man das Sorgerecht auch wieder auf die Mutter übertragen." Ich musste an die Videobotschaft der Kinder denken. Wie verzweifelt und hilflos und voller Angst sie gewesen waren. Man musste ihnen helfen. Sie waren in einem für sie fremden Land, dessen Sprache sie nicht sprachen bei einem Vater, der sie der Mutter entzogen hatte und der sie mit Schlägen bedrohte.

„Sie erwarten tatsächlich, dass ich etwas mache, was mit dem Gesetz nicht zu vereinbaren ist?", fragte mich die Richterin mit einem gefährlichen Unterton in der

Stimme. Ich ballte innerlich die Fäuste. Es war nicht gerecht. Es war nicht gerecht, dass es keine gesetzliche Möglichkeit gab, die Kinder auf legalem Weg zurück nach Deutschland zu holen, da der Irak kein Vertragspartner des Haager Kindesentführungsübereinkommens war. Wut stieg in mir auf. Das Gefühl, machtlos zu sein und Ungerechtigkeit hinnehmen zu müssen, nur, weil die Gesetze eben so waren.

„Ich erwarte gar nichts. Ich möchte nur, dass den Kindern geholfen wird, zurück nach Deutschland zu kommen." Kraftlos ließ ich meine Schultern hängen, als mich die Richterin ansah und laut entschied:

„Der Antrag auf Übertragung des alleinigen Sorgerechts auf den Vater wird zurückgewiesen, Frau Mai." Dann taxierte sie mich. „Sind Sie sicher, dass Sie sich für den richtigen Beruf entschieden haben?"

„Die Stelle als Robin Hood war leider schon vergeben", erwiderte ich bitter. „Nein, im Ernst, Richterin wäre in der Tat nichts für mich. Wenn nur die Gesetze zählen und nicht das Ergebnis, die Gerechtigkeit, dann ... nun, das könnte ich nicht." Die Richterin verzog ihren Mund. Offensichtlich gefiel ihr nicht, was ich sagte. Aber es war die Wahrheit.

„Wenn nur die Gesetze zählen?", wiederholte sie. „Sie haben Jura studiert. Was soll denn sonst zählen?"

„Gerechtigkeit", versuchte ich es ein letztes Mal.

„Was gerecht ist, entscheiden die Gesetze, Frau Mai. Nicht Sie." Ich zuckte mit den Schultern. Ja, so war es.

359

Aber in mir schrie alles. Wieso hatte mein Leben entschieden, seine geordneten Bahnen zu verlassen und stattdessen zu rebellieren? Ich nahm die Akten, die mir die Richterin zur Vorbereitung auf die nächste Verhandlung gegeben hatte und verabschiedete mich. Als ich die Tür hinter mir geschlossen hatte, lehnte ich mich für einen Augenblick an die kühle Wand und holte tief Luft.

„Lex, legis, legi, legem..." Doch nicht einmal mehr Latein konnte mir helfen. Ich war im wahrsten Sinne des Wortes mit meinem Latein am Ende. Und zu alledem war morgen auch noch Weihnachten. Oh Gott. Wie sollte ich das nur überstehen?

Als ich nach draußen trat, zog ich meinen Mantel enger um mich herum. Es war eiskalt geworden. Und dunkel. Ohne zu wissen, wohin ich gegangen war, fand ich mich auf einmal mitten in der Stadt vor dem Rathaus wieder. Erst jetzt nahm ich die Weihnachtsmarktbuden und die dicht gedrängt stehenden Menschen um mich herum wahr, die sich miteinander unterhielten und lachten und mir wurde schmerzlich bewusst, wie einsam ich war. Ich verließ die Innenstadt wieder und schlug den Weg Richtung Hafencity ein, wo weniger Trubel war. In der Überseeallee schlug mir ein eisiger Wind entgegen, und ich klappte meinen Mantelkragen hoch, da der Schal allein die Kälte nicht abwehren konnte. Über mir kreischten ein paar Möwen und aus Lautsprechern ertönte Weihnachtsmusik, die mich nicht erreichte. Die an mir abprallte, wie ein Fremdkörper. Ich lief weiter, als könnte ich so Weihnachten entfliehen. Plötzlich stoppte ich und blickte auf das Gebäude vor mir, in dem sich die Agentur befand. Ich schluckte und schaute nach oben. Hier hatte alles begonnen. Mein Herz schlug auf einmal schneller, als ich daran dachte, wie ich Jannis zum ersten Mal hier im Lift gesehen hatte. Er hatte geglaubt, ich sei Lateinlehrerin und zum ersten Mal seit Tagen musste ich bei dem Gedanken daran lächeln. Sum, es, est, sumus, estis, sunt. Vielleicht sollte ich es mal wieder mit Latein probieren, um mich selbst in geordnete Bahnen zu bringen. Früher hatte es doch auch immer geholfen. Früher. Ja, früher hatte ich einen Platz in meinem Leben. Aber ich war aus meinem eigenen Spiel geworfen worden. Wie bei *Mensch ärgere dich nicht*. Ich war gebutzt worden und durfte nicht mehr mitspielen. Durfte nur noch zusehen. Ohne Spaß. Ohne Lebensfreude.

„Sum, es, est, sumus, estis, sunt", murmelte ich vor mich hin, als könnte ich mit den Worten Magisches bewirken. Dann hielt ich inne und lauschte. Aber es passierte nichts. Es hatte sich kein magisches Tor geöffnet, das mir den Weg in mein früheres Leben ermöglicht hätte. Ich war verdammt. Verdammt, am Spielrand zu stehen, wo es nur Hoffnungslosigkeit gab. Das Spiel war aus.

Ich hatte es überstanden. Weihnachten war an mir vorübergegangen, ohne dass ich an irgendetwas Freude empfunden hätte. Da ich dieses Jahr keine Ausrede hatte, verbrachte ich Heilig Abend bei meiner Mutter und den ersten Weihnachtsfeiertag bei meinem Vater. Wenn ich gedacht hatte, mich nicht noch leerer fühlen zu können, so war ich von meinen Eltern eines Besseren belehrt worden. Beide hatten sich nicht für mich interessiert, sondern sich nur übereinander beklagt. Es war, als hätte ich aufgehört, in ihren Leben zu existieren. Ich stand mit einer Tasse heißem Tee in der Hand am Fenster in meiner Küche und schaute nach draußen auf die graue Straße. Seit Tagen hatte sich die Sonne nicht mehr gezeigt, und das ständige Januargrau zog mich immer weiter hinunter. Gab es in der Spirale nach unten nicht irgendwo ein Stopp? Ging es denn unaufhörlich nur noch abwärts? Bis ins Unendliche? Irgendwann musste es doch wieder bergauf gehen. Ich atmete den heißen Dampf meines Tees ein. Aber wieso wartete ich eigentlich darauf, dass es in meinem Leben irgendwann wieder bergauf ging? Seit wann ging denn etwas einfach so bergauf? Ich selbst musste irgendetwas tun. Ich konnte nicht länger nur warten. Ich wollte wieder leben. Neue schöne Bilder in meinen Erinnerungen sammeln. Lachen. Lieben. Spaß haben. Draußen hatte ein Schneeregen eingesetzt. Keine weißen weichen Flöckchen, die lautlos und friedlich den Himmel hinabschwebten. Ich schüttelte mich. Januar war mit Abstand der deprimierendste Monat, den es gab. Wieso konnte das neue Jahr nicht mit dem Frühling beginnen? Mit dem Mai? Wer hatte eigentlich bestimmt, dass ausgerechnet der trübe Januar der erste Monat sein sollte? Ich straffte meine Schultern. Ich würde mich nicht länger hinunterziehen lassen. Ich musste irgendetwas unternehmen, wenn ich diesem ständigen Strudel abwärts entkommen wollte. Ich ging zum Küchentisch zurück und nahm mir ein übrig gebliebenes Weihnachtsplätzchen vom Teller. Dann fiel mir der Brief unter der Post auf. Ich hatte ihn bisher wegen der vielen Werbeprospekte, die ich nach wie vor ungewollt bekam, gar nicht bemerkt. Mein Herz begann laut zu schlagen, als ich den Brief in die Hand nahm. Der Absender war die Anwaltskanzlei Kieninger und Partner. War das nicht die Kanzlei, die Jannis vertrat? Mit zittrigen Fingern öffnete ich den Umschlag und nahm das Schreiben heraus.

*Sehr geehrte Frau Mai,*

*wir erlauben uns, Sie persönlich anzuschreiben, da Sie uns als angehende Volljuristin empfohlen wurden. Wir sind eine erfolgreiche Kanzlei in der schönen Hafencity von Hamburg und auf der Suche nach Rechtsreferendaren, die an einem Einblick in den Anwaltsberuf interessiert sind und uns dabei in unserer täglichen Arbeit unterstützen. Wir bieten eine Tätigkeit auf Minijob- oder Stundenbasis an. Die Bezahlung ist überdurchschnittlich gut. Wenn Sie Interesse an einer Mitarbeit in unserer Kanzlei haben, freuen wir uns auf Ihren Anruf.*

*Mit freundlichen Grüßen*

*Dr. Michael Kieninger*
*Rechtsanwalt*

Ich stellte meine Tasse in die Spüle und strich die Kekskrümel von meinen Händen. Ich hatte die Botschaft verstanden. Das war kein Zufall. Jannis nahm Kontakt zu mir auf. Unauffällig. So dass nur ich davon wusste. Mein Herz schlug Purzelbäume. Jannis. Ich würde ihn wiedersehen. Alles würde wieder gut werden. Ohne zu zögern, nahm ich mein Handy und wählte die Nummer der Anwaltskanzlei.

„Sum, es, est, sumus, estis, sunt", murmelte ich vor mich hin, als ich mit dem Fahrstuhl nach oben fuhr – wie damals, als ich mich bei der Agentur vorgestellt hatte. Ob das Schreiben tatsächlich spezifisch an mich geschickt wurde, weil es um Jannis ging? Oder hatte ich mir das nur zurechtgelegt, weil es meiner Hoffnung entsprach? Gleich würde ich es erfahren. Als der Fahrstuhl auf der Anwaltsetage anhielt, warf ich einen letzten Blick in den Spiegel und strich meinen Rock glatt. Dann verließ ich den Lift und trat direkt an den Empfangstresen, hinter dem mehrere Sekretärinnen hinter ihren Bildschirmen saßen. Teilweise tippten sie, teilweise telefonierten sie oder notierten irgendetwas in irgendwelchen Unterlagen. Anders als die Agentur über ihnen, war hier in der Kanzlei alles in eher dunklen Tönen gehalten. Bevor ich mich weiter umsehen konnte, wandte sich schon eine der Damen an mich.

„Guten Morgen, haben Sie einen Termin?", fragte sie mich freundlich. Ich schätzte sie auf Mitte vierzig und ihre lebendigen blauen Augen sahen mich neugierig an.

„Guten Morgen, ich bin Frau Mai,", stellte ich mich vor, „ja, ich habe um 10 Uhr einen Termin mit Herrn Dr. Kieninger."

„Frau Mai, richtig, Herr Dr. Kieninger erwartet Sie schon. Kommen Sie bitte, ich bringe Sie zu ihm." Ich folgte der Dame und sah erst jetzt, dass sie rosa Turnschuhe zu einem grauen Wollkleid trug. Sie war recht flott unterwegs und fast wäre ich in sie hineingelaufen, weil sie abrupt vor der nächsten Tür stehen blieb und anklopfte.

„Frau Mai ist da", kündigte sie mich mit melodischer Stimme an, als sie die Tür öffnete, ohne auf eine weitere Aufforderung zu warten. Dann nickte sie mir aufmunternd zu und ließ mich eintreten.

„Frau Mai, guten Morgen, kommen Sie doch herein", begrüßte mich Herr Dr. Kieninger und sah mich über seinen Brillenrand an. Er war ein Mann Ende fünfzig und in seinem maßgeschneiderten Anzug und mit seiner gepflegten äußeren Erscheinung entsprach er genau dem Bild, das man sich von einem Anwalt machte.

„Setzen Sie sich doch bitte", bat er mich und wies dabei auf den Stuhl vor seinem Schreibtisch. „Kaffee?"

„Gerne", sagte ich und blickte durch die großen Fenster nach draußen auf den Hamburger Hafen.

Wieder kamen alte Bilder in mir hoch. Vor knapp eineinhalb Jahren hatte nur eine Etage über mir alles begonnen. Ich merkte, wie sich mein Herz bei der Erinnerung an die erste Begegnung mit Jannis im Fahrstuhl zusammenzog, als mich eine junge Dame aus meinen Gedanken riss und uns zwei Kaffees brachte. Ich bedankte mich und wandte meine Aufmerksamkeit wieder an Herrn Dr. Kieninger.

„Frau Mai, wie schön, es freut mich, Sie endlich persönlich kennenzulernen." Hatte er *endlich* gesagt? War das Schreiben also kein Zufall? Mein Puls raste. Ging es Jannis gut? Wo war er? All diese Fragen brannten mir auf meinen Lippen, doch Herr Dr. Kieninger schüttete sich in aller Seelenruhe erst einmal zwei Tütchen Zucker in seinen Kaffee. Dann rührte er gemächlich um und betrachtete mich dabei mit einer unverhohlenen Neugier.

„Herr Wegner hat mir viel über Sie erzählt", sagte er. „Seine grüne Muse hat er Sie genannt." Er lächelte.

„Wie ... wie geht es ihm?" Ich hielt meinen Atem an und betete innerlich, dass Herr Dr. Kieninger mir keine Todesnachricht überbringen sollte.

„Herrn Wegner geht es gut."

„Gott sei dank!", stieß ich aus.

„Es tut mir leid, dass Sie sich all die Monate seinetwegen Sorgen gemacht haben. Aber es war leider sehr wichtig, dass Herr Wegner jegliche Verbindung zu Ihnen kappte. Seine Geschäftspartner hatten es – gelinde formuliert - gar nicht gut aufgenommen, als er aus den gemeinsamen Geschäften ausgestiegen war. Herr Wegner hat große Angst, dass sie herausfanden, dass Sie noch leben. Sie hätten nur eins und eins zusammenzählen müssen, um zu wissen, dass Sie der Grund für seinen Ausstieg waren. Also durfte es keinerlei Kontaktaufnahme zu Ihnen geben. Kein Telefon. Keine Post. Nichts. Es war zu Ihrem Schutz, Frau Mai." Dr. Kieninger nahm ein paar Schlucke von seinem süßen Kaffee, während ich überlegte, ob ich träumte. „Herr Wegner hatte mich damit beauftragt, dafür zu sorgen, dass Ihnen nichts passiert. Aus diesem Grund hatte ich auch einen Begleitschutz für Sie organisiert. Damit Sie jederzeit sicher waren und Ihnen nichts passieren konnte." Ich hatte einen Begleitschutz? War mein Leben wirklich so sehr in Gefahr? Ich öffnete den Mund, doch es kam nichts heraus. Vielleicht würde ich ja jeden Moment wieder aufwachen und dann war es ohnehin egal, ob ich jetzt etwas sagte oder nicht.

„Es war nicht so einfach, Sie von einem Bodyguard beschützen zu lassen, ohne dass Sie es merkten. Er durfte sich Ihnen ja nicht zu sehr nähern. Auch Ihre Freunde durften davon nichts mitgekommen. Ihr Bodyguard bedauert es daher sehr, dass er in jener Nacht nicht früher zu Ihrer Rettung herbeikommen konnte, als dieser Dreckskerl Sie vergewaltigen wollte." Ich riss meine Augen auf. Hatte ich gerade richtig gehört? Nur allzu deutlich erinnerte ich mich an diesen schrecklichen Abend. Ich hatte von Anfang an keine Lust auf die Party und hätte besser zu Hause bleiben sollen.

„Das heißt, es war gar kein Fremder, der mir geholfen hatte?", fragte ich nun doch. Dr. Kieninger sah mich ernst an.

„Nein, das war kein Fremder, sondern unser Mann." Ich atmete tief durch. Hatte er *unser Mann* gesagt?

„Das heißt... wenn Sie niemanden engagiert hätten, um auf mich... aufzupassen..."

„Richtig. Das heißt... Sie sind uns nicht böse, dass wir Sie haben überwachen lassen?" Dr. Kieninger schenkte mir ein schiefes Lächeln. Ich schluckte. Das waren mir gerade alles viel zu viele Informationen auf einmal. Jannis hatte sich von seinen Geschäftspartnern getrennt, zu meinem Schutz hatte er bisher keinen Kontakt zu mir aufgenommen, und er hatte mich überwachen lassen, weshalb ich in jener Nacht dem Vergewaltiger entkommen war...

„Es... es ist gerade alles etwas viel auf einmal...", stammelte ich. „Hat Ihr Bewacher auch über alles Bericht erstattet?" Dr. Kieninger schüttelte den Kopf und hob abwehrend die Hände.

„Ihr Privatleben blieb ihr Privatleben, Frau Mai. Dessen seien Sie sich versichert. Nur, wenn er etwas Auffälliges bemerkt hatte, erstattete er Bericht. Und dann haben wir uns der Sache angenommen. So waren Sie die ganzen Monate über sicher." Ich zögerte. Es war ein seltsames Gefühl, zu erfahren, dass man eineinhalb Jahre von einem Unbekannten überwacht wurde.

„Was meinen Sie damit, dass Sie sich dann der Sache angenommen haben?"

„Reden wir nicht darüber, Frau Mai. Denken Sie nur daran, dass die Geschäftspartner von meinem Mandanten verlangt hatten, Sie zu töten. Es war daher unerlässlich, Sie bewachen zu lassen und jegliche Gefahr von Ihnen abzuwenden. Mehr brauchen Sie nicht zu wissen. Ich kann ja verstehen, dass es im Moment ein Schock für Sie sein muss, aber wir haben es hier wirklich mit sehr gefährlichen Männern zu tun." Ich senkte den Kopf und sah nachdenklich auf meine Hände in meinem Schoß.

„Und... wie wird es jetzt weitergehen?", fragte ich und hob wieder meinen Blick.

„Herr Wegner muss noch ein paar Sachen organisieren und wird sich dann mit Ihnen in Verbindung setzen." Er holte ein Handy aus seiner Schreibtischschublade. „Verwenden Sie dieses Handy ausschließlich dafür, dass Herr Wegner Sie kontaktieren kann." Ich nahm das Handy und steckte es in meine Tasche.

„Wann... wann wird sich Herr Wegner bei mir melden?"

„Nun", sagte er, „wenn alles so läuft, wie wir es geplant haben... Sie haben im Mai frei?"

# Kapitel 22

Alles oder nichts, dachte Jannis und presste seine Kiefer aufeinander, während er Lennart auf dem Bildschirm beobachtete. Lennart war einer der ersten Gäste und konnte so in aller Ruhe von der Terrasse der Villa Antonia am Monte Salvatore zusehen, wie die Gäste nach und nach die Auffahrt heraufkamen. Keiner seiner früheren Geschäftspartner wollten sich diesen illustren Maskenball entgehen lassen. Er war als *das* Ereignis des Jahres in den höheren Gesellschaftskreisen angepriesen worden und nur, wer zu den Auserwählten gehörte und eine Einladungskarte erhalten hatte, erhielt überhaupt Zutritt zum Anwesen. Lennart trug zu seinem dunklen Smoking eine venezianische Vollgesichtsmaske in schwarz und verschwand im Zwielicht zwischen den Palmen, die in großen Töpfen auf der Terrasse der Villa standen.

„Vermassel es nicht, Kumpel", flüsterte ihm Jannis über den Mikroknopf an dessen Ohr zu.

Er lebte seit eineinhalb Jahren im Versteck und wollte endlich, dass das Katz-und-Maus-Spiel ein Ende hatte. Er wollte wieder ein Leben haben. Vor allem aber wollte er Mia wieder in seine Arme schließen. Seit er sie in dieser einen Nacht zum letzten Mal auf dem Privatflughafen gesehen hatten, war kein Tag vergangen, an dem er sie nicht vermisste. Seit dieser Nacht arbeitete Jannis mit Interpol zusammen. Interpol war schon lange hinter den Kunstfälschern her und hatte ihm Straffreiheit angeboten, wenn er als Kronzeuge zur Verfügung stand. Jannis hatte ihnen alle Informationen geliefert, die er über die Kunstfälscher hatte. Jeden einzelnen Namen. Jedes einzelne gefälschte Kunstwerk in den Museen. Nach wenigen Monaten hatten sie endlich genügend Beweismaterial, was für deren Festnahmen reichte. Flavio hatte nur durch Glück das Attentat überlebt. Doch Interpol wusste nicht, wer für die Tat verantwortlich war. Also beschlossen sie, mit den Festnahmen noch zu warten, bis sie auch das herausgefunden hatten. Wenn erst einmal alle verhaftet waren, würden alle schweigen. Aber der Täter blieb unbekannt. Jannis war nicht bereit, weitere Monate ohne Mia verbringen zu müssen und schmiedete einen Plan. Einen verdammt guten Plan. Er atmete einmal tief durch. Und Interpol war damit einverstanden. Denn der Plan war perfekt. Eigentlich war die Idee dahinter ganz einfach. Mit Speck fing man Mäuse. Und mit Kunst Kunstfälscher. Doch jeder noch so gute Plan konnte schief gehen. Jannis war nicht blauäugig. Lennart hatte ebenfalls die Seiten gewechselt und sich bereit erklärt, Interpol als Lockvogel zu helfen. Auch ihm wurde Straffheit dafür versprochen. Aber Lennart durfte keinerlei Risiko eingehen. Sonst wäre er ein toter Mann. Flavio war nur knapp seinem Tod entkommen. Hätte Jannis ihn nicht kurz zuvor gewarnt, würde er jetzt nicht mehr leben. Ein Menschenleben bedeutete ihnen nichts im Vergleich zu den Milliarden, die sie mit den Kunstfälschungen machten. Jetzt kamen sie alle nach und nach mit ihren teuren Ferraris, Bugattis und Lamborghinis, als wäre das Leben nichts wert ohne solche Luxuskarossen. Als wäre es nichts wert, das Leben anderer Menschen mit dem Geld zu retten, das ein solches Auto kostete. Selbstgefällig stiegen sie aus ihren Wagen, und hätten sie sich um sich selbst drehen können, so hätten sie es getan. Keiner von ihnen hatte auch nur für eine Sekunde einen Blick für den unter ihnen ruhenden Luganer See. Wenn Mia hier wäre, würde sie andächtig hier auf der Terrasse stehen und fasziniert die im Dunklen liegende Landschaft mit all ihren Lichtern am Fuße des San Salvatore, die sich im Wasser spiegelten, betrachten. Doch keiner der Gäste hier interessierte sich für die Kunst oder die Schönheit der Natur. Auch wenn als Höhepunkt des Abends eine Auktion mit Gemälden namhafter Künstler angepriesen war, ging es ihnen nur darum, ob sie deren Fälschungen für viel Geld verkaufen können würden. Das übliche Spiel eben.

„Du kannst dich auf mich verlassen", raunte Lennart unauffällig in das Mikro an seiner Fliege zurück. Lennart hatte die Aufgabe, Christoph, dem Kopf der Kunstfälscher, zu entlocken, wer auf Flavio geschossen hatte. Dann würde alles sehr schnell gehen und Jannis würde endlich Mia wieder sehen. Interpol hatte alles bis ins letzte Detail organisiert, für den Fall, dass einer der geladenen Gäste misstrauisch wäre und Nachforschungen betriebe. Die imposante Villa gehörte einem Milliardär, den Interpol erfunden hatte, über den aber im Internet eine komplette Biografie zu finden war. Sogar im Grundbuch war er als Eigentümer der Villa eingetragen. Ein verdeckter Ermittler schlüpfte in die Rolle des Milliardärs und lud nur die erfolgreichsten Kunsthändler zu dem exklusiven Maskenball ein. Interpol sorgte dafür, dass dieser Maskenball auf allen Plattformen als *das* Event des Jahres verkauft wurde, anlässlich dessen der Milliardär einige Kunstgemälde aus seiner privaten Sammlung präsentieren und versteigern wollte. Jannis ballte seine Faust, als er sah, dass Christoph aus seinem Rolls Royce stieg. Trotz seiner goldenen Augenmaske erkannte ihn Jannis sofort. Und als wäre er die Unschuld in Person, trug er einen weißen Anzug. Wenn es nach diesem Schwein ginge, wäre Mia schon lange tot. Ohne einen Funken von schlechtem Gewissen ging er davon aus, dass Jannis sie getötet hatte. Dieser verlogene Dreckskerl. Jannis war froh, jetzt nicht an Lennarts Stelle zu sein. Denn sonst hätte er für nichts garantieren können und Christoph alle Knochen gebrochen. Jeden einzelnen der 206 Knochen. Langsam. Sehr langsam. Damit er den Schmerz jedes einzelnen brechenden Knochen spüren könnte und so eine ungefähre Ahnung davon bekam, wie unterträglich es ihn schmerzte, von Mia Tag für Tag getrennt zu sein.

„Okay, ich gehe jetzt auch rein", kündigte Lennart an.

„Alles klar."

In der Villa waren überall Kameras installiert, so dass Jannis alles mit ansehen konnte. Er schaute auf die Bildschirme und fuhr sich durch die Haare.

„Sieht aus, als fände dort der Tanz der Vampire statt", grinste er. Lennart nickte unmerklich. Denn die Gäste, die im großen Saal neben der Eingangshalle tanzten, hatten in der Tat eine gewisse Ähnlichkeit mit den blutsaugenden Vampiren. Nur die Musik war moderner. Gerade wurde *Bad Liar* von den *Imagine Dragons* gespielt. Irgendjemand von Interpol hatte einen guten Musikgeschmack. Lennart ging zur Bar und nahm dort neben einem schwarzen Engel Platz. Jannis wusste, dass es sich bei dem schwarzen Engel um Lisa Bach, eine Mitarbeiterin von Interpol handelte. Sie agierte heute Abend als verdeckte Ermittlerin. Ihre Aufgabe war es, an Informationen heranzukommen, die zum Attentäter auf Flavio führten. Lisa drehte sich zur Tanzfläche und Jannis verschluckte sich beinahe an seinem Wasser. Sie sah verdammt gut aus in ihrem Kostüm. Schwarze Strapse, schwarzer Minirock und ein Dekolleté, das nichts der Fantasie überließ. Ihre langen schwarzen Haare fielen ihr offen über die Schultern und auf dem Kopf trug sie einen Haarreif mit einem schwarzen Heiligenschein. Ihre schwarze Maske war mit schwarzen

Federn umsäumt. Und an ihrem Rücken waren schwarze durchsichtige Flügel befestigt. Unglaublich diese Frau. Bisher hatte er sie nur in Jeans, T-Shirt und mit Pferdeschwanz gesehen, und sie hatte eher unscheinbar auf ihn gewirkt. Aber so, wie sie jetzt aussah, würde ihr heute mit Sicherheit jeder Mann in die Falle gehen. Jannis entspannte sich ein wenig und lockerte seine Hände. Wenn Lisa genauso gut arbeitete, wie sie sich verwandeln konnte, dann würde der Plan funktionieren. Lennart und Lisa unterhielten sich nun, und Jannis ließ seinen Blick über die übrigen Gäste schweifen. Es war nicht einfach zu erkennen, wer unter den Masken und in den teilweise aufwendigen Kostümen steckte. Jeder von ihnen hatte mindestens einmal ein Geschäft mit einer Kunstfälschung vorgenommen. Darauf hatte Interpol bei den Einladungen geachtet. Niemand hier war unschuldig. Die meisten von ihnen waren schon seit vielen Jahren in dem Geschäft tätig und süchtig danach. Süchtig nach dem Geld, das ihnen der Handel mit den Fälschungen einbrachte. Finanziell ausgesorgt hatten alle von ihnen. Es war der Kitzel, den sie suchten. Und die Macht, auf die sie nicht verzichten wollten. Sie waren es, die die Fäden in der Hand hielten und ihre Hilfspersonen wie Marionetten in ihrem Spiel tanzen ließen oder sie eliminierten, wenn sie nicht mehr von Nutzen für sie waren oder zu einer Bedrohung wurden. So wie sie Flavio endgültig auslöschen wollten. Ein kleiner Kunstfälscher, der es gewagt hatte, sie zu erpressen. Er hatte zehn Millionen gefordert, sonst wäre er zur Polizei gegangen und hätte sie alle auffliegen lassen. Lennart hatte ihnen berichtet, wie Christoph vor Wut getobt hatte. Als seine eigene Lebensversicherung hatte Flavio in seinem Testament ein Geständnis mit allen erforderlichen Beweisen bei einem Notar, dessen Namen er geheim hielt, hinterlegt und gesagt, er würde das Testament erst dann vernichten, wenn er das Geld habe. Er hatte ihnen eine Woche Zeit für die Geldübergabe eingeräumt. Sie hatten es ihm fünf Tage später gebracht. Warum dann ein halbes Jahr später auf ihn geschossen wurde und woher die Kunstfälscher die Kenntnis hatten, dass Flavio das Testament vernichtet hatte, wusste Interpol nicht. Flavio war noch nicht vernehmungsfähig, aber stabil. Er würde überleben. Das stand fest. Allerdings bestand nach wie vor in Gefahr, dass erneut auf ihn geschossen werden würde. Denn das Attentat hätte er nicht überleben sollen. Interpol hatte daher dafür gesorgt, dass niemand von ihnen erfuhr, dass Flavio am Leben war. Offiziell wurde berichtet, es sei ein Attentat auf ihn verübt worden, bei dem er im Krankenwagen auf dem Weg zum Krankenhaus verstorben sei. Denn solange Flavio lebte, würden sie sonst keine Ruhe geben. Jannis schnaubte wütend aus. Wenn sie wüssten, dass Mia lebte.... Er schloss die Augen und versuchte, diesen Alptraum aus seinem Kopf zu bekommen. Kunstfälschung war das eine. Mord das andere. Jannis konnte den Gedanken, mit Mördern Geschäfte getätigt zu haben, kaum ertragen. Hätte er gewusst, dass an ihren Händen schon länger Blut klebte, wäre er niemals in das Geschäft eingestiegen. Er schwor sich daher, alles dafür zu tun, dass sie nie wieder irgendjemandem auch nur ein Haar krümmten. Trotz der Anspannung musste Jannis schmunzeln. Lennart konnte es nicht lassen. Er würde Lisa doch hoffentlich nicht so sehr mit seinem Charme einlullen, dass sie sich nicht mehr auf ihren Job konzentrieren konnte. Für Lennart hätte er jederzeit seine Hand ins Feuer gelegt. Lennart hatte sich nur aus Langeweile zum Kreis der Kunstfälscher gesellt. Er kam aus reichem Hause und hatte mit 25 Jahren einen Treuhandfonds über zehn Millionen Euro erhalten. Aber mit Mord hatte er nie etwas zu tun, weshalb er sich sofort bereit erklärt hatte, ebenfalls als Kronzeuge aufzutreten.

„Für meinen Geschmack genießt du gerade deinen Job zu sehr", flüsterte ihm Jannis ins Ohr. Lennart zog nur kurz eine Augenbraue hoch und legte dann wieder seine Hand auf Lisas Unterarm. Jannis schüttelte den Kopf. Dem schwarzen Engel schien das zu gefallen. Oder spielte die Kommissarin dies nur? Schließlich war sie nicht zum Vergnügen hier, und sie musste ihre Rolle, ein Gast zu sein, so gut spielen, dass niemand Verdachte schöpfte. Okay. Er würde sich mit weiteren Kommentaren zurückhalten. Die Mitarbeiter von Interpol hatten bisher alles perfekt organisiert. Sie schienen ihren Job gutzumachen und so vertraute er darauf, dass Lisa wusste, was sie tat. Gut. Die beiden mischten sich jetzt unter die Gäste auf der Tanzfläche. Es wurde *As it was* von *Harry Styles* gespielt. Ein toller

Song. Jannis entdeckte Christoph, der mit einer Schneekönigin tanzte. Dieses miese Schwein. Phase eins begann. Lisa sollte Christoph, den Hauptverdächtigen, auf sich aufmerksam machen, was in der Tat ein Kinderspiel war. Neben dem schwarzen Engel verblasste die Schneekönigin, und Christoph hatte nur noch Augen für Lisa. Perfekt. Jetzt bat Lennart die Schneekönigin um den Tanz und Christoph strahlte wie ein Komet, als ihm Lisa scheinbar wie ein Geschenk übergeben wurde. Er hatte angebissen.

„Ich hoffe, Sie sind kein Racheengel", begann Christoph mit einem zuckersüßen Lächeln das Gespräch und legte seine Hand für Jannis` Geschmack ein wenig zu tief auf Lisas Rücken, so dass er beinahe ihren Po berührte. Doch Lisa ließ sich nichts anmerken. Klar. Sie war ein Profi.

„Eher ein gefallener Engel", erwiderte sie und kräuselte dabei ihre Lippen. Christoph starrte ihren Mund an. Verdammt. Sie war so gut. Wo hatte sie das nur gelernt? Gab es bei Interpol extra einen Schauspielkurs für verdeckte Ermittler?

„Luzifer. Aha. Wollen Sie mich jetzt zu einer Sünde verführen?" Luzifer. Der gefallene Engel. Ob Lisa bewusst dieses Kostüm gewählt hatte? Mit Sicherheit.

„Wollen Sie denn verführt werden?" Christophs Brust hob und senkte sich schwer. Gott, er war so schmierig.

„Sind Sie dann auch böse zu mir?" Jannis verzog angewidert seinen Mund.

„Wenn Sie wollen, kann ich auch böse zu Ihnen sein."
Jetzt ertönte *Lady Gaga* in voller Lautstärke. *Hold my
hand*. Und bevor Christoph Lisa eng an sich ziehen
konnte, löste sie sich von ihm. Offensichtlich wollte sie es
ihm nicht zu leicht machen. Wer leicht zu haben war,
verlor schnell an Reiz. Jetzt hatte sie ihn zumindest
schon einmal scharfgemacht. Sie ging, ohne sich zu
Christoph umzudrehen, den Gang entlang, bis sie den
Raum betrat, der von seiner Einrichtung her einem
Wiener Kaffee glich. Runde Tische mit gepolsterten
Holzstühlen standen in verschiedenen Gruppierungen
neben den bodentiefen Fenstern mit Blick auf den
dunklen Luganer See. Lisa nahm an einem der Tische
Platz und bestellte sich einen Kaffee. Nur wenige
Sekunden später war auch schon Christoph bei ihr.
Phase zwei begann.

„Darf ich Ihnen Gesellschaft leisten?", fragte er. Lisa
nickte, und er nahm sich den Stuhl neben ihr.

„Einen doppelten Whiskey, bitte", sagte er zu dem
Diener. Dann wandte er sich wieder an Lisa.

„Sind Sie in Begleitung von Lennart hier?" Die
Undercoverlady schüttelte den Kopf.

„Nein, ich bin allein hier."

„Wie kommt es, dass so eine schöne Frau wie Sie ohne
Begleitung hier ist?" Lisa grinste verschmitzt.

„Vielleicht bin ich allen zu böse." Christophs Wangen
röteten sich.

„Ach, tatsächlich? Sind Sie auch Ihrem Partner zu böse?" Gott. Jannis schüttelte den Kopf. Plumper ging kaum. Was für ein notgeiler Sack.

„Ich habe keinen Partner. Ich bin verwitwet."

„Oh, das tut mir leid", sagte Christoph, lächelte aber dabei eher erfreut. Jannis wusste ja, dass er ein Psychopath war. Lisa machte eine wegwerfende Bewegung mit der Hand.

„Ach, wir waren nur ein Jahr miteinander verheiratet, und das war schon zu lange. Es wundert mich, dass ich es überhaupt so lange mit ihm ausgehalten habe." Jetzt sah Christoph Lisa verdutzt an, und sie begann schallend zu lachen.

„Sie denken jetzt aber nicht gerade ernsthaft darüber nach, ob ich meinen Mann umgebracht habe?"

„Äh, nein, natürlich nicht. Aber... darf ich fragen... Ist Ihr Mann bei einem Unfall ums Leben gekommen?" Wieder lachte Lisa.

„Nein, bei Gott nicht. Er ist an Altersschwäche gestorben."

„An Altersschwäche?" Jannis biss sich auf die Zunge, um nicht laut loszulachen. Lisa zuckte gleichgültig mit den Schultern.

„Er war schon vierundneunzig."

Christoph starrte sie mit offenem Mund an.

„Und... ich weiß, so etwas fragt man eine Lady nicht, aber..." Er nahm einen Schluck von seinem Whiskey.

„Ich bin achtunddreißig." Bei den Worten verschluckte er sich, und Lisa klopfte ihm auf den Rücken.

„Achtunddreißig? Und Ihr Mann war vierundneunzig?", krächzte er, als er sich wieder beruhigt hatte.

„Geld macht sehr attraktiv, wissen Sie", gab Lisa völlig unbeeindruckt von sich. „Und er war gebildet. Wir haben in New York gelebt. Er hat mich auf so viele kulturelle Veranstaltungen mitgenommen, dass ich inzwischen schon süchtig danach bin. Seit New York habe ich eine Leidenschaft für Kunst entwickelt."

„New York?" Jannis grinste. Christoph war offensichtlich zu einem Papagei mutiert.

„Sie wohnen in New York?" Lisa schüttelte den Kopf.

„Nein, ich habe dort ein Jahr lang mit meinem Mann gelebt. Ich habe italienisches Blut, auch wenn ich Deutsche bin. Und ich liebe Italien. Hier gibt es einfach das beste Essen, und das Wetter ist auch schöner. Ganz zu schweigen von den italienischen Männern." Sie grinste anzüglich. „Nach der Beerdigung meines Mannes, er wollte in New York beerdigt werden, habe ich mir dann eine Villa in Lugano gekauft. Dabei habe ich unseren Gastgeber kennengelernt. Luici. Ein toller Mann. Er hat mich dann auch gleich auf den Maskenball hier eingeladen, obwohl ich erst seit einer Woche hier lebe. Ist das nicht nett von ihm?"

„Äh, ja." Christoph hatte heute Abend schon überdurchschnittlich oft *Äh* gesagt – wenn er nicht gerade alles wie ein Papagei wiederholte. Lisa war unübertrefflich, und Jannis vergaß beinahe, worum es heute Abend ging. Wie zufällig streifte sie immer wieder Christophs Arm oder Hand, um ihr Interesse an ihm zu bekunden, und Jannis sah dem Trottel an, dass er in ihre Venusfalle getapst war.

„Ich gehe mir kurz frisch machen", sagte Lisa und stand auf. Christoph erhob sich ebenso.

„Äh, klar." *Äh.* Jannis schüttelte schmunzelnd den Kopf. Christophs Blut befand sich offensichtlich nicht mehr in dessen Gehirn.

„Lennart. Phase drei beginnt", flüsterte er ins Mikrofon. Nur wenige Sekunden später betrat Lennart den Raum, erblickte Christoph und setzte sich unaufgefordert zu ihm an den Tisch. Bisher funktionierte alles wie geplant.

„Puh, du machst es richtig, Christoph. Hier drinnen ist es angenehm ruhig und nicht so stickig. Whiskey gibt es hier auch. Perfekt. Zwei Whiskey, bitte!", rief er dem Diener zu.

„Äh, eigentlich..."

„Tolles Ambiente hier, nicht wahr?", fuhr Lennart fort und sah sich um. Von draußen erklang gedämpfte Musik und ließ nur erahnen, wie im Tanzsaal der Punk abging. „Wow, was für eine heiße Frau! Hier treibt sie sich also rum." Christoph drehte sich wie auf Kommando um und entdeckte Lisa. Vor ihr hatte sich ein großer breitschultriger Mann in einem schwarzen Smoking aufgebaut. Es war sogar für einen Blinden zu erkennen, dass sich Lisa bedroht fühlte. Sie spielte ihre Rolle besser als jede Hollywood-Filmdarstellerin.

„Kennst du den Gorilla da?", wollte Christoph von Lennart wissen.

„Nie gesehen. Aber mit dem hübschen Engel haben wir beide ja vorhin getanzt. Was für ein geiler Arsch." Christoph sah Lennart mit zusammengekniffenen Augen an. Dann schaute er wieder zu Lisa, die mit dem Mann eine hitzige Diskussion zu haben schien.

„Es sieht so aus, als bereite er dem Engel Ärger."

Lennart sah desinteressiert hinüber.

„Kann schon sein. Wahrscheinlich Beziehungsstress", sagte er gleichgültig und zuckte mit den Schultern. „Ich bin schon sehr darauf gespannt, was für Bilder heute Abend versteigert werden."

„Äh, ja." Lennart folgte Christophs Blick, der nach wie vor Lisa anstarrte.

„Seit wann interessierst du dich denn für Beziehungsstress?"

Der Mann packte Lisa am Arm, doch sie schüttelte ihn ab und kam an ihren Tisch.

„Hey", sagte sie und sah Lennart an. Dann wanderte ihr Blick zwischen Lennart und Christoph hin und her.

„Oh…ich verstehe, entschuldigt mich bitte", sagte Lennart, stand auf und ging. Phase vier. Jannis fuhr sich durch die Haare. Es gab keinen Grund, nervös zu sein. Lisa hatte alles unter Kontrolle. Christoph ergriff Lisas Hand, als diese oscarreif zu zittern begann.

„Was wollte der Mann von dir?" Ohne es zu merken, war er zum Du übergegangen.

„Ach..." Lisa blickte zur Seite.

„Hat er dich bedroht?" Sie zuckte die Schultern. Dann nickte sie. Christoph nahm seinen Stuhl und schob ihn neben Lisas. Er legte seinen Arm um ihre Taille und sah sie an.

„Du musst mir alles erzählen. Ich werde dich beschützen. Du brauchst keine Angst zu haben." Lisa schniefte, und er fuhr ihr leicht mit der Hand über die Wange.

„Alles gut." Er reichte ihr ein Taschentuch, und sie schnäuzte kräftig hinein.

„Danke. Ich heiße übrigens Serafina."

„Serafina. Was für ein schöner Name. Ich bin Christoph." Lisa lächelte.

„Es ist so... der Mann... er ist der Sohn meines verstorbenen Ehemannes." Christoph japste nach Luft.

„Der Sohn deines verstorbenen Ehemannes?" Lisa nickte.

„Er ist sein einziger Sohn. Wenn sein Vater mich nicht vor einem Jahr geheiratet hätte, würden jetzt die ganzen Milliarden ihm gehören."

„Die ganzen Milliarden?"

Lisa zog geräuschvoll ihre Nase hoch.

„Genau."

„Und... was will er jetzt von dir?"

„Er droht mir damit, die Ehe annullieren zu lassen, wenn ich nicht neunzig Prozent des Vermögens auf ihn übertrage." Lisa straffte ihre Schultern. „Aber ich werde einen Teufel tun!" Christoph nickte zustimmend.

„Da ist sie wieder. Meine kleine Teufelin." Lisa sah ihm in die Augen. Ihr Blick wirkte eiskalt.

„Ich will ihn tot sehen!"

„Tot?"

„Ja, tot! Sonst wird er mich nie in Ruhe lassen!" Christoph nickte bedächtig.

„Ja... so wird das wohl sein... Es geht schließlich um viel Geld."

„Es ist mein Geld! Er war mein Ehemann!" Lisa rückte mit ihrem Stuhl wieder von Christoph ab. Sofort nahm er erneut ihre Hand.

„Serafina! Ich kann dir helfen!" Lisa bedachte ihren Verehrer mit einem Lächeln, das Lehrer für ihre dummen Schüler verwendeten, wenn sie mal wieder gar nichts verstanden hatten. Sie streichelte ihm über die Wange.

„Das ist echt lieb von dir. Aber du bist leider kein..." Sie sah ihn aus gesenkten Lidern an. „Teufel." Dann unternahm sie den Versuch, vom Tisch aufzustehen, doch Christoph hielt sie am Arm fest.

„Serafina! Hör mir zu!" Er beugte zu ihr und sprach leise.

„Was ist, wenn ich dir sage, dass du mit dem Teufel höchst persönlich am Tisch sitzt?" Lisa kniff ihre Augen zusammen.

„Wie soll ich das verstehen?"

„Ich kann deinen Stiefsohn töten lassen." Lisa sah Christoph verwirrt an, ohne etwas zu sagen.

„Serafina. Ich... ich kenne da ein paar Leute..." Lisa ließ ihren Blick umherschweifen.

„Auftragskiller?", wisperte sie und sah Christoph mit großen Augen an. Er nickte.

„Wie... wer... wann..." Jannis drückte so fest die Daumen, dass sie schmerzten. Lisa war kurz davor, die Falle zuschnappen zu lassen. Es reichte nicht aus, dass Christoph nickte. Lisa musste ihn dazu bringen, es laut auszusprechen.

„Ich bin ein sehr erfolgreicher Geschäftsmann. Zu meinem Geschäft gehören auch Auftragskiller."

„Du... du arbeitest mit Auftragskillern?", wisperte Lisa und riss ihre Augen auf. „Hast du schon einmal jemanden... ermorden lassen?" Christoph nickte wieder nur.

„Fuck, Christoph! Du verarscht mich doch jetzt nicht, nur um mich ins Bett zu bekommen?"

„Nein, Serafina. Ich verarsche dich nicht. Ich habe schon drei Menschen ermorden lassen." Lisa schluckte, ließ sich aber nicht anmerken, dass sie innerlich triumphierte. Jannis ballte siegessicher die Fäuste. Die Falle war zugeschnappt. Und Christoph hatte es nicht einmal gemerkt.

„Drei Menschen?"

„Drei Menschen."

„Und... woher weiß ich, dass du nicht lügst, nur, um mich zu beeindrucken?" Christoph lachte leise auf.

„Du bist eine klasse Frau, Serafina. Das weißt du auch, du kleine Teufelin." Er kniff ihr in die Wange. „Ich würde alles tun, um dich zu beeindrucken. Aber ich würde nicht behaupten, drei Menschen ermordet lassen zu haben, wenn es nicht die Wahrheit wäre." Lisas Atem ging schneller. Ob sie dies schauspielerte oder ob sie tatsächlich aufgeregt war, konnte Jannis nicht sagen.

„Wer?", wisperte sie. „Wer waren sie und wann hast du sie ermorden lassen?" Ihre Lippen streiften Christophs Ohr.

„Vor fünf Jahren: Sebastian Weil. Inhaber des Auktionshauses Weil in Frankfurt."

„Und weiter?" Lisa schmiegte sich an Christophs Seite und sah ihn bewundernd an.

„Vor eineinhalb Jahren. Nike. In der Schweiz." Jannis presste seine Kiefer aufeinander. Du Dreckschwein. Du verdammter Bastard. Du sitzt hier und erzählst einer Frau, die du gerade erst kennengelernt hast, dass du Mia hast ermorden lassen. Als wäre sie nichts wert. Du brüstest dich damit auch noch. Jannis ballte seine Fäuste.

„Nike?" Christoph zuckte mit den Schultern.

„Keine Ahnung, wie sie weiter hieß. Sie war eine kleine unbedeutende Studentin, die zu neugierig geworden war." *Sum, es, est, sumus, estis, sunt.* Aber Latein konnte Jannis nicht beruhigen. Was hieß eigentlich Dreckschwein auf lateinisch? Er würde es bei der nächsten Gelegenheit mal googeln. Oder Mia fragen. Die kleine Lateinlehrerin. Lisa leckte sich über die Lippen.

„Und... Nummer drei?"

„Flavio Rossi. Vor zwei Monaten."

„Vor zwei Monaten? Was hat er getan?"

„Er hat mich um zehn Millionen betrogen." Lisa sog scharf die Luft ein.

„Um zehn Millionen? Dann ist er ja fast so schlimm wie mein Stiefsohn." Christoph lachte.

„Wie hast du ihn ermorden lassen?" Christoph plusterte seine imaginären Federn auf.

„Ich habe ihn in seiner Villa erschießen lassen. Du siehst also. Es ist ein Kinderspiel für mich. Wann soll ich deinen Stiefsohn ermorden?"

„Les jeux sonts faits", murmelte Jannis und konnte sein Glück nicht fassen, dass es nun endlich vorbei war. Im nächsten Augenblick waren Polizeihubschrauber über der Villa zu hören und eine Spezialeinheit von Interpol stürmte das Gebäude.

# Kapitel 23

„Nur noch zwei Kurven. Dann wir haben geschafft, Madame Mai." Mir war leicht übel von den vielen Serpentinen, die der Fahrer bereits hinauf gefahren war, seit er mich in Nizza am Flughafen abgeholt hatte. Er sprach mit dem typischen französischen weichen Akzent und lächelte mich mitleidig an.

„Dafür werden Sie haben fantastische Ausblick über Dächer von Nizza."

Über den Dächern von Nizza. Ich musste über diese Formulierung lächeln, da ich die Stadt an der Côte D′ Azur bisher nur aus dem Film aus den Fünfzigerjahren kannte, bei dem es um einen Juwelendieb ging. Endlich bog die Limousine um die letzte Kurve und passierte ein verschnörkeltes altes Tor, das sich wie von Geisterhand öffnete. Ich hielt den Atem an, als ich die prachtvolle Villa am Ende der Allee sah. Aber selbst wenn hier eine Holzhütte gestanden wäre, hätte mein Herz vor lauter Vorfreude nicht heftiger schlagen können. In wenigen Augenblicken würden wir uns wiedersehen. Wie würde es sich nach so langer Zeit anfühlen, ihm wieder gegenüber zu stehen? Ihm in die Augen zu sehen? Ihn zu berühren? War das überhaupt alles real? Oder träumte ich nur wie so oft in den letzten Monaten. Nein. Dieses Mal war es echt. Ich wusste es, da meine Haut kribbelte. Das abwechselnde Spiel von Licht und Schatten begleitete mich den Weg zwischen den Bäumen entlang, bis das Auto in der warmen Abendsonne auf der Einfahrt vor der Villa hielt. Der Fahrer stieg aus und öffnete mir die Tür.

„Darf ich bitten?" Er reichte mir die Hand, und ich nahm sie wie in Trance entgegen. Ich fühlte mich wie in einem Märchen. Vielleicht war die Limousine ja in Wirklichkeit ein riesiger Kürbis, und um Mitternacht wäre alles wieder vorbei. Aber ich trug definitiv kein Ballkleid, sondern Shorts und ein T-Shirt. Und solche Klamotten gab es in Märchen nicht. Ich holte tief Luft. Kein Märchen ohne Ballkleid. Also war es kein Zauber, der in wenigen Stunden wieder vorbei wäre.

„Gehen Sie nur. Monsieur Wegner Sie bereits erwarten." Der Fahrer zwinkerte mir zu und nickte zum Eingang. Dort stand Jannis. Ich blieb wie erstarrt stehen, als sich unsere Blicke trafen. Doch dann rannte ich los, weil mich nichts mehr zurückhalten konnte. Ich nahm immer zwei Treppenstufen auf einmal und hatte dabei das Gefühl, mich in Zeitlupe zu bewegen. Mein Herz raste, und ich rang nach Luft. Endlich war ich oben angekommen und warf mich in Jannis` Arme.

„Mia, du bist es wirklich", sagte Jannis, als könnte er

selbst nicht glauben, dass wir nach so langer Zeit wieder vereint waren. Dann nahm er mein Gesicht in seine Hände und küsste mich mit einer Intensität, als wollte er damit all die Zeit, die wir voneinander getrennt waren, verdrängen. Nichts und niemand würde uns jemals wieder voneinander trennen können.

„Gott, Mia", flüsterte Jannis an meinem Mund und biss mir sanft in die Unterlippe. Dann legte er seine Stirn an meine. „Ich will dich. Ich will dich so sehr. Die Zeit ohne dich war kaum auszuhalten. Ich bin fast krank geworden vor Sehnsucht." Meine Augen wurden feucht, und Tränen der Freude liefen mir die Wangen hinunter.

„Lass mich nie wieder los", flehte ich, „versprich es mir."

„Ich werde dich nie wieder los lassen, Mia. Das verspreche ich dir." Er rieb seine Nase an meine und grinste.

„Selbst dann nicht, wenn ich alt und tattrig bin. Versprechen muss man schließlich halten." Ich stieß ihm leicht gegen die Brust und lachte.

„Das habe ich jetzt davon, dass ich dich liebe." Ich hatte es gesagt. Ich hatte ihm gesagt, dass ich ihn liebte. Und es fühlte sich gut an. Verdammt gut sogar. Jannis küsste mich sanft auf meine Lippen.

„Ich liebe dich auch, Mia. Meine geliebte Mia." Dann nahm er meine Hand und führte sie zu seinem Mund. Er hauchte einen Kuss darauf und zog mich an seine Seite.

„Darf ich bitten? Dies hier ist der Sitz meiner neuen Stiftung. Hast du Lust auf eine Exklusivführung?" Ich öffnete den Mund, brachte aber kein Wort hervor. Wieder stiegen mir Tränen in die Augen. Ich blinzelte sie schnell weg und schluckte den Kloß in meinem Hals hinunter.

„Der Sitz der Robin-Hood-Stiftung?"

„Der Sitz der Robin-Hood-Stiftung."

Seite an Seite betraten wir die Villa, wo Jannis mich durch alle Räume führte und mir zu allem etwas erzählte oder erklärte. Die Räume waren hell und freundlich eingerichtet und durch die großen Fenster strömte warmes Licht ins Innere. Die Wände waren in zartem Azurblau gestrichen und in silberfarbenen Töpfen wuchsen Fächerpalmen und Bogenhanf. Durch das Spiel von Licht und Schatten wurden die Silhouetten der Pflanzen auf den Wänden abgebildet. Es war wie in einem modernen Märchen. Dann öffnete Jannis eine Tür zu einem großen Saal.

„Das ist das Herzstück unserer Stiftung." Ich betrat an Jannis` Hand den Saal und blieb mit offenem Mund stehen.

„Sind die Bilder alle echt?", wollte ich wissen.

„Sie sind alle echt, bestätigt von mindestens zwei unabhängigen und vereidigten Sachverständigen." Ich ließ Jannis` Hand los und trat vor die Gemälde. Es waren Landschaftsgemälde. Einige zeigten das Meer, andere Felder oder Wälder. Sie waren alle in unterschiedlichen Stilen gemalt. Es waren Aquarelle dabei, aber auch Pop Art oder Ölgemälde. Fasziniert ging ich von Bild zu Bild und war wie verzaubert. Als ginge etwas Magisches von den Kunstwerken aus.

„Von wem sind sie? Wer sind die Künstler?", fragte ich, da ich keines der Bilder kannte. Jannis trat hinter mich und schlang seine Arme um mich.

„Die Künstler sind noch unbekannt. Aber sie haben alle Talent. Ich gebe ihnen hier die Chance, bekannt zu werden und veranstalte Vernissagen und Auktionen. Die Hälfte des Erlöses geht dann an die Robin-Hood-Stiftung." Ich drehte mich zu Jannis um und musste an unsere erste Begegnung in Hamburg bei der Vernissage denken. Seine Worte von damals kamen mir in den Sinn.

*„Auch Künstler wollen Geld für ihre Bilder. Egal, mit wie viel Leidenschaft sie sie gemalt haben. Ich betreibe also nur oberflächlich Kunsthandel. Tatsächlich bin ich bei jedem einzelnen Bild auch auf der Suche nach der Leidenschaft."*

„Du hast sie gefunden Jannis, die Leidenschaft." Er strich mir eine Haarsträhne aus dem Gesicht.

„Ich habe sie durch dich gefunden, Mia." Ich spürte, wie mein Herz einen Freudensprung machte und umschlang Jannis mit meinen Armen.

„Was hast du gemacht, Jannis? Warum haben die Bilder diese intensive Wirkung auf mich?", fragte ich ihn.

„Ich habe jeden einzelnen Künstler gefragt, was ihn dazu bewegt hat, ein bestimmtes Bild zu malen. Weshalb er genau diesen Malstil und diese Art von Kunst verwendet hat. Die Geschichten, die mich berührt haben, habe ich festgehalten. Diese Bilder, in denen der Künstler in seine Seele blicken lässt, sind die wahren Kunstwerke." Er nahm mich an die Hand.

„Komm mit!" Er führte mich in einen kleinen Nebenraum und gab mir einen der Prospekte vom Tisch.

„Bitte!" Ich nahm den Prospekt und schlug die Seiten auf. Zu jedem Gemälde gab es eine einseitige Geschichte. Es ging um die erste große Liebe, Selbstzweifel oder den Verlust eines geliebten Menschen. Mir stiegen die Tränen in die Augen.

„Jannis, das ist wunderschön. Jeder, der diese Texte liest, wird ein Vermögen für die Bilder bezahlen." Jannis zog mich an sich. Er hauchte zarte Küsse auf meinen Hals, hinter meine Ohren und dann auf meine Lippen.

„Ich habe gehofft, dass es dir gefallen wird. Diese ganze Stiftung, diese Idee mit den Leidenschaften der Künstler, die Geschichten, sie sind durch dich inspiriert worden."

„Ich bin so stolz auf dich, Jannis", sagte ich und schmiegte mich an ihn. „Du machst diese Bilder wertvoll." Jannis lächelte.

„Nein, Mia, ich zeige den Menschen lediglich, wie wertvoll diese Bilder sind. A propos, Leidenschaft..." Er presste seine Lippen auf meine und entlockte mir ein tiefes Seufzen, als er sanft mit meiner Zunge spielte. „Verdammt, Mia", stöhnte er in meinem Mund und vertiefte seinen Kuss. „Ich habe dich so sehr vermisst." Mein Körper brannte vor Verlangen, und ich konnte an Jannis` Erektion spüren, wie sehr er auch mich begehrte.

„Mia, ich muss dich haben. Ich will in dir sein." Mit einem Ruck hob er mich hoch und warf mich über seine Schulter.

„Jannis", kreischte ich und schlug ihm lachend auf den Rücken.

„Willst du wohl aufhören, so zu zappeln", lachte er und gab mir einen Klaps auf den Po, was mir einen heißen Schauer durch den Körper jagte. Er ging ein Stück den Garten entlang und legte mich schließlich auf eine Liege in einem Pavillon. Das Abendlicht der Sonne tauchte alles in goldene Farbtöne, und ich fühlte mich wie in einem Märchen aus *tausend und eine Nacht*. Vielleicht waren wir in diesem Augenblick tatsächlich in ein Märchen eingetaucht. Jannis streichelte mir sanft über das Gesicht. Dann zog er sein Hemd aus und blickte mich mit hungrigen Augen an, wie ein Raubtier, das seine Beute vor sich sah. Er hatte etwas abgenommen, war immer trainiert, und ich fuhr mir mit der Zunge über meine Lippen. Voller Ungeduld schlüpfte ich aus meinem Kleidern und spürte die Feuchte zwischen meinen Schenkeln. Ich schluckte trocken, als sich Jannis seiner Hose entledigte und ich seinen harten Schwanz sah, der nur darauf wartete, in mich einzudringen. Ich öffnete einladend meine Schenkel, und Jannis keuchte auf.

„Du machst mich verrückt", stöhnte er. „Und wenn ich nicht aufpasse, falle ich wie ein Neandertaler über dich her." Er atmete schwer und kniete sich zwischen meine Beine.

„Nimm mich", bettelte ich. Doch Jannis schüttelte den Kopf.

„Noch nicht." Er küsste mich auf meinen Hals und arbeitete sich von dort hinunter bis zu meinen Nippeln, die sich ihm hart entgegenreckten. Er nahm sie abwechselnd in den Mund und begann, an ihnen zu saugen. Ich stöhnte auf vor Lust und reckte Jannis mein Becken entgegen. Doch er ließ sich Zeit und widmete sich weiter ausgiebig meinen Brüsten, als wolle er jede Sekunde auskosten.

„Jannis, ich halte es nicht mehr aus", japste ich und umfasste seinen Schaft. Jannis zog meine Hand weg und biss sanft in meinen Nippel, was mich leicht aufschreien ließ.

„Ich habe das Kommando."

Dann fuhr er mit einer Hand über meine feuchte Spalte und schob zwei Finger so tief in mich hinein, dass ich keuchte. Gleichzeitig rieb er mit dem Daumen über meine Klit und massierte mit dem Mund meine Brustwarzen. Unaufhörlich reizte er mich, forderte mich und trieb mich weiter auf den Wellen der Lust, bis sie sich über mir überschlugen und mich am ganzen Körper erzittern ließen. Ich hatte so einen heftigen Orgasmus, dass ich nur noch einen Schleier vor meinen Augen sah. Jannis streichelte weiter meine Klit und bewegte seine Finger sanft in mir, um meinen Orgasmus mit mir zu erleben. Als ich langsam wieder zu mir kam, hielt er mich fest in den Armen.

„Jannis, bitte fick mich", flehte ich ihn an. „Ich will

ihn tief in mir spüren." Jannis hob mein Becken hoch und fuhr mit seiner feuchten Eichel über meinen Eingang. Dann drang er mit einem Stoß so hart in mich ein, dass ich vor Lust laut aufschrie. Mein Körper hatte allem Anschein nach vergessen, wie groß Jannis' Schwanz war und hatte keine Zeit, sich an seine Größe zu gewöhnen, da Jannis immer heftiger und schneller in mich stieß.

Ich krallte meine Finger in seine Unterarme und biss mir auf die Unterlippe.

„Oh Gott, Jannis...", wimmerte ich, während er immer weiter in mich hämmerte. Er packte mich fester an meiner Hüfte und zog mich näher zu sich heran, um noch tiefer in mich einzudringen, was ich kaum für möglich gehalten hätte. Ich war nur noch Wachs in seinen Händen.

„Fester", stöhnte ich, weil ich ihn nicht tief genug in mir haben konnte. Dann erbebte ich und kam ein zweites Mal.

„Mia, ich... kann mich... nicht mehr zurückhalten", gab Jannis abgehackt von sich und explodierte ebenfalls. Sein Körper erzitterte, und er brach über mir zusammen. Atemlos lagen wir da und rangen beide nach Luft.

„Du gehörst ab jetzt nur noch mir, meine süße Mia", hauchte er mir ins Ohr, als sich unser Atem wieder beruhigt hatte und küsste mich sanft auf die Stirn.

„Es tut mir so leid, was du meinetwegen hast durchmachen müssen. Aber es war leider nicht anders gegangen. Ich hoffe, du verzeihst mir." Ich hauchte

Jannis einen Kuss auf die Lippen.

„Ohne Licht gibt es keinen Schatten und ohne Schatten kein Licht", sagte ich. „Hätte ich dich nicht kennengelernt und mich in dich verliebt, hätte ich auch den Schmerz nicht empfunden, als ich von dir getrennt war. Und nun hier wieder in deinen Armen liegen zu können, vertreibt alle Schatten aus der Zeit unserer Trennung."

# Epilog

Licht und Schatten, Schatten und Licht...

Wie jedes Wochenende fuhr mich der Fahrer vom Flughafen hinauf in die Berge über Nizza zu Jannis' Villa und schließlich die Allee entlang, an deren Ende Jannis jedes Mal schon sehnsüchtig auf mich im Sonnenschein wartete. Er bestand darauf, dass ich mein Referendariat zu Ende machte und hierfür unter der Woche in Hamburg lebte. Aber nach so einer langen Zeit der Trennung war ich dankbar dafür, die Wochenenden mit ihm verbringen zu können. Da ich auf Dauer Jannis nicht vor Noemi verheimlichen konnte, hatte ich mich mit ihm darauf geeinigt, ihr zu erzählen, dass wir uns zufällig in der Kunsthalle wieder getroffen hätten und uns seitdem regelmäßig an den Wochenenden trafen. Leon hatte inzwischen ein eigenes Partyunternehmen gegründet und auch für meine berufliche Zukunft hatte ich mit Jannis Pläne geschmiedet. Ich würde, sobald ich das zweite Staatsexamen bestanden haben würde, eine eigene Rechtsabteilung in Jannis' Stiftungen einrichten und dort für alles Rechtliche, insbesondere die

Ausgestaltung der Verträge, verantwortlich sein. Das war die Arbeit, die ich in Zukunft machen wollte. Arbeit, bei der ich das Recht konstruktiv anwenden konnte, Arbeit, bei der es nicht darum ging, jemanden anzuklagen oder über jemanden zu richten, sondern Arbeit, bei der man die Rechte und Pflichten der Vertragspartner schriftlich festhielt, um Streitigkeiten zu vermeiden, damit das Geld dort ankam, wo es gebraucht wurde: Bei den Menschen in den Krankenhäusern, bei den Kindern in den Kinderheimen und neuerdings auch bei den Tierschützern in einem Tierreservat in Afrika. Da die Arbeit für die Stiftung war, konnte ich dadurch gleichzeitig dabei helfen, Gutes zu tun. Ich war froh, meinen Weg wieder gefunden zu haben, auch wenn er ein anderer war als der, den ich vor Jannis beschritten hatte. Ohne Jannis hätte ich ihn nie gefunden. Auch Jannis war glücklich. Ich hätte ihn auf den Pfad der Tugend zurückgebracht und ihm den Weg zum Licht gezeigt, sagte er. Doch ich bin der Auffassung, dass sich Jannis dort schon die ganze Zeit über befunden hatte. Denn für mich war er ein Held wie Robin Hood, der auf seine Art gegen das Dunkel kämpfte, wo sonst kein Licht hinkäme.

© 2025 Thurid Neumann
Verlag: BoD · Books on Demand GmbH,
Überseering 33, 22297 Hamburg, bod@bod.de
Druck: Libri Plureos GmbH, Friedensallee 273,
22763 Hamburg
ISBN: 978-3-8192-6394-1